你也是厨师

——家庭厨艺1000例

赵石刚 孙艳婷 孙世全 编著

黄河出版社

责任编辑　葛春亮　李景荣　　封面设计　张宪峰

图书在版编目（CIP）数据

你也是厨师：家庭厨艺1000例/赵石刚等编著．—济南：
黄河出版社，2009.9
ISBN 978-7-5460-0088-6

Ⅰ．你…　Ⅱ．赵…　Ⅲ．菜谱　Ⅳ．TS972.12

中国版本图书馆CIP数据核字（2009）第171764号

书名　你也是厨师
编著　赵石刚　孙艳婷　孙世全
出版　黄河出版社
发行　黄河出版社发行部
（济南市英雄山路21号　250002）
印刷　济南申汇印务有限责任公司
规格　787毫米×1092毫米　16开本
15.5印张　　298千字
版次　2009年9月第1版
印次　2009年9月第1次印刷
印数　1—1000册
书号　ISBN 978-7-5460-0088-6
定价　32.00元

卷 首 语

常言道：民以食为天。“吃”是人生中一件大事。吃得如何，既是人们物质生活质量高低的一种表现，也关系到人的身体健康，关系到人的整体素质的提高。尤其是随着我国社会经济的不断发展，人民生活水平的不断提高，人们不仅讲究吃得饱，而且更讲究吃得好、吃得节省、吃得科学。因此，对“吃”的研究和制作，日益受到人们的普遍重视和关注。可以说，食文化博大精深，粗茶淡饭，美味佳肴，皆有精品之作。笔者从事厨师工作多年，对烹饪技术的研究有着极为浓厚的兴趣。如何让人们吃出健康、吃出营养、吃出乐趣，我们一直在孜孜不倦地研究、探索和实践中，在工作之余，我们又编写出这本专门介绍烹饪技术的小集子。从荤素到素菜，从荤菜搭配到一菜多做，从烹饪的味型到烹调方式，从食品营养到佐料使用，共介绍了蔬菜类、肉类、水产品类、禽蛋类、豆制品类5个方面1000余种菜肴的制作技术和方法。这些技术和方法，归纳起来，有以下四个特点。

一是新，就是具有新意。本书不拘泥于“传统名菜”、“传统烹饪”和“传统口味”，而是在继承传统的基础上，博采近些年来各地许多厨师的新鲜经验，对每种菜肴都详细介绍其用料和制法，内容具体，力求反映出当前家庭菜肴烹调的新水平。

二是简，就是简便快捷。本书介绍的1000余种菜肴制作，普通家庭即可如法掌勺，且需时较短，不涉及繁杂的加工技术。

三是实，就是实用。本书介绍的1000余种菜肴的烹调方法，充分考虑了南北方各地的不同口味和需要，易看易学，便于操作；既讲究菜肴的营养，享受美食，又能增进食欲、调养身心、健康延年。这是一本为大众提供服务的烹饪参考书。

四是省，就是省料省事。本书着眼于寻常百姓家日常饮食所需，充分考虑到普通家庭的生活水平、工作节奏加快，以及市场供应等实际情况，从选料到烹饪，都体现“易备料、易制作”和“好吃不贵”的要求，不盲目推崇“宾馆大宴”上的山珍海味、豪华气派和高级口味。

由于我国烹饪技术源远流长，菜肴的花样品种繁多，色香味形俱佳，加之近年来各地厨师又竞相创新，烹饪技术在蓬勃发展，而编者水平有限，书中不足之处在所难免，敬请有关专家、学者和广大读者批评指正。

本书在编写过程中，得到了苏俊杰、孙晓、王洋、丁玉昌、杜利春、陆凯、管爱宝等同志的支持与帮助。同时，引用了国内外有关书籍和研究文献中的一些资料，限于篇幅，恕不一一注明。在此，谨向有关专家、学者致以崇高的敬意和深切的谢忱。

编 者

二〇〇九年二月于济南

目 录

一、蔬菜类的制作

二、肉类的制作

三、水产品类的制作

145　海蜇

葱油海蜇皮　糖醋蜇皮丝　凉拌鸳鸯丝　肉丝炝蜇皮　木耳拌蜇头　萝卜海蜇皮

146　鲫鱼

麻辣鲫鱼　豆腐鲫鱼　酥鱼　干烧鲫鱼　豆瓣鲫鱼　醋焖酥鱼　酱鲫鱼　家常酸辣鱼　奶油鲫鱼　氽鲫鱼　萝卜丝氽鲫鱼　回锅鲫鱼　豆豉烧鲫鱼　软酥鲫鱼　炝锅鱼　熏鱼　酸菜鱼

150　银鱼和沙丁鱼

椒盐银鱼　煎银鱼　清蒸瓤馅银鱼　酥炒沙丁鱼

151　蛤蜊

葱油蛤蜊　栗子扣蛤蜊　苦瓜炖蛤蜊　豌豆蛤蜊

152　鳝鱼

芝麻鳝鱼　干煸鳝丝　干炒鳝片　红烧鳝段　银芽炒鳝丝　清炖鳝鱼　泡椒鳝鱼　双丝鳝鱼　五香泥鳅　麻辣鳝段　炒鳝丝　胡萝卜炒鳝丝　炒鳝鱼片　干煸鳝片　红辣椒爆炒鳝片　清蒸鳝鱼

155　草鱼

葱辣鱼条　醋椒鲜草鱼　酸菜鱼　氽熘草鱼　油浸草鱼　家常鱼片　豆腐鱼　五香鱼　家常水煮鱼　碧螺粉蒸鱼　醋椒鱼条　蜜汁熏鱼

158　海参

红烧海茄子　豆瓣海参　葱烧海参　虾子海参　红烧海参　葱油拌海参片　酸辣海参　蒜茸辣酱拌海参　糖醋鲜海参　葱油鲜海参

160　鳜鱼

红枣鳜鱼卷　茄汁鱼片　清蒸鳜鱼　番茄荔枝鱼　香酥鳜鱼

162　鲅鱼

雪菜烧鲅鱼　五香熏鱼　酱焖鲅鱼

162　海带

蒜泥海带　葱油海带　红焖萝卜海带　腌海带　萝卜海带丝　香酥海带　生拌彩丝　酥肉海带　酥海带

164　乌贼鱼

葱煨乌贼鱼　冬菇烤乌贼鱼　洋葱烧墨鱼丝　姜汁墨鱼卷　炒墨鱼

165　甲鱼

辣子炒甲鱼　红烧甲鱼　桂圆甲鱼　红烧甲鱼五花肉　清蒸甲鱼　沙锅甲鱼　土豆烧甲鱼

167　鲤鱼

豆瓣鱼　鲤鱼炖冬瓜　醋椒活鱼　天津熬鱼　五香鱼块　糖醋脆皮鱼　红烧鲤鱼　糖醋鲤鱼　葱油鱼　芫爆鱼条　清蒸鱼　酸

四、禽蛋类的制作

香鸽子　荷香蒸鸽　泡椒飞鸽

209　蛋

番茄炒蛋　桃仁番茄炒蛋　香椿炒鸡蛋　蘑菇炒鸡蛋　鸡蛋饺　煎蛋饼　水煎鸡蛋　扒蛋白　鸡蛋里脊　云片银耳　肉末蛋卷　酱鸡蛋　鸡蛋菠菜泥　茶蛋　松花蛋伴豆腐　烧青椒拌松花蛋　醋熘松花蛋　银耳鹌鹑蛋　香椿烘蛋　芹菜炒鸡蛋　小米红糖煲鸡蛋　虎皮蛋　金针菇蛋花　炒木犀黑菜　肉丝炒蛋　炒木犀黄瓜　雪里蕻蒸蛋　粉丝蒸蛋　清蒸蛋　香葱煎蛋　腐乳蒸蛋　卤鹌鹑蛋　虎皮鸽蛋　虾皮拼松花蛋　鸡蛋松　三色蛋卷片　蒸蛋羹花　红脸甜心蛋　肉饼蒸蛋　蟹黄蛋　青椒炒蛋　鸡蛋炒木耳　德式牛肉扒蛋　咸蛋蒸肉饼　虾仁跑蛋　老烧蛋　芙蓉蛋　苦瓜炒鸡蛋　蒜苗炒鸡蛋　煎荷包蛋

五、豆制品类的制作

221　豆制品（一）

三美豆腐　香椿豆腐　红油拌豆腐　三鲜豆腐　松花豆腐　海米豆腐　清拌豆腐　豆腐熬海带　烧冻豆腐　什锦豆腐　锅摊豆腐　葱烧豆腐　鱼香豆腐　红烧豆腐　白扒豆腐　丝瓜烧豆腐　小葱豆腐　麻辣烫　烧火腿豆腐　豆腐丸子　松子豆腐　大蒜豆腐　素煮干丝　豆腐干拌芹菜　怪味豆腐　蛋黄豆腐　虾油拌豆腐　番茄豆腐　炒金银豆腐　豆腐氽鱼片　煎豆腐　鸡刨豆腐　锅贴豆腐　软熘豆腐片　冬菇烧豆腐　素烩腐竹　豆腐熬白菜　荠菜豆腐羹　蟹粉豆腐　肥牛豆腐　豆腐鲢鱼

228　豆制品（二）

牛肉末烧豆腐　三鲜菜豆腐　木犀豆腐　珍珠翠豆腐　雪菜烧豆腐　鸡腿菇烧豆腐　山楂烧豆腐　肉片炒豆腐　土豆炖豆腐　樱桃豆腐　海参蛋清豆腐　麻辣豆腐　香菇炒豆皮　熊掌豆腐　麻婆豆腐　家常豆腐　韭黄干丝　鱼头豆腐　泥鳅钻豆腐　沙锅冻豆腐　焖腐竹　酸辣干丝　什锦丝塔　蒜苗炒干豆腐　鲜蘑拌豆腐　黑木耳煎嫩豆腐　五香黄豆　蘑菇豆腐　茄汁豆腐　鲜蟹黄烧豆腐　口蘑焖豆腐　沙锅豆腐　葱油豆腐　虾仁豆腐　海米烧豆腐　豆芽炒干丝　辣豆腐　肉末烧豆腐　豆腐火锅　水煮豆腐　酸菜烧豆腐　金汤煮干丝

一、蔬菜类的制作

茄子

糖醋茄条

原料：茄子500克，鸡蛋2个，面粉50克，湿淀粉20克，花生油400克，糖40克，番茄酱25克，香油、精盐、味精、醋、葱丁、蒜片、姜末各适量。

做法：①茄子洗净去皮，切成长条，拌入盐少许。②用鸡蛋液加面粉搅成糊，放入茄条拌匀挂糊。③勺内放油，加热至八成熟，把抓糊的茄条逐条放入油中炸呈金黄色捞出，控净油。④另用勺放25克油加热后，用葱、姜、蒜炝锅，再放入番茄酱炒熟，倒入150克鲜汤，随之加入白糖、盐、醋，调好口味，汤沸时用湿淀粉勾芡，芡熟后倒入炸好的茄条颠翻至挂满芡时，淋明油，点香油出勺装盘。

珊瑚茄子

原料：茄子50克，胡萝卜50克，青椒50克，黑木耳10克，葱、姜丝、蒜片、干辣椒少许，精盐20克，白糖50克。陈醋少许，香油50克，花生油50克。

做法：①将茄子削皮洗净，切成片，两面剞成蓑衣花刀，撒入精盐10克，放入凉水泡去锈色，捞出控干水分。②将干辣椒、黑木耳用水发好摘洗干净，切成细丝。青椒、胡萝卜洗净切丝备用。③炒锅上火，放入花生油，油热下入茄片炒熟，捞出放入大碗内。④炒锅上火放入香油烧热再放入辣椒丝、葱、姜丝、蒜片、胡萝卜丝、青椒丝、木耳丝，煸炒至发出香味。烹入水，再放入白糖100克、精盐10克，待汁熬浓后倒入陈醋，离火浇到炸好的茄子上面，晾凉后即可食用。

油吃茄子

原料：茄子500克，鲜姜1块，红柿子椒1个，大蒜5瓣，精盐半汤匙，酱油1汤匙，白糖2汤匙，醋1汤匙，花生油50克，香油半汤匙，味精少许。

做法：①将茄子去蒂、托，洗净切成滚刀块，泡于淡盐水中。10分钟后将茄子捞出，清洗几次，沥干水。②大蒜剥去外皮，洗净，切成片。鲜姜洗净，一半切片，另一半刮去皮切成细丝。③取炒锅置火上烧热，锅热后倒入花生油，油热后倒入沥干水的茄块炸，同时加入蒜片和姜片，待茄子变色时即捞出，沥油放盘内。撒上精盐拌匀。④红柿子椒去蒂和籽洗净，切成细丝，放热油中稍炸即铲出放在茄块上，将蒜、姜丝撒上精盐拌匀。⑤将炒锅中余油倒在碗内，炒锅置火上，倒入酱油、醋、白糖调成稠汁，加入味精炒匀后浇在茄块上，上桌时淋上香油即可。

多味茄泥

原料：茄子500克，大蒜1头，香菜少许，花椒适量，小葱1根，白糖2汤匙，酱油3汤匙，米醋1汤匙，味精少许。

做法：①将茄子洗净、削皮，切成长条，撒上精盐，放清水中泡去茄褐色，捞出，控干水分。茄条装盘放蒸锅内旺火蒸熟，取出晾凉。②将香菜、小葱洗净，分别切成碎末。花椒炒热、碾成末，大蒜剥皮、捣成蒜泥。③将酱油、米醋、白糖、花椒面、葱末、香菜末、辣油、蒜泥、精盐和味精合在一起兑成浓汁。将浓汁均匀地浇在晾凉的茄条上面，拌匀即可食用。

酱醋茄子

原料： 茄子500克，酱油、辣椒油、香油、味精、醋、花椒粉、盐各适量。

做法： ①茄子洗净，去蒂切成块。②容器内放入茄子块，覆盖保鲜膜扎孔，用微波炉高火加热10分钟。③取出后摆在一盘中，放入所有调料，覆盖保鲜膜扎孔，再用微波炉中火加热2分钟。

青椒茄泥

原料： 茄子3根，青椒1个，榨菜末1小匙，盐1小匙，味精1/2小匙，葱花少许，花生油3大匙。

做法： ①茄子洗净，去蒂、尾及皮，斜切成小片；青椒去蒂、籽，洗净，切成小碎丁。②茄片置于大碗内，入笼蒸焖，取出待凉后滤去水分。③炒锅入油烧热，先炒香榨菜末，茄子下锅加盐、味精同炒，待滚起加葱花、青椒丁翻炒数下，即可盛盘。

花生溜茄丁

原料： 花生米100克，青甜椒50克，嫩茄子250克，甜面酱、盐、味精、水淀粉少许。

做法： ①把花生米用沸水加少许盐泡软，剥去红皮，下油锅炸脆。青甜椒去籽，切丁。②把茄子去皮切丁，然后用锅烧至六成热的油炸至金黄色，投入青椒丁，略炸，倒出。③原锅留少许油炸甜面酱，使之产生香味，下鲜汤、盐、味精，烧开，用水淀粉勾芡，使汤汁稠粘，投入青椒丁、茄丁、花生米，翻拌均匀，起锅即可。

炒 茄 片

原料： 茄子500克，青、红椒各50克，冬笋50克，葱、姜、蒜、糖、盐，酱油、味精、淀粉各适量。

做法： ①茄子去蒂、削皮，切成长片，青椒、红椒、冬笋均切片。②锅里放油烧热，茄子入油炸到金黄色捞出。③锅留底油加葱、姜、蒜，炒出香味时加茄片翻炒，尔后加冬笋、青椒、红椒、盐、糖煸炒，最后放味精并勾芡即成。

蒜泥茄子

原料： 茄子500克，大蒜60克，盐、醋、味精、香油各适量。

做法： ①将茄子洗净，切成四或六块，蒸熟取出晾凉。②大蒜去皮拍成泥，放碗内，加盐、醋、味精、香油调汁。③将凉透的茄子码入盘内，将调好的蒜泥浇在茄子上即成。

海米烧茄子

原料： 茄子500克，海米30克，淀粉、精盐、料酒、味精、花生油各适量，葱、姜、花椒少许。

做法： ①去茄蒂、削皮，切成片。海米洗净蒸透。②锅内倒入花生油烧至八成热，放入切好的茄子，炸至漂浮见黄色捞出。③锅留底油，把葱、姜拍松连花椒一齐下锅，炸出香味，倒入适量水，翻滚后捞弃葱、姜、花椒粒，随即把茄子、海米同时下锅。开锅后用湿淀粉勾芡，即可起锅。

鱼香茄子

原料：茄子250克，泡辣椒40克，姜、葱、蒜、精盐、白糖、醋、米酒、酱油、味精、鲜汤、湿淀粉各适量，花生油200克。

做法：①茄子洗净，对剖两边，每边交叉切成十字花形，泡辣椒去籽、去蒂，剁成末；姜蒜切成末；葱切成葱花。②锅放在旺火上，倒入花生油烧至七成热，放入茄子炸，待炸至刚熟变软时捞出。③锅内留油少许，放泡辣椒末炒香至油呈红色，加入鲜汤、茄子、精盐、料酒、酱油、白糖，调好味，以中小火加热烧至茄子软熟入味。汤汁不多时，加入味精、醋、葱花，用湿淀粉勾芡，收汁后装盘成菜。

糖酱茄子

原料：鲜茄子500克，核桃50克，精盐2克，味精1克，料酒10克，白糖30克，甜面酱20克，葱15克，花生油300克。

做法：①核桃仁用温水烫泡，撕去皮膜。茄子洗净，去蒂去皮，切成块。②锅中入花生油烧热，投入茄子，加热呈浅黄色捞出，沥油。将核桃仁投入油锅中加热至酥捞出。③锅中入花生油40克、白糖30克，加热至糖液呈棕褐色，将甜面酱放入，炒出香味。下精盐、料酒浇沸后将茄子倒入中火加热至味浓，下味精、葱花起锅装盘，撒上核桃仁即成。

蒜香茄子

原料：鲜茄子500克，猪肥瘦肉50克，精盐5克，味精1克，料酒10克，蒜末20克，干花椒3克，干辣椒15克，汤200克，水淀粉20克，花生油400克。

做法：①干辣椒去蒂、皮，切成2厘米长的节。瘦肉切成丝。鲜茄子洗净，去蒂、皮，切成块。②锅中放油烧热，投茄子放油锅中，加热至浅黄色捞出沥油。③锅中放油40克，烧热，下干辣椒加热至呈浅棕红色，再下干花椒，加热至呈棕红色下蒜末炒出香味，再投入肥瘦肉煸炒几下，加入料酒、蚝油、精盐烧沸。茄子投入锅中用中火加热至茄子熟软，下味精、水淀粉，起锅装盘成菜。

肉片烧茄子

原料：猪肉500克，茄子200克，花生油、酱油、精盐、味精、淀粉、葱、姜、蒜各适量。

做法：①茄子去蒂洗净切滚刀块，猪肉洗净切薄片，葱、姜、蒜均切末。②炒锅放花生油烧热，放入葱花、蒜末、肉片煸炒出香味后，再倒入茄子，再加酱油、精盐、料酒翻炒至熟，再放味精，勾芡，撒上蒜末即成。

炸茄盒

原料：茄子300克，肉馅150克，酱油2克，料酒1克，盐2.5克，味精2克，淀粉150克，葱1克，姜1克，香油2克，鸡蛋300克、花生油300克（实耗约150克）。

做法：①将茄子去皮、蒂，切成片。葱、姜均切成末。②将肉馅放大碗中加入葱、姜末、盐1.5克，味精、酱油、料酒、香油淀粉，搅拌均匀，即为馅心。③将100克淀粉放入碗中，并将鸡蛋磕入，加入1克盐制成蛋粉糊。④将淀粉放入盘中，取一个茄片，在其上面放一层肉馅，再用另一个茄片压在上面，即成为中间夹馅的茄盒。将茄盒放在淀粉中，使其各面均黏上淀粉。⑤炒锅上火，放入油，烧到较高温度，将粘有淀粉的茄盒挂糊，立即放热油中炸至金黄成熟，捞出即可。

油焖茄子

原料：茄子500克，花生油200克，酱油25克，盐5克，味精1克，葱、姜、蒜末各2克。

做法：①茄子去皮，切滚刀块，入花生油炸至淡黄色，捞出控净油。②热花生油下葱、姜、蒜末炝锅，加酱油、白糖、盐、水，开锅后放入茄子，转小火焖煮数分钟，转旺火待卤汁稠后加入味精即成。

一品茄子

原料：嫩茄子500克，瘦肉100克，白菜100克，淀粉10克，花生油400克，味精、酱油、精盐、葱、姜、蒜、香油、香菜梗各适量。

做法：①把茄子去皮切成四瓣，成条形。瘦肉切成薄片。白菜切成长条。香菜切成段。②勺内放花生油加热至八成热时，把茄条放入油内炸呈杏黄色捞出，控净花生油摆入盘内。③另用勺加花生油50克，放火上，将肉片倒入勺内炒熟时，放酱油、盐、葱、姜、蒜、味精和白菜，炒至白菜断生时，倒在茄条上，放入屉内蒸约20分钟左右取出，控出汤扣在汤盘内。将汤倒入勺内，汤沸时放香菜段，用淀粉勾芡，芡熟，点几滴香油浇在茄条上即可食用。

果味茄块

原料：茄子2个，西红柿1个，草莓酱50克，柠檬汁10克，辣椒末、葱末、姜末、姜粉各20克，花生油50克，精盐适量。

做法：①将茄子洗净、去蒂，切滚刀块；西红柿洗净，切片。②炒勺上火，加入植物油烧至六成热时，下入葱、姜末煸炒出香味后，放入辣椒末、姜粉、西红柿片、草莓酱、茄子块（草莓酱汁必须没过茄块）小火炖煮至熟透。③待茄子熟透后，再放入柠檬汁和少许开水，撒上精盐，颠翻数下，出锅即成。

东北地三鲜

原料：茄子200克，土豆100克，青椒50克，红椒50克，花生油、酱油、白糖、葱花、蒜泥、盐、水淀粉各适量。

做法：①土豆去皮，洗净切块；茄子洗净，切滚刀块；青、红椒去蒂、去籽，洗净切块。②锅内放油烧至七成热，放入土豆，炸至金黄捞出。再将茄子倒入，炸至金黄，放入青、红椒块略炸，一同捞出。③锅内留少量余油，放入葱花、蒜泥爆香，加入水、酱油、白糖、盐、土豆、茄子、青红椒，用水淀粉勾薄芡，出锅即可。

口蘑茄子

原料：茄子500克，酱油20克，水发口蘑，笋片25克，精盐3克，味精3克，糖10克，香油5克，花生油200克，水淀粉、酱油各20克。

做法：①将茄子斜刀切片，水发口蘑去蒂、洗净。②勺内放入花生油，烧至八成热时，放入茄子，炸成浅黄色，倒入漏勺。③勺内留底油，热时放入口蘑、笋片煸炒，加入精盐、味精、酱油、白糖、茄子，焖烧4~5分钟后勾芡，淋上香油出勺即成。

杂 菜 烩

原料：茄子2条，西红柿、洋葱各1个，青椒、土豆各1个，盐、糖各2茶勺，色拉油半汤勺，酒1汤勺，酱油半汤勺，蒜2瓣。

做法：①将茄子、土豆、西红柿、洋葱、青椒分别洗净，切成块。②将茄子入盐水中浸泡，挤干除涩味，放入深锅内，加盖旺火加热3分钟。③将土豆放入深锅内，加水2汤勺、盐少许，加盖旺火加热7分钟，中途需翻动一次。④将蒜切碎成泥，与洋葱块和青椒块一起盛入另一稍大的锅中，拌入色拉油，加盖旺火加热数分钟，中途翻动一次。⑤将所有材料混合，加盖旺火加热7分钟，每2～3分钟翻动一次。趁热食用。

素炒茄丝

原料：去皮茄子500克，花生油、酱油各20克，花椒油、精盐各5克，陈醋2克，蒜末3克，水淀粉15克，清水1000克。

做法：①将茄子切成细丝待用。②将花生油放入锅内，热后下入蒜末炝锅，投入茄丝煸炒几下，加入酱油、精盐、清水，开锅后勾芡，淋入食醋、花椒油即成。

家常茄子

原料：茄子500克，青蒜2根，胡萝卜1根，青辣椒3个，水发木耳50克，郫县豆瓣酱1汤匙，花生油4汤匙，酱油1汤匙，盐、味精、水淀粉、辣椒油各适量。

做法：①将茄子削去皮洗净，切成长4厘米、粗1厘米的条。胡萝卜切成片。青蒜切成段。青辣椒切成小块。②炒锅上火烧热，放入油2汤匙，倒入茄子条翻炒数下，加盐，焙至茄子条的水分基本收干时，捞出将油沥干待用。③炒锅再上火，放入油2汤匙，炒香郫县豆瓣酱，下青蒜段、胡萝卜片、木耳和青辣椒块炒香，倒入茄子条，再用酱油调味，用水淀粉勾芡，淋入辣椒油炒匀即可。

豆　芽

炒黄豆芽

原料：黄豆芽400克，青蒜50克，花生油20克，葱花、姜末各5克，盐6克，醋5克，花椒适量。

做法：①青蒜切段。②热花生油炸出花椒香味，放葱花、姜末略炒，放黄豆芽，煸炒，加盐、醋，翻炒均匀，撒青蒜出锅即成。

黄豆芽炒肉丝

原料：瘦肉200克，黄豆芽200克，蒜末1小匙，辣椒2个，韭菜4根，料酒、酱油、淀粉各1大匙，盐少许，糖、胡椒粉、鸡精、水各适量。

做法：①将瘦肉切丝，拌入料酒、酱油、淀粉、鸡精、盐腌10分钟。将黄豆芽去尾，洗净。辣椒去籽切丝。韭菜洗净切小段。②热油5匙炒瘦肉丝，待肉色变白时盛出，以余油炒蒜末，再放入黄豆芽炒熟。③肉丝回锅，加入辣椒、酱油、糖、淀粉、胡椒粉、盐、鸡精、水、韭菜段拌炒均匀即可。

绿豆芽炒菠菜

原料：绿豆芽500克，红柿椒、菠菜各200克，花椒、葱末、姜末、蒜片、植物油、盐、味精各适量。

做法：①将绿豆芽去头、须，洗净。红柿椒洗净，切丝，菠菜择洗干净，切段，备用。②锅中倒入油烧热，放入花椒，炸出香味，捞出不用，放入葱末、姜末、蒜片炒出香味，放入绿豆芽、红柿椒丝、菠菜同炒，加盐、味精，翻炒均匀即可。

糖醋酥豌豆

原料：鲜豌豆粒500克，精盐1克，味精1克，白糖100克，陈醋50克，香油20克，花生油200克。

做法：①将豌豆粒洗净，放入筛子或箩内，右手执刀轻斩豆粒，刀刃上即沾上豆粒，左手持一根筷子，将刀上的豆粒拨入另一容器内，直到将豌豆斩完为止。斩豆手要轻，以每粒豆上都有一浅刀口为准，斩豆的目的，是油炸时不爆裂，如斩得过深，炸时则易使皮、瓣分家。②将炒菜锅上火，倒入花生油烧热，下入豌豆粒炸至酥脆，捞入盆内，加入精盐、味精、白糖、醋、香油拌匀即成。

黄芽菜焗

原料：黄芽菜心叶250克，虾仁150克，熟火腿5克，鸡蛋清4个，水发冬菇25克，水发玉兰片5克，青豆5克，盐10克，味精1克，糯米粉10克，葱末10克，姜末10克，花椒末2克，香油10克，花生油20克。

做法：①将黄芽菜心叶瓣洗净，平放在砧板上，轻轻拍松。虾仁剁成茸，火腿、冬菇、玉兰片分别切成丁，一起放入碗中。再放入青豆加鸡蛋清、盐、葱、姜、味精、花椒末，搅拌均匀后，涂匀在两瓣菜叶上，再用两瓣菜叶分别盖上成菜焗。②将鸡蛋清放入碗内，加糯米粉拌均匀成蛋清糊。将菜焗蘸满蛋清糊放入热油锅内，炸至淡黄色，倒入漏勺。然后，切成柳叶块装盘，浇上香油即成。

韭菜炒绿豆芽

原料：绿豆芽400克，胡萝卜50克，韭菜50克，花生油、精盐、葱、姜各适量。

做法：①将绿豆芽掐去两头，放入凉水内淘洗干净，捞出控水。②将韭菜择好洗净，切成段；胡萝卜切丝；葱、姜切成丝。③将锅放在旺火上，放入花生油，烧热后用葱、姜丝炝锅，随即倒入豆芽，翻炒几下，再倒入韭菜，放入精盐，翻炒至熟即成。

拌　豆　苗

原料：豌豆苗400克，精盐、花椒油、味精、麻油适量。

做法：取豌豆苗的嫩头洗净，开水焯熟，切碎，加入精盐、味精、花椒油、麻油拌匀。

香椿炝豆

原料：鲜香椿100克，干黄豆150克，花生油200（实耗10克），香油5克，味精1克，酱油10克，精盐4克。

做法：①将黄豆淘洗干净，放入碗内用凉水泡10小时（用热水泡豆不脆）。②香椿洗净，用开水焯一下，用凉水浸凉，挤去水分，切成末；将酱油、味精、香油、精盐放入碗内兑成烹汁。③将锅置于火上，加入花生油，热后放入泡过的黄豆，炸呈金黄色、酥脆时捞出，趁热倒入盆内，加入烹汁，撒入香椿末拌匀，装入盘内即成。

炒 豆 苗

原料：黄豆芽250克，苹果1个。

做法：①豆芽洗净。苹果削皮去核，备用。苹果肉切成丝状。②食油入锅，旺火烧沸，投入豆芽，成碧绿透明时，再投入苹果丝，加少许醋、糖和味精，起锅浇少许芝麻油即成。

盐水黄豆

原料：黄豆100克，盐10克，鸡精2克，白糖15克，甘草末2克，桔饼5克。

做法：黄豆洗净投入锅内，加清水，水过豆面，加盐，盖锅置于旺火上煮15分钟，改用小火焖煮至豆皮皱起时离火，待温热时加入白糖、桔饼、鸡精、甘草末，不断搅拌至卤汁干时即成。

怪味银芽

原料：绿豆芽400克，红柿椒20克，香菜末25克，花椒面、精盐各1克，白糖10克，辣椒油15克，酱油20克，米醋2克，蒜泥、味精、麻酱各适量，香油5克。

做法：①将绿豆芽掐去尾梢，洗净，撒入精盐腌5分钟后挤掉水分。②将芝麻酱、酱油、米醋、香油、辣椒油、花椒面、白糖、蒜泥、味精调和成怪味汁，倒入绿豆芽红椒柿丝和香菜末，用筷子挑拌均匀即成。

凉拌绿豆芽

原料：绿豆芽400克，水发粉丝100克，水发海米25克，甜酱10克，醋25克，蒜泥、水淀粉各15克，花生油30克，盐、葱、姜丝各适量。

做法：①将豆芽去根，洗净，开水氽透捞出，用凉开水泡凉，与水发粉丝同放盘内。②将锅架火上，放油，至六成热，倒入海米、葱、姜、甜酱、酱油、盐，用手勺搅拌几下，炒熟后加汤50克，放淀粉勾芡，倒入豆芽盘中，加醋和蒜泥拌匀即成。

肉末煸青豆

原料：猪瘦肉馅250克，胡萝卜50克，鲜青豆150克，酱油10克，料酒5克，盐3克，味精3克，糖3克，葱5克，姜5克，花生油50克。

做法：①将青豆洗净，胡萝卜切丁，葱、姜切成末。②炒锅上火，加花生油50克，将肉馅放入煸炒，加入料酒、酱油、葱、姜同炒，至八成熟时加入盐、白糖、胡萝卜丁和青豆同炒，至肉末干香、青豆软嫩时，加入味精，翻炒均匀即可出锅。

青椒银芽

原料：绿豆芽300克，青椒100克，精盐3克，花生油20克，葱、姜适量。

做法：①将绿豆芽洗净，青椒洗净剖开去籽，切成细丝待用。②旺火，锅入花生油烧至八成热时下葱、姜炝锅，然后将青椒丝投入煸炒几下，再放绿豆芽煸炒，待熟时加入精盐、黄酒、味精即可。

五香黄豆

原料：黄豆500克，花生油20克、大茴香5个，桂皮2片，白糖40克，酱油20克，盐4克，姜3片，味精少许，香油少许。

做法：①黄豆用沸水浸泡30分钟，淘洗干净沥去水。②锅置火上，加花生油烧热，将茴香、桂皮放入微炸，倒入水，放入泡好的黄豆、白糖、酱油、盐、姜、味精、香油，烧沸后盖锅，用小火煮熟，将汤汁收浓离火，连锅带料晾凉，随食随捞，盛盘即成。

豌豆炒鸡蛋

原料：鸡蛋150克，豌豆25克，熟猪油20克，精盐1克。

做法：①将鸡蛋打入碗内，加入精盐调匀。②往煎盘内注入熟猪油烧热，下入豌豆炒几下。放入鸡蛋，煎成饼，翻成卷，煎至深黄色，外焦里嫩时即可铲入盘内。

生煸豆苗

原料：豆苗400克，白糖10克，精盐7克，味精1克，花生油50克。

做法：①把鲜嫩豌豆苗拣净，洗净，沥去水。②用旺火热锅熬花生油，花生油起烟时下豆苗迅速煸炒，随加入精盐、白糖、味精等调料，再炒匀一下即成。

绿豆芽炒肉丝

原料：绿豆芽200克，瘦猪肉100克。精盐2克，味精1克，水淀粉15克，花生油30克。

做法：①绿豆芽洗净待用；将猪肉切成细丝，用少许盐、水淀粉浆过。②锅中放花生油烧热，肉丝下锅炒散，随即把绿豆芽放入锅煸炒，再把精盐、味精放入，炒熟即可。

酥辣黄豆

原料：黄豆400克，红糖4克，淀粉0.5克，米醋50克，盐、胡椒粉适量。

做法：①将黄豆放入蒸锅内蒸熟。②在铁锅内将红糖和淀粉拌和，加入醋，移到炉子上煨熟，不断地翻炒。③待汁变稠之后，倒在蒸熟的黄豆上，加入盐和胡椒粉，慢慢地拌匀，使所有的黄豆均涂上红糖酱。

金条如意

原料：黄豆芽250克，油豆腐条子100克，花生油10克，葱、姜末各适量，盐、糖、味精各适量。

做法：①油豆腐在沸水中浸泡后，沥去水分。②锅内花生油烧热，放入葱、姜炝锅，黄豆芽下锅炒，再放入油豆腐，加盐、糖、味精等，待卤汁收浓即成。

黄豆香卤海带

原料：黄豆75克，海带30克，酱油、水、芝麻、八角、香油、白糖、姜末各适量。

做法：①海带洗净浸泡30分钟，黄豆泡水3小时。②海带、黄豆与调料下锅卤20分钟，至汤汁收干。③海带切4厘米长的段，将黄豆摆于海带上即可。

雪里蕻炒豆芽

原料：刚发芽黄豆300克，雪里蕻100克，花生油少许，精盐适量，葱花、酱油、香油、味精、蒜末少许。

做法：①黄豆芽洗净，加水煮熟，捞出沥水。②勺内加花生油烧热，下入黄豆芽炒2~3分钟，加葱花同炒，然后装盘。③用酱油、香油、味精、蒜末搅匀即成。

炝黄豆芽

原料：黄豆芽300克，黄瓜50克，花生油25克，精盐适量，味精少许，花椒粒适量，葱末、干红辣椒丝少许。

做法：①黄瓜洗净，切成1厘米见方的丁。②黄豆芽最好是生成1厘米左右长去豆皮，用沸水煮熟，捞出用冷水投凉，沥干水分。③锅烧热加入花生油，见沸时下入花椒粒炸好，去掉花椒，成花椒油。④干红辣椒用油炸酥。⑤将黄瓜丁放在黄豆芽上，加葱、姜末、炸酥的红辣椒，浇上花椒油，略焖一会，再加入精盐、味精，搅匀即成。

绿豆芽拌干丝

原料：绿豆芽250克，红柿椒100克，五香豆腐干2块，酱油25克，麻油10克，糖5克，盐1克，味精1克。

做法：①豆腐干切成细丝，红柿椒切丝。②绿豆芽去根洗净，沥干水分。③锅内放水烧沸，下入豆腐干丝、红柿椒丝，再烧沸，捞出沥去水分，放在碗中。④将绿豆芽倒入煮豆腐干丝的锅中，水沸立即捞出，沥去水，放入装豆腐干丝的碗中，加入麻油、盐、酱油拌和好即成。⑤如喜欢酥辣者，拌时可加醋或辣油。

干煸黄豆芽

原料：黄豆芽200克，花生油20克，葱丁10克，盐1克，味精1克。

做法：①黄豆芽脱去皮膜，洗净，沥去水。②锅置旺火上，烧热用小火煸炒黄豆芽，待水分减少，豆芽抽缩时倒出。③净锅烧热放入花生油，花生油沸时下入煸好的黄豆芽、葱花和盐、味精，迅速翻炒几下即成。

绿豆芽炒粉丝

原料：绿豆芽100克，猪肉100克，细粉丝50克，猪油50克，精盐、酱油、醋、葱末、姜末、蒜末、味精各适量。

做法：①将肉切成丝，豆芽用清水漂洗干净，细粉丝用开水发好。②勺内放猪油，烧至四五成热，放入肉丝，炸七成熟，放入葱末、姜末、蒜末、酱油，随后放入豆芽、细粉丝翻炒，撒入味精，滴几滴醋，出勺即成。

生煸豌豆苗

原料：豌豆苗350克，春或冬笋丝15克，花生油30克，精盐2克，味精1克，白糖2克，白酒1克，姜末1克。

做法：①将豌豆苗择洗干净，沥干水分。②炒锅置旺火上烧热，倒入花生油烧至八成热，下入姜末，投入豌豆苗煸炒几下，加入精盐、味精、白糖、春笋丝继续煸炒，待豌豆苗断生，淋入白酒即可。

黄豆芽炒菠菜

原料：黄豆芽300克，菠菜150克，姜丝10克，精盐适量，葱丝10克，花椒数粒，味精适量，蚝油10克，花生油20克。

做法：①将黄豆芽洗净，去根。菠菜择洗干净，切成段，入开水内焯八成熟捞出，沥去水分备用。②锅内倒入花生油，花生油热时放入花椒，炸出香味，随即放入葱、姜丝，稍炸，放入蚝油，再放入菠菜，翻炒后再下豆芽，加入精盐、味精，翻炒至菠菜断生即可出锅食用。

菜　花

金钩菜花

原料：菜花200克，海米30克，盐2克，味精1克，鸡汤100克，淀粉2克，葱1克，姜1克，花生油10克，香油3克，糖3克。

做法：①将菜花切成较小的块，放入开水锅中焯去青菜味。葱、姜切成小片。海米放在碗中用开水涨发。②炒锅上火，注入花生油，将菜花放入略炒后，加入葱、姜及鸡汤；用小火焖约5分钟后，加入味精、盐、糖，把淀粉溶于水，倒入锅中收汁，并将海米放入，再淋入香油，即可装盘。

红果拌菜花

原料：菜花500克，红果罐头1听。

做法：①将菜花掰成小朵，淋过清水，洗净后，放入开水中焯一下，捞出，控去水分，置于一大盘内。②打开红果罐头，浇在菜花上。③吃时，将菜花与红果汁拌均匀即可。

香菇烧菜花

原料：菜花200克，香菇100克，淀粉5克，花生油20克，香油5克，鸡汤100克，味精、葱段、姜块、精盐各适量。

做法：①菜花洗净掰成小朵，用开水烫透，用凉开水控净水。香菇洗净待用。②勺内放花生油，加热至五成熟，放入葱、姜炝锅，再放入盐、鸡汤、香油、味精，烧开将葱姜块捞出，再把菜花、香菇放入勺内，用微火㸆至入味，用淀粉勾芡翻勺即成。

西兰花带子

原料：新鲜西兰花300克，带子300克，胡萝卜8小片，云耳1小撮。

做法：①西兰花切成小朵，洗净；去除带子的群带，并剥去包着带子的薄衣，洗净，横切成小片，用盐、糖、生油、淀粉拌匀。②云耳浸开，调好1/3碗味芡。③西兰花、胡萝卜片、云耳一同先炒熟。另烧滚一些花生油放下带子肉“泡”过捞起，倒起滚油，下些姜片，烹下烧酒，倒下味芡，加入先炒熟的西兰花、泡熟的带子，快手炒匀，即可上碟。

风味椰菜

原料：花椰菜400克，生姜50克，香醋30克，白糖50克，精盐、味精各适量，辣油30克，白胡椒粉少许。

做法：①将花椰菜去老梗洗净，切成小朵，用沸水焯一下捞出，放入凉水内冷却后，沥干水分；生姜去皮洗净，切成细丝，备用。②将锅烧热后倒入辣油，待油温至六成热时，放入姜丝炒一下，再放入食糖、香醋、精盐、味精、白胡椒粉调好口味成调味汁，备用。③将花椰菜装盆，浇上调味汁拌匀腌至入味，即可食用。

炝炒西兰花

原料：西兰花400克，干红辣椒2个，花椒子、花生油、香油、盐、味精各适量。

做法：①西兰花切去柄，切成小朵，洗净，放入开水锅中焯一下，沥干水分待用；干红辣椒去蒂及籽，洗净，切成段。②锅内倒少量花生油烧热，下花椒粒炸香，捞出花椒粒弃掉，趁热下干辣椒段；待其刚变颜色时，投入西兰花，快速翻炒，放盐、香油、味精炒入味即可。

冬菇烧菜花

原料：冬菇5克，菜花200克，味精1克，酱油25克，精盐0.5克，葱末、姜末各适量，白糖5克，熟猪油20克，水淀粉10克。

做法：①将冬菇放入温水中泡透，去蒂，用清水洗净。将菜花洗净，切成长条，入沸水中氽一氽捞出，控干水。②炒锅置火上，放入熟猪油烧热，下冬菇煸香，放入菜花，加酱油、精盐、白糖炒匀，倒入水烧5分钟，下味精，用水淀粉勾芡，再炒片刻装盘。

菜花肉饼

原料：西兰花400克，瘦肉馅100克，面包粉少许，鸡蛋清1个，酱油、香油、胡椒粉各适量。

做法：①西兰花以滚水氽烫后，置凉水冲洗降温，剁碎。②将碎西兰花与瘦肉馅搅拌均匀，再加入面包粉、鸡蛋清、酱油、香油、胡椒粉拌匀，揉成圆饼状。③置入微波炉中用160℃火烤20分钟即可。

芥末菜花

原料：菜花400克，芥末25克，盐4克，味精1克，米醋15克。

做法：①菜花去叶、根及筋，切成大小相等的块，洗净，用沸水煮，自然冷却备用。②芥末放碗内，用开水调成糊状，用保鲜膜盖好（也可用小碗），碗外用冷水泡凉，出辣味后用盐、味精和米醋调好，将菜花拌匀即可装盘。

叉烧菜花

原料：菜花400克，水淀粉10克，叉烧肉100克，花生油40克，盐30克，味精5克，料酒5克，鸡汤30克。

做法：①菜花去掉叶、根及筋，切成大小相等的块，洗净，用水煮过备用。②叉烧肉斜刀切片备用。③将花生油下锅烧热，放入叉烧肉煸炒出香味，加入料酒、鸡汤、盐和味精，调好口味，加入菜花同炒，熟后勾芡出锅装盘。

白烧菜花

原料：菜花500克，猪肉100克，湿淀粉50克，精盐5克，料酒、花椒水各2克，白糖10克，葱、姜、蒜共30克，鸡精1克，鲜汤200克，花生油100克，香油1克。

做法：从菜花茎部下刀，使菜花自然敞开，然后瓣成小块，猪肉切成小片，葱、姜各切成丝，蒜切成片。锅内放入花生油，烧至六七成热时，将菜花放入略炸捞出。另起锅，放入10克花生油，放入肉片煸炒熟后用葱、姜、蒜炝锅，添汤再放入其他调料，接着放入菜花，用小火烧至汤快干时，用湿淀粉勾芡，放鸡精，淋入香油，翻动几下出锅即成。

鱼香菜花

原料：菜花、泡辣椒、姜、大蒜、小葱、酱油、醋、白糖、料酒、水淀粉、鲜汤、味精、鸡精、花生油各适量。

做法：①菜花洗净，切成小块，泡辣椒去蒂及籽，剁细成末，姜、大蒜去皮洗净，切成姜、蒜米，小葱洗净，切成葱花。②锅置中火上，烧水至沸，下入菜花汆断生捞出。锅内入花生油，烧热，放入泡辣椒末、姜、蒜末，炒香上色，加入鲜汤，倒入菜花，加盐、酱油、白糖、料酒，烧至入味，用淀粉勾芡，放入味精、鸡精、醋、葱花，翻炒均匀，出锅即可。

肉丝炒菜花

原料：菜花 200 克，瘦肉 100 克，料酒、花生油、葱丝、酱油、姜丝、鸡汤、味精、精盐各适量。

做作：①肉洗净切成细丝。菜花掰成小块洗净，入沸水锅中焯一下捞出。②炒锅加入花生油，置火上烧热，下葱丝、姜丝炝锅，烹入料酒、酱油，加入肉丝划散炒至变色，放入菜花，略炒，再放入精盐、味精、鸡汤，待菜花烧熟，即可盛入盘中。

黄　瓜

糖醋黄瓜条

原料：嫩黄瓜 500 克，盐 5 克，白糖 100 克，米醋 100 克，芝麻油 10 克。

做法：①将嫩黄瓜刷洗干净，切成小段，放盘内，撒上适量的盐拌匀，腌渍 10 分钟，再用清水去盐水，挤净水分备用。②炒锅置火上烧热，放入清水 150 克，加白糖煮成浓汁，离火后加米醋和 1 克盐调匀。浇在黄瓜段上，拌匀后再腌 20 分钟，食用时淋上香油即成。

三鲜黄瓜酱

原料：黄瓜 250 克，瘦猪肉 100 克，豆腐干 2 块，虾米 10 克，生姜 5 克，葱 2 根，甜面酱 100 克，精盐 2 克，酱油 10 克，白糖 10 克，花生油 250 克（耗 25 克），黄酒、麻油、味精、淀粉各少许。

做法：①黄瓜切成小丁，加盐腌制 15 分钟，沥去水分。②猪肉切成小丁，加少许盐、黄酒、淀粉拌和。③豆腐干用沸盐水浸泡 5 分钟后切成小丁。虾米加黄酒、水浸发后蒸熟。④花生油烧至六成热，下豆腐干丁，炸至金黄色起锅。锅留余油，下姜丝、葱末，待香后下肉丁煸炒片刻，下豆腐干、虾米，并加入甜面酱、酱油、白糖、黄酒，煸炒均匀，下黄瓜丁、味精，用中火翻炒至卤汁包混，淋上麻油起锅。

泡椒黄瓜

原料：嫩黄瓜 250 克，猪肉丝 50 克，泡辣椒 15 克，料酒、食醋、味精、水淀粉、白糖适量，姜末、葱段、蒜片、精盐少许，花生油 50 克。

做法：①将黄瓜切成 4 厘米长、1 厘米宽的片，在盆内用精盐（1 克）拌一下，沥干水分。将白糖、醋、酒、精盐、味精、水淀粉放在碗内，兑成调味汁。②炒勺烧热，放花生油，待油烧至七成热时，将黄瓜片下勺煸炒后，倒入漏勺沥花生油。③原勺上火，再放油，烧至五成热时，将肉丝下锅，放姜、蒜、葱、泡椒，炒出香味，下黄瓜片，加调味汁。

黄瓜爆肉丁

原料：黄瓜100克，猪瘦肉150克，甜面酱10克，白糖、料酒、干淀粉、葱末各5克，水淀粉3克，味精1克，鸡蛋清1只，姜末、酱油各2克，花生油150克，鲜汤50克。

做法：①将黄瓜洗干净，削去两头，平剖成两瓣，剜去瓜瓤，切成1厘米长的菱形块；猪肉洗净，切成1厘米厚大片，用刀背拍斩，再剁成1厘米见方的肉丁，放在碗内，加鸡蛋清、酱油、干淀粉，抓拌均匀上浆。②炒锅上火，放入花生油，烧至六成热，放入肉丁滑油至刚熟时，倒入漏勺沥油。③炒锅复上火，锅内留少许油，放入葱末、姜末炸出香味，再放入黄瓜丁、料酒、甜面酱、白糖、鲜汤、味精，炒均匀，下水淀粉勾芡，淋入熟猪油，倒入肉丁，颠翻均匀，出锅即成。

木犀黄瓜

原料：黄瓜200克，鸡蛋3个，花生油50克，精盐5克，料酒3克，味精1克，鲜汤20克，水淀粉、熟火腿各10克。

做法：①黄瓜洗净，削去两头，剖开去瓤，切成丝；鸡蛋磕入碗内，放入黄瓜丝、火腿丝、精盐、味精、料酒、水淀粉、鲜汤，调和均匀。②上炒锅，放入花生油烧至五成热，倒入蛋液，用手勺快速翻炒，待蛋液凝固时，起锅装在盘内即可食用。

香辣黄瓜

原料：黄瓜500克，香油10克，精盐8克，白糖75克，味精1克，白醋少许，干红辣椒2个，葱、姜丝各15克，花椒适量。

做法：①将黄瓜洗净，切去两头，再切成竹筷粗细的长条，放入盆内，加盐、味精腌20分钟备用。②将白糖放入碗内，冲入开水100克，白糖化开凉透后，再加入少许白醋，调成糖醋汁。③将腌好的黄瓜稍挤去水分，整齐地放入碗内，浇上调好的糖醋汁。将炒锅上火，加入少许香油，把干辣椒切成丝，放入锅内，略煸出辣味，再放入葱、姜丝略炒后，即捞出姜丝、辣椒丝放在黄瓜上。锅中再投入数粒花椒，炸出香味，连油一起浇在黄瓜上，然后用一个盘子压住，腌2～3小时，即可食用。食用前，将黄瓜取出，切成3厘米长的段，放入盘内，再拣一些辣椒丝、姜丝放在上面，浇上少许卤汁即成。

火爆腰花

原料：黄瓜200克，腰子100克，姜末、葱末、蒜末、泡红辣椒末、精盐、味精、酱油、白糖、醋、料酒、水淀粉、鲜汤、花生油各适量。

做法：①腰子平片成两块，去净腰臊，先反刀斜剞，再直刀剞三刀一断的眉毛形，用精盐、水淀粉调味上浆；黄瓜洗净，去瓤心，切成条。②用精盐、白糖、味精、酱油、醋、料酒、水淀粉、鲜汤对成滋汁。③锅中放花生油烧熟，放入腰花炒散，加姜、蒜、葱、泡红辣椒末、黄瓜条炒匀，烹汁并急火收汁，起锅装盘。

黄瓜炒肉片

原料： 黄瓜500克，猪肉200克，精盐10克，味精1克，花椒5粒，干辣椒2个，花生油30克，大葱、生姜、白糖各20克，醋、淀粉各适量。

做作： ①将黄瓜削去两头，切成两半，切成均匀的片。②猪肉切成薄片，用盐、淀粉拌均匀备用。③烧好油锅，先将肉片炒熟捞出，再炸花椒、干辣椒，炸出香味后将葱、姜、糖、醋和黄瓜投放翻炒几下，再投入肉片，翻炒均匀，加盐、味精翻匀即可出锅。

木耳黄瓜

原料： 黄瓜500克，水发木耳50克，精盐、酱油、味精、白糖各适量。

做法： ①将黄瓜洗净，切成片，撒上精盐腌10分钟左右，挤去水分放在盘中。酱油加白糖、味精调匀备用。②将水发木耳去杂质洗净，挤干水分撕成小片放入黄瓜盘内。食用前倒入用酱油、白糖、味精调好的汁即成。

莴　笋

炝辣莴笋

原料： 莴笋500克，辣椒2克，精盐2克，味精1克，花生油10克，麻油5克，姜5克。

做法： ①把莴笋刮去毛叶，去外皮及根蒂，然后洗净切成梳子片。②把莴笋片用盐略腌，挤去水分后装入盘内，再放入味精、麻油、姜末，把辣椒用花生油炸后倒入莴笋内腌渍即可。

竹荪三鲜

原料： 水发竹荪100克，豌豆苗50克，鸡脯肉100克，发好海参50克，鸡蛋清1只，虾仁100克，葱姜水10克，干淀粉15克，鲜汤1000克，米醋5克，精盐适量，白糖0.5克，味精1克。

做法： ①将水发竹荪洗净，切成3厘米长的段，粗者用刀顺长一剖二瓣。发好的海参切成坡刀片。鸡脯肉切成薄片，与虾仁同放碗内，加鸡蛋清、干淀粉、精盐少许，抓匀上浆。豌豆苗用清水洗净。②炒锅置旺火上，倒入鲜汤500克烧沸，放入浆好的鸡肉片、虾仁氽熟，倒入漏勺沥去汤。原炒锅复置旺火上，倒入鲜汤500克烧沸，下竹荪段、海参片、精盐、白糖、米醋、葱姜水、味精、熟鸡肉片、熟虾仁、豌豆苗，烧片刻，撇去浮沫，出锅倒入汤碗内即成。

炝冬笋

原料： 冬笋300克，胡萝卜末10克，酱油、味精、香油、鲜笋汤、姜末各适量。

做法： ①将冬笋洗好切片，放入碗中，加入少许鲜笋汤，上笼蒸约1小时，取出，沥去汤汁，装盘。②将酱油、味精、鲜笋汤放入净锅中，烧热调成汁，浇在熟冬笋片上，再撒上姜末、胡萝卜末，淋上香油即可出锅装盘。

油焖鲜笋

原料： 冬笋（或春笋）500 克，酱油、花生油、糖各适量，姜汁、盐、香油少许。

做法： ①竹笋斩掉老根，横刀切成两片，然后用刀切成条。②坐锅灼热，入花生油，烧至五成热时，将笋条逐一放在油锅中炸至断生后捞出。③将笋全部炸熟后，倒掉锅中余油，放入姜汁、盐、酱油、糖和笋条，用大火炒至染上色、入了味后，再加些汤、味精，用小火加盖焖至卤半干，再改用旺火收干，下香油拌匀即可。

干煸冬笋

原料： 冬笋 3 支，开阳末 1 大匙，火腿末 1 大匙，榨菜末 1 小匙，盐 1 小匙，味精 1/2 小匙，糖 2 小匙，葱花少许，高汤少许，花生油 4 小碗，嫩豆苗 150 克。

做法： ①笋洗净，去壳，对切 4 份再切 2 厘米长滚刀块。②花生油入锅烧热，笋块投入炸至黄褐色，捞起沥油。③锅中留花生油少许，爆香开阳末、火腿末、榨菜末后，倒入笋块翻炒，加入盐、味精、糖、葱花调味，注入高汤后改大火煸炒至汤汁收干，即可盛盘。④豆苗烫熟，镶在盘边，即可上桌供食。

炒　三　丁

原料： 羊肉 100 克，冬笋 100 克，芹菜 100 克，鸡蛋清 1 个，姜、葱、蒜、料酒、清汤、味精、精盐、白糖、香油、花生油各适量。

做法： ①把羊肉去筋洗净，切丁，放入碗中，加入鸡蛋清、精盐拌匀；姜切成末；葱切成葱花；蒜切成蒜末；冬笋、芹菜切成同羊肉大小一样的丁。②将花生油倒入炒锅，烧热后加入葱、姜、蒜末稍炒，再加进“三丁”，大火翻炒，熟时加入料酒、味精、精盐、白糖、清汤，急火收汁，再淋入香油即可。

冬笋肉丝

原料： 猪肉 100 克，冬笋 100 克，花生油、精盐、香油、味精、料酒、葱、鲜姜各适量。

做法： ①猪肉、冬笋洗净，切成同样的细丝。②葱顺切成长条；姜洗净、去皮，切成极细的末。③把炒锅放在旺火上，放入花生油、葱、肉丝、冬笋丝，急火煸炒，再放入精盐、味精、料酒、姜末继续煸炒，最后放入香油，装盘即成。

干炸冬笋

原料： 嫩冬笋尖 500 克，油菜叶 150 克，盐 1.5 克，味精 1 克，花生油 300 克（实耗 40 克）。

做法： ①将冬笋尖顺其纤维方向切成长 4 厘米、宽 2 厘米的条，油菜叶切成宽约 0.2 厘米的细丝。②花生油放入锅中，烧至其表面略有青烟。将油菜叶放入略炸，立即取出滤干油分，撒一些盐、味精，将其平整地放在将要盛菜的平盘中。油锅再次烧热，放入冬笋炸两遍，第一遍油温较低，使其出水；第二遍油温要较高，使其上色，待其色呈焦黄后取出，滤干油分，放在大碗中。③在碗中撒上盐、味精，搅匀后，将冬笋放在炸好的油菜丝上即可。

生炒笋尖

原料： 笋尖 250 克，盐 2 克，味精 1 克，花椒 2 克，葱、姜各 1 克，花生油 25 克。

做法：①将笋尖（即莴笋带叶的尖部，叶和茎相连）洗净，将过多的菜茎去掉。用刀剖开，大的切4瓣，小的一劈为二。葱切成豆瓣形，姜切成片。②炒锅上火，放入花生油，将花椒放入，待花椒炸成紫色时，将笋尖放进煸炒，并加入葱、姜，待叶色变嫩绿色时，加入盐、味精，翻炒几下即可装盘。

红烧冬笋

原料：冬笋400克，水淀粉5克，猪油150克，鸡汤10克，酱油20克，姜块、葱段、料酒、花椒水、精盐、味精、白糖各适量。

做法：①先将冬笋切成4厘米长的段，用刀拍松，再用手撕成劈柴条块待用。②炒勺内放猪油，加热，待油温达七成热时，放入冬笋炸一下，倒入漏勺内控净油。③另用勺加热，放猪油。待油热时，用葱、姜炝锅，加酱油、鸡汤、料酒、花椒水、味精、精盐、白糖，调好口味，待汤沸时，拣出葱、姜，放入冬笋，移小火上煨至汤汁浓稠时，用水淀粉勾芡，淋明油，即可出勺装盘。

芦笋三素

原料：芦笋罐头1罐，青刚菜15棵，香菇10朵，高汤3饭碗，面粉1大匙，盐2小匙，味精1小匙，淀粉水1大匙，鸡油1匙。

做法：①芦笋切5厘米长的段。青刚菜洗净，除去叶片，留5厘米长菜心，对切成半，用热水烫熟。香菇泡发，去蒂。②芦笋、青刚菜、香菇整齐排在大圆盘中，再倒扣在竹篾上。③高汤入锅烧滚，竹篾放在锅中，用小火炖煮5~7分钟，再小心将竹篾提起，原样扣回大盘中。④汤汁留锅，慢慢加入面粉、淀粉水勾成浓汤，加盐、味精调味后，即可淋加在三素上，食前淋下鸡油，香味更浓。

雪菜干烧冬笋

原料：鲜冬笋1250克，腌雪里蕻梗50克，腌雪里蕻叶50克，精盐1克，味精1克，料酒25克，酱油20克，白糖20克，胡椒面0.1克，葱末5克，香油20克，花生油1000克（约耗50克），姜末5克。

做法：①将鲜笋的外壳劈开，撬出鲜笋，再用刀将鲜笋的笋衣剥去。将削好的鲜笋放入锅中，加入凉水，上火烧开，约煮20分钟，将鲜笋捞出，放入凉水盆中冲凉。②将鲜笋一破两开，再顺笋丝切成长7厘米的西瓜块形。将雪里蕻梗洗净，切成碎末。将雪里蕻叶洗净，并将菜叶一片片舒展开，摊在盘内。③将炒菜锅上火，倒入花生油烧至五成热，将雪里蕻叶一片片下入锅中，用温油缓炸至酥脆可口并呈深墨绿色时，捞入盘内。再将油烧至七成热，下入冬笋块，炸至发干和边角出现红边时捞出，控净油。④将锅内油倒出，下入香油烧至五成热，下入葱、姜末和雪里蕻末煸炒出香味，随即下入冬笋块和酱油、料酒、精盐、味精、胡椒面、白糖及少量清水，不断地拌炒，至汤汁将尽和雪里蕻末挂在冬笋块时止火。盛入盘中，再将雪里蕻叶围在四周即成。

辣莴笋

原料：莴笋100克，白糖5克，干红辣椒丝2克，姜丝2克，花椒皮1克，醋7克，酱油5克，香油5克，鸡精适量。

做法：①将莴笋老根的外皮去掉，每根从中间一破两半，切成片，放在盆内。②用白糖、醋、酱油、鸡精兑成汁水，倒在莴笋盆内，并拌入辣椒丝、姜丝。③香油下锅烧热，将辣椒丝和花椒皮放入锅内炸酥捞出去掉，辣椒油浇在莴笋上，用大盘扣紧，待花椒油味渍透，取下扣盘即可。

炝麻辣莴笋

原料：莴笋100克，香油2克，酱油2克，精盐1克，干辣椒2克，味精1克，花椒适量。

做法：①将莴笋去皮、去筋，切成长6厘米、宽1厘米的条，用精盐拌匀腌1小时，控去水，拌上味精；干辣椒切成小段。②炒锅上火烧热，放入香油，下入花椒炸煳，把花椒捞出，再放入干辣椒段，炸到黑紫时，下入莴笋，放入酱油，翻炒数下即成。

香辣莴笋

原料：莴笋500克，干辣椒末5克，精盐3克，味精2克，酱油5克，香醋3克，花生油20克，香油5克。

做法：①莴笋去皮，洗净，切成小块，加盐1.5克拌匀。②锅内放花生油烧至六成热时，下干辣椒末略煸，放莴笋块翻炒，加精盐、酱油、味精、香醋炒入味，淋香油炒匀，出锅装盘。

麻酱凤尾

原料：嫩莴笋尖20根，酱油50克，味精1克，精盐1克，花椒油10克，香油15克，芝麻酱25克。

做法：①将嫩莴笋尖去皮，修理整齐，在粗的一端切成4瓣，切勿切断，放入沸水锅内焯一下，捞出，晾凉整齐地盛入碗内。②取碗一只，加入酱油、味精、盐、芝麻酱、花椒油、香油调匀成汁，浇在莴笋尖上即成。

莴笋炒肉丝

原料：去皮肥瘦猪肉150克，莴笋250克，精盐4克，料酒5克，酱油30克，面酱、葱末5克，味精2克，水淀粉15克，猪油40克，花椒油10克，鲜汤少许。

做法：①将肉洗净切成丝状，笋去根、叶，削去皮筋，也切成丝。②将炒锅置于火上，放入猪油，热后下入肉丝煸炒变色，倒入葱末、面酱，待面酱炒熟，将莴笋丝下锅，翻炒两下，加料酒、酱油、少许汤，再加入味精、精盐，勾芡，淋入花椒油炒拌均匀即可。

豆瓣烧冬笋

原料：冬笋尖250克，水发冬菇30克，胡萝卜25克，青豆25克，料酒、豆瓣酱、盐、味精、白糖、汤、姜、葱各适量。

做法：①冬笋切片，剞十字花刀后切粗长条；冬菇、胡萝卜切丁；葱、姜切末，冬笋、冬菇、胡萝卜丁、青豆下开水中煮透捞出。②用葱末炝锅，下豆瓣酱炒出红油加料酒、汤、盐、味精、白糖烧开，再放入全部原料，烧开后用小火煨10分钟，改中火收汁，至汁尽油清时装盘即成。

花椒油莴笋丝

原料：发好的莴笋400克，花生油25克，酱油30克，精盐8克，花椒8粒。

做法：①将莴笋去叶、去皮洗净，斜着切成薄片后，再切成细丝。②将花生油烧热，放入花椒炸透，投入莴笋丝煸炒至半熟，加入酱油、精盐，再用旺火快炒至熟即成。

鱼辣芦笋

原料： 鲜嫩芦笋250克，胡萝卜40克，莴笋100克，香菜50克，精盐、味精各适量，鱼辣调味汁50克，香油少许。

做法： ①将芦笋洗净，切成细丝；胡萝卜洗净，切成细丝；莴笋去皮叶，洗净切成细丝；香菜洗净，切成细末，备用。②将芦笋丝、胡萝卜丝、莴笋丝放入碗内，撒上精盐腌至入味，挤去水分，再放入味精，鱼辣调味汁拌匀调好口味再腌数分钟。③食用时，将芦笋等三丝装入盘内，撒上香菜末，淋上香油即可。

红腐乳拌莴笋

原料： 莴笋150克，红腐乳汤、麻油、精盐、味精、白糖适量。

做法： 把莴笋去皮洗净，切块，放入少量的盐和味精，先腌一下去掉水分，拿出装盘内，底衬腐乳汤，汤内加少量的糖，然后浇上麻油即成。

玉笋鲜贝

原料： 鲜贝200克，玉米笋200克，小油菜10棵，盐5克，味精2克，鸡汤20克，葱2克，大蒜1克，姜1克，淀粉1克，花生油40克，香油1克。

做法： ①将洗净摘去筋的鲜贝放入少许淀粉上浆；玉米笋、油菜放在锅内用开水焯熟取出，放入盐2克、味精1克拌匀，并把玉米笋夹在油菜心中，码放在盘周围。②葱、蒜、姜切片放入碗中，加盐、味精、鸡汤、淀粉、香油调成汁。③炒锅上火，加油烧热放入鲜贝炒至七成熟，将碗汁放入，翻炒均匀装盘并在油菜和玉米笋上淋些油。

雪菜红烧冬笋

原料： 鲜冬笋500克，雪里蕻50克，盐1.5克，味精1克，蚝油2克，酱油3克，白糖2克，香油3克，花生油300克（实耗10克），鸡汤50克，料酒2克，葱5克。

做法： ①将鲜冬笋去皮，选用尖部较嫩部分，切成条。葱切末。②将雪里蕻切成段，留叶，放在凉水中浸泡约10分钟，使其盐分降低。③在锅中放花生油300克（实耗10克），烧热后，将雪里蕻从水中取出挤干水分，炸一下，使其呈翠绿，取出撒些味精备用。再将冬笋块放入花生油中，炸至金黄色取出。将锅中油倒入器皿中，锅上火，将笋块、料酒、盐、酱油、蚝油、白糖、味精、鸡汤倒进，用小火将汁收干，再放入葱末、香油，用旺火翻炒几下，即可出锅装盘，再将雪里蕻放在四周即可食用。

鱼香莴笋丝

原料： 莴笋500克，姜末、葱末、蒜末各2克，泡辣椒1个切细，水豆粉10克，花生油25克，陈醋10克，白糖5克，汤100克，盐10克。

做法： ①将莴笋去皮，洗净，切成丝用盐拌匀。②炒锅置中火上，下花生油烧到六成热时，放入姜、蒜、泡辣椒、葱，炒出香味后，下莴笋至断生，加汤、白糖和陈醋，勾水豆粉拌匀即成。

干烧冬笋

原料： 冬笋500克，榨菜15克，肥瘦猪肉40克，盐1.5克，酱油10克，糖3克，料酒5克，味精1克，胡椒面0.1克，鸡汤50克，花生油20克。

做法：①冬笋选用较嫩的尖部（如系鲜笋，则要去皮，去老根），切成大片。榨菜、猪肉切成末。②将花生油放入锅中，烧热后，将肉末放入炒熟，放入笋块，用旺火煸炒至其表面成为深黄色后，加入盐、酱油、糖、料酒、胡椒面和鸡汤。用小火烧约10~20分钟，待汁将收净时，加入榨菜末、味精，翻炒均匀后，即可出锅。

麻酱莴笋尖

原料：莴笋尖500克，熟辣椒油25克，精盐10克，白糖20克，豆瓣10克，花椒面1克，芝麻酱20克，甜面酱7克，熟芝麻面2克。

做法：①用新鲜莴笋的嫩尖部分，去叶和外衣，淘洗干净，先切成段，再切为细条。用盐7克撒上拌匀，腌渍3小时，除掉涩水。豆瓣剁茸待用。②将腌过的莴笋尖，用清水淘洗干净，沥干水分，放在大碗中。再把熟辣椒油、白糖、盐、甜面酱、豆瓣茸、花椒面、芝麻酱、芝麻面一并混合拌匀，放入盘中，即可食用。

素烩三鲜

原料：莴苣1根，土豆2个，鸡蛋1只，水发木耳、海米、鸡汤、花生油、精盐、味精各适量。

做法：①将莴苣、土豆去皮、洗净，切成菱形片。②炒锅烧热加少许花生油，将鸡蛋液摊成蛋皮，再切为菱形片。③将木耳、海米用水泡好、洗净，锅内加水，兑入2勺鸡汤，将上述加工过的菜倒进汤中，放精盐，烧5分钟许，加味精，即可出锅装盆。

金钩烧莴笋

原料：莴笋500克，金钩豆瓣酱25克，葱、姜、猪油、鸡汤、湿淀粉等适量。

做法：①金钩酱用开水泡发，葱、姜切片。②莴笋去皮切成小指粗、二指长的条块，过油后捞起。③炒锅坐旺火，下猪油，六成热时，将过油的莴笋略煸一下，加盐、姜片、鸡汤同烧，泡金钩酱的水也加入，金钩酱、莴笋同烧，入味后挂芡，放些葱花，装盘即成。

烧三色葫芦

原料：净胡萝卜、白萝卜、莴笋各250克，精盐5克，味精1.5克，姜1克，葱15克，湿淀粉15克，鸡汤250克，猪油50克。

做法：①将胡萝卜、白萝卜、莴笋分别切成3厘米长的圆柱体，雕成“小葫芦”型，放入沸水内焯熟。②锅内下油烧热，放入姜、葱炒一下，加入鸡汤烧沸，拣去姜、葱，下“小葫芦”，加入精盐，用湿淀粉勾薄芡，加味精即成。

油吃西红柿莴笋

原料：莴笋500克,西红柿500克,鲜姜1小块,精盐1汤匙,白糖2汤匙,醋3汤匙,干红辣椒1个,香油3汤匙,味精少许。

做法：①莴笋去叶，去皮洗净，先斜切成薄片，再切成细丝，放盘内腌30分钟，挤去水。②将西红柿洗净切成条，鲜姜切成细丝，连同西红柿一起撒在莴笋丝上面。③将白糖、醋倒入炒锅内置火上烧，待糖熔化后出锅，冷却后浇在莴笋丝上。④干红辣椒先放水中泡软，然后去蒂和籽，洗净，切成细丝，待用。⑤取炒锅置火上，锅热后倒入香油，待油热后将辣椒丝倒入油中炸，见辣椒炸成变色后，趁热将油浇在莴笋丝上。速用碗扣住莴笋盘，15分钟加入味精，拌匀即可食用。

风光田园

原料： 鲜芦笋300克，鲜冬菇100克，盐1/2茶匙，糖1/2茶匙，姜汁1茶匙，清水1杯，花生油1茶匙，胡椒粉少许。

做法： ①鲜冬菇洗净，用煮滚的调料煨熟。②鲜芦笋削去根端老梗，放入花生油、盐滚水中焯1分钟，捞出置冷水中浸片刻，再放入煮滚的调味料中煨两分钟，使入味。③鲜芦笋尖端朝外呈放射状，鲜冬菇放中间即成。

鲜豆浆烧莴笋

原料： 鲜嫩莴笋500克，鲜豆浆250克，味精1克，精盐10克，花生油50克，湿淀粉少许。

做法： ①莴笋剥去外叶，留3~4片小叶，刨去外皮，用刀切成段，根部修成葫芦形，泡在水里待用。②炒锅上火，放清水烧开后，将莴笋沥去水下锅氽一下，变色后用漏勺捞起，泡在清水里待用。③倒去锅内水，洗净上火，放花生油，烧热后将莴笋用漏勺捞起，沥去水分放入油锅，文火烧2分钟左右，即用漏勺捞起沥去油待用。④倒去锅内花生油、上火，放入豆浆、莴笋，同时放入精盐10克，烧约3分钟，用漏勺捞起莴笋，整齐地排放在盘子里，汤汁用湿淀粉勾芡，放入味精，将卤汁淋在莴笋上即可。

麻辣莴苣

原料： 莴苣500克，葱丝6克，姜丝2克，干红辣椒2个，花椒10粒，盐3克，味精1克，生抽8克，香油10克。

做法： ①将莴苣去叶和硬皮，洗净后切成条，加入盐，略腌后控水；干红辣椒切成段。②炒锅置旺火上，加入香油，烧热时放入干红辣椒、花椒，炸至辣椒变褐红色时，放入葱、姜丝炝锅，随即加入酱油、盐、莴苣条和少许水，翻炒至莴苣断生时加入味精，翻拌均匀后盛盘即可。

西　红　柿

煎西红柿

原料： 西红柿250克，精盐1.5克，白胡椒粉1克，过箩精面粉10克，花生油50克。

做法： ①将西红柿去蒂，切1厘米厚的片，撒精盐和胡椒粉，均匀粘上面粉待用。②煎盘内倒花生油，旺火烧至七成热，将西红柿放油内，两面煎上色润出油，整齐地码在长盘内即好。

奶油西红柿

原料： 西红柿300克，鲜牛奶100克，鸡油或熟豆油15克，淀粉少许，精盐、味精各适量。

做法： ①把西红柿用开水泡过，去皮、蒂和籽，每个切6块使用。②把牛奶、味精、精盐和淀粉调成稠汁。③勺内放水150克，烧沸，将西红柿倒入。待水再沸时，加入用牛奶、味精、精盐和淀粉调好的稠汁勾芡。煨一会，待芡汁略浓，淋入鸡油，即可出勺。

焗西红柿

原料：西红柿20只，碎洋葱100克，碎芫荽草1克，碎大蒜头50克，花生油150克，盐、味精、胡椒粉适量。

做法：①将西红柿削去蒂，洗净，排列在焗盘里根部朝上。②煎锅烧热，加入花生油，投入碎洋葱炒至黄色时，加入碎大蒜头略炒一下，分别浇在西红柿上面，撒上盐、味精、胡椒粉，淋上油，放入烤炉中烤黄至熟即成。

西红柿烧大豆

原料：大豆4克，西红柿400克，花生油、盐、淀粉适量，味精少许，鸡汤适量。

做法：①大豆用水泡透，煮熟去皮。②西红柿在沸水中烫一下，去皮，切成碎块。③锅置旺火上，花生油烧沸，下入西红柿块炒一下，再放入熟大豆、盐、味精、鸡汤同烧，入味时加淀粉汁勾芡即成。

炸西红柿

原料：西红柿250克，鸡蛋1个，面包渣100克，面粉50克，精盐、鸡精、胡椒粉、花生油各适量。

做法：①先将西红柿洗净去柄，切成1厘米厚片，撒上胡椒粉、鸡精、盐，沾上面粉；鸡蛋打入碗内调匀，再将西红柿片沾上鸡蛋，滚上面包渣，用手压实。②把炒勺放火上，倒入花生油，烧到六成热，放入西红柿片，炸呈金黄色时，捞出控净油装盘即可。

炒木犀柿子

原料：西红柿250克，鸡蛋3个，猪油50克，湿淀粉10克，葱、姜末、香油、精盐、味精各适量。

做法：①把西红柿洗净，切成桔瓣形块。②将鸡蛋打入碗中，放入葱、姜末、精盐、味精搅拌匀。③炒勺放火上，倒入35克猪油，猪油热将鸡蛋放入勺中炒熟倒入盛皿中。另用勺放入猪油15克，油热投入西红柿煸炒1～2分钟，放精盐、味精各适量，随之放入炒好的鸡蛋，炒拌均匀后，用调好的水淀粉勾芡，点香油即可出勺装盘。

羊肉片氽西红柿

原料：西红柿200克，瘦羊肉50克，花生油15克，高汤150克，料酒5克，葱5克，精盐2克，姜3克，蒜3克，味精1克。

做法：①羊肉切成薄片；西红柿用开水烫一下，去皮切成片；葱切丝；姜和蒜切片。②将油烧热，加入葱丝炝锅，烹入料酒，放肉片、高汤、姜片、蒜片，烧开3分钟后去掉姜、蒜，加入西红柿，大火烧开，中火慢煮，见有红油，加味精、精盐，出锅即可。

西红柿肉片

原料：猪瘦肉200克，南荠50克，番茄酱30克，盐3克，味精1克，醋10克，白糖20克，葱5克，姜5克，淀粉4克，鸡蛋1个，油50克，料酒4克。

做法：①将猪肉切成厚片，放入盐1克、味精1克，料酒2克、鸡蛋1个、淀粉1.5克上浆，抓匀。②南荠切成厚约0.2厘米的片，葱切段，姜切厚片，用刀略拍一下。淀粉溶于少量水中。③炒锅上火，加入油40克，烧热后将肉片放入煸炒，至肉片炒散，八成熟时倒入盘中。炒锅上火，加油10克，放入葱段、姜块煸炒，出香味后将其去掉；用中火把番茄酱放入锅内略炒，放入料酒，加清水100克，加盐、醋、白糖，开锅后，将肉片、南荠一同放入，用小火略炒1分钟，用葱末、水淀粉把汁收浓，即可装盘。

西红柿丝瓜

原料：丝瓜350克，西红柿500克，木耳15克，葱末、盐、白糖、味精、花生油各适量。

做法：①将丝瓜去皮，洗净，切成滚刀块；木耳泡发后洗净；西红柿用开水烫后去皮，切成与丝瓜大小相等的块。②锅上旺火加油，烧热后投入切好的丝瓜、西红柿，翻炒几下，再加木耳略炒一下，加盐、白糖调味，烧1~2分钟后入味精，翻炒均匀即成。

西红柿笋片

原料：番茄酱40克，肥瘦肉200克，黄瓜25克，笋片20克，精盐2克，白糖45克，水淀粉50克，蛋清1个，高汤100克，料酒5克，花生油500克（约耗50克）。

做法：①将肥三瘦七的猪肉洗净，剔去筋，切成柳叶片；黄瓜洗净，劈开去瓤切成柳叶片；将猪肉片用盐1克、水淀粉40克、蛋清，拌匀上浆；笋片用沸水焯透捞出。②旺火坐油勺，放入净油烧至三四成热，将肉片下勺，拨散滑透；黄瓜片、笋片也随用油氽一下，控入漏勺内。③原勺留少许底油，放入番茄酱略炒，烹入料酒、高汤，加白糖、盐，放入肉片、黄瓜片、笋片，烧沸后用水淀粉勾芡，翻炒均匀，淋明油颠勺装盘即可。

洋葱拌西红柿

原料：西红柿250克，洋葱1个，花生油1汤匙，香油半汤匙，精盐半汤匙，醋1汤匙，白糖2汤匙，胡椒粉少许。

做法：①先将西红柿洗净，放开水锅中烫一下即捞出，剥皮，纵向一切两半，再横向切成片，码在盘内。②洋葱洗净，一切两半，放开水锅中烫一下速捞出，晾凉后切成细丝，放在西红柿片上，撒上精盐和胡椒粉腌数分钟。③取炒锅置火上烧热，加入花生油，待油热后加入白糖和醋调成汁，浇在西红柿上，淋上香油即可食用。

菠　菜

蛋皮拌菠菜

原料：菠菜500克，鸡蛋2个，海米25克，淀粉15克，花生油、酱油、芥末面、芝麻酱、醋、味精、蒜末、精盐各少许。

做法：①把鸡蛋磕在碗中，加入淀粉和精盐，搅匀。②勺内放花生油，烧热，把鸡蛋浆倒在勺内，把大勺转动，让蛋浆在勺内摊开，摊成像煎饼一样的薄片饼。摊好后取出，放在菜墩上切成3厘米长的丝。③把菠菜摘去黄叶，去根洗净，放开水锅中烫好捞出，用冷水投凉，挤净水分，切3厘米长的段，码在盘中。再把鸡蛋丝围绕在菠菜的一周。④把海米用开水泡发好，放在菠菜上。⑤把芥末面、麻酱用少许水澥好，再放入酱油、醋、味精、蒜末，搅拌均匀，浇在菠菜上即成。

牛奶菠菜泥子汤

原料：嫩菠菜500克，黄油50克，吉司粉50克，红皮土豆250克，净大葱白150克，清鸡汤1000克，牛奶500克，精盐25克，白胡椒粉1克，香叶2片。

做法：①将葱白切成小方丁，土豆削皮洗净，切成5毫米见方的丁。②在净锅内倒入鸡汤，旺火煮开。另用锅放入牛奶，煮沸，离火。菠菜放开水锅内烫透捞出，控去水，剁成泥。③炖锅内放黄油，烧热，加入葱白丁和香叶，转微火焖2分钟，再加入盐、吉司粉，调匀，倒入菠菜泥，汤沸，离水，盛入汤盘内，撒胡椒粉，趁热食用。

菠菜炒蛋

原料：菠菜300克，鸡蛋2个，花生油、盐各适量。

做法：①将鸡蛋打入碗中搅成鸡蛋液；菠菜洗净切成段。②锅内倒花生油烧热，放入鸡蛋液炒熟。③另起锅倒花生油烧热，放入菠菜段翻炒几下，加入炒熟的鸡蛋块炒熟即可。

生煸菠菜

原料：菠菜500克，盐7克，味精、葱各1克，白糖6克，花生油45克。

做法：①将菠菜洗净，从中间剖开切成3厘米长的段；葱切段。②炒锅上火，放入油，将葱煸出香味后放入菠菜煸炒。炒近熟后，加入精盐、白糖，再放味精迅速翻炒，即可出锅。

金针菇菠菜

原料：金针菇罐头1罐，菠菜80克，柚子50克，白芝麻15克，酱油、盐、花椒油、香油各适量。

做法：①金针菇开罐后，取出金针菇，沥干备用；柚子皮去内膜，皮切丝备用。②将菠菜洗净，切成3厘米长的小段备用。③将金针菇和菠菜混合在一起，加入调料和白芝麻拌匀后放入微波炉中用中火加热1分钟左右。④取出后盛入容器，放上柚皮丝即可。

干酪菠菜

原料：菠菜400克，干酪30克，牛奶少许，花生油、水、白糖、盐、高汤、鸡精、香油、胡椒粉各适量。

做法：①将干酪切丝，待用；菠菜洗净切成段，用沸水焯后过凉。②取一容器，将菠菜、花生油、水、白糖、盐放入，混匀，以微波中火加热2分钟左右。③取出后加入高汤、鸡精、香油、胡椒粉和牛奶，撒上干酪丝，放回微波炉中加热1分钟左右即可。

姜汁菠菜

原料：菠菜500克，鲜姜50克，醋35克，酱油15克，花椒油10克，香油15克，盐、味精少许。

做法：①将菠菜摘洗干净，3厘米长切一段，放开水锅中稍煮，切不可煮得太过火，捞出，放漏勺中，摊开，控净水分，晾凉放盘中待用。②鲜姜剥净皮，剁细末。将醋、酱油、花椒油、香油同少许盐和味精兑在一起，调匀，淋在菠菜上，即可。

海米炒菠菜

原料：菠菜500克，海米20克，蒜末、葱片、姜末少许，味精0.5克，花生油20克，料酒5克，盐适量。

做法：①将菠菜摘洗干净，切成段，同海米、蒜、葱、姜放在一起。②锅中放花生油，花生油热时，将菠菜和配菜一同下锅煸炒，加入味精、料酒、盐，将锅翻动，见菠菜呈碧绿色即可起锅。

锅煽菠菜

原料：鲜嫩菠菜心200克，料酒6克，精盐3克，面粉30克，湿淀粉15克，鸡蛋黄3个，味精2克，葱、姜丝2克，清汤适量，香油10克，猪油75克。

做法：①将菠菜洗净，削去老根，劈开嫩根头，撒上精盐，放入面粉中沾一层薄面粉。将鸡蛋黄加湿淀粉打匀，加上面粉搅成糊备用。②炒锅内放入猪油，在中火上烧至八成热时，将菠菜打上糊下入油内，煎至两面发黄时，放入葱、姜丝，炸出香味，烹上料酒、清汤，略煽，淋上猪油，加味精、香油，大翻勺，出锅切成长方块，仍按原样平摆在盘内。

菠菜油豆腐

原料：菠菜500克，油豆腐6块，花生油20克，葱末、姜末各适量，味精1克，盐4克。

做法：①油豆腐切成3厘米见方的块。②菠菜洗净，切成长6厘米的段。③锅烧热，加花生油，倒入葱末、姜末炝锅，下菠菜炒3～5分钟，半熟时加盐、味精炒一下盛出，汁留在锅里。④将豆腐块下到锅内汁里，煮开，汁将尽时，放炒好的菠菜炒拌一下即成。

冬菇炒菠菜

原料：冬菇5克，菠菜200克，花生油25克，精盐10克，姜末适量，味精1克。

做法：①冬菇入温水中泡透，去蒂洗净，大者一切为二。冬菇汁澄清留用，摘净菠菜黄叶，洗净，切成段。②炒锅置火上，放花生油烧热，下姜末爆香，倒入冬菇煸炒，放菠菜、精盐、泡冬菇原汁适量炒入味，放味精炒匀装盘。

菠菜拌粉丝

原料：菠菜300克，粉丝100克，海米25克，辣椒油、芥末、酱油、醋、精盐、味精、大蒜各适量。

做法：①摘去菠菜黄叶，切除根，用清水洗净，放开水锅中焯一下，迅速捞出，用冷水投凉。再捞出，挤出水分，切成约3厘米长的段。②把粉丝用开水发透，再用凉水投凉，切成段放在盆内。盆内加少许酱油、精盐，把海米、芥末发好，大蒜用刀背拍扁，切末。③把菠菜码在盆中，粉丝放在菠菜上，再把芥末、蒜末放在粉丝的一边，海米放在粉丝的另一边。④把酱油、味精、辣椒油放在一起调成汁，浇在粉丝上即成。

冬　瓜

白木耳拌冬瓜

原料：冬瓜250克，白木耳20克，香油、精盐、味精各适量。

做法：①冬瓜去皮洗净，切片。②将冬瓜片入沸水中焯一下，捞出沥水；白木耳水泡后用开水略烫。③冬瓜片和白木耳同放入大碗中，再加入调料拌匀即成。

麻蓉冬瓜

原料：冬瓜500克，香菜50克，香油30克，蚝油10克，芝麻酱20克，精盐4克，味精1克，葱丝10克，花椒3克。

做法：①将冬瓜去皮、去瓤洗净切成棋子大小的块；香菜洗净切成2厘米长的段；芝麻酱用香油15克调稀。②将锅内加入清水，放入冬瓜块，加入花椒、精盐煮熟，汤汁渐少时，把稀芝麻酱淋入锅内，加入蚝油，不断炒浓，加入味精，盛入盘内，撒上葱丝和一半香菜。③将炒锅内放入剩余香油，烧热后倒在香菜和葱丝上，撒上另一半香菜即成。

海米冬瓜

原料：冬瓜500克，海米适量，花生油、葱花、姜末、盐、味精、料酒、水淀粉各适量。

做法：①将冬瓜去皮、瓤及籽，洗净后切片，用少许盐腌5分钟左右，滗去渗出的水；海米洗净后用温水泡软。②锅中倒入花生油烧热，爆香葱花、姜末，加水、料酒、味精、盐和海米，烧开后放入冬瓜片，旺火烧开后改小火焖烧，待冬瓜入味后，淋入水淀粉勾芡即可。

番茄冬瓜

原料：去皮冬瓜400克，面包150克，鸡蛋2个，番茄酱50克，花生油500克（实耗50克），精盐、味精、面粉、白糖各适量。

做法：①先把冬瓜切成6厘米长、3厘米宽、1厘米厚的片，用少许盐腌一下，使冬瓜滗出一些水，软一些。②面包弄成层，鸡蛋磕入碗内，加精盐、味精，打匀待用。待冬瓜水分沥干，两面沾上面粉（稍厚一些），再在鸡蛋液里浸一下，然后，埋在面包层中，用手按一下，使冬瓜均匀地沾满一层面包屑。③锅洗净置中火上，放花生油烧至六成热时，分别放入冬瓜片，约炸2分钟左右，见呈金黄色时捞出，沥净油，整齐地装在盘中。④用另一干净锅放中火上，放花生油适量，倒入番茄酱炒熟，添些清水，加白糖和适量精盐，搅匀烧开，浇在冬瓜上即成。

氽冬瓜丸子

原料：瘦肉150克，冬瓜150克，酱油15克，花生油10克，葱、姜各5克，香油5克，料酒5克，精盐5克，水淀粉3克，味精2克。

做法：①葱、姜切成末；瘦肉剁成茸，用少许酱油、料酒、水淀粉和精盐拌匀上浆，加入适量葱末、姜末、香油，继续搅成丸子馅。冬瓜去皮、籽，切成适当的薄片。②将花生油烧热，放入葱末、姜末炝锅，烹入料酒、酱油，加入适量开水，烧开后放入冬瓜片，把肉馅挤成小丸子下锅氽熟，放入精盐、味精，拌匀即可。

琥珀冬瓜

原料：冬瓜300克，山楂糕20克，白糖50克，冰糖100克，猪油30克，糖色10克。

做法：①将冬瓜洗净，削皮去瓤，切成4厘米长、1厘米厚的菱形片。山楂糕切成薄片。②炒锅上火，舀入熟猪油烧至三成热，放入白糖、冰糖、糖色、清水（500毫升），烧沸后，放入冬瓜片，用旺火烧约10分钟，再用小火慢慢收稠糖汁，待冬瓜缩小、呈玻璃色时，撒入山楂糕片，装入汤盘内即成。

酱烧冬瓜条

原料：冬瓜500克，酱油3克，白糖20克，精盐、味精各2克，葱末5克，水淀粉25克，香油10克，花生油、甜面酱各50克，鲜汤50克。

做法：①将冬瓜削皮去瓤，洗净后切成5厘米长的条。②把炒锅置旺火上烧热，舀入花生油烧至六成热，投入葱末炸出香味，再放入瓜条煸炒至半熟，加入精盐、酱油、甜面酱、香油、白糖、味精、鲜汤，用旺火烧至酥烂，用水淀粉勾芡，装入汤盘内即成。

土 豆

素烧土豆

原料：去皮土豆400克，青椒50克，西红柿500克，花生油50克，酱油20克，盐6克，料酒2克，味精2克，葱、姜末、水淀粉各2克。

做法：①土豆切块、用油炸成金黄色，青椒、西红柿切条待用。②油热后下入葱、姜炝锅，加入酱油、料酒、盐、水，开锅后放土豆，再放入青椒、西红柿条，并加味精勾芡，出锅即成。

红烧土豆

原料：土豆500克，花生油100克，猪肉100克，葱、姜、八角、白糖、精盐、酱油、料酒、淀粉各适量。

做法：①将土豆洗净去皮，切成滚刀块，并将其浸没于水中，（以免土豆块表面的不完全淀粉与氧气结合发生氧化），并反复用水漂洗。肉切片，姜切片，葱切段，将土豆块放入烧开的水中，烧到八成熟时（约8分钟）捞出放入凉水冷却，凉透后控净。②大锅上火，加入花生油100克，白糖适量，炒至白糖熔化起泡呈红色时，迅速倒入土豆块翻炒至糖色均匀地沾在土豆块上。加入清水约没1厘米，旺火烧开，撇去浮沫，转入小火，加适量姜片、葱段、酱油、料酒、八角、精盐、白糖、肉片。烧至汁浓时（约10分钟），加湿淀粉勾芡，少时出锅即成。

生煸土豆条

原料：土豆500克，碎大蒜头25克，洋葱片70克，汤汁200克，盐、胡椒粉适量。

做法：土豆削去皮，切成3厘米长、6毫米粗的条，摊平在焗盘里，撒上碎大蒜头、洋葱片、盐、胡椒粉，浇上汤汁，随即放入焗炉爊黄至熟即成。

土　豆　泥

原料：土豆500克，白塔油100克，牛奶100克，盐、胡椒粉适量。

做法：土豆削去皮，洗净后放入清水中煮熟，捞出后用土豆轧子轧成细泥，再加入白塔油、热牛奶、盐、胡椒粉，拌和均匀即成。此种土豆必须热吃。

土豆沙拉子

原料：土豆500克，鸡蛋150克，黄瓜25克，净胡萝卜25克，罐头豌豆10克，奶油25克，精盐5克，胡椒粉1克，味精1克，辣酱油2克。

做法：①土豆洗净，放锅内加适量水旺火烧开，微火煮熟，滗水晾透，去皮，切2厘米长、2毫米厚的片。鸡蛋洗净，放锅内加适量水中火烧开，约煮5分钟，捞入冷水中，晾透剥皮，切4瓣再切厚片。黄瓜刮皮，切4瓣，顶刀切3毫米厚片，放盆内撒上精盐拌匀腌出水分，挤干。胡萝卜剖成4瓣，顶刀切2毫米厚片，入开水锅内煮15分钟左右，捞入凉水中，控去水备用。②将土豆片、煮鸡蛋、胡萝卜片和黄瓜片一起放盆内，加进精盐、胡椒粉、奶油、味精、辣酱油和豌豆拌匀，即成土豆沙拉子。

金钱土豆夹

原料：土豆250克，肥瘦猪肉200克，盐、酱油、味精、姜末、葱末、五香面少许，面粉100克，鸡蛋清2个，花生油500克（约耗50克）。

做法：①把土豆洗净削皮，切成1厘米厚的片状，在中间加一刀成合页状。把鸡蛋打入碗内，加上面粉搅成糊状。②把肉剁成细泥放入碗内，加入酱油、盐、姜、葱、味精、五香面搅成馅。把馅抹在土豆夹上，蘸上蛋糊。③勺内放花生油烧至五六成热，把土豆夹炸至金黄色时捞出即成。

油炝土豆丝

原料：土豆200克，青椒100克，花生油、花椒、干辣椒、葱末、姜末、香菜、盐、味精各适量。

做法：①土豆去皮洗净，切细丝，洗去淀粉再泡15分钟；干辣椒泡软后洗净切丝；香菜洗净切段；青椒洗净切丝。②将土豆放沸水中焯熟，然后用凉水过凉，以免土豆发黏。③土豆丝和辣椒丝拌匀，放置15分钟，然后把辣椒丝挑到菜的表面。④锅中花生油热后放入葱末、姜末、花椒，出香味后拣出花椒，将热油淋到土豆丝中，放入青椒丝、香菜段，拌匀即可。

清炒土豆丝

原料：土豆400克，葱、姜各10克，精盐2克，米醋5克，味精、花生油各适量。

做法：①将土豆削去外皮，洗干净，切细丝；葱、姜切丝。②锅烧热加花生油，加葱、姜丝炒出香味，加土豆丝翻炒，下精盐、味精、醋，炒至熟即可。

鱼香土豆条

原料：土豆500克，鸡蛋1个，淀粉100克，鲜鱼骨架250克，青柿椒25克，白糖10克，陈醋10克，花生油500克（约耗50克），味精、精盐、蒜片、葱姜丝各适量。

做法：①土豆洗净去皮切成长4厘米、厚1厘米见方的条，青柿椒去核切成3厘米长、1厘米宽的条。②把土豆条用鸡蛋、淀粉抓糊。③把鲜鱼骨架加150克清水上屉蒸熟取出用其汤汁。④勺内放花生油加热至八成熟时，逐条放入抓糊的土豆条，炸透捞出，控净油备用。⑤另用勺加25克花生油，加热后倒入蒜片、葱、姜丝、青椒条，炒几下再倒入蒸鱼清汤、味精、精盐，白糖、陈醋，汤沸后，用调湿淀粉勾芡，芡熟放入炸好的土豆条翻勺，点香油出勺装盘即成。

炒素虾仁

原料：土豆500克，胡萝卜去皮15克，水发冬菇30克，鲜青豆或罐头青豆15克，精盐10克，味精1克，料酒6克，干菱粉50克，鲜汤100克，花生油1000克（约耗100克）。

做法：①土豆削去皮洗净，切成长2厘米及厚、宽各1厘米的长丁条，放入冷水锅中以旺火煮至六成熟时，手指捏上已发软，加入精盐5克，再煮至七成熟即捞入小淘箩中，撒上干菱粉40克，把小淘箩晃动颠翻，使土豆沾匀菱粉。把熟胡萝卜及水发冬菇切成2厘米见方小丁，带圆角形，同青豆一并放在碗中。菱粉10克加水10克调匀。②锅内放入花生油1000克（约耗100克），置旺火上烧至六成热时，用漏勺把拌匀菱粉的土豆丁放入炸，随即用漏勺搅翻2~3下，至土豆丁呈白玉色如虾仁状时，仍用漏勺捞起，放在油钵上沥去油。③在炸土豆丁的同时，另一炉口上用炒锅1只放入花生油，待油烧至七成热微冒青烟时，先将冬菇和胡萝卜丁下锅，端起炒锅颠两下，加入黄酒、盐和鲜汤。待汤开后再放入青豆、味精，用水淀粉勾薄芡迅速将炸好的素虾仁倒入锅内，翻均匀取出装盆即好。

香菜拌土豆丝

原料：土豆丝250克，香菜段50克，熟芝麻5克，蒜末、味精、精盐、辣椒油各适量。

做法：①将土豆丝用凉水洗一下捞出控净水，放开水中烫至断生，捞出投凉，控净水。②将蒜末、味精、精盐、香菜段、辣椒油拌入烫好的土豆丝中，调好口味，撒上芝麻即可食用。

生炒厚片土豆

原料：土豆500克，碎咸橄榄25克，碎洋葱70克，花生油70克，盐、胡椒粉适量。

做法：将土豆削去皮，切成0.3厘米厚的片。煎锅烧热，用花生油把土豆片炒至牙黄色时，加入碎洋葱和碎橄榄，放入盐、胡椒粉继续炒至金黄色时，起锅装盘即成。

宫爆土豆

原料：土豆500克，猪肉100克，花生米100克，黄瓜100克，辣椒50克，酱油、盐、味精、糖、葱、姜、辣油、淀粉适量。

做法：①土豆去皮切丁煮七成熟，黄瓜、辣椒切丁，葱、姜切碎。②锅烧热放入葱、姜煸炒，下肉丁炒至黄色，倒入土豆、辣椒和黄瓜翻炒，加少量酱油、糖，成红色时，下入土豆、味精，勾芡，沥明油、辣椒，翻拌均匀，拌上花生米出锅。

洋葱炒土豆

原料：带皮熟土豆500克，洋葱丝50

克，花生油50克，盐、味精、胡椒粉适量。

做法：将熟土豆剥去皮，切成0.3厘米厚的片。煎锅烧热，倒入花生油，放入土豆片，炒至浅黄色时，再放入洋葱丝，加入盐、味精、胡椒粉拌匀，继续炒至呈金黄色时，起锅装盘即成。

糖溜土豆

原料：土豆500克，青、红椒丝少许，白糖150克，水200克，水淀粉适量，花生油1000克（约耗100克）。

做法：①将土豆去皮洗净，切成滚刀块，锅内放花生油烧至八成熟，下土豆块炸成金黄色时捞出。②锅内留底油，放白糖稍炒，随即倒入清水，水开后，勾水淀粉成溜芡，再倒入土豆块裹均匀，盛盘内撒上青、红椒丝即可。

珊瑚土豆

原料：土豆200克，鸡蛋1只，白糖、白醋、精盐、红辣椒丝、青辣椒丝、木耳丝、花椒各适量，麻油25克，花生油适量，味精少许。

做法：①土豆去皮切细丝，入冷水中浸泡半小时，再入开水中焯一下，捞出控干水分装备。②鸡蛋打入碗内，搅拌均匀，锅上火，加适量花生油，烧热，加入鸡蛋液，做成蛋皮1张，冷却后切丝，码在土豆丝上。③炒锅加麻油烧热，下入花椒，炸黄捞出弃掉，再下白糖、白醋、红辣椒丝、青椒丝、木耳丝、味精，烧开后浇在土豆丝上即成。

蘑菇焖土豆

原料：净土豆500克，蘑菇20个（罐装），番茄酱20克，精盐适量，胡椒面少许，香菜末10克。

做法：①把土豆洗净削去皮后，用刀切成厚片。②用煎盘放入番茄酱，上火烧热，然后放入生土豆片。可以稍加一些清汤，加盐和胡椒面，调好口味焖。待焖至八成熟时，放入切成片的蘑菇一起焖熟即可。盛入盘时，撒上香菜末。

苏州黄焖土豆

原料：土豆500克，猪肉150克，鳗鱼500克，葱、姜、糖、油、酱油、味精、盐、料酒、蒜头适量。

做法：①将鳗鱼肉切成段，用开水烫洗干净，土豆洗净上笼蒸熟，取出去皮切块，肉切丁，葱切成段，姜切片。②锅烧热，放油炸葱、姜，尔后把鳗鱼头尾放在锅底，中段放在上面，加料酒、肉丁、糖、盐、蒜头和水，大火烧开，小火焖至汤汁稠浓、肉烂骨酥时下入熟土豆块烧3分钟左右，加盐、味精出锅装盘。

白烩土豆

原料：土豆500克，培根50克，洋葱70克，奶油沙司200克，白塔油50克，盐、鸡精、胡椒粉适量。

做法：①将土豆削去皮，切成1厘米见方的块，用水煮熟后捞出，沥净水分，放入烩锅内。②洋葱、培根切成1厘米见方的片，先将洋葱放入煎锅中用50克白塔油炒至牙黄色时，加入培根片继续煸炒，然后也放入烩锅内，加入奶油沙司、鸡精、盐、胡椒粉，转用文火略烩一下装盘即成。

肉丁炒土豆条

原料：猪肉50克，土豆250克，酱油4克，料酒2克，盐2克，味精1克，白糖5克，葱10克，姜2克，花生油60克。

做法：①将土豆去皮，切成长条，放在凉水中洗一下。葱、姜均切成片。猪肉洗净切成0.5厘米的方丁。②将炒锅放在火上，加花生油40克，烧至七成热时把土豆条放入锅中，不停地搅动使其受热均匀，炒成金黄色后取出倒入器皿中。③炒锅再回火上，将余油放入，并放入肉丁煸炒，随即加入葱、姜、酱油、料酒、盐、味精、白糖，并将土豆条放入一同翻炒，炒至原料色泽均匀，汁收浓后，盛入盘中即可。

香辣土豆丝

原料：土豆400克，雪里蕻45克，鲜红辣椒1个，花生油20克，花椒油10克，葱花10克，味精1克，盐少许。

做法：①将土豆削皮，洗净，切成5厘米长的细丝，用凉水漂洗后，沥干水分。雪里蕻洗净，切成3厘米长的段。红辣椒去蒂、籽，洗净，切丝。②锅置火上添花生油烧至七成热，下入葱花、红辣椒丝，炸出香辣味，随即将土豆丝，雪里蕻及味精、盐、花椒油下入翻炒，土豆丝断生即可。

炸土豆球

原料：土豆80克，黄油3克，盐、白糖、胡椒粉、味精少许，鸡蛋半个，面包渣25克，花生油250克（实耗25克）。

做法：①土豆洗净去皮蒸熟，过箩成泥，放入碗内加黄油、盐、白糖、胡椒粉、味精拌匀，用手做成小圆球。②锅内放花生油烧热，将一个个土豆泥球沾一层鸡蛋液，再沾一层面包渣放入油锅炸成黄色即成。

青豌豆拌土豆泥

原料：土豆250克，青豌豆150克，花生油3汤匙，精盐1汤匙，花椒15粒，小海米1汤匙，味精少许。

做法：①剥出豌豆，冲洗一下，沥干水，待用。②将土豆洗净，放入锅中加适量水置火上煮烂，捞出，剥去土豆皮，趁热用锅铲将土豆压成泥状，加入半汤匙精盐拌匀装盘。③小海米洗净后，用少量热水泡发，捞出沥水。④取炒锅置火上烧热，加入1汤匙半花生油，待油热后放入花椒，炸出香味后将花椒铲去，趁热将油浇在土豆泥上。⑤炒锅重置火上，加入余下的花生油，油热后倒入青豌豆粒，炒几下，加入余下的精盐，将豌豆炒熟后，盛入土豆泥盘中，加入发好的小海米，再加白糖和味精拌匀，即可食用。

香　菇

金针菇炒双耳

原料：鲜金针菇200克，水发银耳100克，水发木耳100克，青豆25克，胡萝卜25克，花生油、蚝油、姜、葱、精盐、味精、鸡汤、香油各适量。

做法：①将银耳和木耳去蒂，洗净，大的粗切一下。②青豆洗净，用冷水发开；胡萝卜洗净，去皮，切成长4厘米、火柴棍粗细的丝；葱、姜切成末。③将锅置火上，加入花生油烧热，葱、姜炝锅，炒出香味，加木耳、银耳、青豆、胡萝卜丝，炒几下，除去水分后，加入金针菇、蚝油、味精、精盐和鸡汤，翻炒片刻，淋上香油即成。

桃仁香菇

原料：冬菇100克，核桃仁100克，精盐1克，味精1克，酱油15克，料酒20克，香菜油15克，花生油500克（约耗50克），汤200克，姜末1克。

做法：①将冬菇放入小盆内，放入温水，浸泡2小时，捞出，挤净水，剪去菇腿，漂洗干净，把其中个头大的切成坡刀块。将桃仁放入大汤碗中，冲入开水，趁热将桃仁的外皮剥去。②将炒菜锅上火，倒入花生油烧至温热，下入桃仁，用小火缓炸，待色变深黄而焦脆时捞出，摊在盘中晾凉。③将炒菜锅内只留适量底油烧热，下入姜末略炒出香味，放入冬菇继续煸炒，炒至味出，冲入汤，下入桃仁、精盐、味精、料酒、酱油，大火烧开，再改用小火慢烧至汤汁将尽，淋入香油即成。

炒素腰花

原料：水发蘑菇400克，熟胡萝卜75克，青豆15克，鸡蛋清2个，酱油1.5克，味精2克，菱粉适量，精盐5克，汤100克，花生油500克（约耗100克）。

做法：①把胡萝卜顺长每隔0.7～1厘米用刀挖空一条，然后切成带有花纹的胡萝卜块。蘑菇在光滑的一面用推刀每隔0.3厘米宽划一刀，划破菇皮但不要切断，再在已划出刀缝交叉处用刀斜切成薄片，形似腰花，盛在碗内，加入精盐3克，味精0.5克，蛋清拌好待用。②起热锅放入花生油，待油温达六成热时，用筷子将蘑菇片逐一放入油锅内，用漏勺翻两个身，不使粘在一起，划熟后倒出沥去油汁。③用原锅放入花生油50克，倒入胡萝卜块炒数下，加入酱油、精盐、味精、鲜汤，待烧开后，倒入青豆，用水菱粉勾芡，再将炸好的腰花放入锅内，翻数下取出装盆即好。

口蘑烧蚕豆瓣

原料：口蘑25克，蚕豆瓣250克，红柿椒片、笋片少许，味精、盐、淀粉、汤、花生油各适量。

做法：①口蘑用水洗净，放入清水浸发后捞起，浸口蘑水留用，再加粗盐擦洗口蘑，泡洗净切成薄片，将笋片下锅煮一下捞起。②花生油下锅烧滚，加汤，浸口蘑水，放入口蘑、蚕豆瓣、红柿椒片、笋片和调料，煮至入味，略加水淀粉勾芡即成。

玉笋鲜蘑

原料：玉米笋250克，鲜蘑200克，盐2克，味精1克，淀粉1.5克，鸡汤40克，香油3克，花生油20克，糖2克。

做法：①将玉米笋、鲜蘑放入开水中焯一下，取出，滤干水分。②将盐、味精、糖、鸡汤、淀粉放入碗中搅拌均匀后，加入香油。③炒锅上火，将花生油烧热后，把玉米笋、鲜蘑放入煸炒，待受热均匀后，放入碗汁，迅速翻炒，使汁均匀挂在原料表面，即可装盘。

红焖油蘑菇

原料：油蘑菇500克，碎洋葱70克，碎大蒜头25克，花生油70克，碎芫荽草0.5克，柠檬汁25克，红汁沙司、盐、胡椒粉适量。

做法：油蘑菇切成3厘米见方的块，焖锅烧热，倒入花生油，放进碎洋葱炒至金黄色时，加入碎大蒜头略炒，再加入油蘑菇，翻炒几下，添入胡椒粉、柠檬汁、红汁沙司，加盖后转用文火焖至酥烂，装盘时撒上碎芫荽草即成。

炒鲜蘑菇土司

原料：鲜蘑菇500克，烘面包5块，花生油70克，红汁沙司70克，盐、鸡精、胡椒粉适量。

做法：①将鲜蘑菇洗净，切成薄片或方块。煎锅烧热，加入油，投入切好的蘑菇，再加适量的盐、鸡精和胡椒粉，不断地翻炒，快熟时加入少许红汁沙司，再略炒一下出锅备用。②烘好的面包切去四边外皮，抹上油，放在盘中垫底，上面装上炒好的蘑菇即成。

红焖竹荪

原料：水发竹荪150克，水发香菇50克，笋片50克，火腿片10克，料酒、精盐、味精、酱油、水淀粉、花生油、香油、汤各适量。

做法：①将竹荪切去两头洗净，切成段备用；将水发香菇去杂洗净，切成片备用。②锅烧热，加入花生油，将竹荪、香菇、笋片一起下锅略炒片刻，烹入料酒，加入酱油、味精、精盐，再加汤烧沸后，改用小火焖烧至竹荪熟、入味，然后用水淀粉勾芡，淋上香油，装入盘内，放上火腿片即成。

烧二冬

原料：冬菇50克，冬笋100克，酱油25克，白糖10克，料酒5克，味精1克，花椒水3克，水淀粉40克，精盐1.5克，猪油40克，姜2克，鸡汤30克。

做法：①将冬菇用开水泡15分钟，洗净切成两半，大的切成3瓣；冬笋剥去笋衣，切去根，切两半，用开水烫透切成厚片；姜切成块，用刀拍松。②旺火坐勺，入猪油，热时用姜块炝锅，加入酱油、鸡汤、料酒、味精、白糖、花椒水，烧开后取出姜块，放入冬菇、冬笋，开锅后移在小火上焖3分钟左右，再移到中火上用水淀粉勾芡，淋入明油出勺即成。

鲜蘑菜心

原料：鲜蘑菇100克，油菜心500克，味精0.5克，芝麻油20克，精盐2克，汤150克，花椒油100克，花生油150克。

做法：①将鲜蘑菇洗净，入沸水锅中略氽后捞出，控干水分，用刀切成厚片。②油菜心洗净，撕去筋，用小刀将菜心根部削成圆锥形，入五成热的花生油锅中炸至色泽碧绿时，起锅倒入漏勺沥去油。③炒锅复置旺火上，放芝麻油烧热，下鲜蘑菇煸炒几下，放入油菜心，加汤、花椒油、精盐、味精烧沸2分钟左右，即可出锅装盆。

奶油腐竹香菇

原料：水发腐竹150克，胡萝卜100克，水发香菇100克，绍酒25克，白糖5克，油菜心25克，精盐2克，奶油25克，猪油75克，味精2克，生姜2片，湿淀粉少许，汤100克。

做法：①将水发腐竹洗净，捞出，挤去水，切成3厘米长的段；将胡萝卜洗净，切成片；将水发香菇洗净，捞出，去蒂，一切两片；将油菜心洗净，捞出，控去水，切成小段。②炒锅置火上，放入油烧热，放入姜片爆香，倒入汤，下绍酒、精盐、白糖、味精、腐竹段、香菇、胡萝卜片、油菜心烧沸，加奶油，用湿淀粉勾芡，再淋入香油少许，炒匀，出锅装盆。

三鲜猴头

原料：干猴头蘑150克，精盐2克，冬笋150克，绍酒10克，鲜蘑200克，味精1克，鸡汤500克，白糖0.5克，鸡蛋清2个，水淀粉15克，干淀粉50克，熟鸡油25克。

做法：①将干猴头蘑放入热水中泡透，捞出，削去老根和根部老皮（有绒毛的地方不要削去），用清水漂洗干净，切成大薄片，入沸水锅中氽透，控去水。冬笋切成片。打开鲜蘑罐头，倒出鲜蘑200克待用。②将鸡蛋清2个放入碗内，加干淀粉调匀成糊，放入猴头蘑片挂糊，入七成热的水锅中氽熟取出，码入扣碗内，加鸡汤250克、熟鸡油、绍酒、精盐、白糖、味精上笼蒸熟取出。③将菜碗扣入盘内。汤锅置旺火上，滗入蒸猴头蘑的原汁烧沸，加鸡汤250克，下冬笋片、鲜蘑烧沸，用水淀粉勾芡炒匀，离火。然后揭开扣碗，装上冬笋片、鲜蘑，浇上汤汁即成。

松子香蘑

原料：松子仁50克，水发香菇500克，葱姜油100克，盐、味精各4克，白糖25克，湿淀粉15克，糖色少许，香油、汤适量。

做作：①把大香菇一切两半，小的可不切。②用炒勺烧热放葱姜油，把松子炸出香味，加入汤、料酒、白糖和盐，用糖色把汤调成金黄色，把味精、香菇也放入汤内，用微火煨至香菇熟透，用调稀的湿淀粉勾芡，淋入香油即成。

红烧猴头蘑

原料：干猴头蘑100克，猪瘦肉100克，酱油5克，盐5克，味精1克，糖10克，葱3克，姜3克，花生油50克，淀粉3克，料酒2克，鸡汤150克，骨头汤200克，鸡蛋1个。

做法：①先将干猴头蘑用开水泡透，用刀切成厚约1厘米的大片，再去掉根及不可食部分，将猴头蘑片放入大碗中，加入鸡汤150克，葱段1.5克，姜块1.5克，料酒1克，上锅蒸约30～40分钟，将猴头蘑片取出。②猪肉切片，加入盐、味精、酱油、料酒、鸡蛋、淀粉，将肉浆好。③葱、姜切成小片备用。④炒锅上火，放入花生油，将肉片放入煸炒，炒熟后加葱、姜片，及酱油、骨头汤、盐、味精、白糖，开锅后，放入猴头蘑，转用小火烧制5～10分钟，放入淀粉将汁勾浓，即可装盘。

鲜蘑冬笋

原料：鲜蘑250克，冬笋250克，盐2克，味精2克，鸡汤50克，葱1克，姜1克，淀粉2克，花生油15克。

做法：①将鲜蘑从罐头中取出，放入开水中焯一下，切成厚约0.2厘米的片。冬笋切成片。葱、姜切成片。②将葱、姜、鸡汤、盐、味精、淀粉放入碗中调成均匀的碗汁。③炒锅内放花生油，烧热后将冬笋放入略煸炒后，再放入鲜蘑一同煸炒，然后将碗汁倒入，翻炒均匀后即可装盘。

烧南北

原料：香菇15朵，鲜口蘑15朵，姜末适量，酱油2大匙，味精适量，盐1/2茶匙，淀粉水1大匙，香油少许，花生油2大匙。

做法：①香菇用温水泡软后，去蒂对切成半，浸汁留用；鲜口蘑冲净，切去根蒂。②炒锅入花生油烧热，爆香姜末后放入香菇、鲜口蘑翻炒数下，接着倒入香菇浸汁、酱油、盐、味精同烧，烧至汤汁快收干时，用淀粉水勾芡，使香菇、口蘑都沾裹一层薄芡，即可盛起摆放在盘中。③临上桌时滴下香油，更增菜香。

炒金针菇

原料：金针菇150克，鸡肉50克，盐3克，味精1克，鸡汤150克，葱2克，姜2克，料酒1克，香油2克，花生油15克。

做法：①将金针菇放入开水中焯一下，然后放入鸡汤中略煮。鸡肉切成丝，葱、姜切成细丝。②炒锅上火加花生油，烧热后将鸡丝略炒，加入葱、姜丝，并立即将金针菇放入一同炒，加入料酒、盐、味精，炒匀后加入香油即可盛盘。

油炸蘑菇

原料：蘑菇150克，生姜1片，鸡蛋2个，精盐3克，面粉75克，味精10克，汤150克，料酒5克，芝麻油10克，香菜2克，花生油500克（约耗100克）。

做法：①将蘑菇放入沸水锅中略余后捞出，控干水分。炒锅置火上，放油少许烧热，下姜片炸香，烹入料酒，倒入汤，下蘑菇，加精盐、味精，烧沸至汤稠。②取一只大碗，磕入鸡蛋，放精盐，用筷打匀，放入面粉，掺清水少许，调成鸡蛋糊，倒入鲜蘑菇。③炒锅置旺火上，倒入花生油500克烧至六成热时，将鲜蘑菇逐个裹上蛋糊入油锅中炸至金黄时，捞出，将锅离火，把炸好的蘑菇装入平盘中，淋上芝麻油、香菜即成。

冬菇豆腐扒菜心

原料：冬菇15克，蚝油25克，豆腐4块，油菜心150克，香油10克，生抽50克，味精1克，白糖15克，汤200克，精盐1克，花生油500克（耗50克），胡椒粉0.2克。

做法：①将冬菇放入温水中浸泡回软，洗净，挤去水。菜心洗净，切成段。豆腐切成块，下九成热的花生油锅中炸至金黄色，出锅倒入漏勺沥油。②炒锅置火上，放花生油少许，下冬菇炒出香味，放蚝油、白糖、生抽、精盐、胡椒粉、油菜心炒片刻，倒入豆腐块，放汤烧入味后，加味精、香油炒匀，出锅装盆即成。

腐竹蘑菇

原料：蘑菇200克，干腐竹150克，姜2克，盐3克，味精1克，鸡汤200克，水淀粉10克，香油、白胡椒粉各2克，料酒5克，花生油40克。

做法：①干腐竹放入盆内用冷水泡上，压一重物，泡发半小时，待涨发后切成3厘米长的段；蘑菇洗净，撕成小块；姜切末。②炒锅置火上，放清水烧开，放入腐竹段、蘑菇块，开锅后捞出备用。③炒锅置旺火上，倒入花生油，烧至五成热时放入姜末略炸一下，加入料酒、白胡椒粉、鸡汤、盐，调好味，放入腐竹、蘑菇煨入味后，加味精，用水淀粉勾芡，淋入香油即可。

七彩香菇

原料：水发香菇50克，青椒1个，红椒1个，笋50克，绿豆芽50克，水发黑木耳25克，干粉丝25克，猪油400克（约耗100克），精盐6克，味精2克，鲜汤100克，水淀粉5克。

做法：①将木耳、香菇洗净去杂质，与青椒、红椒、笋一起切丝，绿豆芽掐去两头。②将锅洗净烧热，倒入猪油，烧至六七成热时，将干粉丝投入炸透，捞出盛入盘内，倒去余油。③将香菇丝、木耳丝、青椒丝、红椒丝、笋丝、绿豆芽倒入锅内煸炒几下，加鲜汤、精盐、味精烧开后，用水淀粉勾芡，起锅倒在炸好的粉丝上面，趁热食用。

油焖香菇

原料：水发香菇200克，湿淀粉15克，花生油50克，精盐、味精、老抽、白糖、花椒油、香油、葱、姜末各适量，辣椒粉少许。

做法：①把香菇洗净去蒂，切块。②炒勺内放花生油，投入葱、姜末，炒出香味时，放香菇，加盐、老抽、白糖、花椒油、辣椒粉（少许）、味精，添上清汤，炒拌均匀，盖上盖，用慢火焖至汤汁略稠时，用调湿的淀粉勾芡，淋上香油，颠翻几下即可装盘。

炸香菇

原料：香菇100克，鸡蛋1个，面粉30克，面包渣100克，花生油500克（约耗200克），精盐、味精、胡椒粉各适量。

做法：①用温水洗去香菇的杂质装盘，用冷水浸泡半小时，剪去菌根，洗净泥沙，挤净浮水，拌入精盐、味精、胡椒粉，两面沾上面粉。②勺内倒入花生油，将沾面粉的香菇放入打散的鸡蛋里浸一下，滚上面包渣，再放入五成热的油中炸透，呈金黄色时捞出即成。

香菇炒菜花

原料：菜花250克，香菇15克，鸡汤200克，淀粉、味精、葱、姜各2克，精盐4克，鸡油10克，花生油15克。

做法：①菜花洗净，去蒂，掰成小块，用开水焯一下水；香菇洗净，去根，大块撕开；葱、姜洗净切丝。②锅上火，入花生油，烧热后放葱、姜煸出香味，再放入盐、鸡汤、味精，烧开后，将葱、姜捞出，再将菜花、香菇倒入锅内，用微火煮烧，至菜料入味后，淋入淀粉勾芡，加鸡油、味精颠翻均匀，即成。

香菇油菜

原料：油菜心400克，水发香菇200克，花生油50毫升，鲜汤100毫升，香油、精盐、味精、花椒油、水淀粉、葱花、生姜末各适量。

做法：①水发香菇洗净，去蒂。②油菜心洗净，一切两半，放入开水中烫一下，投入凉开水中，浸凉后捞起控干。③炒锅上旺火烧热，加花生油，用葱花、生姜末炝锅，倒入香菇煸炒，再加鲜汤、精盐、味精，烧开后用小火焖2分钟左右，再用旺火勾芡，倒入油菜心、花椒油，翻炒均匀，淋入香油即成。

冬笋炒香菇

原料：冬笋、香菇各50克，盐、糖各1勺，味精半勺，花生油各2勺。

做法：①洗净香菇，泡软去蒂；冬笋切片，与香菇、冬笋拌和。②将香菇和拌好的冬笋放入锅内，加花生油烧热，加盖旺火5分钟，中途需翻炒一次。

火腿冬菇烧油菜

原料：冬菇5克，油菜200克，精盐15克，味精1克，火腿片50克，绍酒5克，熟猪油25克，香油10克，清汤150克。

做法：①摘去油菜的老帮、黄叶，切去根，用清水洗净，捞出切成段，然后将梗与叶分装于两个碗内。冬菇入温水中泡透，去蒂后洗净。②炒锅置旺火上，放入熟猪油烧热，下冬菇炒香，倒入油菜梗炒至六成熟，放火腿片、菜叶、精盐、绍酒、清汤炒匀成熟，放味精、香油，出锅装盆食用。

双菇烧豆腐

原料：香菇50克，蘑菇50克，老抽50克，白糖15克，香菜5克，豆腐100克，精盐1克，笋片50克，虾籽0.5克，葱白5克，清汤150克，猪瘦肉丝50克，味精1克，熟猪油75克，水淀粉10克。

做法：①将香菇放入温水中泡透，去蒂，用清水洗，捞出，挤去水。然后将蘑菇切成厚片，豆腐切成小方块，葱白切成斜段。②炒锅置旺火上，放熟猪油50克烧热，下葱白煸香，放入香菇炒片刻，下蘑菇片、猪瘦肉丝，加清汤、老抽、白糖、精盐、虾籽烧沸，倒入豆腐块烧至汤浓入味时，用水淀粉勾芡，下味精，淋入熟油25克炒匀，撒香菜，出锅装盆即成。

芹　菜

海米拌芹菜

原料：芹菜500克，水海米150克，姜丝、红柿椒丝、花椒油、味精、食盐、生抽、清汤各适量。

做法：①将芹菜洗净，去根、叶，粗梗拍碎撕开，切成寸段，用开水烫一下，捞出来用凉水过凉，放在碗内撒上姜丝。红柿椒洗净，切成丝。②将清汤、味精、食盐、生抽、花椒油搅匀，浇在芹菜上拌匀，装盘时撒上海米即可。

芹菜炒肉丝

原料：芹菜500克，猪肉100克，花生油30克，醋2克，盐20克，白糖2克，酱油25克，葱、姜末、味精各少许。

做法：①将芹菜去根、叶，洗净切成寸段，开水烫一下，将猪肉切成丝。②锅内放花生油，油热放入肉丝，八成熟放入葱、姜、酱油、食盐、白糖、醋，快速翻炒，随将芹菜倒入拌炒，再放入味精，翻炒一会即可。

西芹肝腰

原料：西芹300克，新鲜猪肝150克，新鲜猪腰1只约350克，花生油100克，胡萝卜数小片，云耳1小撮。

做法：①西芹撕去老根，切段；猪肝、猪腰分别切好，加味拌匀，胡萝卜切好，云耳浸开。②西芹、胡萝卜、云耳同炒过后，猪肝、猪腰在沸花生油内炒熟，调好1/2碗味芡，再起锅一同烩炒即可。

木耳炒西芹

原料：鲜木耳100克，冬笋100克，嫩西芹100克，红椒1个，蒜瓣（拍烂）、花生油、盐、味精、白糖、水淀粉各适量。

做法：①木耳洗净后用手撕成小块；西芹去皮切成条；冬笋切丝；红椒切条备用。锅内倒入水烧开，放入切好的木耳、冬笋、西芹，用大火稍煮，捞出。②另起锅倒花生油烧热，放入蒜瓣、红椒条煸炒，放入煮过的木耳、冬笋、西芹翻炒。③锅中加入盐、味精、白糖，用中火炒透入味，用水淀粉勾芡翻炒几次即可。

拌 芹 菜

原料：芹菜 500 克，麻油 20 克，味精 1 克，生抽 10 克，糖 5 克，盐 5 克。

做法：①先把芹菜摘去根、老茎、老叶，洗净，切成 5 厘米长的段。②锅内放水，在旺火上烧开，再把洗净切好的芹菜放入锅内焯一下，要烫熟又要保持脆嫩，随即捞起，沥去水放入碗中，加麻油、味精、生抽、糖，拌匀即可。

素拌三丝

原料：西芹 100 克，五香豆腐干 4 块，红辣椒 3 个，盐、酱油、白糖、麻油、味精各适量。

做法：①西芹、豆腐干及红辣椒洗净，分别放入滚水锅中，略滚取出。②西芹切短段，加盐腌 5 分钟，倒去汁。豆腐干切成 0.3 厘米厚的薄片。红辣椒切丝。③西芹、豆腐干同盛大碗中，加进调料拌匀，上碟，撒上红辣椒丝即成。

炒 芹 菜

原料：芹菜 500 克，花生油 15 克，酱油 15 克，鸡精 2 克，盐 2.5 克，花椒少许，葱花少许。

做法：①将芹菜切去根须，摘掉菜叶，仅取菜梗，撕去梗上粗筋，清水洗净沥干，切成寸段。②锅内放入花生油烧热，放入花椒，炸至九成熟，将花椒取出，放入葱花，稍炸，随即放入芹菜，翻炒均匀后加入酱油、鸡精、盐，再炒拌均匀，略煮一下，即可出锅。

蛋皮芹菜

原料：芹菜 250 克，鸡蛋 1～2 个，水淀粉、盐、糖、味精、花生油适量。

做法：①芹菜切寸段；鸡蛋浆打匀，加少量水淀粉调好，下锅；锅内放花生油少许摊成皮，晾凉切丝。②炒锅烧热，下油，油热下芹菜爆炒几下，下鸡蛋皮，同时加盐、糖、味精适量，快速出锅。

海米炒芹菜

原料：芹菜 250 克，海米约 50 克，盐、味精、料酒、花生油适量。

做法：①将芹菜摘洗干净，切成寸段，用开水焯一下；海米加料酒和少许开水，放碗中上屉蒸 15 分钟。②油锅烧热，放入芹菜翻炒几下，加入盐及海米，翻炒，放味精出锅。

芹菜炒鸡蛋

原料：鸡蛋、芹菜、葱花、盐、香油、味精、猪油各适量。

做法：①将芹菜洗净切段，用开水烫一下，捞出晾凉沥净水分。②鸡蛋打入碗内，加盐、葱花、味精、少许水搅匀。③锅内放入少量猪油烧热，加鸡蛋边炒边淋油，炒至半熟，倒入香油，再加芹菜炒熟出锅。

芹菜拌干丝

原料：芹菜 150 克，五香豆腐干 50 克，白糖 10 克，味精 1 克，酱油 15 克，麻油 15 克，精盐 2.5 克。

做法：①五香豆腐干切成细丝。②芹菜切成段。③将豆腐干丝和芹菜段入沸水中烫透，捞出沥干，摊开晾凉，再装盘加酱油、精盐、白糖、味精、麻油拌匀即成。

芹菜拌腐竹

原料：芹菜 200 克，腐竹 50 克，味精、酱油、花椒油、醋、香油各适量。

做法：①芹菜摘洗干净，入开水中焯熟后，再用凉水冲凉，切丝，装盘。②腐竹泡发后，切丝，码在芹菜上。③味精事先用水化开，同酱油、花椒油、醋一起浇在腐竹、芹菜上，再加香油拌匀即可。

开洋芹菜

原料：芹菜500克，开洋10克，精盐、味精、麻油各适量。

做法：①芹菜切成寸段；开洋用热水泡透洗净，留原汤滤净待用。②芹菜放入沸水中氽熟，捞起沥干，加入精盐、麻油、味精以及原汁搅匀，装盘后摆上开洋即成。

芹菜拌豆腐

原料：芹菜100克，豆腐2块，葱末、姜末、味精、香油少许，精盐适量。

做法：①豆腐切成小方块，放于盘内。②芹菜切成0.4厘米长小段，用开水焯一下，然后放在凉水里冷却，捞出，沥干水分。③将焯过的芹菜段放在豆腐上，加盐、葱、姜、味精、香油即成。

西芹炒百合

原料：西芹200克，百合50克，盐2克，鸡精2克，花生油10克，葱白5克。

做法：①西芹去掉老茎、根，撕去菜中的筋，洗净，切成长4厘米的段。百合去掉根，洗净。葱切成丝。②炒锅内放清水，烧开后把西芹和百合一同焯至六成熟，捞出控干水分。③炒锅内加花生油，烧热后加入葱丝，用小火炒出香味，放入西芹和百合同炒，加入鸡精、盐，炒匀后即成。

山　药

糖醋山药

原料：山药500克，青豆20粒，淀粉10克，花生油750克（约耗200克），白糖100克，精盐、姜丝、味精、陈醋各适量。

做法：①将山药洗净，上笼蒸熟取出。剥去皮，切成段，再一剖两片，用刀拍扁待用。②勺内放花生油，加热至七成热时，放入山药段，炸至发黄时捞出。③另起勺放入炸好的山药，加糖、姜丝、味精、精盐和水，用文火烧约3分钟，再移旺火，同时加入陈醋，用水淀粉勾芡即可装盘。

拔丝山药

原料：山药200克，青、红柿椒丝10克，白糖40克，花生油80克，香油3克。

做法：①山药洗净去皮，切滚刀块，用开水烫后捞出沥干水分。青、红柿椒去蒂，洗净切丝。②炒锅置旺火上，倒入花生油，烧至七成热时放入山药块，炸熟至金黄色捞出。③炒锅重置火上，倒入花生油，烧至四成热时改小火，放入白糖溶化，炒至金黄色起泡时，迅速倒入山药块，翻匀糖液，离火口快速翻，撒上青、红柿椒丝盛出，淋上香油即可。蘸凉开水食用。

素炒山药片

原料：山药300克，水发木耳30克，葱丝5克，姜丝3克，盐3克，味精1克，生抽5克，醋5克，芝麻油3克，青、红柿椒各50克，花生油30克。

做法：①将山药洗净，削去外皮，切成椭圆形的片，放入沸水中略烫捞出；青、红柿椒洗净，切成片；水发木耳洗净，撕成小朵。②炒锅置旺火上，加入花生油，烧至六成热时加入葱、姜丝炝锅，随即加入生抽、醋、盐、山药片、木耳同炒，待山药刚断生时，加入味精，淋上香油，出锅即可。

炒　三　泥

原料：山药500克，熟枣泥200克，鲜豌豆750克，桂花卤10克，猪油30克，花生油30克，白糖100克。

做法：①山药洗净，放入开水锅内煮熟捞出，待凉后剥去皮，擦成泥。鲜豌豆剥壳煮熟，用水投凉，过箩擦成泥。②红小枣洗净放碗内，加水蒸烂取出，擦成泥。③锅上火舀入猪油，下入枣泥、白糖同炒，待水分炒干后，再加少许花生油炒酥松，盛入盘内一角。把锅洗净上火，放入少许猪油，下入山药泥，用手勺推炒，待水分炒干，加入猪油、白糖、桂花卤继续炒，然后盛入盘内另一角。把锅洗净上火，舀入少许花生油，下入豌豆泥，待水分炒干后，再随炒随加入花生油、白糖、桂花卤，用大火稍炒片刻，盛入盘内的另一角。

蜜枣扒山药

原料：山药500克，蜜枣70克，罐头樱桃5粒，花生油10克，白糖100克，水淀粉10克，桂花卤适量。

做法：①山药剥去皮，洗净，上笼屉蒸熟。切成3～4厘米的长段，再顺长剖为4片。②蜜枣用热水洗净，切（掰）成两半，去核；樱桃去核备用。③扣碗内抹上花生油，上放樱桃，蜜枣围在樱桃周围，码上山药片，一层山药，撒一层白糖，全部码完后，淋些花生油，再加桂花卤，上笼屉蒸熟。④取出扣碗，挑净花渣和油渣，翻扣于盘内。⑤锅内注清水将白糖放入熔化，用水淀粉勾稀芡浇在上面即成。

西　葫　芦

油焖西葫芦

原料：西葫芦500克，葱、蒜各15克，花生油500克（约耗40克），精盐6克，味精1克，水淀粉、清汤各10克，料酒、香油各5克。

做法：①将西葫芦去皮、瓤，洗净切成条。葱、蒜洗净，切末。②炒锅置中火，加花生油烧热，放入西葫芦条，油炸2分钟左右，取出沥油。③炒锅内留油20克，烧热，加入葱、蒜末，倒入料酒、清汤，加入盐及西葫芦条焖2分钟，加入味精、水淀粉拌匀，淋香油翻锅炒熟即可。

炒西葫芦片

原料：西葫芦250克，花生油20克，精盐、葱末、姜末、酱油适量，白糖、味精少许。

做法：①将西葫芦去籽，外皮洗净，切成薄片。②花生油热后放入葱末、姜末炝锅，将西葫芦片下锅，煸炒均匀，然后加入适量精盐、酱油及白糖，速炒几下，待其佐料均匀，即加入味精离火出锅。

西葫芦炒肉片

原料：西葫芦500克，猪肉100克，精盐3克，酱油15克，葱末、姜末、料酒少许，蛋清10克，水淀粉25克，香油5克，花生油500克（约耗40克）。

做法：①西葫芦去皮瓤，切成0.4厘米厚的片；猪肉切薄片，放碗内，加盐（1克）、蛋清、水淀粉（20克）拌匀。②炒勺置中火，加花生油烧至五成热时，放入西葫片稍炒（约半分钟），捞出沥油，然后放入肉片划散，捞出沥油。③炒勺留底油20克，至七成热加入葱、姜末，放入肉片、烹料酒、酱油稍炒，再加清汤及西葫片翻炒，加精盐、味精拌匀，用水淀粉勾芡，淋入香油，装盘即成。

藕

糖醋藕片

原料：藕300克，白糖100克，醋35克，生抽、香油、红柿椒、味精各少许。

做法：①将藕去皮，中间切开，顶刀切片，用开水焯一下，控干装盘。②将白糖、生抽、醋、香油、味精调成味汁，浇在藕上，拌匀即可。③盘边可配些切成条的红柿椒。

绿豆藕盒

原料：大藕4节，绿豆200克，胡萝卜100克，白糖适量。

做法：①将绿豆洗净，浸泡半小时，研碎。②胡萝卜洗净切丁，研成泥，加入绿豆末，做成馅。③藕去皮洗净，从一端切开作盖儿，藕洞中塞满馅，盖上盖儿，置蒸笼中隔水蒸熟，食用时切片即成。

雪藕红莲

原料：藕250克，西红柿1个，白胡椒粉10克，白糖50克，米醋几滴。

做法：①藕刷洗干净，切成薄片。②炒锅加水煮沸，把藕片焯透，放冷开水中冲凉待用。③将西红柿用刀刻成花形花瓣摆在盘中，藕片控净水，用糖拌匀，滴几滴醋，撒上白胡椒粉，围在盛西红柿的盘边即成。

芙蓉嫩藕

原料：鲜藕200克，鸡蛋2个，湿淀粉、食盐、鸡精、骨头汤、花生油、香油、葱姜汁、糖各适量，木耳、西红柿片、莴苣片少许。

做法：①鲜藕洗净、去皮，擦成细丝，再剁成藕泥，加入鸡蛋清、湿淀粉、食盐、鸡精、少许骨头汤，打成糊状。②炒锅烧热，加花生油，至四成热时，下入藕糊，炸至呈片状捞出。③原锅烧热，留底油，加莴苣片、黑木耳、西红柿片，再加盐、糖、味精、葱姜汁，勾芡后倒入芙蓉藕片，炒匀，淋香油后即可出锅。

糖醋辣味藕片

原料：嫩藕200克，青椒2个，白胡椒粉、精盐、花生油、醋、糖、味精适量。

做法：①将嫩藕洗净，切成薄片，青椒去蒂、籽切片。②烧热油锅，放入藕和青椒片，炒至发粘时，加精盐、白胡椒粉、醋、糖、味精，盛起装盘。

酸梅藕片

原料：乌梅30克，嫩藕500克，白糖、番茄酱适量。

做法：①乌梅去核，切细末，加水煮取汁液2次，共得汁液约50毫升，趁热加入番茄酱、白糖及适量水，使其溶解呈浓稠糖浆。②嫩藕去皮洗净，切薄片沸水快焯，捞出，浸入凉开水中。③乌梅糖浆冷后，捞出藕片，盛于盘中，浇上乌梅糖浆即可。

菠萝莲藕

原料：鲜藕250克,鲜菠萝100克,白糖25克,姜汁20克,白醋10克,精盐适量。

做法：①将鲜藕去皮洗净，纵向对开，再纵向一切两半，然后横向切成薄片，投入淡盐水中泡几分钟，捞出沥水；菠萝去皮挖眼，洗净后纵向对开，切去心后再切成小薄片，放入淡盐水中浸泡10分钟左右，捞出沥水。②将沥去水分的藕片和菠萝片同放一碗内，撒入白糖，浇入姜汁、白醋拌匀，腌渍20分钟左右，即可装入菜盘中食用。

软炸藕片

原料：藕500克，鸡蛋2个，盐3克，味精1克，吉司粉10克，面粉50克，水淀粉100克，花椒盐3克，花生油750克（实耗50克）。

做法：①将藕洗净，刮皮后顶刀切成0.5厘米厚的片，放入沸水中略烫捞出，放入凉水中过凉，控水后放在大碗中，加少许盐、味精略腌，控去多余的汁水，撒少许面粉拌匀；碗内打入鸡蛋，用筷子搅散，放入盐、味精、面粉、吉司粉、水淀粉调成全蛋糊。②炒锅置旺火上，加入花生油，烧至五成热时，将藕片挂匀蛋糊入油炸，至淡黄色时捞出，待油烧至七成热时，放入藕片复炸，然后捞出控油，整齐地摆入盘中，上桌时配花椒盐即可。

炸 藕 夹

原料：鲜藕300克,肥瘦猪肉馅100克,葱、姜末各5克,面粉20克,水淀粉60克,盐4克,味精2克,香油10克,老抽5克,鸡蛋50克,花生油500克(约耗75克)。

做法：①藕洗净，切成0.3厘米厚的夹刀片（第一刀连刀，第二刀切断即谓夹刀片）；搅肉放葱、姜末，再放盐、味精、香油、老抽、鸡蛋，用少许淀粉，拌均匀成馅抹在藕夹中。②用淀粉、面粉、香油、水、少许盐制成糊。③炒锅洗净，注花生油，烧至四五成热，将藕夹蘸上糊，过油炸至金黄色，熟后捞出，控净油装盘即成。

炒 藕 片

原料：藕500克，水发香菇200克，葱50克，红甜椒2个，精盐10克，花生油50克，香油20克，味精少许。

做法：藕洗净削皮，水发香菇去蒂洗净后入沸水焯一下，葱去根洗净，都切成丝。炒锅置旺火上，放入花生油。油稍沸，先放入葱丝、红甜椒丝煸炒一下，再放入藕丝、香菇丝，煸炒几下加入水，放入味精炒匀离火，淋上香油即成。

酸辣莲藕

原料：嫩藕350克，白糖50克，白醋35克，花椒油20克，花生油35克，干红辣椒3个，精盐、泡辣椒丝、姜丝各少许。

做法：①将莲藕去蒂和根，洗净，削去外皮，切成5厘米长的条，放入盆内，加少许盐拌匀，腌片刻取出，沥干水分后放入盆内，表面放泡辣椒丝、生姜丝。②将炒锅置火上，放入花椒油、白醋、白糖，用铁勺搅动，待白糖溶化后，把糖醋汁倒入盆内，泡3小时后即可食用。

凉拌藕片

原料：莲藕500克，酱油15克，精盐6克，味精1克，葱花、姜丝、蒜片各适量。

做法：①将莲藕洗净，削去皮，切成片，用开水烫一下，断生，捞出控去水分，装入盘内。②在藕片上放葱花、姜丝、蒜片，加入酱油、精盐、味精，拌均匀即成。

多味藕

原料：鲜藕250克，食盐、白糖、花椒、五香粉、蚝油、姜末、葱花、醋各适量。

做法：①将藕切成薄片，将盐、糖、姜末、葱花、五香粉、蚝油、醋拌在一起。②炒锅烧热，加少许油，热后炸花椒，再将拌匀的调味汁倒锅内略煮待用。③热油锅上旺火，下藕片，煸炒片刻即装盘，再将卤汁浇在藕片上即可上桌。

桂花糖醋果藕

原料：鲜藕250克，桂花5克，白糖100克，金糕50克，醋、香油各少许。

做法：①将藕洗净去皮切片，用开水焯后捞入凉水中浸泡一下，捞出装盘。②将金糕切成菱形薄片，均匀地撒在藕片上。然后用白糖、桂花、香油、醋等调成味汁浇在藕片上。

珊瑚雪莲

原料：净藕500克，白糖75克，柠檬汁1克，酸粉1克，精盐5克。

做法：①选用鲜嫩藕，去皮切成0.3厘米厚的圆筒形。②将盐入沸水内溶化，把藕片放入淹没，浸渍40分钟捞出。锅内加清水烧沸，倒入瓷盆晾凉，再将浸渍的藕入沸水内氽一下捞起，放入瓷盆内漂起5分钟，捞出沥干水，放入碗内。白糖、柠檬汁、酸粉搅匀，然后淋在藕片上轻轻拌匀，浸渍1小时，装盘即成。

辣椒

炝柿子椒

原料：柿子椒300克，干红辣椒15克，花生油15克，香油、葱末、姜末、精盐、味精、花椒各适量。

做法：①将柿子椒择洗干净，切成小块，放入开水中烫一下捞出，用凉水浸凉，控净水分。②锅烧热，把花生油和香油同时下锅，随即把干红辣椒（切成1厘米长的小段）下锅，炸至深红色，投入花椒，稍炸，待出香味后放入葱末、姜末，再将柿子椒下锅，放入精盐、味精，炒匀盛入盘内即成。

红油杂拌

原料：青、红柿子椒各150克，净虾肉100克，水发海参100克，熟鸡肉100克，油发鱼肚50克（洗净的），鸡蛋糕100克，冬笋50克，香菇50克，红油25克，精盐、葱油、红油、蒜末、白糖各适量。

做法：①将海参、虾肉、鱼肚、熟鸡肉分别切成片，放入开水中氽透，捞出，用凉水过凉，再控去水。鸡蛋糕切片也放入其中。②将冬笋切成片，香菇一破两开，青、红柿子椒切成三角形的块，然后一起放入开水中氽透，捞出，用冷水过凉。③把蛋糕片、海参片、虾片、鱼肚片、熟鸡肉片、冬笋片、香菇和青、红柿子椒片一起放在盆里，加入精盐、味精、葱油、红油、白糖、蒜末、拌匀即成。

肉片青椒

原料：柿子椒500克，猪瘦肉100克，盐3.5克，酱油3克，料酒4克，葱、姜、味精各1克，鸡汤20克，淀粉3克，花生油30克。

做法：①将柿子椒洗净，去掉籽及蒂，用刀斜切成片，葱、姜切成小片。②将肉切成片，放酱油适量，料酒1克，淀粉1克，抓均匀。③将盐、味精、葱、姜、酱油、料酒、鸡汤、淀粉放入碗中，调成碗汁。④炒锅放花生油烧热后，将肉片放入煸至八成熟，将调味汁倒入，加青椒一起煸炒，汁挂匀后即可出锅。

炒木犀尖椒

原料：鸡蛋2个，尖青椒400克，火腿丝5克，花生油50克，精盐、味精、葱、姜丝、花椒水各适量。

做法：①尖青椒洗净去蒂及籽切滚刀块。鸡蛋打入碗内加精盐、味精、葱、姜丝、花椒水调成蛋液。②勺内放花生油加热后，放蛋液炒熟倒入盘内，将勺擦净放25克油，倒入尖青椒块，炒至五成熟，加适量精盐、味精，炒两下，再倒入炒熟的鸡蛋翻炒至青椒断生，即可出勺装盘，点缀上火腿丝即可。

青椒炒鸡杂

原料：青椒5个，鸡杂、姜末、盐、糖、味精、酱油、醋、花生油、料酒、湿淀粉适量。

做法：①青椒洗净去籽，切成小块，下热花生油锅内煸炒，放盐，熟后盛入碗中待用。②鸡杂洗净切成小块，加酱油、醋、糖、味精、料酒、姜末、湿淀粉拌匀，稍腌。③炒锅中花生油烧至冒烟，倒入鸡杂急炒，再倒入青椒拌匀，即可装盘。

酿 青 椒

原料：柿子椒500克，净胡萝卜500克，净葱头250克，净芹菜100克，花生油100克，香叶2片，干辣椒1/2个，香桃汁2克，胡椒粉2.5克，砂糖25克，番茄酱100克，番茄沙司25克，精盐10克，味精2.5克，辣酱油5克，红酸葡萄酒25克，清鸡汤100克。

做法：①在柿子椒蒂把处平片一刀，挖出瓤、籽，洗净，挖空备用。葱头、胡萝卜、芹菜都切2毫米宽的丝。②锅内倒适量清水，旺火烧开，将柿子椒放开水中烫几分钟，捞出控净水分。③煎盘内倒花生油旺火烧热，放进葱头丝炒至微黄，再放胡萝卜丝、芹菜丝炒几下，加进香叶和干辣椒炒至半熟，加番茄酱炒出红油，再加鸡汤、精盐、味精、胡椒粉和砂糖，挤入香桃汁，倒入辣酱油、红酸葡萄酒和番茄沙司，调匀制成馅。④将馅瓤倒每个柿子椒膛内，口朝上整齐地码在烤盘中，馅中流出的汤汁浇在柿子椒上，入炉温约400℃的烤箱，烤20分钟左右，取出凉透，柿子椒口朝上整齐码上长盘中间，即可食用。

糖醋青椒

原料：青椒350克，花生油50克，淀粉少许，味极鲜酱油、白糖、味精、米醋、蚝油、葱丁、蒜片各适量。

做法：①把青椒洗净，除去柄、籽，切成桔子瓣块。②把味极鲜酱油、白糖、米醋、味精、蚝油、淀粉和少许水兑成卤汁。③勺内放花生油烧热，随后下葱丁、蒜片及青椒块一同煸炒，炒时先用慢火，后用旺火，见青椒变为深绿色，即把兑好的汁对着勺边泼入，颠翻几下，见卤汁包裹住青椒即成。

日本炒青蒜米饭

原料：青蒜切成段25克，花生油8～12克，胡萝卜切片80克，芹菜切段60克，青椒40克，小青豆250克，酱油50克，熟米饭800克，鸡蛋1个，豆芽50克。

做法：①将炒锅烧热，加入花生油，烧热后加入青蒜、胡萝卜、芹菜和青椒，翻炒至熟，加入青豆和酱油。②炒开锅后，倒入米饭，炒匀后出锅。③在锅内再加点花生油，倒入打匀的鸡蛋炒好，加入豆芽，将米饭倒回锅内，炒匀后出锅，马上吃用。

炒柿子椒

原料：柿子椒350克，熟猪油20克，花生油35克，酱油、香油、精盐、味精、葱丝各适量。

做法：①把柿子椒洗净，去掉蒂把和籽，用刀拍扁，切成长丝。②勺内放花生油，烧热，用葱丝炝锅，放入椒丝炒拌均匀。待椒丝呈深绿色起油亮时，加入酱油、熟猪油、精盐，再炒拌均匀，淋入香油，撒上味精，翻炒一下，即可出勺。

青椒拌干丝

原料：青椒250克，红柿椒100克，五香豆腐干3块，麻油20克，盐3克，味精1克，白糖5克。

做法：①青椒、红柿椒洗净，去柄、籽，切成细丝。香干切成细丝。②锅内加水烧沸，将青椒丝、红柿椒丝、香干丝同时放入煮透，捞出沥干冷却，加麻油、盐、白糖、味精，拌和即成。

青椒炒豆豉

原料：青辣椒500克，黑豆豉250克，花生油100克。

做法：①将辣椒去蒂，洗净，切成节。②入锅内煸软，倒在一边，下花生油，同时下豆豉翻炒，至豆豉炒出香味，将辣椒混合拌和，即可起锅，食时分盛小盘。

青椒香干炒毛豆

原料：青椒100克，精盐2.5克，毛豆子100克，味精1克，香干60克，麻油5克，花生油25克，清水50克，白糖

2.5 克。

做法：①把青椒去籽，切丝；香干切成丝。②旺火热锅，将花生油烧至七成热，放下青椒、毛豆子，炒至毛豆将熟，下香干丝，加调味料及水，炒片刻，加上麻油即可出锅。

青椒炒毛豆

原料：青椒 100 克，胡萝卜 100 克，毛豆粒 100 克，花生油 30 克，香油 6 克，精盐 3 克，糖 3 克，味精 2 克，清水 60 克。

做法：①将青椒择洗干净切丝，胡萝卜切成丝，毛豆上火稍煮捞出待用。②锅内放入花生油烧热，投入青椒、毛豆粒，炒至毛豆将熟，下胡萝卜丝，加调味料及水，再煸炒几下，淋入香油即可出锅。

白　菜

爽口娃娃菜

原料：娃娃菜 350 克，葱白 50 克，姜丝 20 克，红柿子椒半个，盐 5 克，米醋 5 克，鸡精 5 克，白糖 10 克，香油 8 克。

做法：①将娃娃菜洗净，从中间剖开，去掉根，用刀与娃娃菜成垂直角度切成宽 0.3 厘米的丝，放入一个器皿中，加入盐后把原料搅拌均匀，腌 15 分钟。②葱白切丝。红柿子椒洗净后，切丝。③将腌好的娃娃菜从器皿中取出，用力挤干原料中的水分。器皿洗净后再将娃娃菜放回器皿中，然后将葱丝、姜丝和红柿子椒丝一同放入娃娃菜中；此时加入鸡精、米醋、白糖，把原料和调料搅拌均匀，并使调料完全溶解后，再将香油放入菜中，盛入盘中即可食用。

烩白菜三丁

原料：嫩白菜帮 250 克，猪肉 50 克，水发香菇 100 克，水发木耳 20 克，味精 2 克，花生油 25 克，老抽 10 克，绍酒 8 克，水淀粉 40 克，鲜汤 400 克，香油 5 克，大葱 10 克，青蒜 10 克，鲜姜 5 克，鸡蛋清少许。

做法：①将洗净的白菜、猪肉、香菇、木耳均切成 1.5 厘米见方的丁。大葱切成葱花，青蒜切末，鲜姜切丝。②把猪肉丁用精盐、鸡蛋清、水淀粉浆好，用温油滑透捞出。香菇丁在开水锅氽一下。③将炒锅放旺火上加少许花生油，烧热放入葱花、姜片，再与白菜丁爆炒至七成熟倒出。④往锅内加鲜汤烧开，下入香菇丁、白菜丁、木耳丁、猪肉丁，再加入精盐、酱油、料酒、味精。开锅后稍烩片刻，同时调好口味，用水淀粉勾芡，淋入香油，撒上青蒜末，即成。

沙锅白菜

原料：白菜 500 克，猪里脊肉、鲜蘑各 100 克，水海米 50 克，香菜 5 克，清水、精盐、味精、香油、葱丁、姜末各适量。

做法：①白菜去老帮、黄叶，洗净，切成排骨块，用开水烫透，控净水。里脊切片，香菜切段，大块蘑菇用手撕开。②沙锅内加清水，放入海米、鲜蘑、白菜，用手勺撇去浮沫，再放精盐、味精调好口味。白菜快熟时，放里脊片、香菜段，点香油即可食用。

千层白菜

原料：大白菜叶100克，鸡脯肉10克，猪肥膘肉10克，鱼肉10克，熟火腿2克，鸡蛋清2只，淀粉10克，水发木耳3克，鸡油3克，精盐、葱、姜、胡椒粉适量。

做法：①将白菜叶逐片分开，入沸水锅氽至变色捞出，速用凉水冷却，用净布搌干水分。鸡脯肉、鱼肉、肥膘肉均剁茸入钵，加盐、葱花、姜末、味精、蛋清（1个）及适量淀粉和水制成混合肉茸馅。②取1张白菜叶平铺菜墩上，先涂上一层蛋清淀粉糊，再涂上一层混合肉馅（约半厘米厚）抹平，做完后入笼蒸10分钟取出晾凉。③把晾好的白菜糕切成块，摆入扣碗中，用边角余料垫底，上笼蒸熟透取出扣盘，随用鸡汤、木耳勾芡浇淋菜面，撒胡椒粉和火腿末即成。

酸辣白菜

原料：白菜500克，精盐10克，醋30克，白糖10克，花椒油20克，香油20克，干辣椒2个。

做法：①将白菜洗净，剥去外层老叶，削去菜根，撒上盐略搓几下见渗出水分即装入陶瓷盛器内，上面压一块较重的盆盖。约半小时后，挤干盐水，另放一陶瓷盛器中。②炒锅置小火上，倒入香油、花椒油、干红辣椒，熬至辣椒呈深红色，捞去辣椒，即将热辣油淋在菜上，使菜吸进辣油。③将醋、白糖在碗内调和拌溶倒入放菜的盛器内加盖闷浸渍半小时左右，用时切成条即可。

珊瑚白菜

原料：大白菜200克，干辣椒、葱、姜、黑木耳各5克，胡萝卜、青椒各25克，精盐10克，白糖8克，醋25克，香油少许。

做法：①白菜择洗干净，切成筷子粗细长条，放入大碗中，撒入精盐抓匀，腌至半个小时左右，挤去水分，放入碗中备用。②干辣椒、黑木耳用温水泡发，择洗干净，切成细丝，胡萝卜、青椒去皮去籽洗净，切成细丝，葱、姜洗净切成细丝备用。③炒锅上火，放入香油烧热，下入切好的各种细丝，待煸炒发出香味时烹入水一小碗，再放入白糖，待汁浓稠后兑入醋，离火。④将调味汁浇在白菜上面，用小盘压白菜上，压腌半小时，装盘即可食用。

芝麻白菜丁

原料：白菜嫩帮1000克，熟芝麻80克，香菜小段50克，蒜末、盐、味精、花椒油各适量。

做法：①将嫩白菜帮切成小方丁，用盐腌半小时后控出盐水，放入盘中。②把蒜末、盐、味精、花椒油、熟芝麻、香菜段拌入腌好的白菜丁内即成。

糖醋白菜

原料：大白菜400克，水发黑木耳10克，熟猪油30克，白糖25克，醋25克，湿淀粉8克，芝麻30克，精盐3克，精盐3克，味精3克。

做法：①将大白菜洗净，切成3厘米长白条。②炒锅置旺火上，放入猪油、芝麻油烧热，将白菜下锅爆炒，加入精盐、白糖、醋，炒约3分钟，待白菜七成熟时，加入黑木耳、味精，并用调稀的湿淀粉勾芡，将锅颠动几下，起锅盛盘即成。

酸辣白菜卷

原料：嫩白菜叶300克，姜丝4克，干红辣椒丝5克，老抽10克，盐3克，味精1克，香醋20克，白糖15克，辣椒油5克，香油5克，花生油20克。

做法：①将嫩白菜叶洗净后，放入沸水中略烫，捞出后放凉水中过凉，控干水分后放在案板上摊开；将姜丝和干红辣椒丝理顺，整齐地放在每片菜叶的一边，卷成直径约1.5厘米粗的白菜卷，摆入汤盘。②炒锅置旺火上，放入花生油，烧至五成热时放入干红辣椒丝，炸成红褐色，随即烹入香醋，待出现醋香味时，加入老抽、盐、白糖、味精、水烧沸，撇去浮沫，倒入碗中晾凉后倒在盛白菜卷的汤盘中，将白菜卷腌半小时左右。把腌制入味的白菜卷取出切成段，整齐地摆放在盘内，上桌时淋上辣椒油、香油即可。

炝白菜卷

原料：大白菜叶250克，玉兰片、冬笋片和青椒各15克，干红辣椒和酱油各5克，鸡精2克，花椒10粒，香醋、精盐和白糖各3克，香油10克，花椒油10克，花生油100克。

做法：①将白菜叶洗净并沥干水，玉兰片、冬笋片切成丝，青椒和干红辣椒分别去蒂及籽后洗净。②炒锅置火上，放油烧至五成热，投入干红辣椒和花椒炸至棕红色，放入白菜叶、青椒和玉兰丝、冬笋丝快速翻炒，加精盐、白糖和酱油，炒至白菜和青椒断生，再加香醋，起锅装盘，晾凉。③将过油后的青椒和干红辣椒切成丝，白菜叶逐片铺于砧板上，放上一些青椒、干红辣椒丝和冬笋丝、玉兰丝，卷成直径约2厘米左右圆筒状的卷，再切成3厘米长的段，装入另一盘中。从原汁内拣出花椒不用，撒入鸡精，淋入香油、花椒油调匀，浇在菜卷段上即成。

辣子白菜

原料：小白菜500克，红辣椒100克，葱、姜各50克，花生油30克，蚝油10克，盐、味精、香油适量。

做法：①小白菜摘洗干净，葱、姜切丝，红辣椒切丝待用。②汤勺置于旺火上，加清水烧开，下入小白菜焯水，过凉后切5厘米长的段放入盘中。③炒勺置于火上，加花生油烧热，放葱、姜丝和辣椒丝炒，再加250克水及盐、味精、蚝油，点几滴香油后将其浇于小白菜上即成。

醋熘白菜

原料：白菜450克，胡萝卜50克，花生油25克，香油5克，酱油15克，盐2克，白糖25克，陈醋15克，花椒油、淀粉适量。

做法：①白菜切成块，胡萝卜切片，焯水后冷水过凉，控净水待用。②油放锅，下入花椒，炸香捞出，投入白菜、胡萝卜煸炒断生，加入陈醋、酱油、白糖、盐，开锅勾芡，淋花椒油出锅即成。

甜拌菜心

原料：白菜心500克，胡萝卜100克，麻酱、白糖、香油、醋各适量。

做法：①把白菜心和胡萝卜洗净，分别切成细丝，放入汤盘内。②把麻酱用香油澥开，浇至白菜心上。③把糖撒在白菜心上。④把醋装在小碟内，吃时浇上即可。

素炒白菜

原料：白菜100克，花生油8克，葱末50克，姜末50克，洋葱1个，酱油、淀粉各4克，香油5克，盐、清水各12克，胡椒粉适量。

做法：①将白菜洗净切碎，洋葱洗净切碎。②在炒锅内将花生油烧热，推入葱花、姜末和洋葱，软炸至透明。③倒入白菜，加旺火，翻炒3～4分钟，撒上盐和胡椒粉。④在另一个容器内将水和淀粉拌匀，然后倒在白菜上，不停地翻炒，至淀粉熟。出锅后，点几滴香油，趁热上桌食用。

宫爆白菜

原料：白菜嫩帮400克，胡萝卜50克，干辣椒2个，葱丝、姜丝、酱油、陈醋、精盐、味精、淀粉、花椒油、花生油各适量。

做法：①将白菜帮洗净，控去水分，切成方形小块；胡萝卜去根，洗净，去皮，切成菱形片；干辣椒切成小段。②炒锅置旺火上，倒入花生油烧熟，放入辣椒段炸成深黄色时，投入葱、姜丝略炒，放入白菜块、胡萝卜片煸炒至六成熟时，加入酱油、陈醋、精盐调好口味，用少许水淀粉勾薄芡，撒上味精，淋上花椒油拌匀，出锅装盘即可食用。

拌盐白菜

原料：嫩白菜250克，辣椒油10克，精盐5克，酱油2克，醋5克，花椒2克，味精2.5克。

做法：①将嫩白菜去掉根部，洗净，晾干，用精盐、花椒拌匀（如叶大可改小），再一层层地码在盆内，腌3天即可食用。②将白菜取出，去掉花椒，挤净水分，切成细丝，放入盘内，加入酱油、醋、味精、辣椒油，拌匀即成。

菜　卷

原料：嫩白菜叶8张，土豆250克，花生米50克，榨菜1小块，干红辣椒1个，大葱1根，鲜姜1小块，白糖2汤匙，精盐1汤匙，白醋2汤匙，花生油2汤匙，香油1汤匙，味精少许。

做法：①将白菜叶洗净，将菜叶中间凸出的硬梗削除，放开水中烫软，捞出，摊开晾凉。②将土豆洗净放锅中煮烂，捞出去皮，捣成泥状放碗内。③花生米洗净后放锅中，用小火炒熟，去皮捣碎成末。④将榨菜洗净切成细末，待用。⑤将花生米末和榨菜末放在土豆泥上面，加入精盐（半汤匙）、味精、香油拌匀。将土豆泥分成8份，放在每张白菜叶上面，摊开，将白菜叶左右两边往里折成卷，码在盘内。⑥大葱洗净，切成一寸长的细丝。红辣椒洗净，去蒂和籽，切成细丝。鲜姜洗净，去皮，切成末。取炒锅置火上烧热后倒入花生油。待油稍热后先倒入辣椒丝，炒出辣味后，再放入葱丝、姜末同炒。随即加半小碗开水和白糖。烧至锅内汁浓时加入精盐、白醋、味精，翻炒几下，离火晾凉，浇在盘中菜卷上，腌半小时，上桌时将菜卷切成寸段即可。

油吃洋白菜

原料：洋白菜250克，青、红柿子椒各1个，鲜姜1小块，大蒜3瓣，花椒10粒，花生油1汤匙，精盐半汤匙，白糖2汤匙，醋1汤匙，辣油半汤匙，味精少许。

做法：①将洋白菜逐叶掰开，切除叶中间的硬梗，洗净，放开水锅中烫一下，捞出沥水，晾凉。②将凉透的洋白菜切成菱形片，放盘中，加入精盐，拌匀，稍腌片刻。③青、红柿子椒各去蒂和籽，洗净，放开水锅中稍烫捞出，沥水，晾凉，切成小菱形片，撒在腌洋白菜上拌匀。④鲜姜刮皮，洗净，切成细丝。将洋白菜中的水滤去，将姜丝撒在洋白菜上。⑤大蒜去皮拍碎，剁成细末，撒在洋白菜上，加入白糖、醋拌匀。⑥取炒锅置火上，待锅热后加入花生油。油热后加入花椒，炸成黑色时将花椒铲出。趁热将油浇在洋白菜上，速用碗扣住盘，焖20分钟，加入味精、辣油拌匀即可食用。

口蘑菜心

原料：干口蘑50克，白菜心500克，精盐适量，鸡精1.5克，胡椒粉0.2克，啤酒20克，芝麻油25克，白糖10克，水淀粉30克，姜片5克，花生油75克，汤500克。

做法：①将干口蘑放入钵中，倒入温水泡透，捞出，去蒂，用清水洗净，挤去水，切成薄片，放入沸水锅中略氽后，捞出控去水。白菜心用水洗净，放入沸水锅中略氽捞出，用冷水冲凉，控去水，切成3厘米长的段。②炒锅置旺火上，放入花生油烧热，下姜片炸香，投入口蘑片煸炒片刻，下白菜心，倒入汤，加精盐、啤酒、白糖、鸡精、胡椒粉烧入味。待汤稠时，用水淀粉勾薄芡，淋入芝麻油拌匀，起锅盛入汤盆即成。

栗子烧白菜

原料：熟栗子100克，白菜400克，湿淀粉25克，清汤50克，葱、姜各100克，盐3克，花生油50克。

做法：①将栗子去皮，切一小口。白菜切段。葱、姜切丝备用。②把栗子放入高汤内以文火焖烂后捞出。白菜下油锅煸炒片刻，加葱、姜丝、盐，再勾兑清汤少许。③将栗子摆在盘子中间，白菜放在四周，浇以芡汁即成。

水煮白菜

原料：白菜心500克，瘦肉150克，精盐2.5克，味精5克，胡椒面0.5克，干辣椒20克，花椒3克，姜15克，葱、豆瓣酱、香油、猪油、酱油、蚝油、料酒各50克，鸡蛋半个，鲜汤300克，淀粉30克。

做法：①将白菜心、肉都切成片状，一并盛放大碗中，加入少许料酒、精盐、味精、淀粉和鸡蛋半个，抓匀后待用。②将葱和干辣椒切成段，姜切成片，待用。③炒锅内放入猪油加热，烧至八成热时，投入花椒稍炸，随即放入干辣椒炸至黑色一起捞出，再用刀剁碎备用。④炒锅的热油中放入豆瓣酱和姜片炸出香味，倒入鲜汤，待烧开后去除浮杂物，加入葱、酱油、料酒、精盐、胡椒面、蚝油、味精，调好口味后就可倒入肉片和白菜，翻动数下，待肉片煮熟后盛放在盘中，撒上花椒、辣椒末，再浇上香油即可。

辣白菜

原料：白菜一棵，辣椒面、香油、苹果酱、海米、花椒油、大蒜、生姜、盐、味精适量。

做法：①将白菜去掉外叶，从根部切开成两半，盆内放盐加热水化开，放入白菜腌两天，然后取出洗净、控干水。②辣椒面用开水拌成糊，大蒜、生姜切末，放入盐、苹果酱、海米、香油、味精拌均匀。③将洗净的白菜放入盆内，用拌好的调料均匀地抹在每片白菜叶上，把抹好辣椒的白菜整齐地放入缸内，加入花椒油，约五天后取出切成块即可食用。

五香白菜

原料：鲜白菜500克，白糖5克，食盐

40克，酱油40克，花椒1克，五香粉1克，白酒8克。

做法：①把新鲜白菜削根去老叶，放在清水中漂洗干净，切成两半，挖去根部硬梗，将水沥干，切成丝状，按500克白菜加盐40克比例入缸。②腌渍方法是一层菜一层盐，装到离缸5厘米处在上面压上一块干净石板或青石，7天后即可取出冲洗一次，除去水分，倒入甜酱油，比例是：500克酱油加白糖70克制成。每500克菜用甜酱油40克，酱制7天后捞出曝晒，待半天拌料装坛。拌料方法是500克鲜菜配制酱油35克、花椒1克、白酒8克，以及五香粉，充分拌均匀随即装坛，装满后密封，5天后即可食用。

扒 白 菜

原料：白菜心250克，盐2.5克，鸡精3克，鸡汤150克，葱2克，姜1克，淀粉3克，鸡油少许，猪油15克。

做法：①将白菜在开水中焯一下，用凉水过凉，滤干水分，切成长10厘米、宽1.5厘米的长条。葱切段，姜切成厚片。②将淀粉放在小碗中，加入适量的水。③炒锅上火，加入猪油，将葱、姜放入，煸炒出香味，加入鸡汤烧开，去掉泡沫，再加入盐、鸡精，将白菜顺方向整齐地码放在锅中，用小火烧约3~5分钟，改用旺火，把水淀粉均匀淋入，使汁完全挂在白菜表面，淋入鸡油后，即可码放在平盘之中。

奶油津白

原料：大白菜1000克，火腿末1大匙，盐1茶匙，味精1/4茶匙，淀粉水1大匙，花生油1大匙。

做法：①白菜洗净，剥去外层大叶，去蒂，切成寸方片，放入热水中烫煮，见白菜变软，即捞出浸放在冷水中。②炒锅入花生油烧热，捞出白菜放入锅中翻炒，倒入清水、盐同煮，煮至白菜软烂，勾芡即可盛盘，撒上火腿末就可上桌了。

绿茶娃娃菜

原料：娃娃白菜10棵，绿茶5克，鲜海带丝25克，枸杞5克，精盐、味精、胡椒粉、高汤、香油、葱段、姜片、花生油适量。

做法：①将娃娃白菜洗净，根部剞十字花刀，略焯水凉处理；绿茶用沸水冲洗一遍；鲜海带丝洗净水处理；枸杞子用冷水提前泡好。②坐锅点火放花生油，烧至四成热时用葱、姜炝锅，下入娃娃菜煸炒均匀，再加入高汤、精盐、味精、胡椒粉调味。海带丝煮熟后漏勺捞入盘底，上边摆放好娃娃白菜。③原汤撇净浮沫和葱、姜，倒入泡好的绿茶水，二次调好鲜味，投入枸杞子，倒入适量香油，浇淋在盘中菜上即可。

卷心菜包肝片

原料：鲜猪肝100克，卷心菜叶150克，鸡蛋3个，精盐、鸡精、黄酒、淀粉、五香粉、面粉、花生油各适量。

做法：①将猪肝洗净，剖成薄片，放入碗中，加适量精盐、鸡精、五香粉、黄酒、淀粉，抓匀。将卷心菜叶洗净，入沸水锅中烫软，取出，清水过凉后切成20厘米见方的卷心菜片。②另取碗放入鸡蛋清，加适量干淀粉，调拌成稀糊。将卷心菜片铺放在案板上，抹上一层蛋清稀糊。③将肝片分成几份，逐一放在卷心菜叶片上，包裹成卷，滚上一层薄薄的干面粉。炒锅置火上，加花生油烧至六成热，将生肝片卷胚入锅，微火炸至外酥里透，捞在漏勺中沥油，切成3厘米长的段，码在盘内即成。

菜心炒肉片

原料：瘦肉150克，菜心300克，盐、味精适量，花生油20克，姜数小片，蒜茸1茶匙，熟冬菇4朵。

做法：①菜心切成短段，炒熟上碟。②瘦肉切片，加调味料腌10分钟。③下花生油爆姜，下肉片、冬菇、蒜茸炒至肉片将熟时，加调味料埋芡，下菜心略炒上碟。

炒黑白菜

原料：水发木耳100克，大白菜250克，精盐、味精、酱油、花椒粉、葱花、水淀粉、花生油各适量。

做法：①将水发木耳去杂洗净；将大白菜老帮和根去掉，择去菜叶，切成小片。②炒锅烧热放花生油，下花椒粉、葱花炝锅，随即下入白菜片煸炒，炒至白菜片油润明亮时，放入木耳，加酱油、精盐、味精继续煸炒，用水淀粉勾芡，即可出锅装盘。

海米烩菜心

原料：菜心400克，海米25克，食盐1.5克，味精1.5克，白糖1克，胡椒粉0.5克，水淀粉10克，酱油25克，花生油适量，香油少许。

做法：①将菜心洗净，切成1.6厘米长的段，再剖为4片；将海米用热水浸泡片刻待用。②炒锅烧热，放花生油，烧至八成热时倒入菜心，煸炒片刻，加入海米和汤，加盖用大火烧几分钟，加盐、糖、味精，勾芡后撒上胡椒粉，淋香油后即可装盘上桌。

胡萝卜炒白菜

原料：大白菜500克，胡萝卜300克，精盐7克，味精2克，午餐肉100克，酱油10克，葱、姜各15克，猪油40克，花椒油少许。

做法：①大白菜摘洗干净，切成片；胡萝卜去皮洗净，切成片；午餐肉切成片；葱、姜切成小片。②炒勺加猪油，烧热后用葱、姜炝锅，投入白菜、胡萝卜片炒至断生，加酱油、精盐、味精、午餐肉翻炒几下，出勺前加花椒面。

油焖白菜

原料：大白菜100克，花生油30克，酱油1克，白糖5克，味精1克，盐1克，料酒1克，香油2克。

做法：①大白菜去老帮及叶部，洗净后，切长4厘米、宽1.5厘米的条。②勺放于火上，加多量油，烧至五成熟后，放入白菜条炸至呈淡黄色时捞出，沥净余油。③炒勺留少量底油，加入料酒、酱油、精盐，倒入适量开水，放入白糖，烧开后放入过油的白菜，用小火煨5分钟，转入旺火收浓汁，再加味精，淋入香油颠翻几下，盛入盘中即可。

鲜蘑菇烧白菜

原料：大白菜心400克，鲜蘑菇200克，猪油50克，精盐4克，味精2克，鲜汤100克，香油10克，葱、姜各10克，淀粉适量。

做法：①大白菜心冲洗干净，开水焯一下，过凉后切成长条；鲜蘑去根洗净，开水焯一下，葱、姜切丝。②炒勺内加入猪油，用葱、姜丝炝锅，下入白菜、鲜蘑稍炒后，加入鲜汤、盐、味精、料酒，中火烧开一会，用水淀粉勾芡，淋香油翻炒均匀即可。

麻辣白菜

原料：大白菜100克，花生油10克，精盐0.5克，酱油3克，味精0.5克，料酒2克，花椒3粒，干辣椒1克。

做法：①大白菜冲洗干净，用手掰成块状，干辣椒切成段。②炒勺加花生油烧热，待油沸时，先下入花椒粒稍炸，然后立即下入干辣椒段，炝出香辣叶后，投入白菜、盐，翻炒几下随后加入酱油、料酒、味精，再翻炒均匀即可出勺。

清汤白菜

原料：小白菜500克，鲜汤1000克，胡萝卜1个，葱、姜各15克，精盐、味精、香油适量。

做法：①小白菜摘洗干净，切成3厘米长的段，胡萝卜切成片，葱、姜切丝备用。②汤勺置于火上，加鲜汤烧沸后投入小白菜、胡萝卜片，烧开锅后，加姜、葱丝及盐、味精、香油，出勺即可。

清炒卷心菜

原料：卷心菜500克，花生油25克，酱油15克，盐5克，花椒、葱花、姜末各2克。

做法：①卷心菜切成1.5厘米宽的条，再用斜刀切成象眼块。②油热后下入花椒炸香，取出花椒，再放葱花、姜末、卷心菜、酱油，翻炒均匀，断生即可出锅。

干烧白菜

原料：大白菜500克，味精少许，猪油70克，白糖5克，香油10克，豆瓣酱10克，淀粉、酱油、料酒适量。

做法：①将白菜用凉水洗净，控干水分，切成块。②炒锅烧热，放入猪油烧热，投入白菜，用旺火煸炒，待炒出水分，倒入漏勺沥去水分。③炒锅烧热，放猪油烧热，投入豆瓣酱搅匀，再加入酱油、白糖、料酒炒拌，放入煸好的白菜，然后加入适量的汤，放至中火上加盖焖酥。④将锅端回旺火上，豆瓣卤汁很少时加入少许淀粉勾芡，沿锅边淋入香油略拌，出锅装盘即成。

京酱小白菜

原料：小白菜500克，甜面酱150克，白糖20克，花生油40克，猪肉100克，葱、姜、盐适量。

做法：①小白菜摘洗干净，用淡盐水浸泡10分钟，再用清水冲净盐分，切成5厘米长的段摆入盘中。②猪肉切丝，葱、姜切末。炒勺放于火上，加花生油，烧热后放肉丝煸炒，待肉丝变色后放葱、姜及甜面酱炒，再加少量汤和糖、盐，至酱成稀粥状时，将其倒入摆好小白菜的盘中即可。

白菜卷

原料：嫩大白菜叶500克，鸡脯肉150克，猪肥肉100克，鸡汤400克，鸡油50克，精盐7克，味精2克，料酒20克，淀粉40克，鸡蛋3个，胡椒粉0.5克，花生油、香油少量。

做法：①把大白菜叶洗净，用开水焯一下，捞出过凉，沥去水分。②鸡蛋去黄用蛋清加20克淀粉调成稀糊，鸡脯肉和猪肥肉分别剁成细泥。③把鸡脯肉放入碗内，逐渐加汤成稀糊状，加盐、味精、胡椒粉、料酒搅至上劲为止。④鸡泥放在一端，向前卷去，卷成直筒形，放入盘子，上屉取出摆在盘内。⑤加入少量花生油，注入鸡汤，放入盐、料酒、香油、味精，开锅后用水淀粉勾芡即可。

葱　头

炒里脊葱头

原料：葱头500克，猪里脊肉100克，精盐3克，味精1克，花生油25克，蚝油10克，芝麻油5克，鸡蛋1个。

做法：葱头洗净，去皮，切丝。猪里脊肉洗净切丝，用蛋清抓匀。锅置火上，入花生油，油烧至七成热时，入猪里脊丝煸炒，加葱头丝、蚝油、精盐翻炒，加味精，淋芝麻油，出锅装盘。

肉片葱头

原料：葱头200克，猪瘦肉100克，酱油2.5克，料酒1.5克，盐1.5克，味精、姜各1克，花生油30克，甜面酱20克，淀粉0.5克，鸡蛋1个。

做法：①将葱头去掉老叶，切成片。姜切成片。②瘦肉切片，放入0.5克酱油、0.5克料酒、少许盐、半个鸡蛋及0.5克淀粉，一同搅拌均匀。③炒锅上火，加入花生油，煸炒肉片至成熟，加入姜片、葱头一齐煸炒，待将葱头辛辣味去掉后，加入酱油、料酒、盐、甜面酱、味精，翻炒均匀，即可装盘。

葱头炒鸡蛋

原料：鸡蛋20克，葱头50克，生抽2克，牛奶25克，熟猪油25克，鸡精2克，精盐1克。

做法：①将鸡蛋打入碗内，加入牛奶、鸡精、精盐调匀。②将葱头去皮，洗净，切成细丝。③将熟猪油放入煎盘，烧至七八成熟，投入葱头丝炒成浅黄色，再将鸡蛋倒入同炒，煎成饼再翻成卷，即可起锅装盘。

辣味沙司

原料：净葱头25克，净大蒜瓣5克，辣柿子椒15克，鲜姜5克，番茄沙司50克，精盐2克，白胡椒粉0.5克。

做法：将蒜瓣、葱头、柿子椒和鲜姜各料都切末，放在洗净消毒的盆内，加精盐、胡椒粉、番茄沙司，用消毒过的汤勺搅拌均匀即成。

红　少　司

原料：净胡萝卜75克，花生油250克，净葱头75克，净芹菜50克，过箩精面粉300克，净蒜瓣50克，香叶4片，白胡椒粒25克，干辣椒1个，番茄酱500克，少司汤2.25公斤，番茄沙司100克，辣酱油30克，精盐10克，味精5克，红酸葡萄酒50克，砂糖25克，糖色25克，香桃1个。

做法：①将胡萝卜、蒜瓣、葱头，都切成片。芹菜，切成长段。干辣椒洗净去蒂、籽。香桃洗净，切成块。白胡椒压碎备用。②花生油倒锅内，旺火烧热，投入葱头片、干辣椒、碎白胡椒和香叶，再放入胡萝卜片、芹菜段、大蒜片，炒至蔬菜发黄时，加面粉，边炒边搅拌，炒出香味，再加番茄酱，炒出红油。然后，往锅内倒入少司汤，边倒汤边搅拌，搅成面糊状，对入番茄沙司、辣酱油，再加精盐、味精、红酸葡萄酒、糖色、砂糖和香桃块，烧开，转微火，煮5分钟，过箩滤入净容器内，即成红少司。

炸葱头丝

原料：大葱头500克，面粉100克，盐少许。

做法：葱头去皮，一切两半，再顺长切成细丝，加入盐和面粉拌匀，放入七八成热的油锅中炸黄至熟即成。炸时要不断翻动，使其受火均匀。

韭 菜

韭菜豆腐丝

原料：韭菜75克，豆腐丝150克，红柿椒50克，清汤200克，花生油、香油、盐、白糖、味极鲜酱油、味精各适量。

做法：①韭菜洗净，切段；红柿椒洗净，切成丝；豆腐丝洗净切成段。②炒锅置火上，倒花生油，放入清汤、豆腐丝和适量的盐、白糖、味极鲜酱油、香油、味精，用小火慢慢翻炒5～7分钟，使豆腐丝完全吸收汤的味道，再放入红柿椒丝、韭菜，继续炒熟即可。

绿豆芽炒韭菜

原料：绿豆芽500克，韭菜150克，花生油50克，精盐、酱油适量。

做法：①将韭菜切成段。②花生油入锅，烧热。③将洗净的豆芽及切好的韭菜同时入锅，炒拌匀，加入调料，大火炒八成熟出锅。

韭黄干丝

原料：豆腐干200克，韭黄250克，榨菜丝25克，红辣椒丝25克，酱油5克，精盐5克，醋2.5克，白糖2.5克，味精2.5克，水淀粉10克，猪油100克，香油10克，清汤50克。

做法：①豆腐干切成粗丝，用水氽一下，沥干水分。②韭黄洗净，切成段。③白糖、醋、精盐、酱油、味精、清汤、水淀粉放入小碗内调成汁。④炒勺烧热，放入猪油、红辣椒、榨菜、干丝煸炒，加入韭黄再炒熟，入小碗汁水，淋香油少许，起勺即成。

鸡蛋炒韭菜

原料：韭菜200克，鸡蛋2个，花生油20克，盐2克，味精5克，香油5克，葱1克，姜0.5克。

做法：①将韭菜去老叶，洗净，切成段，葱、姜切成末。②把鸡蛋在碗中打散，加约0.5克盐。③炒锅上火，放入花生油，烧热后放入鸡蛋，不停地翻炒使其成为小块状。④加入葱、姜末略炒后，放入盐、味精，炒匀后，加入韭菜翻炒，使其略变色，加入香油，翻炒后即可食用。

生　菜

拌辣生菜

原料：生菜500克，干红辣椒和精盐各10克，香油20克，味精1克，葱和姜丝各5克，花椒少许。

做法：①将生菜去杂后洗净，切成大斜片，放入沸水锅内烫一下，捞出用冷水过凉，沥干水分，放入盘内；干红辣椒去蒂和籽，切成细丝。②锅置火上放入香油烧热，投入花椒炸成黑色捞出不要，将辣椒丝、葱丝和姜丝炸出香味，连油一起浇在生菜上，撒入精盐和味精拌匀即成。

海米炒生菜

原料：生菜250克，海米50克，盐2克，味精1克，花生油15克，葱1.5克，姜1克。

做法：①将生菜去掉老叶及根，洗净，切成长约5厘米的段。海米放入碗中加开水涨发。葱、姜切成末。②炒锅内放花生油烧热，加入葱、姜末后立即放入生菜翻炒，放入盐和味精，炒熟后将海米放入，翻匀即可装盘。

腐乳炒生菜

原料：生菜300克，白豆腐乳50克，花生油、蒜蓉各适量。

做法：①生菜洗干净，除去老梗，切成小段备用。②白豆腐乳放入碗中压成泥，加入少许水调匀备用。③锅中倒花生油烧热，放入蒜蓉炒香，加入生菜炒匀，再加入调匀的腐乳汁炒熟，盛入盘中即可。

蚝油生菜

原料：生菜400克，蚝油10克，蒜蓉、花生油、料酒、盐、生抽、香油、味精各适量。

做法：①生菜洗净，撕成大片待用。②锅内倒花生油烧热，生菜下入锅中稍炒，放入盐、味精调味炒匀，盛入盘中。③锅中再放入少量花生油烧热，依次放入蒜蓉、蚝油、生抽、香油、料酒炒至出香味，浇在生菜上拌匀即可。

腊肠炒生菜

原料：生菜250克，腊肠50克，猪油20克，葱、姜末各2克，料酒6克，精盐4克，味精2克，清汤5克，花生油400克(约耗油20克)。

做法：①将生菜去根，去叶，留菜帮，洗净后，用刀切成约3厘米长的斜片；腊肠(蒸熟晾凉后)用刀切斜片备用。②旺火坐勺加入花生油烧至三四成热时放入生菜过油半分钟，倒入漏勺控净油。③原勺坐旺火上，放猪油烧热；然后放入腊肠和葱、姜末煸炒几下，再放生菜，烹料酒，放盐、味精和少许高汤，颠翻煸炒几下，即可出勺装盘。

鲜蘑生菜

原料：鲜蘑150克，生菜250克，葱3克，姜3克，盐4克，糖5克，料酒3克，淀粉3克，鸡汤150克，花生油30克，味精1克。

做法：①将生菜洗净。鲜蘑从罐头中取出，切成厚片，用开水焯一下备用。葱切段、姜切块备用。②炒锅上火，加入花生油30克，放入葱、姜煸出香味后去掉葱、姜。把生菜放入煸炒，待炒至六成熟时放入鲜蘑、鸡汤、盐、味精、糖、料酒。烧热后将溶于水的淀粉放入，把汁收浓即可。③码放时将生菜叶放在盘子中间，根部向外码成一圈，再将鲜蘑放在上面，最后把汁浇在菜肴上即可。

凉拌生菜

原料：生菜400克，大蒜2瓣，甜面酱15克，香油5克，味精少许。

做法：①生菜掰成单片，择洗干净，沥干；大蒜切末，备用。②坐锅，倒油，至四成热时，倒入甜面酱煸炒，炒出香味后，加入蒜末、味精、水，至汁沸后起锅，晾凉后浇在生菜上即可。也可将酱汁盛碗中，用生菜蘸食。

麻酱生菜

原料：生菜500克，芝麻酱100克，白糖5克，盐10克，辣椒油5克，鸡精2克。

做法：①将生菜择掉老叶，放在流动的水下冲洗干净。取一较大的器皿，加入清水，把洗好的生菜放入器皿中，使清水能够将生菜全部淹没，这样浸泡20分钟后取出，放在流水下再冲洗一遍，控干水分后放入器皿中备用。②取一个较大的碗，将芝麻酱放入碗中，再将白糖、盐、鸡精加入碗中，加入50克凉开水，加水的同时不停地用筷子搅动，使水和麻酱均匀分布。最后将辣椒油放入碗中，盛装在一个较小的器皿中，即可。③食用时取菜蘸酱。

三丝生菜

原料：生菜300克，水发木耳25克，干红辣椒4个，鲜姜7克，香油20克，精盐8克，白糖20克，醋9克，味精少许。

做法：①将生菜择洗干净，切成3厘米长的段，放入盆内，加入精盐拌匀稍腌。干红辣椒去蒂、籽，泡软。水发木耳择洗干净。生姜去皮，切成细丝备用。②将生菜挤去水分，加入醋、白糖、味精拌匀，装入盘内，放上干红椒丝、木耳丝、生姜丝，另将香油烧沸，倒在三丝上，拌匀即可。

油　　菜

肉片烧油菜

原料：油菜500克，猪五花肉150克，冬笋20克，花生油500克（约耗30克），葱花10克，酱油20克，盐、味精各2克，白糖10克，香油、料酒各5克，清汤200克。

做法：①将油菜择洗干净，切成段；猪肉切成片；冬笋亦切片。②将花生油倒入炒勺，中火烧至六成热，放入油菜至表面起小泡，捞出沥油。③炒勺留底油30克至八成热，放葱、笋、肉片煸炒，加料酒、酱油，再入油菜、糖、盐、清汤，烧至酥烂，加味精，淋香油装盘即成。

香肠炒油菜

原料：香肠75克，油菜300克，花生油25克，鸡油少许，料酒5克，味精1克，精盐、葱、姜末各4克。

做法：①将香肠切成薄片；油菜洗净，切成3厘米长的段，梗、叶分置。②将锅置于火上，放花生油烧热，下入葱、姜末略煸，投入油菜梗煸炒几下，再将油菜叶投入同炒，至半熟，倒入香肠，并加入鸡油、精盐、料酒、味精，用旺火快炒几下即成。

海米小油菜

原料：小油菜400克，小海米50克，冬菇片适量，花生油100克，酱油、食盐、料酒、味精、清汤、湿淀粉、白糖、葱段、姜丝、蒜片、香油各适量。

做法：①油菜洗净切成段，用八成热花生油下锅炸成半熟，捞出将油控净。②锅内加花生油，用葱、姜、蒜爆锅，加冬菇、海米、酱油、食盐、料酒、清汤、味精、白糖、油菜下锅煨透，用淀粉勾成浓溜芡，淋上香油即可。

豆豉鲮鱼油麦菜

原料：油麦菜200克，豆豉鲮鱼100克，葱末、姜末、蒜末、花生油、白糖、鸡精各适量。

做法：①将油麦菜择洗干净，切成长段。②锅内倒花生油烧热，放入葱末、姜末炒出香味，加入油麦菜、豆豉鲮鱼翻炒，再倒入蒜末、白糖、鸡精炒入味即可。

脯酥油菜心

原料：油菜心100克，口蘑2克，火腿2克，蛋清3个，葱、姜、蒜末2克，味精1克，精盐2克，湿淀粉3克，干淀粉10克，料酒10克，鸡油5克，花生油400克（约耗50克）。

做法：①将鸡蛋清磕入碗内用竹筷子打成泡糊，加干淀粉搅匀待用。②油菜心洗净，用开水略烫，熟后用精盐、料酒、味精渍匀备用。③炒锅内放花生油，用中火烧至六成热时，将油菜心粘匀搅好的糊，逐一下油内炸熟，油温不宜过热，过热则发黄。捞去控净油，放入盘内。④炒锅内留底油烧至六成热，放入葱、姜、蒜，炸出香味，随即加入清汤、料酒、味精、口蘑片、火腿，烧沸，撇去浮沫，用湿淀粉勾芡，淋上鸡油即可。

油菜叶炒豆腐

原料：油菜叶适量，豆腐1块，花生油、酱油、盐、味精等适量。

做法：①油菜洗净，用沸水烫半分钟捞出，放冷水中投凉，沥净水，切断备用。②豆腐切成糖块大小的丁，用沸水烫过。③炒锅烧花生油至六七成热时，放入豆腐不断翻炒，至豆腐成金黄色时即放入油菜同炒，炒匀后放酱油、盐、味精，翻炒几下出锅。

罗汉菜心

原料：油菜心250克，鸡脯肉250克，金华火腿末50克，豌豆苗3棵，胡萝卜片20克，绍酒10克，鸡蛋清1个，干淀粉50克，鸡汤250克，精盐5克，熟鸡油10克。

做法：①将油菜心洗净，在每棵菜心根部劈一个十字花刀，放入开水中焯一下捞出，逐棵沾上干淀粉。②将鸡脯肉砸成泥，用凉鸡汤澥开，再加入鸡蛋清、精盐、绍酒和熟鸡油，搅拌成糊状，用手挤成一个个半圆球形，分别瓤在每棵菜心的根部，上面用豌豆苗、胡萝卜和火腿末加以适当点缀。然后上屉用旺火蒸熟，放在盘中。③将炒锅放在旺火上，倒入鸡汤烧开，下入绍酒、精盐，用余下的干淀粉调稀后勾薄芡，再淋上熟鸡油，然后浇在油菜心上即成。

豆　角

盐水豌豆

原料：新鲜豌豆荚300克，精盐3克，味精1克，胡椒粉、麻油各少许。

做法：选择豆荚碧绿、豆肉饱满的新鲜豌豆荚，洗净，放入锅里，加清水淹没，盖上锅盖，先用大火烧沸，再改用中火烧3～4分钟，烧至无豆腥味，加盐和味精略烧入味，立即盛出装盘，撒上胡椒粉，淋入麻油即可。

香　辣　豆

原料：大豆500克，干红辣椒3个，花生油25克，白糖25克，酱油25克，白酒15克，花椒面、精盐、香油、淀粉、葱、姜各适量。

做法：①将大豆泡发好，用开水烫后捞出，备用。②将干红辣椒、葱、姜切末，放勺内用热油炸一下，放入调料，添少许汤，再倒入大豆。③大豆煮熟后，旺火浓缩汤汁，再用淀粉勾芡，滴上香油，出锅即可。

红焖豆角

原料：豆角300克，猪肉200克，花生油、清汤、老抽、花椒面、淀粉、白糖、味精、蚝油、葱片、姜末、蒜片各适量。

做法：①豆角去筋，洗净。猪肉洗净，切成薄片。②炒勺内加花生油适量，烧至七成熟时，将豆角放油中炸至半熟捞出，控干净油。③原勺留底油，用葱、姜、蒜炝锅，放入肉片煸炒，再放入豆角、花椒面、盐、白糖、酱油、蚝油、清汤适量，盖上盖用微火焖烂，再移旺火上，用水淀粉勾芡，出勺装盘即可。

肉末炒泡豇豆

原料：泡嫩豇豆350克，瘦肉末100克，味精1克，白糖3克，豆腐乳5克，花生油15克。

做法：①泡豇豆洗净，理顺，切颗粒。②锅内放花生油、豆腐乳，烧至六成热时，下肉末拨散，炒出香味，放泡豇豆粒翻炒，放白糖、味精，炒匀，出锅装盘。

香菇豆角

原料：豆角400克，香菇75克，火腿20克，葱、姜末各5克，酱油、料酒、香油各5克，精盐4克，味精1克，清汤80克，湿淀粉10克，花生油25克。

做法：①豆角去筋洗净，切成3厘米长的段，用开水烫透香菇择洗干净，去蒂，切成块。火腿切成片。②锅中放油，用葱、姜炝锅，烹料酒、清汤，倒入豆角、香菇、火腿，放酱油、盐、味精，熟透，加湿淀粉，淋入香油翻炒装盘即成。

肉片焖豆角

原料：猪肉100克，豆角200克，甜面酱、水淀粉各10克，酱油、蒜各15克，葱末、姜末各5克，辣椒油10克，味精3克，清汤150克，花生油75克。

做法：①将豆角掐去纤（长的断为两截），洗净；猪肉切成柳叶片；蒜切片。②炒勺置火上烧热，加入花生油烧热，用蒜片、葱末、姜末炝锅，再放入肉片煸炒至变色，然后放入豆角至水分除尽，加入面酱继续煸炒，遂添酱油、辣椒油、清汤，沸后，移小火加盖焖约5分钟，揭盖，移回大火上，放入味精炒匀，用水淀粉勾芡即成。

海米豇豆

原料：嫩豇豆300克，海米30克，精盐、味精、鲜汤各适量，水淀粉少许，猪油500克（约耗50克）。

做法：①将海米放入碗内加入开水浸泡，上笼蒸至海米发软时取出。②将豇豆洗净，切成长6厘米的段。③锅置旺火，放入猪油烧至六成热，放入豇豆段炸制，炸至豇豆皱皮变蔫，捞出锅内留少许油，放入鲜汤、豇豆段、泡海米水、精盐，烧至豇豆入味熟透，捞出。装入条盘中，锅内再加入海米、味精，用水淀粉勾薄芡，收汁后淋于豇豆上即成。

盐水毛豆

原料：毛豆300克，盐、葱、姜、熟油各2克，八角、桂皮、香叶各适量，味精1克。

做法：①将毛豆洗净，剪去豆荚的两尖，以便于入味；葱切段；姜切块。②锅中放水，加盐、味精、葱段、八角、桂皮、香叶、姜块，水开后放入毛豆，用小火煮10~20分钟，使豆质酥烂。食用时加入熟油即可。

毛豆炒干丝

原料：豆腐干250克，青毛豆100克，猪瘦肉50克，鲜汤、酱油、料酒、味精、猪油适量。

做法：①豆腐干洗净，切成细丝；猪瘦肉切成细丝，用精盐、料酒、淀粉拌和；青毛豆在沸水中汆一下，捞出沥去水。②锅内放入猪油，烧热后下肉丝煸熟盛出，再放入豆腐干、毛豆，翻炒，放入调料炒至汤汁将干，下入肉丝，炒均匀即成。

素焖扁豆

原料：扁豆500克，花生油25克，盐5克，面酱10克，蒜片5克，姜5克。

做法：①扁豆切3厘米长段。②热油甜面酱稍炒，放扁豆再炒，加水和盐用温火焖软，再加蒜片、姜末，旺火快炒，出锅即成。

酸辣豆角

原料：豆角400克，香醋、鲜红辣椒、糖、盐、辣椒油、蒜末各少许。

做法：先将豆角择洗干净，切成丝，用开水焯熟，控干水分装入盘中，再放入香醋、红辣椒丝、蒜末、辣椒油、糖、盐调拌均匀后，即可食用。

酱爆扁豆

原料：扁豆300克，葱花50克，豆瓣酱15克，酱油5克，糖10克，甜面酱5克，味精1克，花生油25克。

做法：①扁豆洗净，择去两头并撕去老筋，掰成两段。②铁锅放花生油烧热，放葱花、豆瓣酱炒出香味，倒入扁豆翻炒，加酱油、甜面酱、糖、100克水，加盖烧3分钟，见扁豆熟酥时放味精出锅。

葱油蚕豆

原料：去壳蚕豆300克，葱10克，盐3克，糖3克，葱香油、味精2克，花生油20克。

做法：①葱一半切段、一半切花；蚕豆冲洗净，沥干水分。②炒锅放花生油，先将葱段炸出香味，成深棕色时捞出，倒入蚕豆翻炒，加盐、糖、100克水，大火烧熟蚕豆，加味精，撒上葱花，放入葱香油，出锅装盘。

四季豆炒肉丝

原料：肉、四季豆、花生油各适量，姜丝、红辣椒丝各少许，酱油、淀粉、鸡精、盐各适量。

做法：①将四季豆洗净切斜片；将肉洗净切丝，加酱油、淀粉拌匀后炒熟，盛出备用。②热油锅爆香姜丝及辣椒丝，放入四季豆翻炒，下盐、鸡精和酱油调味，肉丝回锅，加少许水以小火焖片刻至水干即可。

油焖扁豆

原料：扁豆250克，葱、姜、蒜片、花生油、酱油适量。

做法：将扁豆掐去两头，再掐断成3厘米左右长的段，边掐边撕掉边上的筋丝，洗净，开水焯透，捞出用冷水浸泡，使其晾凉。将锅架火上，放花生油烧热，葱、姜、蒜片炝锅，投入扁豆煸炒几下，放酱油和稍多的水，大火烧开，小火焖烧，直至汤汁减少2/3，扁豆接近酥软时，加些白糖，再焖上2~3分钟，汤汁稠浓，即可盛起。

鱼香扁豆

原料：扁豆250克，葱、姜、干辣椒丝、豆瓣酱、花生油、蒜泥适量，料酒、酱油、香油、醋、味精少许。

做法：①将扁豆折段、撕筋、洗净，过一下油，捞出控油。②锅内留底油，烧热，放入葱、姜、干辣椒丝及豆瓣酱、蒜泥等，煸炒出红油，再放扁豆炒几下。③加料酒、酱油、糖、醋和水，大火烧开，小火焖烧，等汤汁减少，掺入扁豆中时，加点味精，勾薄芡，见均匀包裹在扁豆上，滴些香油即可。

姜汁扁豆

原料：扁豆500克，精盐2克，味精1克，香油10克，鲜姜25克。

做法：①将扁豆的尖折断，再顺势撕下扁豆两侧的筋，把扁豆用清水洗净，切成段。将鲜姜削去皮，切成碎末。②向锅内放入凉水，上火烧开，下入扁豆氽一下，捞出放入用开水浸烫过的容器内，摊开晾凉，撒入精盐、味精拌腌入味。③将晾凉的扁豆先用香油拌匀，再拌入姜末，然后码入盘中。

烩扁豆

原料：嫩扁豆500克，葱头250克，胡萝卜400克，芹菜100克，西红柿100克，蒜瓣10克，精盐10克，白胡椒粉1.5克，花生油100克，味精1克，砂糖10克，番茄酱100克，辣酱油15克，干辣椒1个，香叶2片，清鸡汤100克，香桃2片。

做法：①胡萝卜、葱头和芹菜都切丝，大蒜拍成泥，扁豆切3.5厘米长段，干辣椒去蒂、籽。②锅内倒适量水烧开，将扁豆入开水中泡透，捞冷水中凉透，沥去水，把西红柿洗净，放开水中稍烫捞出剥皮，切块放盆中待用。③炒锅内倒入花生油旺火烧热，投进葱头丝炒至微黄，放入胡萝卜段、芹菜丝和干辣椒炒至七成熟，加番茄酱炒出红油，放进西红柿块移至微火，再加清鸡汤、精盐、味精、胡椒粉、辣酱油、香桃片、砂糖、蒜泥。汤开，放入扁豆不断颠翻，使扁豆入味，倒入瓷盘内凉透，盛入大盘即可食用。

干烧四季豆

原料：四季豆250克，虾米50克，猪肉末50克，盐5克，味精1克，鸡汤100克，料酒10克，麻油10克，花生油500克（约耗50克）。

做法：将四季豆摘去两头，抽去中筋，切成5厘米长的段，放在清水中泡软，切成小段，将花生油烧至四五成热，四季豆入锅滑油炸至柔软变色，表面起泡，倒入漏勺、滤油。锅内留少量油，将虾米末、肉末加入炒一下，随即放入四季豆，加入绍酒、盐。再加入鸡汤，烧开后，用小火烧3分钟，待四季豆入味后，用大火将卤汁收干，放入味精，翻炒几下，浇上麻油即成。

丝 瓜

青椒丝瓜

原料：丝瓜500克，花生油50克，青椒100克，淀粉、精盐、葱花适量。

做法：①将丝瓜刮去粗皮，洗净，切去两端，再切成条。青椒去蒂，洗净，切成块，去籽。②锅置旺火上，倒入花生油烧热，倒入葱花炝锅，随即放入青椒，加入精盐略炒，再放入丝瓜同焖入味，待丝瓜全部熟软时，用淀粉勾芡出锅即成。

丝瓜烧豆腐

原料：豆腐300克，嫩丝瓜200克，精盐、酱油、味精、淀粉、清汤、花生油各适量。

做法：①豆腐切成小丁，放入沸水余一下，捞出沥干水分，丝瓜削去皮，洗净，切成小块。②锅放在旺火上，倒入花生油烧热，略炒，加入清汤、酱油、葱花烧沸后，倒入豆腐，改用小火焖烧至豆腐鼓起，汤剩一半时，再用旺火略烧，用水淀粉勾芡，出锅即可。

素烧丝瓜

原料：丝瓜500克，红柿子椒1个，海米10克，花生油15克，料酒5克，盐2克，鸡精3克，淀粉5克，香油3克，葱、姜各5克。

做法：①将丝瓜洗净，用削皮刀将表皮削掉，并用清水洗净后切成厚0.5厘米的片备用。②葱、姜均去掉老皮，用刀拍碎，放入一个小碗中，加入清水将葱、姜淹没备用。淀粉放入一个小碗中加入10克清水，制成水淀粉。柿子椒洗净后，切成边长1厘米的菱形片。海米放入碗中加开水泡15分钟洗净捞出控干水分。③炒锅放在火上，加入花生油并将海米一同放入，用小火炒制，再下丝瓜一同煸炒；同时加入料酒、盐、鸡精、葱姜水，用大火将原料炒熟后，把水淀粉放入其中将汁收浓，淋入少许香油，放入红柿子椒，盛入盘中即可。

丝瓜炒牛肉

原料：丝瓜230克，牛肉150克，圆葱15克，姜数小片，盐、花生油各适量。

做法：①丝瓜洗净，切丝；牛肉切薄片，加调味料腌10分钟。②放花生油2汤匙，炒熟圆葱、丝瓜，铲起。③放油2汤匙，爆姜，放牛肉炒至将熟，加入丝瓜、圆葱炒匀，加入调味料勾芡上碟。

丝瓜炒肉片

原料：丝瓜、猪瘦肉各150克，西红柿100克，猪油50克，蚝油20克，葱末、水淀粉各10克，姜末5克，料酒、盐、味精各2克。

做法：①将丝瓜刮去外皮，削去两头洗净，切成4厘米长的片；将西红柿洗净，用沸水烫一下，去皮、去籽，切成片；将猪肉洗净，切成片，放入碗内，加少许精盐、水淀粉抓拌上浆。②铁锅置火上，倒入猪油，烧至六成热，放入肉片煸炒至变色时再投入丝瓜片、西红柿片，略煸炒后放入料酒、蚝油、精盐、味精，用水淀粉勾芡，翻拌均匀，盛入盘内即可食用。

苦　瓜

鱼香苦瓜丝

原料：苦瓜500克，水发木耳50克，花生油20克，豆瓣酱15克，麻油、白糖各5克，酱油、醋各3克，鸡精、葱丝、姜丝各10克，红辣椒2根，蒜末2克，湿淀粉5克，盐2克。

做法：①将苦瓜洗净，切成两半，去瓤，切成细丝。木耳洗净，切丝，放入沸水锅中烫透，捞出控干水分。红辣椒去柄、籽，洗净，在开水中稍烫，沥干水分。②炒锅烧热，放花生油烧至五成热，下葱丝、姜丝煸炒出香味，再下豆瓣酱煸出红油后，加入酱油、白糖（少许）、鸡精，放入苦瓜、木耳丝、辣椒丝炒匀，加湿淀粉勾芡，淋入香油，起锅装盘即成。

麻辣苦瓜

原料：苦瓜400克，红辣椒150克，姜末5克，蒜片5克，精盐3克，味精2克，花椒油5克，辣椒油5克，白糖3克，香油10克，猪油15克。

做法：①苦瓜洗净，去籽，切0.3厘米宽的条；红辣椒去蒂、籽，洗净，切细丝。②锅内放猪油烧至六成热时，下苦瓜煸成翠绿色，装碗待用。③原锅放猪油烧至七成热时，放入蒜片、姜末炝锅，下红辣椒丝煸炒，放苦瓜条炒匀，放精盐、白糖、味精，淋花椒油、辣椒油、香油，翻炒均匀，出锅装盘。

鸡蛋炒苦瓜

原料：鸡蛋2个，苦瓜150克，花生油、香油、葱末、姜末、盐、味精、胡椒粉各适量。

做法：①苦瓜洗净切片；鸡蛋打入碗中，加入盐、味精、胡椒粉搅拌均匀备用。②锅入沸水，放入苦瓜片焯10秒钟捞出，放少许盐腌制一会儿，挤去水分。③锅内倒油烧至八成热时，倒入调好的鸡蛋液，翻炒至鸡蛋成块状。④锅内放油烧热，放入葱末、姜末炝锅，再倒入苦瓜和鸡蛋，快速翻炒，调好口味，滴入几滴香油，出锅即可。

豆豉苦瓜

原料：苦瓜500克，豆豉50克，麻油20克，味精5克，精盐5克，白糖10克，黄酒5克，胡椒粉2克。

做法：①将苦瓜洗净后去籽切成片。豆豉用热水涨发。②用沸水锅分别将苦瓜与豆豉放入稍烫一下后捞出，然后立刻过凉，加入味精、白糖、黄酒、精盐、胡椒粉、麻油拌和均匀，装入盘中即可食用。

葱油苦瓜

原料：嫩苦瓜400克，花椒10粒，大葱100克，盐4克，味精1克，蚝油10克，香油20克。

做法：①将苦瓜洗净，切去两端，用刀切成两半，除去瓜瓤，切成6刀一断的连刀片，然后放入沸水中烫至断生，捞出控净水，放入盘内，趁热撒入盐拌匀，略腌后控水；大葱切成葱花，撒在苦瓜上。②炒锅置中火上，加入香油、蚝油，烧至四成热时放入花椒，炸出香味后捞出不用，至油温升至七成热时，迅速将油淋在葱花上面，加盖略焖，然后加入味精拌匀入味即可。

肉末炒苦瓜

原料：苦瓜500克，瘦猪肉末100克，酱油3克，料酒3克，盐1.5克，味精1克，糖5克，花生油30克，胡椒粉2克，葱2克，姜2克。

做法：①将苦瓜洗净，从中间剖开去籽，切成丝。葱、姜分别切成细丝。②炒锅上火，加入花生油，放入肉末煸炒，炒熟后加入葱、姜、料酒、酱油，略炒后放入苦瓜，翻炒均匀后加入糖、胡椒粉、盐、味精，炒熟后即可装盘。

肉末苦瓜条

原料：苦瓜250克，猪肉末50克，红椒条25克，芽菜末25克，精盐、料酒、麻油、鸡精、豆瓣酱、陈醋、花椒油、花生油、姜末、葱末、白糖、酱油适量。

做法：①将苦瓜去蒂及籽，洗净切成一字条，放入精盐稍腌一会儿。②坐锅点火放花生油，油温四成热时，倒入肉末、料酒、豆瓣酱、葱姜末炒匀，再放入苦瓜条、芽菜末、红椒条、白糖、陈醋、花椒油、酱油，淋入麻油，翻炒均匀出锅即可。

家常苦瓜

原料：苦瓜300克，猪肉50克，豆瓣适量，姜末、葱花、酱油、味精、水淀粉各少许，花生油50克。

做法：①苦瓜切去两头，对剖成两边，去除瓜瓤，切成条，洗净。猪肉切成片。豆瓣剁细。②锅置旺火上，花生油烧至七成熟，放入苦瓜条稍炸，并迅速捞出；锅内重新加少许油，放猪肉片煸炒，再加入豆瓣炒至油成红色，下姜末、葱花炒香，加入少量鲜汤、苦瓜条、酱油，以中火加热，烧至苦瓜软熟，再加味精，用水淀粉勾薄芡，出锅即成。

萝卜

葱香萝卜丝

原料：白萝卜500克，香菇50克，红柿椒50克，青葱5根，新鲜橘皮50克，精盐、鸡精、花生油各适量。

做法：①白萝卜洗净，削去薄层外皮，剖片，切成丝，放入大碗中，加适量鸡精、精盐，抓揉浸渍片刻。②香菇用沸水泡发，浸渍片刻，洗净，切成丝。新鲜橘皮洗净切丝。红柿椒洗净，切成细丝。青葱切成葱花，撒在萝卜丝上。③炒锅置火上，加花生油烧至八成热，取1小勺浇在青葱上，锅留底油，烧热后下入香菇丝、红柿椒丝、橘皮丝，煸炒均匀后倒在大碗内，加调料拌匀即成。

辣香萝卜干

原料：胡萝卜干200克，洋葱100克，花生仁150克，白芝麻30克，葱花3克，精盐1克，味精2克，白糖3克，酱油10克，花椒面0.5克，花生油500克，（约耗20克），辣椒油10克，香油5克。

做法：①胡萝卜干洗净，切片，再切成细丝，用沸水氽后，挤去水分，待用。洋葱洗净，切成细丝。②花生仁用五成热油炸酥，晾凉后剁成粒；白芝麻炒熟，晾凉后压成面。③胡萝卜干丝、洋葱丝放盘内，加精盐、味精、白糖、酱油、花椒面、辣椒面、香油，撒葱花、花生仁粒、芝麻面即成。

美式分层菜饭

原料：胡萝卜切片150克，土豆切片250克，芹菜切段150克，糙米150克，盐、胡椒粉适量，葱头切片50克，番茄罐头带汁450克。

做法：①把烤箱预热到200℃。②把胡萝卜、土豆、糙米、葱头和芹菜分层放到砂锅里。在糙米层上加入适量的盐和胡椒粉。③把锅盖盖紧，把砂锅放入烤箱内烤，直至糙米和蔬菜烤熟。④加入番茄罐头汁。在临出烤箱前10分钟，将盖子打开，以便将锅内菜的面层烤得更老些。

姜味胡萝卜冻豆

原料：胡萝卜切块500克，清水12克，花生油12克，芥末籽0.2克，葫芦籽6个，姜粉0.2克，青椒切块1个，冻豆400克，茴香粉0.5克，咖喱粉0.5克，盐1克。

做法：①把姜切碎，倒入清水充分拌和。②用文火将锅烧热，加入花生油。烧热后，加入芥末籽和葫芦籽，待它们开始出现有爆裂的声响时，将姜粉倒入，煨2分钟，不断地翻炒。③再加入青椒，煨2分钟，若需要，可再加点花生油。④倒入冻豆和胡萝卜，煨5分钟，不断地翻炒。⑤再加入茴香粉、咖喱粉、盐，翻炒几下，盖上锅盖，把火拧小，焖30分钟，趁热吃用。

法式蔬菜面糊

原料：胡萝卜切块150克，花生油4克，葱末100克，盐、鸡精、胡椒粉适量，面粉2克。

做法：①将炒锅烧热，倒入少量花生油，把葱末和胡萝卜块倒入锅内。②加入面粉，进行充分的搅拌。③加点清水，调好味，再次进行混匀搅拌，使面糊变稠。④把火拧小，盖上锅盖，焖15分钟左右。加工好之后，趁热吃用。

油熗胡萝卜

原料：胡萝卜、豆瓣酱、姜汁水、花生油各适量。

做法：①胡萝卜洗净，纵向剖开，切斜片。②豆瓣酱用水调开，待用。③炒锅上火，放花生油，油热再下胡萝卜片，翻炒几下，使胡萝卜片均匀粘满油。④然后将胡萝卜片从锅底到锅壁摊开，文火慢煎片刻，翻炒几下，摊开再煎，如此反复，直至胡萝卜水汽散失变蔫时，将调好的豆瓣酱、姜汁水倒入锅中快速旺火翻炒均匀，即可盛盘。

绞肉烩小水萝卜

原料：小水萝卜250克，瘦肉120克，花生油、酱油、盐、味精、胡椒粉、水淀粉、葱末、青蒜段各适量。

做法：①将肉洗净，剁成碎末；小水萝卜洗净，切成1厘米见方的丁，用开水烫一下。②锅内倒油烧热，爆香葱、青蒜段，然后放入肉末、小水萝卜炒熟，加入适量酱油、胡椒粉、盐、味精调味，用水淀粉勾芡即可。

鲜蘑烧萝卜块

原料：鲜蘑菇250克，白萝卜400克，水淀粉25克，精盐15克，味精1.5克，酱油10克，葱、姜末各2.5克，花生油50克，鲜汤2勺。

做法：①将白萝卜洗净削皮，切成滚刀块，在开水锅内焯透捞出。蘑菇洗净。②锅放火上，添入油，烧至六成热，下入葱末、姜末、萝卜块、蘑菇，待萝卜入味，稍勾芡，收汁即成。

香菜烧白萝卜

原料：白萝卜500克，香菜150克，花生油30克，味精、精盐各10克。

做法：①将白萝卜洗净，削去皮，切成滚刀块；香菜择洗干净，切成2厘米长的段。②将油放入锅内，热后下入萝卜煸炒，煸透加水、味精和精盐，用温火烧至熟烂时，再放入香菜，烧一下即可出锅。

拌　三　丁

原料：白菜、土豆、胡萝卜各100克，盐、味精、香油各少许。

做法：土豆去皮切丁，白菜、胡萝卜洗净切丁，分别用开水焯至八成熟，然后用凉开水冲凉，沥干水分后投入容器，加入盐、味精、香油拌匀即可食用。

胡萝卜炒肉丝

原料：胡萝卜250克，猪肉100克，花生油25克，葱、姜丝、香菜段、酱油、醋、味精、白糖、香油各适量。

做法：①将胡萝卜洗净，切成细丝；猪肉切成细丝。②锅内加花生油，葱、姜爆锅，加肉丝煸炒，再加胡萝卜、醋、酱油、白糖、精盐，炒熟后加味精、香油、香菜，颠匀出锅即成。

牛肉丝炒胡萝卜

原料：胡萝卜150克，牛肉50克，花生油、酱油、盐、淀粉、香油、蚝油、葱花、姜片、料酒各适量。

做法：①牛肉洗净，切成丝，用淀粉、酱油、料酒调匀后浸泡入味；胡萝卜洗净，刮去皮，切细丝。②锅置火上，放少许油，先下胡萝卜丝快炒，再放入盐、酱油炒匀，取出备用。③锅内加少量油烧热，先下葱、姜略炒，再放入牛肉丝，用旺火快炒几下，放入蚝油、香油，然后再放入炒过的胡萝卜丝，用旺火快炒，炒熟即可。

蛋花萝卜丝

原料：萝卜500克，鸡蛋1个，猪油50克，精盐10克，葱白50克，味精1克。

做法：将萝卜去皮切成丝，加少许味精、盐腌渍。鸡蛋打碎搅散，冲入少许开水成蛋花。锅内下猪油烧至七成热，将萝卜丝放入炒匀，加葱白并随即撒入蛋花，放入味精炒匀起锅。

烧三素

原料：青笋200克，胡萝卜200克，冬笋200克，盐2.5克，味精1克，鸡汤100克，淀粉2.5克，葱、姜各2克，花生油20克，香油3克。

做法：①将青笋去皮，去掉老根；胡萝卜洗净，去根，把表面老皮用刀略削；冬笋选用尖部。将3种原料均切成条，放入开水中焯一下。葱切段，姜切块，用刀略拍。②炒锅加油，将葱、姜放入，煸炒出香味后去掉，加入鸡汤、盐、味精，将3种原料放入锅中，用小火烧约10分钟左右，放入水淀粉将汁收浓，放入香油，翻炒均匀，即可装盘。

干煸萝卜丝

原料：白萝卜500克，肉末50克，榨菜25克，葱花5克，花生油500克（约耗50克），味精3克，香油5克，精盐2.5克。

做法：白萝卜洗净去皮切粗丝，入油锅炸，呈干瘪状态时倒去油再煸炒至无水分，加肉末一起再炒酥，下榨菜末炒匀，撒上葱花，滴上几滴香油，起锅装盘。

糖醋青萝卜丝

原料：青萝卜500克，香油15克，白糖50克，米醋25克，鸡精2克，精盐4克。

做法：①将青萝卜洗净，去皮，切成细丝，用凉开水洗净，控净水分装盘。②加入精盐、鸡精、白糖、米醋、香油，拌匀即成。

葱烧萝卜条

原料：红萝卜500克，葱白200克，牛肉清汤150克，淀粉60克，花生油500克（约耗50克），姜末、啤酒、酱油、蚝油、白糖、精盐、味精、红辣椒油各适量。

做法：①将萝卜洗净去皮，切成长5厘米、宽1厘米见方的条，用开水烫一下捞出，用凉水投凉，控净水分，放入干淀粉，挂一层干粉糊备用。将葱白切成5厘米长、1.2厘米宽的段。②将牛肉清汤、酱油、白糖、精盐、味精、淀粉（10克）调成汁待用。③勺内放油烧热，把挂好干淀粉糊的萝卜条下勺炸呈金黄色捞出。④勺内放底油50克烧热，投入葱段炸至断生、葱边成金黄色时，放入姜末，再放入蚝油，倒入炸好的萝卜条，用啤酒烹一下，再倒入兑好的汁，颠翻至汁熟包在葱段、萝卜条上时，淋上红辣椒油，即可出勺装盘。

白菜拌胡萝卜丝

原料： 白菜500克、胡萝卜50克，葱、醋、酱油、五香面、辣椒油盐适量。

做法： 白菜、胡萝卜洗净修好切细丝，葱切丝，再同盐、醋、酱油、五香面、辣椒油一起调拌均匀，即可食用。

其　他

炒菱白

原料： 菱白500克，火腿50克，高汤10克，猪油30克，葱、姜末共4克，料酒15克，味精1克，精盐2克。

做法： ①将菱白去皮，切成片。②熟火腿去皮，也切成薄片。③旺火坐炒勺，倒入猪油，炝葱、姜末，下菱白、火腿煸炒，烹料酒、高汤、盐、味精，翻炒颠抖出勺装盘。

扒　黄　花

原料： 干黄花100克，盐3克，味精2克，鸡汤50克，葱、姜各3克，淀粉2克，花椒油5克，香油5克，花生油5克。

做法： ①将黄花放在器皿中，加入开水焖约5分钟，取出后去掉老根，整齐排放在平盘中，码2～3排。葱切段，姜切块。②锅中加油，将葱、姜放入，煸炒出香味后，去掉葱、姜。将鸡汤放入锅中，加入盐、味精，开锅后去掉泡沫，将黄花整齐地从平盘推入锅中。③转用小火烧制约5分钟后，用水淀粉勾汁，使汁较匀地挂在黄花上，待淀粉完全成熟后，淋上香油和花椒油，整齐地从锅中拖入盘内即可。

葱油芋头

原料： 芋头200克，盐4克，味精1克，花椒油10克，花生油10克，葱4克。

做法： ①将芋头洗净，煮熟，去掉表皮，切成滚刀块备用。葱斜切成葱花。②炒锅中加入花生油，将一半葱放入煸炒，出香味后，加入芋头炒，并放入约100克水，加盐和味精。烧到汁要收尽时加入葱、花椒油，翻炒均匀后即可装盘。

冰糖银耳

原料： 水发银耳200克，山楂糕30克，白糖150克，冰糖150克。

做法： ①将银耳摘去老根，用剪刀剪成小花朵形。山楂糕切成1厘米见方的丁片。②炒锅内放入沸水，将银耳氽透捞出放入盆内，加白糖和少量的开水上笼蒸约15分钟取下，将汤滗去，银耳倒入大汤碗内。③炒锅内放入清水、冰糖烧开，待冰糖溶化，撇去浮沫，倒入蒸过的银耳碗内，撒上山楂糕即成。

玉米笋炒芥蓝

原料：芥蓝 200 克，玉米笋 100 克，蒜、盐、米酒、味精、香油、花生油各适量。

做法：①芥蓝洗净，切段；玉米笋洗净，切斜段；大蒜去皮，切末。②将芥蓝、玉米笋分别用滚水加入少许盐焯一下，入冰水中冷却，捞起沥干水分。③锅烧至六成热，放入花生油烧热，爆香蒜末，放入芥蓝和玉米笋翻炒，加入盐、米酒和少许味精翻炒片刻，待菜炒熟，淋少许香油即可。

麻辣茭白丝

原料：鲜嫩茭白 350 克，青椒 40 克，红辣椒 40 克，花椒末 1 克，精盐、味精各适量，辣椒油少许。

做法：①将茭白去壳洗净，切成细丝，用沸水氽一下捞起，放入凉开水内冷却后，沥干水分；青、红辣椒去蒂籽，洗净，切成细丝，撒上少许精盐腌至入味，备用。②将茭白丝、辣椒丝装盘，加入精盐、味精、花椒末调好口味，淋上辣椒油即可。

双酱拌苦菜

原料：苦菜 500 克，芝麻酱 25 克，甜面酱 25 克，香油、味精、精盐、姜末、蒜末各适量。

做法：①将苦菜择洗干净，用开水烫至断生，捞出，沥干水分，切成 2 厘米长的段，整齐地摆放在盘内。②将甜面酱、芝麻酱同放一碗中，用少许凉开水调稀后加味精，放上姜、蒜末，搅匀成调味汁，浇在苦菜上，淋上香油即可上桌食用。也可用苦菜蘸食双酱食用。

杏仁桂圆炖银耳

原料：泡发银耳 250 克，甜杏仁 100 克，桂圆肉 15 克，荸荠 750 克，白糖 10 克，料酒 15 克，普通汤 150 克，食用碱水 6 克，姜片、味精、葱条、精盐各适量，花生油 15 克。

做法：①将荸荠削皮洗净，一切两半，放入沙锅，加清水 2500 克，用中火熬 2 小时，待水浓缩时，去掉荸荠渣，用洁布将汤过滤。②将甜杏仁去皮，放入沸水锅中，加入碱水用中火煮 15 分钟，捞出冲洗净碱水味，放入碗里用清水 60 克浸泡。桂圆肉洗净后放入碗里用清水浸泡，然后将杏仁、桂圆肉（连碗）同时入蒸笼蒸 45 分钟，取出备用。③沙锅中放清水 500 克，烧至微沸，放入银耳汤略煮半分钟，倒入漏勺沥去水分，备用。④锅烧热，下入花生油 15 克，烧热后，放姜、葱及料酒适量，加普通汤，盐少许，放入银耳煨 3 分钟，倒入漏勺内，去掉葱、姜。⑤将荸荠水、银耳放入钵内，加盐、料酒蒸 45 分钟，放入桂圆肉、甜杏仁，再蒸 15 分钟，取出，撇去汤内的浮沫，加白糖、味精即成。

香麻荠菜

原料：荠菜 500 克，熟芝麻酱 50 克，辣椒酱 10 克，米醋 10 克，花椒油 10 克，蒜泥 10 克，香油、味精、精盐各少许。

做法：①把荠菜洗净切成寸段，入沸水锅稍烫捞出控干水分。②把锅洗净烧热，放少许香油，加入蒜泥、辣椒酱煸出香味，再加点鲜汤、花椒油、盐和味精，调成汁，然后放入荠菜和熟芝麻酱，淋点米醋，拌匀即可食用。

青蒜粉条

原料：粉条30克，青蒜少许，花生油20克，酱油适量，甜面酱、精盐、白糖少许，味精1克。

做法：①用开水将粉条泡发半小时后，在火上煮开一会儿立即离火，用笊篱控掉水分备用；青蒜去黄叶及根后洗净，切3厘米长段。②油八成热，将粉条下锅翻炒均匀，然后加酱油、甜面酱、精盐、味精翻炒，（多放些酱油，使之呈红色）至味道适口，即加味精及青蒜出锅。

火腿烧盖蓝菜

原料：盖蓝（芥蓝）菜250克，熟火腿75克，猪油50克，水淀粉15克，葱末4克，料酒10克，细盐5克，味精2克，清汤适量。

做法：①将盖蓝菜摘叶、切根、洗净，切段；火腿去皮，切片。②将盖蓝菜用沸水焯透，捞出过凉待用。③将干净油勺烧热，放猪油，煸炒盖蓝菜、火腿，下葱末，煸透，烹入料酒，下盐、味精和清汤少许，开锅后挂芡，出勺装盘即成。

茼蒿炒肉丝

原料：茼蒿300克，猪瘦肉100克，葱丝5克，姜丝3克，盐4克，味精1克，酱油15克，芝麻油3克，花生油40克。

做法：①将茼蒿择洗干净后，切成长3厘米的段；猪瘦肉切成丝。②炒锅置旺火上，加入花生油，烧至五成热时放入肉丝煸炒，至肉色变白时放入葱、姜丝，待出现香味时烹入酱油，然后放入茼蒿翻炒，待断生时放入味精，淋上芝麻油出锅即可。

雪菜花生

原料：花生米100克，雪里蕻咸菜250克，花生油500克（约耗50克），味精1克，绵白糖25克。

做法：①花生米用沸水浸泡片刻，剥去皮，晾干。②雪里蕻咸菜摘去黄叶，切除老根，再切成段，粗梗须撕成细条，然后浸泡在冷水中。③将锅烧热，加油熬至微热时，将花生米倒入，炸至微黄断生后捞起。④把咸菜段从冷水中捞出，挤干水分，入油锅炸至菜叶酥脆但切勿焦枯后捞起，倒出锅中余油。⑤将油炸过的花生米和咸菜段，倒入锅内，边翻动边加入绵白糖和味精，至拌匀后，即可起锅装盘。

蒜蓉茼蒿

原料：茼蒿400克，蒜50克，葱、姜各5克，味精1克，料酒10克，花生油20克，盐、香油各3克。

做法：①将茼蒿择洗干净，切成3厘米长的段；蒜剁成蓉；葱、姜切成丝。②炒锅置旺火上，倒入花生油，烧至5成热时放入茼蒿快速翻炒，再放入蒜蓉、葱、姜丝、盐、料酒一同翻炒，最后放入味精拌匀，淋入香油即可。

黄豆拌蒜薹

原料：蒜薹400克，黄豆150克，姜10克，大料5克，花椒10粒，五香粉3克，盐8克，味精2克，红油10克。

做法：①蒜薹洗净切成丁，用开水焯一下捞出装盘。②将黄豆洗净，放锅中加入姜、花椒、大料煮熟，熟后和蒜薹丁、五香粉、盐、味精、红油拌匀即可。

油炸麻辣豆

原料：黄豆500克，花椒面、辣椒面、精盐、面粉适量。

做法：先将黄豆煮熟，再把面粉同花椒面、辣椒面、精盐和水调成稠状面糊，然后把黄豆裹上面糊，下油锅内炸熟装盘。

油酥黄豆

原料：黄豆500克，花生油适量，精盐少许。

做法：先将黄豆泡开，再用花生油炸酥装盘，撒上盐即成。

黄豆杂拌

原料：黄豆250克，豆腐干150克，五香粉20克，黄瓜150克，豆角15克，粉丝100克，酱油50克，精盐15克，姜末少许，葱1段，醋15克，香油、味精适量。

做法：①用先将黄豆用水泡发，煮熟；豆腐干洗净，斜刀剖成牙状片，再切成条；黄瓜洗净拍碎，直刀切成斜条块；粉丝泡软，切成5厘米长的段；豆角抽筋，直刀切成斜碎块，入开水锅焯熟，捞出控去水分。②将黄豆、豆腐干、黄瓜、豆角、粉丝拌和在调盆里，加入酱油、精盐、姜末、葱花、味精、香油、五香粉、醋，调匀装盘即可。

油炸开花豆

原料：蚕豆500克，精盐、花生油、味精、五香粉、苏打粉适量。

做法：将蚕豆放入温水中浸泡10小时左右，再加入苏打粉拌开，浸泡1小时捞出，用刀将蚕豆切成十字刀花，放清水中洗净，晾干，再放入烧开的油锅内炸，用微火炸至蚕豆爆开发状并呈焦黄时捞出，趁热加入各种调料即可。

香油拌蚕豆

原料：鲜蚕豆250克，老抽1汤匙，精盐半汤匙，白糖半汤匙，香油1汤匙，啤酒半汤匙，味精少许。

做法：①先将鲜蚕豆外壳剥去，再剥去豆皮，用水将豆瓣冲洗一下，放碗内。②将豆瓣放锅内隔水蒸熟，取出晾凉，放盘内，加入精盐、老抽、白糖、香油、啤酒、味精，拌匀即可。

三丁茭白

原料：青椒150克，肉100克，茭白150克，盐、淀粉、白糖、味精、花生油各适量。

做法：①肉洗净切丁；茭白、青椒洗净切丁备用。②将肉丁与盐、淀粉拌匀，腌渍5分钟，加入茭白、青椒丁，拌入白糖、味精、花生油，覆盖保鲜膜扎孔，以微波高火加热4分钟，中途翻炒一次，取出即可。

蜜汁红苕

原料：红心红苕500克，白糖200克，猪油500克（约耗50克）。

做法：①红苕去皮，切成5厘米长、1厘米宽的条，放入清水中漂洗干净，捞出滤干水分。②旺火坐勺，放入猪油烧至七成热，放入红苕条炸，至表面微变黄、质变硬时捞出。③将炸好的红苕条放入大碗中，加入白糖，用白纸润湿后封严碗口，上蒸笼蒸至苕条软烂取出。④将碗中的汁倒入锅中，加入白糖熬至糖汁浓稠时起锅，舀淋于已翻扣在平盘上的苕条即成。

奶油花生米

原料：花生米150克，奶粉50克，面粉50克，水淀粉50克，花生油500克；蛋清少许。

做法：①将花生米放在用奶粉、蛋清、面粉、淀粉调剂的糊浆里滚一下取出。②入油锅炸，将花生米炸至金黄色捞出、控油、晾凉即可食用。

酥炸桃仁

原料：核桃仁150克，花生油500克，桂花酱1茶匙，糖2/3杯，麦芽糖2汤匙。

做法：①烧滚5杯水，将核桃仁投入煮1分钟捞出沥干。②另在锅内煮一杯滚水放下糖、麦芽糖及盐，同煮3分钟，然后加入核桃仁再煮一滚，即全部倒在大碗中腌泡半小时左右，加入桂花酱可增香味。③用漏勺沥干核桃仁后，放进温油中用小火炸3分钟左右，炸时需不断地铲动，至金黄色时，捞出摊开吹凉即可。

五香花生米

原料：花生500克，食盐100克，葱段、姜片适量，花椒1克，大料1克，桂皮1克。

做法：①将花生米洗净，放入缸中，加入食盐等调料，按比例加入清水，水量以淹没花生米为宜，充分搅拌，使食盐完全溶化，浸泡2天左右。②将浸泡后的花生米连同清水和调味品一起倒入锅中，用旺火煮开，开后继续煮30分钟，将煮后的花生米捞出沥干水分，摊在席子上晾晒或风干至全部晾透即可。

怪味腰果

原料：腰果250克，白糖300克，甜面酱12克，花椒粉7克，辣椒面7克，精盐5克，淀粉25克。

做法：①把腰果放入烤箱内烤熟晾凉。②炒锅上火放入白糖和适量水，下入甜面酱、辣椒面和少许盐，炒成嫩糖浆。③把烤熟的腰果放入糖浆中，随即颠翻加入淀粉，再搅拌微黏稠干，放入熟花椒粉拌匀，倒出拨散凉透。

糖烧栗子

原料：栗子500克，蜂蜜30克，白糖150克，熟猪油500克（约耗80克）。

做法：①将栗子放入开水锅煮20分钟，捞出去壳取肉，大粒切成两片。炒锅放在旺火上，倒入猪油烧到七成热，煮好的栗子下锅翻炸20分钟，起锅倒进漏勺沥去油。②将过油栗子装入大碗，加上清水1000克及白糖，上笼屉用旺火蒸1小时取出。炒锅用旺火烧热，将蒸烂的栗子和糖浆一并下锅煮沸，再倒入蜂蜜推匀，起锅摇晃一下倒入汤碗即成。

炒莲子泥

原料：莲子200克，青、红柿椒丝各5克，瓜仁5克，香油10克，白糖50克，猪油50克。

做法：①制坯：把莲子放入开水中加少许碱面浸泡后，去外皮洗净，切去两端，捅出莲心。②屉蒸：将莲子装碗上屉蒸绵软后，搅拌成泥。③煸炒：炒勺内放猪油，用文火将莲子泥蒸熟。再将少许油放勺内熬热，将白糖化开后，放入青、红柿椒丝、香油、瓜仁略加煸炒，浇在莲子泥上装盘。

干蒸湘莲

原料：湘莲300克，糯米200克，炒好的豆沙馅100克，冰糖200克，猪油100克，白糖100克，桂花酱3克，碱面少许。

做法：①干莲子用温水稍泡2~3分钟，锅内烧开水，加少许碱面，随即把莲子放入水内，用刷子快速反复擦搓，去掉红皮为止。然后用温水反复洗几次，去净碱味捞出。用小刀切去两头的尖，捅出莲心，用开水氽煮一下，捞出放入锅内，略加些白糖、开水，上屉蒸六成烂取出，晾凉待用。②把糯米淘洗干净，用开水略氽煮片刻捞出，放入垫有屉布的小笼内，用大火蒸透待用。③扣碗内抹上猪油，将莲子码入碗内，由碗底向上码完，把冰糖砸碎，撒在莲子上。另外，把糯米饭加猪油、白糖、桂花酱拌匀，取出大部分放在莲子上摊平，中间稍凹一点，放入豆沙馅，再把糯米饭放在最上边摊平，上屉大火蒸1个小时取出。扣入盘内。

挂霜莲子

原料：水发莲子300克，白糖200克，干淀粉300克，花生油400克（约耗50克）。

做法：①将莲子放入大漏勺内，用清水冲洗一遍，将莲子倒入盛干淀粉的盆中反复滚动，使莲子全身挂匀干淀粉，放入盘中备用。②炒锅内放入花生油，烧至六成热时放入莲子，用小铲翻动，炸至莲子微黄时，捞出沥净油。③炒锅放入清水约50克和白糖，用中火熬至白糖将要成沙粒状，用手勺搅时能看见勺底时，放入炸好的莲子，不断翻拌，待糖挂匀稍凉还原成白色时装盘。

二、肉类的制作

猪　　肉

糖醋排骨

原料： 猪排骨500克，精盐4克，味精1克，料酒10克，姜片6克，葱段12克，番茄酱40克，白糖30克，白醋10克，鲜汤300克，香油5克，花生油1000克（约耗80克）。

做法： ①猪排骨洗净，剁成5厘米长的段，放锅中煮沸，撇去浮沫，捞出洗净。再放锅中煮至肉离骨，捞出放容器内。加精盐3克，姜片6克，葱段、料酒6克拌匀，腌渍10分钟。②锅中放花生油烧热，放排骨炸成浅黄色捞出沥油。③锅中放花生油烧热，放番茄酱炒香，下白糖、白醋、精盐、料酒、鲜汤、排骨，小火收浓。再下味精推匀，起锅晾凉，装盘淋香油即成。

蒜香排骨

原料： 猪肋排750克，料酒、味精、盐、大蒜、花椒水、淀粉、花生油适量。

做法： 将排骨剁成8厘米的长条，用清水泡1小时捞出，再加食盐、味精、料酒、花椒水、蒜泥、淀粉，拌匀腌约3小时。炒勺上火，加入花生油，烧至成六成热时下入排骨，炸至成熟，出锅装盘。

蜜汁排骨

原料： 小排骨400克，柠檬汁10克，盐4克，酱油、白糖、水淀粉、料酒各10克，熟白芝麻30克，花生油50克。

做法： ①小排骨切成5厘米的长条，洗净，沥干水分，加入盐、酱油、水淀粉抓匀腌半小时。②炒锅置旺火上，倒入花生油，烧至五成热时放入小排骨炸至外皮酥黄，待其熟软时捞出，油倒出。③炒锅置旺火上，倒入花生油，烧至五成热时放入盐、酱油、料酒、白糖、柠檬汁炒至黏稠，放入小排骨快速拌匀后盛入盘中。④熟白芝麻撒在排骨上即可食用。

生炒排骨

原料： 排骨300克，鸡蛋1个，白醋10克，盐、糖、生抽适量，片糖2块，番茄汁1汤匙，料酒1汤匙，青椒1个，花生油500克，红辣椒2个，葱2根。

做法： ①将排骨洗净，斩断，加入盐、糖、生抽、料酒及打碎的鸡蛋拌匀，腌20分钟后用淀粉拍干肉身。②旺火坐勺，入油，待油微滚时，将排骨下入，炸至金黄色时捞出，沥油。③原勺留底油，加入白醋、片糖、盐、番茄汁等调煮适味，下切碎辣椒，拌入淀粉，即加入炸好的排骨，搅匀便可上碟。

红烧排骨

原料： 猪排骨1000克，冬笋50克，酱油5克，绍酒5克，盐3克，鸡精5克，白糖5克，葱白20克，姜20克，香菜10克，花生油20克。

做法： ①将排骨洗净，从肋骨之间下刀分成一根根带肉的骨条，然后再把长骨条剁成长为4厘米的段，用清水冲洗干净。葱、姜洗净切成葱段和姜块，用刀略拍一下。②

将冬笋用清水冲洗后切成长3厘米，宽和厚均为0.8厘米的条。香菜洗净，切成末。③炒锅上火加入清水，烧开后把冬笋块放入、略焯捞出，再将排骨放入锅内略煮一下，待其表面变色即捞出，用清水把表面的污物洗净。④炒锅上火加入花生油烧热，把葱段和姜块放入锅内，用小火炒出香味，加入酱油和绍酒略炒，加入清水200克和盐、鸡精、白糖，并将排骨、冬笋入锅用大火烧开，把浮沫撇去，改用小火烧制40分钟左右，待汁要收净时撒上香菜末，取出放在盘中即可。

板栗炖排骨

原料：排骨250克，熟板栗100克，精盐、绍酒、酱油、花生油、香菜末、葱段、姜片各适量。

做法：①将排骨剁成5厘米长的段，用开水焯一下捞出洗净；板栗剥皮待用。②炒锅上火烧热，加适量花生油，用葱、姜炝锅，烹绍酒，加酱油，下入排骨、板栗翻炒片刻，加入开水，转小火炖至酥烂，再加入精盐调好口味，放入香菜末，起锅盛入碗中即成。

红烧肥肠

原料：猪肥肠800克，豆瓣、花椒、姜、白糖、老抽、花生油、葱、料酒、味精、淀粉各适量。

做法：①将肥肠洗净，控净水，切成一寸长的段。②锅置旺火上加底油，烧热后下入姜、葱、白糖、老抽、肥肠、料酒翻炒，待烤干水分后起出肥肠。③锅内加少许花生油，热后下豆瓣，待香浓时倒入肥肠，加足鲜汤，文火慢烧，烧至味浓香辣，糯而不烂时勾汁，加味精，起锅装盘。

红烧丸子

原料：猪肉1000克，鸡蛋3个，木耳80克，菜叶300千克，精盐8克，胡椒粉4克，花生油1500克（约耗150克），高汤300克。

做法：①将猪肉剁成茸，放入盆中，加鸡蛋、淀粉、精盐拌上劲。②锅烧旺，下花生油，烧至七成热，将肉茸挤成荔枝大的丸子，逐个下锅，炸至金黄色捞出。③锅留少许油，加高汤和适量水，放入木耳、胡椒粉、酱油、精盐，烧开后将炸好的丸子放入锅内焖，待汤汁略干，加菜叶烧开，再加味精，起锅即成。

红烧肋条肉

原料：猪肋条五花肉500克，山药150克，大料2克，葱3克，姜3克，老抽25克，精盐5克，糖少许，料酒10克，花生油500克（约耗50克）。

做法：①将五花肉刮皮洗净，下入汤锅煮至五六成熟时捞出，放入红卤锅，加糖煮至金黄色。②山药去皮及两头，切滚刀块，姜去皮洗净切碎，大料拍碎，葱切段，一起剁为细末成“姜料”。③旺火坐勺，放入油烧热，下入山药炸成金黄色，捞出沥油。重新烧油至七八成热，用铁筷子挑起肉，皮朝下，放到勺里，加盖，防油迸出，炸2分钟，见肉皮起小泡即捞出。④将炸好的肉，从肉面找平，切成12厘米长、1厘米宽的条。⑤“姜料”先放碗底，再将肉条顺着码入碗中的“姜料”上。码放时把整条的码在中间，短的向两边贴，码成圆形。再加盐、料酒、老抽，上屉旺火蒸烂。⑥食用前把山药放在蒸碗的上面，再上屉蒸透，合入平盘即成。

红烧肉皮

原料：净肉皮750克，花生油、葱段、姜片、花椒、大料、茴香粉、白糖、精盐、鸡精、老抽、水淀粉、葱丝、姜丝、花生油、香油各适量。

做作：①把肉皮洗净，切成4厘米长的长方条，放入烧沸的水中氽一下，捞出，洗净。②再次将肉皮放入锅内，注入清水，加葱段、姜片、花椒、茴香粉、大料，旺火烧沸，撇去浮沫，改小火煮约1小时，待肉皮熟透，捞出控水。③在锅内放少许花生油，中火烧至三四成热时，用葱丝、姜丝爆锅，加白糖炒化，加入老抽和少量水，放入肉皮、精盐，旺火烧沸，撇去浮沫，改小火煨烧至透，加鸡精，用水淀粉勾芡，滴入香油拌匀即可。

红烧肚块

原料：熟白肚400克，清汤450克，葱、姜末各3克，酱油45克，料酒10克，白糖6克，精盐1克，味精2克，花生油30克，淀粉20克，香油8克。

做法：①将净熟白肚切成长3厘米、宽2厘米的长方块，沸水焯透，捞出待用。②勺置旺火上，入花生油30克，热后下葱、姜末炝勺，烹料酒，下酱油、清汤、白糖、盐、味精，再放入肚块，旺火烧沸，撇去浮沫，再改微火㸆透，再移旺火，视汤汁恰当即用水淀粉勾芡，翻拌均匀，淋香油，出勺即成。

红　烧　肉

原料：鲜猪肉1000克，黄花菜200克，精盐、酱油、花生油、料酒、白糖、葱、姜、八角、桂皮各适量。

做法：①黄花菜泡发后洗净待用。猪肉洗净切成小方块，用温水烫一下捞出沥出水分。②炒锅放花生油烧热，放入葱、姜、八角、桂皮煸出香味，下猪肉，加料酒、酱油和适量的水，烧至六成熟时加白糖，放入黄花菜，再用小火焖至酥烂，即出锅装盘。

沙锅东坡肉

原料：猪肋条肉1000克，酱油100克，料酒50克，白糖50克，葱10克，花生油50克。

做法：①将猪肋条肉去骨，切成块，放入开水锅中氽5分钟，除去血污，捞出洗净。②炒锅上火，将肉块放入锅中，加葱、料酒、酱油，用小火走红，使肉块上色，然后加白糖、温开水，先用旺火烧30分钟，再改用小火焖2小时左右，见皮酥肉烂、汤汁稠浓时取出。③炒锅烧热，下花生油烧至七八成热时下青菜，煸炒至断生，随即倒入沙锅内垫底，放入猪肋条肉块、原肉卤，加盖，上小火焖烧10分钟左右即成。

番　茄　肉

原料：猪肥瘦肉200克，青柿子椒50克，洋葱30克，盐5克，料酒4克，番茄酱50克，淀粉100克，鸡蛋2个，葱10克，姜10克，花生油150克，白糖30克，醋20克。

做法：①将肉洗净切成1.5厘米见方的肉丁。葱切段，姜切厚片，用刀略拍。青柿子椒洗净，去蒂去籽，切成边长为1.5厘米的菱形块。洋葱洗净，切成丁。②将鸡蛋磕入碗中，打匀后加入淀粉，制成较稠的蛋粉糊，加入约3克盐调匀。③炒锅上火，加油烧热，将肉丁挂糊放入油中炸至呈淡黄色捞出；将油烧至七成热，再放入肉丁复炸至呈金黄色，捞出滤干油分。将青柿子椒丁、洋葱丁放入温油中略炸一下。④炒锅上火，加油10克，放入葱段、姜片煸出香味，加番茄酱略炒，加入约500克水和盐、料酒、醋、白糖，开锅后撇净浮沫，将肉丁放入，用小火烧约5分钟，待汁收得较浓时，将青柿子椒丁、洋葱丁放入同炒，用水淀粉将汁收浓即可装盘。

扒　肉

原料：去骨带皮净猪膀肉500克，豆腐1小方块，原汁酱油100克，冰糖25克，米酒50克，花生油500克，（约耗20克）葱25克，生姜10克，八角3克，味精、胡椒粉各少许。

做法：①将猪膀肉切碗口大的整方块，皮朝下放炭火上燎烤，刮洗干净后，皮呈金黄色，用刀从瘦肉上切划成斜方格块（不切伤皮），随即将其肉皮朝下，置放在垫有猪骨头的砂锅里，注入清水500克，烧沸撇出白沫，加入酱油、八角、米酒、葱（扎把）、生姜（拍碎）一起入砂锅盖紧，待煮至肉块上色后捞出，用清水冲洗一次，并将原汤过滤，复将肉入砂锅，加入冰糖，移至微火炖2小时左右，至肉酥香气溢出时离火。②将豆腐一块经用花生油炸后，盛放入汤盘内，再将炖好的扒肉取出，皮朝上覆盖在豆腐块上，然后，炒锅置火上，沥入扒肉原汤汁，酌放入葱段和适量味精，勾玻璃芡直淋在扒肉上（以汤汁盖没肉皮为宜），并略撒入葱花、胡椒粉即成。

元　宝　肉

原料：猪五花肉500克，鸡蛋4个，蜂蜜、花生油、酱油、花椒、大料、香叶、丁香、桂皮、绍酒、味精、葱、姜、湿淀粉、肉汤各适量。

做法：①将猪五花肉放入汤锅内煮六成熟时捞出，擦干水分，在皮面处抹上蜂蜜。勺内放油约500克（约耗50克），烧至九成热时将熟五花肉放入勺内炸，炸呈火红色捞出，四边切齐，皮面朝上剞成十字花刀，从皮面看形成方丁，深而不断，底面连刀，肉皮朝下码在碗内。②将鸡蛋煮熟剥去皮，抹上酱油。勺内放入油，油热时放入鸡蛋炸呈金黄色捞出，放在装肉的碗里。葱、姜切成块，放入肉碗里。再加上酱油、花椒、香叶、丁香、大料、桂皮、绍酒、肉汤，上屉蒸烂，取出葱、姜块、花椒、大料、桂皮，将原汤滗在碗内。将鸡蛋切成两半，将肉扣在盘子当中，将八瓣鸡蛋扣着摆在四周，再将原汤倒在勺内烧开，放入味精，调好口味，撇去浮沫，勾稀芡浇在肉和鸡蛋上即成。

叉　烧　肉

原料：通脊肉500克，花生油50克，酱油25克，白糖15克，精盐、花椒、大料、料酒、葱、姜各适量。

做法：①将通脊肉切成10厘米长、3厘米宽的长条，放入酱油、盐、料酒、花椒、大料、葱、姜腌1小时。②将腌好的肉沥干后，放在油锅中炸成枣红色捞出。③炒锅留下少许油，放入炸好的肉，加入腌制时的汤汁和半碗水，用微火烧半小时左右，加入糖，改用旺火，待汁浓时（约小半碗的汁）将肉盛入盘内。晾凉后，切成薄片码在盘中，将锅中的汁浇在肉上。

水煮肉片

原料：瘦肉250克，莴笋尖125克，芹菜75克，蒜苗75克，豆瓣15克，干辣椒10克，花椒3克，精盐4克，酱油15克，味精2克，水淀粉50克，甜面酱20克，鲜汤750克，花生油150克。

做法：①莴笋尖切成约6厘米长的薄片。芹菜、蒜苗择洗干净，切成约4厘米长的段。干辣椒切成小块。肉切成约4厘米长、1厘米宽、2毫米厚的片，装入碗内加盐1.5克及水淀粉拌匀。②炒锅置旺火上，放50克花生油烧至三成热，下干辣椒、花椒炸至棕红色捞出，用刀剁细成麻辣椒末；锅内再放莴笋尖、芹菜、蒜苗、炒至断生起锅装入碗内。③锅洗干净，另放50克油烧至三成油温，下豆瓣炒香至呈红色，加鲜汤、酱油、甜面酱、味精烧沸，将肉片拌散放入锅内，待沸时拨散肉片，煮熟后起锅装入碗内，盖在辅料上，再撒上麻辣椒末。剩余的50克油烧热后，淋在碗内菜肴上即成。

五 香 肉

原料：瘦猪肉250克，精盐、鲜姜、葱白、花生油、五香粉、茴香各5克，酱油、黄酒、甜面酱各15克，花椒粒3克。

做法：①瘦猪肉洗净，切成1寸见方的小块，用少许精盐与肉块拌匀。②鲜姜洗净，切成末。将葱白洗净，剖开切成段，待用。③取一炒锅置火上，倒入花生油用旺火烧热，待油冒热烟时，将肉块倒入锅中迅速翻炒。见肉变色时，即加入甜面酱、酱油、黄酒、五香粉、花椒、茴香、葱、姜等，再翻炒几下，加适量的水，盖严锅盖改用温火烧。10分钟后开盖用铲子翻炒，见汤汁收干时，装盘即可。

回 锅 肉

原料：猪硬肋肉400克，葱、姜丝共15克，青蒜苗100克，盐1克，味精1克，料酒10克，酱油25克，辣豆瓣酱25克，胡椒粉10克，豆豉10克，花生油30克，辣椒油5克。

做法：①猪肉洗净后放入加水的锅中，煮至断生时捞出晾凉，切成长4厘米、宽2.5厘米、厚0.4厘米的片；青蒜苗切成3厘米长的段；辣豆瓣酱、豆豉剁成泥。②炒锅置中火上，加入花生油，烧至五成热时放入猪肉片炒至出油，放入辣豆瓣酱、豆豉，炒至油红味香，随即加入葱、姜丝、盐、料酒、酱油、胡椒粉、青蒜苗、味精，翻炒均匀，淋入辣椒油翻匀即成。

清 炖 肉

原料：五花肉（三肥七瘦肉）500克，菠菜、油菜各10克，鸡蛋100克，淀粉、精盐、米酒、味精、嫩肉粉、葱、姜末适量。

做法：①将肉切成片，再切成黄豆粒大小的肉丁，装入碗内，加入鸡蛋、嫩肉粉、淀粉及葱、姜末搅拌均匀，做成丸子。②砂锅加鸡汤，烧开放入丸子，加调料调好口味，用慢火炖约40分钟。将配料另用大勺炒一下，倒入砂锅中稍闷一会儿，加点味精，将砂锅端上桌即可。

樱 桃 肉

原料：猪通脊肉150克，鸡蛋清1个，冬笋10克，圆葱10克，豌豆15克，番茄酱25克，精盐、醋、鸡汤、绍酒、花椒水、味精、白糖、姜末、湿淀粉、香油、花生油各适量。

做法：①先将猪通脊肉片成大片，再剞上十字花刀，切成块。把鸡蛋清打在碗内，加少许湿淀粉调匀，倒入切好的通脊肉块，用手抓匀。冬笋、圆葱切成小丁。姜切成末。②勺内放入花生油，烧至五六成热时，将勺好的通脊肉块倒入勺内，用铁筷子滑散滑熟出勺（不要过火）。③勺内放少量的油，用姜末炸锅，把冬笋、豌豆、圆葱、番茄酱放入勺内略加煸炒，加鸡汤、白糖、醋、花椒水、绍酒、精盐。烧开后放入滑好的肉块，用水淀粉勾少许芡，淋上香油，出勺即成。

豆豉肉

原料：猪五花肉600克，豆豉50克，蜂蜜、花生油、酱油、花椒、大料、草果皮、香叶、桂皮、绍酒、味精、葱、姜各适量。

做法：①将猪五花肉切成5厘米见方的大块，放在汤锅里至七分熟捞出，用干净的白布擦净水分，将蜂蜜抹在肉皮上。②勺内放入油。油烧至九成热时，把五花肉皮朝下放入勺内，炸呈火红色捞出，再用开水泡10多分钟，待肉皮起泡时取出，切成木梳厚片待用。③把豆豉放在碗底下摊匀。将肉片皮面朝下摆放在碗内，将葱、姜切成块，放在碗内肉上，再加上酱油、绍酒、花椒、草果皮、香叶、大料、桂皮。上屉蒸烂后，取出葱、姜块、花椒、大料、草果皮、香叶、桂皮，将汤滗在碗内，将肉扣在汤盘内。再把原汤倒在勺里，撇去浮油及浮沫，烧开后放入味精，对好口味浇在扣肉上即成。

锅包肉

原料：猪底板肉150克，酱油、湿淀粉、香菜梗、精盐、花椒水、辣椒油、醋、白糖、葱、姜、蒜、花生油各适量。

做法：①把肉切成大厚片，葱、姜切成细丝，蒜切成片。香菜梗切成段。②将肉片放在碗内，加湿淀粉和少许水，用手抓匀，使淀粉挂在肉片上。③勺内放入油约500克左右，油烧至七八成熟时，将肉一片一片地放入油内炸呈金黄色，肉熟时出勺。④把酱油、精盐、花椒水、糖、辣椒油、醋放在碗内兑成汁水。⑤勺内放入少量油，油烧热时放入葱、姜、蒜炝锅，再放入香菜段和炸好的肉片，翻炒，接着倒入兑好的汁水，颠炒几下出勺盛盘。

清汤扣肉

原料：猪五花肉500克，香菜梗10克，酱油、精盐、糖色、味精、绍酒、香油、葱、姜、海米、熟火腿、花椒、大料、花生油、鸡汤各适量。

做法：①将五花肉煮七成熟时捞出，擦干水分，抹上糖色。香菜梗洗净切成段；海米泡好、洗净；熟火腿切丁；葱、姜切成丝和块。②勺内放入花生油约250克，烧到九成热时，将五花肉皮朝下放入油内炸，呈火红色取出，放入热水里泡10多分钟，肉皮起泡时捞出，切成厚片，皮朝下码在碗内，加上酱油、葱、姜块、花椒、大料，上屉蒸烂出屉，挑出葱、姜块、花椒、大料。③将碗内的汤滗在勺内，将肉扣在大碗内。勺内再添点汤，加精盐、绍酒。汤开时放入葱、姜丝、香菜梗、海米、熟火腿丁、味精、香油，浇在扣肉上即成。

回锅肉

原料：猪后腿肉400克，青蒜（青椒、黄蒜薹亦可）70克，花生油25克，面酱12克，酱油、料酒各12克，花椒油10克，白糖5克，豆瓣酱、葱各25克，味精3克。

做法：①将肉切成4厘米宽的条，用开水煮熟切成片。青蒜切成3厘米的段。②将白肉先下入热油中煸炒至肉出油卷起，即加入豆瓣酱、花椒油、面酱，炸出味后下青蒜和其他各种调料，再翻炒几下即成。

扣肉

原料：猪后腿肉500克，豆沙馅300克，盐20克，酱油20克，味精4克，料酒15克，姜15克，葱15克，白糖50克。

做法：①将猪腿肉洗净，拔掉皮上小毛。葱切长段。姜切厚片，用刀略拍。②烧清水一锅，加入盐、酱油、料酒、味精、葱、姜，放入猪肉，用大火将水烧开，去掉浮沫，转用小火烧约30分钟，至猪肉八成熟后取出，滤干水分，晾凉。③将猪肉连皮切成厚约0.5厘米大片，每片之间夹上一层豆沙馅，整齐码放在碗中，送入蒸锅中，用大火蒸约30分钟，使肉中油被豆沙馅吸收，且肉也进一步成熟。取出后将一个平盘盖在大碗上，将碗和盘一同翻过来，将碗取下，肉便整齐地排在平盘中，食用时在其表面撒上白糖即可。

山东酥肉

原料：猪肉500克，鸡蛋煎成皮10克，香菜梗25克，面粉25克，鸡蛋1个，酱油、精盐、味精、绍酒、胡椒面、醋、葱、姜、蒜、海米、花椒、茴香粉、大料、桂皮、花生油各适量。

做法：①将猪肉切成3厘米左右长的三角块。把葱、姜分为3份：1份切成末；1份切成块，姜块用刀拍一下；1份切成丝。香菜梗切成段。鸡蛋皮切成丝。②将猪肉块加入葱、姜末、鸡蛋、花椒面、酱油、面粉拌匀。③勺内放入油，油烧至八九成热时，放入匀好的肉块，炸呈火红色捞出，控净油，放入大碗内，加酱油、精盐、花椒、大料、桂皮、香菜、葱块、姜块，添鸡汤。上屉蒸烂出屉后，挑出葱、姜块、香菜、花椒、大料、桂皮，倒入勺内，加醋、胡椒面、绍酒、味精、海米、茴香粉、精盐。汤开时撇去浮沫，撒上葱、姜丝、香菜梗段、鸡蛋皮，出勺盛在大碗内即成。

夹沙肉

原料：猪肥肉250克，豆沙200克，白糖100克，鸡蛋清5个，花生油500克，香油25克，面粉25克，湿淀粉25克。

做法：①将猪肥肉去皮，放沸水锅内烫1分钟，取出晾凉。然后切成片状，每两片中间夹上一层豆沙（方法是将肉片一块上面涂上一层豆沙，另一片盖上）。②将鸡蛋清打入盆内搅散，加香油、湿淀粉、面粉搅成泡糊。然后放入夹沙肉，逐块上浆。③锅烧旺火，放入油烧至七成热，将黏糊的肉块一一放入锅内，炸成淡黄色时捞出装盘，撒上白糖即成。

滑　肉

原料：猪肥肉800克，鸡蛋150克，花生油500克，干淀粉150克，酱油20克，精盐20克，辣椒油2克，姜汁水10克，胡椒粉2克，葱50克，味精2克。

做法：①将肥肉去皮，洗净，切成3厘米长的条，用清水浸泡10分钟，然后取出沥干，盛入盆内，加精盐、干淀粉、鸡蛋液拌匀待炸。②烧旺火，放油烧至七成热，将肉条抖入油锅，约炸10分钟，至金黄色时捞出，稍凉后码在碗内，上笼用旺火蒸1小时左右，取出扣入盘内。③锅内放适量肉汤，加酱油烧沸后，放葱花、辣椒油、姜汁水、胡椒粉、味精，勾芡起锅浇在滑肉上。

家常扣肉

原料：带皮猪肉500克，酸菜150克，精盐、香葱、姜、酱油、醋、豆瓣酱、花生油、白糖、香油、玫瑰露酒、甜面酱、鸡精各适量。

做法：①香葱、姜洗净，切成段和片。②将带皮五花肉放入锅中，焯后捞入盘内，在肉皮上抹酱油、甜面酱，用玫瑰露酒腌制入味。③坐锅点火倒油，油温七成热时，将五花肉带皮的一面朝下炸一下，捞出晾凉切成片，放在器皿中待用。④锅再点火放油，油热后放入姜片、葱段、豆瓣酱、酸菜、玫瑰露酒、精盐、白糖、香油、鸡精、酱油，翻炒均匀，倒入装有五花肉的器皿中，放到蒸锅中蒸30分钟，取出扣在盘中即可。

熟煸白肉

原料：煮熟的猪五花肉500克，大葱白100克，酱油15克，花椒水、料酒各5克，姜、葱各10克，湿淀粉50克，鲜汤100克，精盐、味精、香菜梗适量，花生油50克。

做法：将五花肉切成长10厘米、厚1厘米的大薄片，大葱白切成细末，姜切丝，蒜切片，香菜梗洗净切1厘米长的小段。锅内烧水，开锅后将白肉片下入锅内，烫去浮油，锅里放花生油，烧热时放入姜、蒜爆锅。随后下大葱白，炒出香味后放白肉片，边炒边放酱油、花椒水、料酒、精盐、鲜汤，开锅后用湿淀粉勾芡，放入味精，撒香菜梗出锅即可。

合川肉片

原料：猪腿尖肉200克，水发木耳50克，水发玉兰片25克，鸡蛋糊100克，姜、蒜片各25克，马耳朵葱15克，精盐1克，酱油15克，醋15克，白糖10克，料酒10克，豆瓣20克，味精1克，肉汤25克，熟猪油15克，湿淀粉100克。

做法：①将肉切成片，盛入碗内，加精盐、料酒、鸡蛋糊拌匀。玉兰片切成薄片。白糖、醋、酱油、味精、肉汤、湿淀粉放入碗内调成芡汁。②炒锅置中火上，放油烧热，将肉片理平，放入锅内煎（煎时将锅轻轻摆动，以免粘锅）至呈金黄色时，将肉片翻面，再煎成金黄色。将肉片拨于锅边，下豆瓣、姜、蒜、葱、木耳、玉兰片翻炒出香味，烹入调味汁颠翻几下装盘即成。

菜头炖腊肉

原料：腊肉250克，青菜头500克，葱、姜共50克，花生油10克，沙茶酱10克，料酒10克，酱油10克，辣椒油5克，精盐2克，胡椒粉2克，味精1克。

做法：①将青菜头削皮，切成5厘米长的条；腊肉切片；葱、姜切片。②把青菜头放入开水锅中稍煮，捞出控水。③将油烧热，放入青菜头稍炸，倒出沥油；把腊肉、葱片、姜片和沙茶酱一同放入锅中，煸炒出香味，烹入料酒、酱油，加500克水，再放入青菜头、辣椒油、精盐、味精和胡椒粉，煮熟即可。

葱爆肉片

原料：猪瘦肉250克，葱白150克，盐3克，酱油10克，味精2克，料酒5克，淀粉2克，甜面酱10克，鸡蛋1个，花生油50克，姜3克。

做法：①将猪瘦肉顶刀切片，其形状为平行四边形。然后加入盐1克，料酒2克，鸡蛋1个，淀粉2克上浆，使浆汁均匀地挂在原料表面。②葱斜刀切成厚约0.5厘米的片。姜切片。③炒锅放在火上，加入油烧热，将肉片放入煸炒，至肉片变色、八成熟时，加入姜、葱同炒，并放入酱油、盐、味精、甜面酱、料酒，烹炒均匀，葱已无辛辣气味，即可装盘。

糖醋肉片

原料：肥瘦肉200克，南荠片20克，黄瓜片20克，葱末、姜末各2克，料酒10克，酱油15克，醋35克，香油10克，白糖70克，精盐1克，清汤100克，水淀粉15克，干淀粉120克，番茄酱20克，面粉

20克，花生油600克（约耗70克）。

做法：①将肉洗净，剔去筋，切成长方片。②用一小盆，先放入干淀粉，加入适量冷水，调成糊状。再加入干面粉，调均匀，成有黏性的糊浆，将肉片放入盆内，抓匀。③取小碗，将料酒、酱油、番茄酱、醋、白糖、清汤、盐、水淀粉、葱末、姜末兑成芡汁。④旺火坐油勺，放入净油烧至七八成热，将肉片逐片下油内略炸，再移微火炖2分钟捞出。油勺上旺火，烧至七八成热时，再下入肉片（粘连的要挑开）略炸，呈浅金黄色，外脆内熟，倒入漏勺内控油。⑤原勺留少许底油，上旺火，将小碗调味汁倒入勺内炒黏。放肉片、南荠、黄瓜片，迅速翻炒，使芡汁包住肉片，颠抖，淋香油，即可出勺。

蚕豆烧樱桃肉

原料：猪肉250克，蚕豆150克，盐4克，味精2克，料酒5克，白糖10克，醋5克，红曲米5克，葱5克，姜3克，花生油50克。

做法：①将猪肉切成1.5厘米方丁，葱、姜用刀略拍一下。蚕豆去皮分成两瓣。②将红曲米加开水泡开，去掉粒，将汁倒入碗内。③将肉块放入开水中氽一下，使其表面成熟，滤干水分，立即放入盛有红曲汁的碗中，使其着色。④炒锅上火，加入油50克，放入葱、姜，煸出香味，随即放入料酒、盐、味精、白糖、醋以及清水200克，将肉块放入，用大火烧开，再转用小火烧制，烧至八成熟时，将蚕豆放入，待原料全部熟烂后，放在大火上，将汁收浓，即可装盘。

荷叶粉蒸肉

原料：猪五花肉500克，鲜荷叶5张，米粉100克，盐4克，味精2克，酱油20克，料酒10克，白糖10克，葱5克，姜5克，腐乳20克，甜面酱15克，豆瓣酱15克，胡椒面1克。

做法：①将肉皮上的细毛拔净，切成长7厘米、厚约0.2厘米的片。葱、姜切成末。豆瓣酱剁碎。腐乳压碎。②将猪肉片放入大碗中，加入盐、味精、酱油、料酒、白糖、葱、姜末、腐乳、甜面酱、豆瓣酱、胡椒面、米粉，搅拌均匀，肉皮朝上码放在碗中。③将装有肉的碗放入蒸锅中蒸约2小时。④将荷叶洗净，剪成长、宽各10厘米的片。⑤把蒸好的肉取出，用筷子夹2~3片放在荷叶片上，用荷叶包好，码放在盘中，再放入锅中蒸10分钟取出，把荷叶打开即可食用。

宫保肉丁

原料：猪瘦肉150克，花生米150克，冬笋150克，酱油8克，料酒3克，醋3克，盐2克，鸡精1克，糖10克，辣椒25克，花椒10克，辣椒面1克，淀粉3克，鸡蛋半个，葱5克，姜4克，蒜2克，花生油50克。

做法：①将猪肉切成方丁，放入酱油2克、料酒1克、鸡蛋半个、淀粉1克，上浆，抓匀。②葱剖开，切成段。冬笋洗净，切成丁。姜切成片。③炒锅上火，加油10克，将花生米放入，用中火炒至成熟且脆香，放入盘中。④将葱、姜、蒜、酱油、料酒、醋、盐、鸡精、糖、淀粉放入碗中，调成汁。⑤炒锅上火，放油40克，放入花椒、辣椒煸炒，至花椒黑、辣椒紫时，将肉丁放入煸炒，再加入辣椒面同炒，炒出红油，待肉成熟后，将汁倒入，翻炒均匀，随即放入花生米、冬笋丁，炒匀后即可装盘。

酥塌肉片

原料：猪瘦肉200克，鸡蛋2个，面粉50克，湿淀粉50克，酱油5克，花椒水、料酒各3克，香油10克，味精3克，葱、姜、蒜共20克，香菜梗20克，鲜汤100克，盐适量，花生油200克。

做法：将肉切成片，葱、姜切丝，蒜切片，香菜切成1厘米长的段。肉片表面沾面粉，放在用鸡蛋和湿淀粉调制的蛋粉糊内抓匀，一片片地放在六七成热的油锅内炸成金黄色捞出。留底油，烧热时用葱、姜、蒜爆锅，添汤加酱油、花椒水、料酒、精盐，下入肉片，用小火煨3~5分钟，汁浓时放入味精、香菜梗，淋香油出锅即成。

蒜泥白肉

原料：猪肥肉500克，辣椒油15克，味精1克，麻油15克，姜15克，大蒜50克，精盐5克，酱油15克，葱15克。

做法：①将肥瘦相间的猪腿肉刮洗干净，放入汤锅中加入葱、姜，煮至皮软肉熟即可，在原汁中浸泡20分钟。②捞出浸泡的肉，沥干水分切成7厘米长、3厘米宽大的大薄片，零碎的片放盘底，整齐的肉片放上面。③将大蒜捣成茸，加精盐、麻油调匀即可。

葱炖猪蹄

原料：猪蹄2只，生姜、葱50克，精盐适量。

做法：①将猪蹄拔去毛，洗净，用刀划口；将生姜切片，葱切段。②将葱、姜与猪蹄一同放入锅中，加水适量和精盐少许，先用旺火烧沸，后用文火炖熬，炖至熟烂即成。

软炸肥肠

原料：猪肥肠3段（约1000克），生菜100克，姜15克，葱25克，花椒10粒，料酒25克，盐35克，白糖15克，醋20克，湿淀粉10克，香油15克，花生油1000克（约耗100克），肉汤50克。

做法：①将肥肠反复洗净，去掉杂质和脏物，然后入锅内氽一下（10分钟），去其腥味，捞出两端修齐，盛入大碗，加姜、葱、料酒、花椒、盐，10分钟后再加入适量鲜汤，上笼蒸3小时至肥肠起皱为宜，将白糖、醋、酱油、湿淀粉、料酒、肉汤、盐对成芡汁。②葱切细花，姜、蒜剁细，生菜洗净切成细丝，用清水漂过再沥干水分。③将蒸好的肥肠取出，加少许酱油，放入旺油锅内，炸呈深红色时捞出，切成1.3厘米厚的圆圈，摆入盘的一端，用盐、白糖、酱油、香油拌好的生菜，摆入盘的另一端。④炒锅烧少许油，放入姜、蒜炝锅，立即烹入对好的芡汁，收浓盛入碗内，与肥肠同时上桌。

香肠黑木耳

原料：黑木耳25克，银木耳25克，熟香肠100克，熟猪油75克，芝麻油25克，酱油15克，姜末5克，精盐2克，胡椒粉0.5克，味精0.5克，葱花5克。

做法：①将黑木耳、银耳放入碗内，入温水中涨透后洗净，捞出，沥干。熟香肠切成薄片。②炒锅置中火上，放入熟猪油25克烧热，下姜末、葱花爆香，放入香肠煸炒片刻，放入酱油略炒，起锅倒入漏勺沥去油汁。原锅复置火上，放入熟猪油50克烧热，下黑木耳、银耳炒两下，加鸡汤适量，放入精盐、味精，放入香肠片，用湿淀粉勾芡，淋入芝麻油，出锅装盘，撒上胡椒粉即成。

火爆肚头

原料：猪肚头200克，盐4克，味精2克，料酒10克，葱10克，姜10克，蒜15克，辣椒油10克，淀粉4克，花生油100克。

做法：①将猪肚头从中间切开，放入开水中略焯后取出，洗净上面的黏液等污物，切成厚约0.1厘米的片。②将肚片用盐1克，料酒5克，淀粉2克上浆，抓匀。③葱剖开，切成段。姜切成片。蒜顺其方向切成片。④将葱、姜、蒜、盐、味精、辣椒油、料酒、淀粉调成汁。⑤炒锅上火，加花生油100克，烧至八成热，将肚片放入，迅速翻炒，炒至成熟后，将汁烹入，翻炒均匀，即可装盘。

水晶猪蹄

原料：猪蹄10只，盐100克，料酒20克，葱、姜各50克，花椒7克，桂皮、香叶适量，八角8克，明矾1克。

做法：①将猪蹄洗净，用刀平剖开，剔去骨，平放于瓷盆中腌一下（盐量随季节变化而不同，夏季每只用120克，腌6~8小时；冬季用90克，腌3天；春秋用110克，腌2天）。腌好后用凉水泡2~3小时，用刀刮洗皮下污物，再用温水漂洗干净。②将葱姜、花椒、桂皮、香叶、八角装入纱布包内扎紧备用。③大汤锅置旺火上，加入清水、盐、明矾、猪蹄，烧沸后撇净浮沫，加入香料包、料酒。压一大盘子，使猪蹄没入汤中，改微火煮1小时，将猪蹄翻身，再用小火煮至肉烂出锅。④取一大而深的平托盘。将猪蹄整齐地平放盘中，将煮猪蹄原汤撇净油倒入，再压上一大平托盘，入冰箱中冷却成冻，即为水晶猪蹄。食用时切成大小一致的片装盘，配香醋、姜丝蘸食。

炝腰花

原料：生猪腰子400克，香菜少许，花生油25克，精盐、味精、花椒粒、葱丝、姜丝、蒜末各适量。

做法：①香菜切2厘米长的段。腰子片成两半，剥去膜，片去腰筋，在腰子里面剞成横竖花刀（深而不透），切成3厘米长的块，放入开水锅焯一下断生捞出，用凉水投凉，沥干水装盘。②放上葱丝、姜丝、蒜末，浇上炸好的花椒油，略焖一会儿。加精盐、味精拌匀，撒上香菜段即成。

白云猪蹄

原料：新鲜、皮薄猪蹄2只（约750克），白醋100克，黄瓜300克，白砂糖50克，红辣椒2只。

制法：①将猪蹄去毛，洗刮净，斩断，放入沸水至猪蹄有九成烂时捞起在竹箕内，浸在清水中，在水龙头下冲之，使猪蹄上的浮油随水冲去；白醋和砂糖煮溶，调适味，倒起摊冻。②猪蹄冲够水后，再用冷开水冲一遍，沥干水，置内，并以全浸着猪蹄为佳，最好能浸至隔夜为入味。

卤猪肥肠

原料：猪肥肠500克，清水500克，精盐、鸡精、大蒜、酱油、大葱段、姜片、花椒、大料、丁香、小茴香、桂皮、陈皮各适量。

做法：①首先把猪肥肠清洗干净，放入开水锅内加大蒜煮10分钟，再将肥肠捞出，用清水洗两次，使肥肠无杂味，晾干水分备用。②把精盐、鸡精、酱油、姜片、花椒、大料、丁香、桂皮、陈皮等放入清水锅中烧开，撇去浮沫，煮成卤汁。③将加工好的肥肠放入卤汁锅中浇开，然后用慢火煮。待熟后，离开火源，冷却，即为成品。

宫爆腰片

原料：猪腰子2个，油氽花生仁100克，黄瓜丁、熟笋丁、豆瓣酱各100克，糖1.5大匙，料酒1小匙，醋1小匙，老抽1小匙，香油1小匙，精盐、花椒油、味精各适量，淀粉2小匙、葱花、蒜末各1小匙，花生油适量，鲜汤小半杯。

做法：①猪腰子撕去表层薄膜，切成两片，去净腰臊，划上十字花刀，再切成块，泡去血水，取出，沥干水分，放入干淀粉抓匀，放入六成热油锅滑油，取出。②净锅上火，放油，下葱花、蒜末煸香，放剁碎的豆瓣酱炒出红油，倒入笋丁、黄瓜丁和腰块，加料酒，略炒几下，放入鲜汤，加精盐、糖、味精、老抽和醋，加入花生米，淋香油，加入花椒油翻匀，起锅即成。

煎烹猪肝

原料：猪肝300克，葱头50克，葱10克，姜5克，盐5克，味精2克，白糖5克，胡椒面1.5克，辣酱油20克，淀粉20克，花生油50克，鸡蛋1个。

做法：①将猪肝洗净，切成片。葱头切成末。葱、姜切末。②猪肝内加入盐2克，鸡蛋1个，淀粉20克，搅拌均匀。③将葱姜末、盐、味精、白糖、胡椒面、辣酱油和淀粉调成汁。④炒锅内放油50克，烧热，将猪肝片放入煎制成两面均为黄色，随即放入葱头翻炒，待猪肝成熟后，烹入调好的汁，迅速翻炒，使汁挂匀，即可装盘。

醋熘腰花

原料：猪腰4只，笋片20克，水发木耳50克，青菜心三小段，青蒜片少许，葱丝少许，姜汁水少许，酱油6克，盐6克，醋19克，味精少许，淀粉少许，花椒水少许，花生油500克，麻油6克，清汤100克。

做法：①将猪腰每只切成二片，挖去臊筋，表面打麦穗花刀；将笋片、木耳、菜心、葱丝、青蒜片、姜汁水、花椒水、盐、酱油、醋、味精、湿淀粉、清汤调在小碗里。②一面开油锅，一面将猪腰放入另一开水锅内烫一下后取出，揩干水分，随即倒入烧滚的油锅里一过，即倒出，放进漏勺，滤去油。接着在原锅内加进麻油，同时将猪腰回锅，将小碗佐料炒熘几下，待各种配料、调料和芡都已裹上腰花即好。

九转大肠

原料：大肠4条，白胡椒粉少许，香菜末少许，黄酒50克，白糖50克，盐6克，醋50克，老抽20克，味精少许，麻油少许，清汤650克。

做法：将大肠用套肠洗的办法，里外翻转洗几次，再放在盆里，撒上少许盐、醋，搓揉几下，除去黏液和臊气，再用冷水将大肠里外翻转漂洗几次。然后用肠套肠的办法，大口套小口，一层层套起来，至全长约18厘米时为止。约需套八九次，业内称为连环套。②套好后，将肠放进开水锅里煮烂，捞出，用冷水过凉后放好。③用时将肠切成长段，用开水氽一下，以保证大肠的洁净，烹调后的汤汁，也可以更加清亮。④用猪油、白糖炒好糖色（深红），再将大肠倒入，加上清汤、酒、糖、白胡椒粉、老抽、醋、盐、味精，移在温火上㸆到汤干汁浓，并出现很多小泡，肠转深红色后，再移在旺火上，用手提锅来回转动几次，翻转来，再转动。这样反复进行八九次，汤汁大都被吸入肠内以后，浇上麻油，起锅推在盘里，再撒上少许香菜末即好。

汤爆肚片

原料：猪肚尖4支，青椒75克，胡椒粉、生抽各适量，黄酒12克，盐6克，味精少许，清汤650克。

做法：①将猪肚尖里外的皮去掉，片成斜刀薄片，用冷水洗清，盛在碗里，再加少许人造冰屑浸片刻，可以使肚片变硬，烹制后发脆而不变质。②将青椒去筋去籽，片成斜刀薄片。③用净锅放清汤，加盐、胡椒粉、生抽、酒、味精烧滚；同时将肚片放入另一只开水锅内烫一烫，使它卷起后立即捞出，放在汤碗里；将青椒片也用开水一烫，取出，压去水分，与肚片放在一起。待清汤滚透，立即将汤冲入放肚片、青椒的碗内。色有绿有白，味清脆鲜嫩。

黄豆炖猪蹄

原料：猪蹄300克，干黄豆10克，葱1棵，姜1块，精盐2克，味精0.5克，料酒2克。

做法：①猪蹄刮净，剖开，再剁成大块，放沸水中煮一下，捞出洗去污垢。黄豆用水浸泡涨，淘洗干净。②砂锅放水，倒入黄豆，旺火烧开，放进猪蹄用中火烧沸，撇浮沫，加葱，姜、酒，再用微火直炖至酥烂。③临食时加盐，用小火烧片刻，拣去葱、姜，放入味精即成。

当归山药腰子

原料：猪腰子500克，山药10克，当归10克，党参10克，酱油、醋、姜丝、蒜末、鸡精、香油各适量。

做法：①将腰子切开，剔去筋膜，洗净，放入锅中。②将当归、党参、山药装入纱布袋中，扎紧袋口，也放入锅中，加水适量，用文火煮到腰子熟透。③捞出腰子，晾凉后切成薄片。④将酱油、醋、姜丝、蒜末、鸡精、香油等与腰子片一起放入大碗内拌匀即成。

焦熘肥肠

原料：熟肥肠500克，青蒜段100克，花生油500克（约耗50克），酱油35克，料酒5克，味精2克，盐3克，水淀粉75克，醋3克，葱、姜、蒜各3克，汤50克。

做法：①熟肥肠切成斜块，用稍许料酒、盐拌匀，再用水淀粉均匀地黏上糊。葱、姜、蒜切末。②用酱油、料酒、味精、盐、醋、水淀粉、葱、姜末、汤兑成芡汁。③油七成热，把黏糊的肥肠分散下入，不要使其粘连，炸成黄色捞出。④锅热后，把兑好的芡汁倒入，炒至汁稠，再将肥肠下入，翻炒均匀，出锅即成。

香干肉丝

原料：香干500克，肥瘦肉丝200克，韭菜200克，花生油20克，料酒10克，味精2克，精盐3克，葱、姜末少许，蚝油10克，高汤200克，水淀粉20克。

做法：①将香干切成帘子棍丝，韭菜洗净切成3厘米长段。②将花生油放入锅内，把肉丝煸炒变色，放葱、姜末、老抽、料酒、精盐，搅拌均匀投入香干、韭菜，煸炒，加入高汤、蚝油、味精，开锅后勾芡即成。

藜蒿肉丝

原料：藜蒿500克，瘦猪肉100克，香油10克，香葱、韭菜头、醋、酱油、花生油、精盐、味精、料酒各适量。

做法：①瘦猪肉切成丝，藜蒿去叶和老根洗净切成段，葱切成段待用。②锅放油烧热，放入肉丝煸炒几下，再放入酱油、精盐、料酒少许，炒熟起锅待用。③藜蒿在沸水中淖一下捞出控干水分，尔后加入熟肉丝、醋、香葱、韭菜头、精盐、味精、料酒、香油拌匀即成。

炒三丁

原料：猪瘦肉150克，胡萝卜100克，黄瓜100克，酱油10克，盐2克，味精3克，料酒10克，葱、姜各5克，老汤20克，花生油20克，淀粉10克，鸡蛋3个。

做法：①将猪瘦肉切成厚约1厘米的方丁，放盐1克、料酒4克、鸡蛋3个、淀粉1克，上浆，拌匀。②胡萝卜、黄瓜切成丁。葱剖开，切成段。姜切片。③将葱、姜、酱油、料酒、盐、味精、老汤及淀粉放入碗中，兑成汁。④锅内加花生油，烧热后将肉丁放入煸炒，炒至六七成熟时将胡萝卜放入煸炒，待肉丁、胡萝卜丁接近熟时将黄瓜丁放入同炒，放入汁，迅速翻炒，使汁均匀地挂在三种主料上即成。

辣子肉丁

原料：猪瘦肉200克，冬笋或青笋100克，酱油10克，料酒4克，盐2克，味精1克，葱5克，姜4克，淀粉4克，鸡蛋半个，花生油50克，汤20克，胡椒粉5克，豆瓣辣酱20克。

做法：①将猪肉切成1.2厘米见方肉丁，放入酱油2克、料酒1克、盐1克、鸡蛋半个、淀粉2克上浆，抓匀。②冬笋切成小丁。葱剖开，切成段。姜切成片。豆瓣辣酱剁碎。③将葱、姜、胡椒粉、酱油、料酒、盐、味精、汤和水20克，加入淀粉兑成汁。④炒锅上火，放入油，烧热后将豆瓣酱与肉丁同时下锅煸炒，至肉丁六成熟时将笋丁倒入同炒，待成熟后，均匀倒入碗汁，翻炒均匀，即可装盘。

肉片炒粉皮

原料：粉皮300克，猪瘦肉100克，酱油10克，料酒2克，醋3克，盐2克，味精1克，淀粉3克，甜面酱5克，葱3克，姜2克，汤50克，花生油30克，鸡蛋半个。

做法：①将粉皮切成长3厘米、宽2厘米的片。猪肉切成片，放入1克酱油，0.5克料酒，半个鸡蛋，1克淀粉，抓匀。将葱、姜切成片。②炒锅上火，加入花生油，将肉片放入煸熟，加入葱、姜、酱油、甜面酱、料酒、汤、醋、盐、味精，放入粉皮略炒，开锅后略烧片刻，放入淀粉将汁收浓即可装盘。

豆瓣肉丝

原料：猪瘦肉200克，干木耳30克，香菜10克，菜心50克，酱油20克，醋8克，糖15克，料酒10克，葱15克，姜8克，蒜8克，豆瓣辣酱15克，味精2克，盐2克，香油5克，淀粉5克，花生油80克，鸡蛋1个。

做法：①将猪肉切成细丝，加入盐0.5克，料酒3克，酱油2克，鸡蛋1个，淀粉2克上浆，抓匀。②干木耳用开水浸泡10分钟，去根洗净，切成丝。香菜洗净，切成段。菜心去掉根，从中间剖开，放入清水中洗净，葱、姜、蒜均切成末。③将酱油、醋、糖、料酒、味精、盐、淀粉放入碗中，调成汁，并将豆瓣辣酱剁碎。④炒锅放在火上，加入花生油烧热，把肉丝与豆瓣辣酱放入锅中一同煸炒，炒至肉丝八成熟且出红油时，加入葱、姜、蒜末略炒，倒入汁，用手勺推动肉丝使汁挂匀，放入木耳丝、香菜段与菜心同炒，待成熟后点入香油装盘，菜肴周围应有一圈红油。

辣子肉丁

原料：猪瘦肉300克，鸡蛋1个，黄瓜、红辣椒各少许，花生油500克（约耗50克），绍酒、酱油各1大匙，白糖1/2大匙，精盐、味精各1/3小匙，骨头汤、花椒油、葱花、姜末、蒜头各少许，淀粉适量。

做法：①将肉切成1.5厘米见方的小丁，加入精盐、味精、绍酒、鸡蛋、淀粉，上“全蛋浆”；黄瓜、干红辣椒洗净，分别切成小丁备用。②将肉丁下入四成热的油中，滑散滑透，倒入漏勺；小碗中加入酱油、精盐、味精、白糖、淀粉、鲜汤，调制成芡汁。③炒锅上火烧热，加底油，用葱、姜、蒜炝锅，烹绍酒，下入红干辣椒、黄瓜丁，煸炒片刻，再下入肉丁，倒入骨头汤，泼入调好的芡汁，翻拌均匀，淋入花椒油，出锅装盘即可。

家常酱肉丝

原料：瘦肉300克，大葱2根，甜面酱、精盐、白糖、老抽、料酒、淀粉、鲜汤、姜、花生油各适量。

做法：①将瘦肉洗净，切成丝，加入料酒、精盐、淀粉拌匀；葱择洗干净，切成马蹄状；生姜切成末。②锅置火上，下入花生油，烧至六成热时，放入肉丝，划散炸至微黄色时捞出控油。③锅底留油少许，烧热后下入葱、姜爆锅，再放入甜面酱、白糖略炒，下入肉丝翻炒，放入料酒、老抽、精盐、鲜汤，炒熟即可。

鱼香肉丝

原料：肉400克，木耳20克，冬笋20克，泡辣椒40克，白糖、醋各1汤匙，老抽2茶匙，淀粉适量，高汤60克，葱花、姜、香菜、蒜各适量。

做法：①选用质嫩的瘦肉或里脊肉，和20%的肥肉，用清水洗净，片成厚薄均匀的片，再切成“二粗丝”（长6厘米、宽0.3厘米的丝）；姜、蒜去皮剁细；泡辣椒去蒂、去籽，用刀剁细；冬笋洗净，切成丝；香菜洗净，切成段；木耳用温水发涨洗净切丝。②将切好的肉丝放碗内，用盐和水淀粉拌匀，把糖、老抽、醋、盐、味精、淀粉加少许高汤，在碗内制成鱼香汁。③烧热锅，下油烧至六七成熟时，下拌匀的肉丝快速炒散，接着下泡辣椒、姜、蒜、葱花、冬笋丝和香菜段等，炒匀即可。

芹菜炒猪心

原料：芹菜100克，猪心200克，胡萝卜50克，精盐4克，酱油5克，味精2克，料酒5克，水淀粉20克，姜末少许，花生油250克（约耗50克），鲜汤少许，白糖适量。

做法：（1）将猪心洗净，切去猪心头部的筋，然后切成片，放入碗内，加入水淀粉10克、精盐1克浆匀；芹菜去叶洗净切成3厘米长的段；胡萝卜洗净切成片；姜洗净切成小片。②炒锅放在旺火上烧热，放入油，油八成熟时即把猪心放入，搅散，不要使猪心黏结成团。待猪心滑熟时倒入漏勺，控净油。③把锅放回旺火上，放入油烧热，随即将芹菜、姜片、胡萝卜放入锅，稍煸炒几下，加入鲜汤（或清水），速将猪心放入，加入料酒、酱油、精盐、白糖，见汤汁稍开，用水淀粉勾芡即成。

蘑菇炒肉片

原料：鲜蘑菇150克，瘦肉50克，湿淀粉、葱姜末、黄瓜、酱油、精盐、料酒、味精、香油、胡椒粉、蚝油、花生油、蛋清各适量。

做法：①将蘑菇、瘦肉、黄瓜洗净切片；将肉片用湿淀粉、鸡蛋清、精盐抓匀上浆。②炒锅置火上，加花生油烧至五成热时，下入肉片，划散至刚熟，捞出控油。③锅内留少许油烧热，下葱、姜末煸炒出香味，下入肉片、蘑菇片、黄瓜片稍炒，放酱油、料酒、精盐、胡椒粉、蚝油、味精，用湿淀粉勾芡，淋上香油，出锅即可。

炝 心 片

原料：猪心250克，冬笋50克，海米（发好的）15克，花生油25克，香菜少许，精盐、味精、花椒油、蒜片、姜末等适量。

做法：①用刀将猪心顺切两半，用清水洗净，横切成薄片。冬笋切顶刀片，香菜切2厘米长的段。将切好的心片、冬笋片分别用开水烫透捞出，用凉水投凉，沥干水装盘。②放姜末、蒜片，浇上花椒油，略闷一会儿。加香菜段、精盐、味精，拌匀即成。

京酱肉丝

原料：里脊肉300克，葱1根，甜面酱3大匙，料酒、糖各1大匙，姜汁水10克，蚝油、香菜适量，酱油半大匙，盐、花生油适量。

做法：①将里脊肉洗净切丝，加料酒、酱油、淀粉、盐腌10分钟；将葱洗净切成丝备用。②热油4大匙，放入肉丝快速拌炒，捞出。③将油继续烧热，加入甜面酱、姜汁水、蚝油、水、料酒、糖、酱油、盐炒至黏稠状，再加入葱丝及肉丝炒匀，撒入香菜末，盛入盘中即可。

菊花炒肉片

原料：瘦肉300克，白菊花20克，冬笋少许，油菜心数根，鸡蛋清、料酒、精盐、味精、湿淀粉、葱姜末、花生油各适量。

做法：①肉洗净切成片，加精盐、料酒、鸡蛋清、湿淀粉拌匀上浆，下入六成热的油锅中炒散，捞出控油；油菜心洗净切段；笋洗净切菱形片，均入沸水中氽过。②锅中加花生油烧热，下入葱姜末爆锅，加入冬笋片、油菜心、肉片、精盐、味精、菊花瓣炒匀即成。

荷包里脊

原料：鸡蛋2个，里脊肉50克，味精、精盐、料酒、香油、葱、姜末、糖、花生油、鸡蛋清各适量。

做法：①鸡蛋打入碗内调匀。里脊肉用刀剁碎，加味精、精盐、料酒、蛋清、糖、香油、葱、姜末拌匀成馅，并分成12份。②把调匀的鸡蛋入油锅中煎成12个小鸡蛋皮，每个蛋皮中间放里脊馅，用筷子把鸡蛋皮合起来，从两边向中间一夹，即成荷包。③将锅置火上加油烧热，把荷包下锅炸成浅黄色熟透即可。

木 犀 肉

原料：猪肉100克，鸡蛋3个，酱油25克，花生油50克，料酒、姜汁各10克，木耳、黄花适量，葱、盐各少许。

做法：①把肉切成3厘米长的肉丝；鸡蛋打入碗里，搅匀；葱切成丝。②在炒锅内放入花生油30克，烧热后放入鸡蛋，用铲翻炒，待熟出锅。③取花生油20克倒入炒锅内，油热后放入葱丝、肉丝、木耳和黄花，煸炒到六成熟，倒入酱油、料酒、姜汁、盐，再放入炒熟的鸡蛋，并加高汤或清水少许，翻炒几下即可出锅。

榨菜炒肉丝

原料： 瘦肉150克，榨菜100克，香菜、精盐、香油、味精、料酒、花生油各适量。

做法： ①将瘦肉洗净，切成丝；榨菜洗去辣椒糊，切成丝；香菜择洗干净，切成段。②炒锅内放入花生油烧热，下入肉丝煸炒至肉色变白时，烹入料酒，放入榨菜丝煸炒，加入少许精盐、味精、香油，颠翻炒匀，撒上香菜即可。

茄　夹

原料： 无籽嫩茄、猪肉、淀粉、鸡蛋、面粉、米粉、姜葱、料酒、盐、味精、麻油、花生油、酱油、肉汤、糖各适量。

做法： 将猪肉剁茸，加入姜、葱、料酒、盐、味精、淀粉、麻油，搅拌上劲成馅，待用。②茄子去皮，切成一刀连、一刀断的长方夹刀片，在茄内壁扑上淀粉，再酿上肉馅，做成生坯。③用鸡蛋、面粉、米粉、水，调成鸡蛋糊。④锅置火上入油，烧到5成热，将茄夹生坯挂上糊，下油锅炸至金黄色时捞起。⑤锅内留少许油，烧热时，加入姜末、葱花炒香，加肉汤、酱油、糖、味精，烧开，放入炸过的茄夹，用小火卤一下，再用大火收汁，淋入麻油即成。

炸芝麻里脊肉

主料： 里脊肉200克，花生油500克（约耗50克），鸡蛋1个，芝麻仁、精盐、味精、绍酒、酱油、湿淀粉各适量。

做法： ①将里脊肉切成1厘米厚的片，两面均匀地剞上十字花刀，再切成长3厘米、宽1厘米的条放入盘中，加精盐、味精、绍酒、酱油腌渍入味。②另一只碗内放入蛋清、湿淀粉搅匀成糊备用。③炒锅内放入花生油，用中火烧至六成热时，将肉逐条裹上蛋糊，再蘸满一层芝麻仁，放入油内炸透捞出，待油温升至八成热时，再将肉投入油内复炸，炸至呈黄色时捞出沥油，装盘即成。

乳汁排骨

原料： 猪排骨1000克，红豆腐乳汁50克，葱末10克，姜末5克，盐1克，鸡精1克，料酒10克，味极鲜酱油15克，八角1个，水淀粉15克，花生油40克。

做法： ①猪排骨剁成5厘米长的块，入沸水中略烫捞出。②炒锅置中火上，加入花生油，烧至五成熟时放入排骨略煸炒，放入八角、葱、姜末炝锅，再依次加入红豆腐乳汁、味极鲜酱油、料酒、400克水和排骨，烧沸后撇去浮沫，改用小火炖熟，加入盐、鸡精，改用中火炖至汤汁至原料的1/4时，用水淀粉勾芡搅匀即成。

炝里脊丝

原料： 猪瘦肉150克，冬笋50克，盐4克，味精2克，花生油50克，香油5克，花椒2克，葱、姜各1克，淀粉3克，料酒2克。

做法： ①将肉切成丝加入0.5克盐和料酒，把肉抓匀，再放入淀粉，使肉丝表面均匀地有一层浆汁。冬笋切成丝。②把锅放在火上，将花生油注入，烧热后放入肉丝炒熟，取出。再烧一锅开水，把肉丝放在开水中焯一下取出，去掉表面油汁。③将肉丝放入器皿中，加入盐、味精拌匀。将冬笋丝放入锅中焯一下，取出后也放入器皿中。④将干净锅放在火上，注入香油，先炒一下葱、姜，出香味后去掉葱、姜，再将花椒放入炸至紫色，将花椒油直接倒入盛有肉丝的器皿中，加盖，待凉后取出即可食用。

菜薹炒肉丝

原料：猪瘦肉150克，菜薹200克，盐4克，味精3克，葱5克，姜3克，白糖5克，淀粉1克，蚝油5克，鸡蛋1个，料酒2克，花生油50克。

做法：①将猪瘦肉切成长5厘米、宽0.2厘米、厚0.2厘米的丝，加入盐1克，料酒1克，鸡蛋清1个，淀粉1克上浆，抓匀。②菜薹洗净，去掉外部老筋，切成长4厘米的段。葱、姜切成丝。③炒锅上火，放花生油烧热，下肉丝煸炒，至八成熟时，加入葱、姜丝及菜薹同炒，再放料酒、盐、蚝油、味精、白糖，烹炒均匀即可装盘。

炒姜丝肉

原料：猪瘦肉250克，酱姜5克，青辣椒10克，红辣椒10克，绿豆芽100克，料酒5克，酱油10克，白糖5克，盐2克，鸡精1.5克，淀粉2克，香油10克，花生油60克。

做法：①将猪肉顺纤维方向切成较细的丝。酱姜洗净，切成丝。红辣椒、青辣椒去籽，切成粗细相似的丝。绿豆芽洗净，去掉头尾，用中段。②炒锅上火，加入花生油，烧热，将肉丝放入煸炒，炒至肉色变白、八成熟时，加入酱姜丝、红辣椒丝、青辣椒丝、绿豆芽同炒至熟，将调料放入，再将水淀粉倒入锅中，使汁收浓，撒入香油，即可出锅。

花生仁肉皮冻

原料：肉皮300克，花生仁50克，葱、姜共50克，料酒10克，酱油8克，白糖7克，蚝油、香油各适量，胡椒粉5克，精盐4克，味精1克。

做法：①花生仁用温水泡软；肉皮刮洗干净，放入开水中烫过，捞出洗净；葱、姜切片。②锅里加入1000克清水，放进葱片、姜片、料酒、酱油、胡椒粉，烧开后，放进肉皮稍煮，然后转小火慢煮，待肉皮熟透，捞出切丁，再放进锅中，放入花生仁，继续熬煮。待汤有黏稠感时，放入白糖、精盐、蚝油、香油、味精，烧开后盛盘，晾凉结成冻即可。

鱼香双脆

原料：肚尖65克，鸡肫100克，泡辣椒片13克，香醋13克，冬菇片20克，冬笋片40克，干淀粉8克，白糖13克，辣油4克，黄酒、姜末、葱花、蒜泥、精盐、湿淀粉、胡椒粉、酱油、鸡精、花椒水各少许。

做法：①将肚尖先开横直方格花刀（必须下刀均匀，不宜太深或太浅），再切成五分四方小块。②将鸡肫切成菊花形，撒些精盐，放入湿淀粉内翻滚后，同肚尖一道放入猪油锅，以旺火一溜即捞出（把握时间，保持嫩脆）。③将泡辣椒片、冬菇片、笋片放入油锅内炒拌，同时将肚尖、鸡肫和准备好的鱼香味（即姜末、蒜泥、糖、醋、辣油、酱油、酒、胡椒、花椒水、湿淀粉、葱花调匀），倒入锅内一炒即好。有鱼香味，稍带酸甜，呈白赤色，四季皆宜。

肉末粉条

原料：猪肉末150克，粉条100克，花生油500克（约耗50克），葱5克，姜、蒜瓣各3克，豆瓣酱15克，辣椒粉1克，酱油20克，料酒10克，味精2克，汤少许。

做法：①用旺火把炒勺内的油烧热，下入粉条，炸至发泡时捞出。葱、姜、蒜均切成末。②油锅上火烧热，下葱、姜、蒜、辣椒粉炒香，再下肉末，炒至变白色，随即将料酒、汤和酱油倒入，再倒入炸好的粉条，待略收干汤后，加味精翻炒均匀即成。

木耳炒肉

原料：猪腿肉丝200克，鸡蛋4个，水发木耳25克，盐3克，酱油10克，味精3克，黄酒15克，葱末2克，猪油50克。

做法：①鸡蛋敲入碗内，加入盐打匀，锅烧热，放入猪油，待油热后，倒入打好的鸡蛋，炒熟后倒入碗内。②锅内再加猪油，用葱末炝锅，随即放入肉丝煸炒。待肉丝炒熟后，加入黄酒、酱油、盐、味精，随后将炒好的鸡蛋、木耳下锅炒拌，出锅即可。

酥香生菜包

原料：猪肉馅250克，生菜、胡萝卜、冬笋、蘑菇、粉丝各20克，葱、姜、蒜、精盐、料酒、豆瓣酱、鸡精、花生油各适量。

做法：①将蘑菇、胡萝卜、冬笋、葱、姜、蒜洗净切末；生菜洗净备用。②坐锅点火放油，油温八成热时放入粉丝炸一下，捞出沥干油分，压成碎末。③锅内留余油，油温六成热时放入葱姜末、肉末，炒出香味，烹入料酒，加入酱油、豆瓣酱炒匀，再倒入蘑菇末、胡萝卜末、冬笋末、精盐、鸡精、蒜末、粉丝末，翻炒均匀，出锅装在生菜叶中即可。

海带肉丝

原料：水发海带200克，瘦肉100克，葱、生姜、干辣椒、花生油、甜面酱、精盐、料酒、味精、鲜汤、花椒各适量。

做法：①将瘦肉洗净切成丝；葱、姜洗净，切成末；干辣椒切成小段；海带冲洗干净，切成丝，放入锅中，加入鲜汤、料酒、花椒大火烧沸，改小火烧至海带熟烂，捞出沥净水。②炒锅内放入花生油烧热，下入葱、姜末、干辣椒段略炒，烹入甜面酱、肉丝翻炒，下入海带丝、精盐、料酒、鲜汤炒至成熟，撒入味精，颠翻均匀即成。

美味三鲜

原料：水发海参150克，净大虾150克，熟鸡脯肉150克，黄瓜150克，冬笋50克，香菜段少许，香油、味极鲜酱油、醋、蚝油、精盐、味精各适量。

做法：①将海参、大虾、熟鸡脯肉均片成片；黄瓜、冬笋洗净，切成片；把海参、大虾、冬笋放入沸水锅内烫透，捞出，放入凉水内过凉，沥干水分。②将海参、大虾、鸡脯肉片、黄瓜、冬笋在盘内码成圆锥形，周围点缀香菜段，浇上用味极鲜酱油、醋、蚝油、精盐、味精、香油兑好的汁即可。

银耳炒肉片

原料：水发银耳400克，瘦猪肉100克，蛋清2个，葱、姜末各10克，精盐、料酒、香油各5克，味精2克，白糖、香菜各适量，清汤10克，水淀粉20克，花生油30克。

做法：①将银耳洗净，切成块；香菜洗净，切成条；肉切成片，加盐2克，蛋清、水淀粉20克，香油5克，腌渍片刻。②炒勺置旺火，加油烧至五成熟，下肉片炒散，煸葱、姜末，下银耳、精盐、料酒、白糖、清汤炒烹，加味精，淋香油，撒入香菜末，装盘即成。

滑炒里脊丝

原料：猪里脊肉200克，青蒜80克，净冬笋50克，鸡蛋清1个，葱丝10克，姜末3克，精盐2克，清汤50克，湿淀粉10克，料酒5克，味精2克，香油5克，花生油500克（约耗50克）。

做法：①将猪里脊肉洗净，切成细丝放入碗内，放入鸡蛋清、湿淀粉、精盐抓匀。青蒜洗净，切成段；冬笋切成细丝。将料酒、清汤、精盐、湿淀粉放入另一碗内调成芡汁。②炒锅内放入花生油烧至五成熟时，放入肉丝，用筷子划开，倒入漏勺内沥油，锅内留少许油，放葱丝煸出香味，随即放入笋丝、青蒜、肉丝，倒入调好的芡汁，翻炒几下，放入味精，淋香油出锅即成。

肉丝拌豆芽

原料：绿豆芽300克，猪瘦肉150克，香油15克，精盐20克，味精3克，白糖10克，花椒油5克，生抽5克，料酒4克，泡辣椒5个，生姜5克，大葱10克，醋5克。

做法：①将豆芽掐去两头，洗净，放入开水锅内烫熟捞出，摊凉，沥水；大葱切段；生姜切片。②将猪肉洗净，放入沸水锅内，加入葱段、姜片、料酒煮熟捞出，晾凉后切成细丝；泡辣椒亦切成细丝。③将豆芽、肉丝、泡辣椒丝同放盘内，加入精盐、生抽、味精、花椒油、白糖、醋和香油，拌匀即可。

青蒜腊肉

原料：青蒜150克，腊肉250克，豆豉30克，花生油、白糖、精盐、味精各适量。

做法：①青蒜剥皮洗净，切3厘米长的段，腊肉洗净切片。②将锅烧热放入花生油，先把腊肉和豆豉下锅稍炒，再放入青蒜，接着将精盐、白糖、味精一同入锅，炒熟即可。

肉片炖豆腐

原料：豆腐500克，猪肉100克，花生油、精盐、味精、料酒、葱丝、姜丝、酱油、鲜汤各适量。

做法：将豆腐切成适中的块，肉切成薄柳叶片。然后将切好的豆腐投入沸水中焯一下捞出。旺火，锅里放油，油热后投入肉片，划散，待肉变色后，放入葱丝、姜丝、酱油、鲜汤、精盐、味精、料酒和豆腐，炖几分钟，炖至汁浓味醇即成。

烩　三　样

原料：里脊肉250克，冬笋2克，木耳150克，淀粉1匙，酒、酱油各1匙，盐、葱花各少许，猪油3大匙，汤1小碗。

做法：①里脊肉洗净，切成薄片，加酒和酱油拌匀后备用。笋去壳，切成薄片备用。木耳洗净，切成块状备用。②猪油烧热，将里脊肉、笋、木耳等分别爆炒，同置锅中加汤和盐，煮开后，将淀粉调匀淋入，煮3分钟后，撒下葱花即成。

木耳炒肉片

原料：猪去皮肉200克，水发木耳150克，葱末3克，料酒10克，面酱2克，酱油30克，精盐1克，味精2克，清汤25克，水淀粉15克，花生油30克，香油10克。

做法：①将肉洗净切成片，木耳摘根洗净，大片的改刀备用。②旺火坐净炒勺，放花生油烧至七成熟，将肉片下勺，放葱末、面酱煸炒变白断生，烹料酒、酱油，翻炒几下，放入木耳、清汤、盐、味精，炒匀，淋水淀粉勾芡，翻炒均匀，淋香油，抖匀出勺。

蚂蚁上树

原料：干粉条200克，猪肉末100克，黄酒6克，酱油6克，豆瓣酱少许，味精2克，泡辣椒5克，葱花2克，酒酿10克，姜末2克。

做法：①将干粉条用猪油炸泡起锅。②将猪肉末下锅炒，至将干时放豆瓣酱、泡辣椒、酒、味精、酱油，有香味时加酒酿放汤。③将炸好的粉条放入锅内，与肉末一起用文火烤干，临起锅时放葱、姜即好。味咸辣香浓，色金黄。

炸肉蛋卷

原料：猪瘦肉250克，鸡蛋200克，盐10克，味精3克，料酒5克，葱5克，姜5克，酱油3克，花椒2克，花生油200克（约耗40克），淀粉2克。

做法：①将葱、姜切成末。猪肉剁成馅，将葱、姜和盐5克、味精2克及料酒、酱油放入，顺时针方向把肉馅打匀。②鸡蛋磕入碗中打匀，加入1克盐和少许淀粉。③锅内放很少油，放入一勺鸡蛋，使其在锅内摊成一张很薄的像饼一样的蛋皮，其余原料也如此制作，再制一些蛋清另做面糊使用。④将蛋皮和锅接触的一面向上，平放在菜板上，从中间切开，在上面均匀地抹一层鸡蛋液，放入一些肉馅（肉馅放在刀切过的直边部分），整齐地码放成一条，然后将肉馅用蛋皮卷成卷，蛋皮卷好后备用。⑤将蛋卷用刀斜切，切成间距为2厘米的斜段。⑥炒锅中加油200克，烧至六七成热，将蛋卷段放入炸熟，取出滤干油，码放在盘中。⑦花椒放在锅中炒干，压成末，并放少许盐、味精，制成花椒盐，撒在炸好的蛋卷段表面。

两吃里脊

原料：里脊肉200克，豆腐皮2张，净南荠25克，黄瓜25克，水发木耳10克，葱丝2克，姜丝1克，蒜片2克，甜面酱20克，醋25克，香油15克，蛋清2个，水淀粉60克，料酒10克，老抽25克，白糖75克，精盐2克，清汤350克，花生油500克（约耗100克）。

做法：①将里脊剔去筋，洗净，切成柳叶片；豆腐皮切成片，去皮的南荠切成0.3厘米厚的片；黄瓜洗净切木碴片；木耳择洗净，大的改刀。②将南荠片用沸水焯一下，控出水分；里脊片放入碗内，用盐、水淀粉35克、蛋清搅拌均匀浆好。③旺火坐油勺，放入油烧至三四成热，将里脊片拨散滑透，控出油。原勺留少许底油，炝葱、姜、蒜，烹料酒、甜面酱、老抽、醋、高汤，放里脊片、白糖、南荠、黄瓜、木耳，用水淀粉勾流芡，淋香油，盛入大碗内。④另起油勺放入净油，置旺火烧至七八成热时，将豆腐皮下勺，烧至酥脆，捞出，放入汤盘内。⑤上桌时，将大碗里脊和芡汁倒入豆腐皮的汤盘中（均匀淋开浇入），发出吱吱的响声。

三 下 锅

原料：瘦猪肉40克，红萝卜75克，白萝卜75克，白菜1棵，干辣椒段2大匙。辣油1大匙，清汤2大匙，盐1小匙，味精

1小匙，花生油100克。

做法：①肉切片，红、白萝卜洗净，去皮后，切成薄片；白菜取大片菜叶，切取叶梗部分。②花生油入锅烧热，肉片、萝卜片、白菜片倒入锅中略炸，捞起沥油。③锅中留油3大匙，先下辣椒干、辣油炒香，注入清汤，再将沥过油的片料倒入锅中焖煮10分钟，即可起锅，盛盘供食。

京爆里脊

原料：猪里脊肉150克，冬笋、冬菇、豌豆各5克，精盐0.5克，料酒各2.5克，味精0.5克，白糖0.5克，香油1克，姜1.5克，鸡蛋清4个，水淀粉15克，面粉、干淀粉各10克，汤50克。

做法：①把里脊肉切成长方形的薄片，放精盐、味精、香油抓匀，蘸上面粉；冬笋切成象眼片；冬菇切成片；葱、姜切成末。②将鸡蛋清抽成糊，加干淀粉搅匀。③勺内放油，烧至四成热时，把里脊肉片蘸蛋泡糊，放油内炸成浅黄色，捞出装盘。④勺内放底油，油热时，放入葱、姜、冬笋、冬菇、豌豆煸炒几下，添汤，加精盐、味精、料酒，烧开后勾芡，浇在炸好的里脊上即成。

茄汁藕夹

原料：粗嫩白藕500克，猪肉100克（七瘦三肥），鸡蛋2个，水发金钩20克，面粉40克，香菜20克，花生油500克，精盐5克，味精2克，料酒20克，白糖150克，番茄酱50克，湿淀粉50克，葱10克，姜10克，香油10克，醋适量。

做法：①将藕去蒂和皮，剖两半，半圆面朝上，先切3厘米厚，深度为3/4（不能切断），再切3厘米厚的一片（切断），依此类推。尔后用少许精盐腌软待用。②金钩切末，葱切粒，姜切末，香菜摘洗干净备用。③鸡蛋磕入盆内，放入适量湿淀粉、面粉、水，调成蛋糊备用。④用番茄酱、白糖、精盐、醋、湿淀粉、葱花、香油、清汤兑成汤汁备用。⑤猪肉去筋剁成泥，放入料酒、味精、鸡蛋、湿淀粉、精盐，搅拌成馅，嵌入藕夹内待用。⑥锅内放油烧至七成热时，将藕夹逐块沾上蛋糊下入油锅，炸至金黄色捞出装盘。⑦锅留底油，下入姜末煸炒几下，倒入兑好的汤汁，待开时再加入一点沸油，等到油汁烹起泡时浇在藕夹上，并在盘边上装点香菜即可。

抓炒里脊

原料：里脊肉250克，冬笋丁、胡萝卜丁、豌豆各30克，姜末、葱泥、味极鲜酱油各10克，湿淀粉5克，鸡蛋30克，花生油750克，香油20克，糖25克，醋、精盐、味精、绍酒、花椒水各适量。

做法：①将盐、味极鲜酱油、糖、醋、味精、少许湿淀粉、胡椒粉兑成汁。②将里脊切大片，打花刀切成条状似段形，加入盐、味精、鸡蛋、湿淀粉，打上糊。③勺内加油烧至六成热，下入里脊炸至外表硬时捞出。④勺内留底油，下入葱泥、姜末炝锅加入配料炒一下，倒入里脊肉，再将兑好的汁倒入勺内颠翻几下，淋入香油即可出勺。

油爆里脊

原料：里脊肉250克，鸡蛋2个，蒜片、葱花、味精、冬笋、油菜、花生油、香油、蚝油、湿淀粉、绍兴酒、姜汁水、精盐、酱油、醋各适量。

做法：①将里脊切成柳叶片，放入碗内加蛋清、湿淀粉、盐抓匀。冬笋、油菜切成象眼片。②勺内加花生油烧至五成热，把切好的里脊烧成七八成熟，倒入漏勺控净油。

同其他原料一起放入勺内反复煸炒，再将葱、姜汁水和蒜等配料倒入，加入绍酒、蚝油、花椒水等调好味，淋入香油，放入香菜段，出勺装盘即可。

辣椒炒猪心

原料：猪心400克，青辣椒150克，葱丝3克，姜丝2克，蒜片3克，料酒15克，醋6克，酱油30克，白糖7克，精盐2克，味精2克，水淀粉40克，汤10克，香油6克，花生油600克（约耗60克）。

做法：①将猪心去筋，一剖两半，净水洗净血污。再将每半个切成两条，最后切成块。将青辣椒去蒂、去籽、洗净，也切成片。②将猪心放小盆内，加盐2克，水淀粉35克，抓匀浆好。③旺火坐油勺，放入花生油烧至五六成热，将猪心下勺，迅速炸至断生，心块卷成菊花状，随即将心块倒漏斗。青辣椒也随即用油氽一下，控油。④原勺留少许底油，用葱、姜、蒜炝勺，猪心、青辣椒下勺内，翻炒几下，烹入料酒、醋、酱油、白糖、味精、高汤少许，用水淀粉勾芡，旺火翻炒均匀，淋香油，出勺装盘。

萝卜烧肉

原料：肥瘦猪肉250克，鸡蛋200克，萝卜350克，酱油、盐、料酒、味精、白糖、香油、胡椒粉、淀粉、花椒、葱、姜、花生油。

做法：①将肉切成1.5厘米见方的块，萝卜切成滚刀块，葱切段，姜切块，鸡蛋打入盆内加水淀粉调成蛋糊。将肉块放入蛋糊中拌匀，投入八成热的油内炸成金黄色捞出。②将炸好的肉放入锅内加水，放酱油、精盐、料酒、花椒、葱、姜。开锅后撇去浮沫，微火炖至八成熟时，放入萝卜炖烂，再加入胡椒粉、白糖、香油和味精，搅拌均匀，勾芡即成。

猪肉炖粉条

原料：带皮五花猪肉250克，粉条100克，花生油10克，白糖5克，葱段10克，姜1块，蒜3瓣，八角2个，桂皮1块，甜面酱5克，花椒水10克，盐2克，味精2克。

做法：①把带皮五花猪肉刮洗干净，放入汤锅内，烧小火约20分钟至五成熟，出锅晾凉，切成4厘米见方的块备用。粉条放热水锅内煮至软，捞出。②净锅置火上，放花生油和白糖煸炒，待白糖起小泡并呈红色时，放猪肉块翻炒上色，加入甜面酱，迅速煸炒，加入水，没过肉块，再放葱段，姜块、蒜瓣、八角、桂皮和花椒水烧沸后用小火炖约10分钟。③放煮好的粉条，待煮至锅内汤汁剩约原来的1/3时，加盐和味精调好口味，改用旺火收浓汤汁，装盘即可。

洋葱炒肉丝

原料：猪肉200克，猪油100克，酱油20克，鲜汤50克，洋葱250克，精盐2克，湿淀粉50克。

做法：①将猪肉洗净切成细丝，用精盐、酱油、淀粉拌匀，洋葱切成丝。②用酱油、精盐、湿淀粉、鲜汤少许调成汁。③炒锅置旺火上，放入猪油烧至六成热时下猪肉丝炒散至发白，放入洋葱同炒，随即倒入调好的汁，汁浓起锅即成。

层层香脆

原料：猪耳朵1000克，精盐20克，八角5克，花椒5克，桂皮10克，葱15克，姜10克，蒜5克。

做法：①将猪耳洗净，放入沸水锅内焯水待用。②锅置于火上，加入清水、盐、黄酒、八角、葱、姜、蒜、桂皮、花椒,用大火烧沸,再转入中小火煮熟捞出。③取一净饭盒将刚出锅的猪耳整齐地码入盒内,上面用重物压住,待凉透后取出。

荷香辣排

原料：猪肋排750克，干辣椒35克，嫩肉粉6克，荷叶4张，干淀粉5克，精盐5克，料酒10克，味精2克，鸡精3克，香辣酱25克，花椒油3克，香油5克，花生油500克（约耗50克）。

做法：①将猪肋排洗干净，剁成5厘米长、3厘米宽的长方块，放入盆中加入料酒、味精、鸡精、精盐、嫩肉粉、干淀粉拌匀，上味约30分钟；干辣椒入锅炒香，用刀剁成末。②将锅放火上，下花生油烧至五成热，下排骨炸成浅黄色，捞起沥油。③锅中留油少许，下香辣酱炒香上色，再倒入炸好的排骨上，撒上干辣椒末，淋入花椒油、香油，炒匀起锅装入盆中即成。④荷叶用开水略烫一下，修剪成三角形片，将荷叶分别包入一根排骨，逐一制作完后，入笼蒸3分钟取出装盘即可。

黄瓜炒里脊

原料：黄瓜500克，里脊肉100克，花生油50克，葱花、姜丝、酱油、精盐、味精各适量。

做法：①黄瓜洗净去皮，切成丝。里脊肉切成细丝。②烧热锅，加底油，油热投入葱花、姜丝，炒一下，再放入里脊肉，爆炒至六成熟，再放入精盐、酱油、黄瓜丝，炒5分钟，加入味精出锅。

火腿黄瓜条

原料：鲜黄瓜500克，火腿100克，猪油10克，精盐、味精、姜、葱、淀粉、清汤各适量。

做法：①将黄瓜洗净去皮，切成一指条，火腿切成方丁，葱切丁，姜切粒待用。②锅置火上放油，依次下入姜葱、黄瓜煸炒几下，加清汤适量，再加火腿，精盐、味精等，等熟后勾薄芡起锅装盘。

白菜肉丝

原料：大白菜心200克，肥瘦肉20克，香菜梗2克，猪油、香油、面酱、葱丝各适量。

做法：①将猪肉切成丝。大白菜心洗净后也切成丝。香菜梗洗净切成段。②将猪油放入锅内烧热，放入猪肉丝翻炒，加入葱丝、面酱炒匀，然后放入白菜翻炒，至白菜约七成熟时放入香菜梗，搅拌均匀，淋入香油即成。

珍珠丸子

原料：猪肉400克，糯米150克，老抽、精盐各12克，鲜姜5克，葱5克，甜面酱20克，鸡蛋5个，胡萝卜、淀粉少许。

做法：①将猪肉剁成肉泥，装盆加适量鲜汤或水，再放入蛋清、味精、老抽、葱、姜、水、甜面酱、精盐调匀。②糯米洗净加适量水，入笼蒸至八成熟取出，倒入盆内打散。③将调好的肉馅挤成直径5厘米大小的丸子，放在糯米饭上滚动，使丸子表面沾上糯米饭粒，再装入大汤盘内，上笼蒸25分钟取出。④将胡萝卜（或青菜）切成块焯熟，加适量鲜汤及精盐、味精，调好口味，用淀粉勾成米汤芡，浇在珍珠丸子上即成。

沙锅肘子

原料：去骨猪肘1只（约1000克），

青菜心100克，冬笋、冬菇各50克，葱段20克，姜片10克，八角2个，桂皮、香叶适量，丁香2粒，盐5克，味精1克，料酒15克。

做法：①将肘子用刀刮干净，在里面剞上间距2厘米长的刀纹，刀纹深度以刚至猪皮为宜，放入沸水中略烫捞出，皮向下放入大沙锅中；冬笋、冬菇均切成长方片，入沸水中略烫后放入盛肘子的沙锅中。②沙锅置旺火上，加入1500克水和料酒、八角、丁香、桂皮、香叶、葱段、姜片烧沸，撇去浮沫，盖上盖，用小火炖1小时，放入盐、味精炖入味，放入菜心略炖即可。

南煎丸子

原料：绞肉500克，木耳200克。盐1茶匙，味精1/2茶匙，淀粉1大匙，鸡蛋1个，酒1/2大匙，葱2根，姜丝1大匙，酱油1大匙，花生油1/2杯。

做法：①绞肉抓拌均匀，用手捏成如乒乓球大小的丸子；木耳洗净去沙根，切成0.5厘米宽条；葱切成3厘米长段。②炒锅入花生油烧热，肉丸整齐地紧排在锅中，用锅铲压扁，煎黄一面后翻面再煎，两面皆呈金黄、肉也熟透即先盛起放在盘中，上加葱段、姜丝，上笼用大火蒸10分钟。③取出丸子，汤汁（连葱、姜）留在炒锅中，加酱油、木耳条滚煮2分钟，先捞出木耳在盘底，丸子放在木耳上，再淋加汤汁即可。

炸 鹿 尾

原料：猪五花肉（去皮）250克，猪肝75克，松子仁15克，肠皮50克，葱末5克，姜末5克，白肉汤550克，酱油10克，精盐2克，味精1克，芝麻油30克，花生油250克（约耗25克）。

做法：①将猪肉、猪肝分别剁成细泥，再把松子仁切碎，把它们放在一起，加入葱末、姜末、芝麻油、味精、精盐拌匀，再用白肉汤（50克）搅拌成馅。肠皮洗净，灌入拌好的馅，用线绳捆紧两端，即为生“鹿尾”②将生“鹿尾”放入汤勺内，加入白肉汤（500克），用旺火烧开后，改用微火煮20分钟。这时用竹签在肠皮上刺2个小眼，使肠内的油水流入勺中，再煮10分钟左右即熟。取出去掉线绳。③将炒锅置于旺火上，倒入花生油，烧到七八成热，把煮熟的“鹿尾”蘸匀一层酱油放入，炸1至2分钟，呈金黄色时捞出。趁热斜刀切成片，按原形摆在盘内即成。

甜酸丸子

原料：瘦猪肉200克，鸡蛋2个，花生油100克，淀粉、番茄酱各10克，面包屑15克，料酒、精盐各5克，鲜姜3克，老抽、甜面酱少许，葱3克，白糖20克，味精少许。

做法：①将瘦猪肉洗净剁成末，放碗内。②葱去根洗净切成末。鲜姜洗净切成细末。③将姜末、葱末放肉末上，加淀粉、面包屑、番茄酱、料酒、老抽、甜面酱、白糖、味精。再将鸡蛋打入肉末碗内，用筷子拌匀。④将肉末做成大小均匀的丸子。⑤取炒锅置火上烧热，加入花生油，待油五六成热时，将丸子放油中炸，成黄色后捞出，晾凉即可装盘。

四喜丸子

原料：肉馅300克，鸡蛋80克，花生油500克，酱油30克，精盐、马蹄粉、料酒、姜各5克，味精2克，甜面酱2克，葱10克，汤600克，水淀粉40克。

做法：①将肉馅放入盆内，加入鸡蛋40克，马蹄粉、精盐、香油、甜面酱、葱、姜末少许，搅至上劲，再分两次加入大约80克水，待有黏性时，把肉馅挤成8个相等的丸子。②用400克鸡蛋和400克水淀粉调成蛋粉糊。③旺火坐勺，入油，烧至七成热时，起油锅，将丸子逐个均匀地黏一层蛋粉糊，投入七成热的油内，炸成金黄色捞出。④将丸子放入碗内，浇些汤，加入酱油、精盐、味精、葱末及姜末，调好味，上笼蒸，25分钟即成。

红枣炖肘子

原料：肘子500克，红枣100克，冰糖50克，花生油15克，枸杞5克，酱油15克，料酒5克，葱5克，精盐4克，姜1克，鸡精1克。

做法：①将红枣洗净；枸杞洗净；肘子刮洗干净，在开水锅内氽一下，除去血水；葱、姜切丝。②将花生油烧热，放入少许冰糖，用小火炒成深黄色糖汁。③沙锅中放入肘子，加入温水500克，大火烧沸，撇去浮沫，加入冰糖汁、冰糖、枸杞、红枣和葱丝、姜丝、精盐、味精、酱油、料酒，用小火慢煨1小时，待肘子煨至熟烂，加入鸡精，原锅上桌即可。

山东蒸丸

原料：猪肉500克（其中瘦肉300克，肥肉200克），南荠100克，盐10克，味精5克，料酒5克，葱5克，姜5克，甜面酱10克，老抽5克，香菜20克，胡椒面2克，醋5克，香油5克，鸡蛋1个，汤300克。

做法：①将猪肉剁成馅，南荠剁成碎末，一同放入碗中，加料酒2克，盐5克，味精2克，甜面酱、老抽少许，鸡蛋1个，搅拌均匀。②葱、姜切丝，香菜切段。③将搅拌好的肉馅挤成核桃大小的丸子，放在菜叶上，上锅蒸15分钟，熟后取出，放在大汤碗中。④炒锅上火，加入汤300克，放入盐、味精、料酒、胡椒面、醋，调成口味略有酸辣的汤，开锅后去掉泡沫，放入葱丝、姜丝及香菜段，淋入香油，将汤浇入盛有丸子的汤碗中即可食用。

清炖狮子头

原料：猪肉500克（其中肥肉200克，瘦肉300克），白菜心750克，盐8克，味精2克，甜面酱10克，老抽5克，料酒10克，胡椒面1.5克，鸡汤500克，葱、姜各5克，淀粉10克，花生油30克。

做法：①将猪肉剁成肉馅。葱、姜切成末。②洗净白菜心，切成7厘米长的条。③把肉馅、葱、姜末放入大碗中，加入盐、味精、料酒、胡椒面、甜面酱、老抽、淀粉，搅拌均匀，分成4份备用。④炒锅上火，加油30克，待油烧热时，将白菜心略炒，放入沙锅中，注入鸡汤上火烧开，再将4份的肉馅做成4个大丸子码放在菜心上，在上面用菜叶盖住，转用小火焖熟。丸子熟后，去掉菜叶，撇去浮沫，加入少许味精和盐即可上桌。

苔菜狮子头

原料：猪肉500克，木耳、冬笋各50克，鲜苔菜苞150克，荸荠150克，火腿50克，虾米25克，鸡蛋2个，蚝油适量，料酒50克，精盐10克，鸡精0.5克，姜15克，葱、胡椒粉各1.5克，湿淀粉10克，肉汤75克，花生油50克。

做法：①将虾米用沸水涨发，荸荠去皮，与猪肉和火腿分别切成粒，木耳、冬笋洗净，切成同样大的粒，盛入碗内，加盐、料酒、胡椒、鸡蛋，搅匀成肉馅，然后捏成4个相等的扁圆形的肉团。②将肉团（4

个）放入旺油锅中炸至金黄色捞出。锅内另烧油，放入茗菜炒熟，盛入盘内。③取小瓦罐1个，放入肉团，加入肉汤、姜、葱、精盐、料酒，置旺火上烧沸，去浮沫，改用小火炖至烂，取出入盘。再将茗菜放入瓦罐内烧沸出味，捞起围在肉团四周。用湿淀粉勾成薄芡，加胡椒、蚝油、鸡精，浇在盘内即成。

家常火锅

原料：瘦肉片、肉丸子、粉丝、冻豆腐、熟肚片、白菜、笋片各70克，盐、酱油、蒜、味精、花生油、辣椒油、胡椒粉各2克。

做法：①用木炭火将火锅烧开。②粉丝烫后切几刀；冻豆腐切成小块；白菜洗净切条；蒜切片。③先下丸子与白菜、冻豆腐、粉丝进火锅。④炒锅内放油烧热，放冬笋片、瘦肉片同炒，然后放熟肚片、酱油、盐，略炒，再点水焖几分钟后起锅一同倒入火锅内，再在火锅内加清水至八成满。⑤煮开后放味精、蒜、辣椒油、胡椒粉即可食用。

清汤火锅

原料：熟五花猪肉250克，生猪里脊、瘦牛肉、熟鸡肉、水发黄花菜各150克，水发口蘑、水发粉条、鲜蛎黄各200克，酸菜250克，肉清汤2000克，腐乳1块，韭菜花、虾油、蒜末各50克，精盐、葱花、味精、咸香菜、咸韭菜、姜末、辣椒油各少许，青菜适量。

做法：①把熟五花猪肉切成薄片，生牛肉、生猪里脊横着切成薄片，码在盘内；酸菜用水洗净切成细丝，再用水洗一下，挤净水分；粉条用刀断开；蛎黄除净碎壳用水洗净；鸡肉片成片；口蘑、黄花菜择去根洗净；咸香菜、韭菜切成短段。②火锅内添煮开的清汤，加精盐、味精、葱花、姜末、咸香菜、咸韭菜等调料。火锅生火，汤开后再放蛎黄，接着下生肉，等汤再开时上桌。吃时任选腐乳、韭菜花、虾油、辣椒油、蒜末等调好后蘸食。

青椒肉丁

原料：猪瘦肉250克，胡萝卜100克，青椒150克，黄酒10克，酱油25克，精盐1克，白糖2克，味精1克，鸡蛋半个，干淀粉15克，水淀粉10克，猪油100克。

做法：①将猪肉洗净，切成1厘米见方的丁，放入碗中，加蛋液拌匀，再加精盐，干淀粉上浆。②将青椒摘蒂去籽洗净，切成丁，放于沸水锅中氽一下捞起。胡萝卜洗净，切成丁，放于沸水中焯一下捞出。③炒锅置旺火上烧热，放入猪油烧至五成热，推入肉丁划散，用铁勺不停翻动，至肉丁断生，放入青椒丁过油后，倒入漏勺沥油。④炒锅复置火上，放入清水，加黄酒、酱油、白糖，倒入肉丁、胡萝卜丁、青椒丁，略翻炒后，水淀粉勾芡，再淋入猪油拌匀，即出锅装盘。

兔　肉

花生兔块

原料：鲜兔肉400克，花生米200克，精盐、味精、花生油、麻油、酱油各适量，姜20克，蒜、葱、姜汁、酒各10克。

做法：①花生米洗净，入锅煮熟，沥干。②将兔肉洗净，沥干水分，斩成块；葱切成段；姜洗净，拍松，切成米粒大小；蒜去衣洗净剁成茸。③旺火起油锅，下姜汁、葱段、蒜茸爆香，放入兔肉爆透，加姜汁、酒和适量滚水，下精盐、味精、酱油调成金红色，加盖焖到八成熟。④放花生米入锅焖到熟透，用水淀粉做芡，加麻油、热熟油伴匀装碟即成。

胡萝卜兔肉丁

原料：胡萝卜150克，兔肉200克，精盐、味精、酱油、花生油、胡椒粉、料酒各适量。

做法：①把兔肉洗净，切丁。把胡萝卜洗净，切丁。②炒锅上火，倒入花生油烧到八成熟，下兔肉，划散到断生，变白色时，加入精盐、胡椒粉、胡萝卜丁，烹入料酒、酱油翻炒至熟，将味精撒入锅内，出锅盛入盘中即可。

炸兔肉

原料：兔肉200克，鸡蛋2个，面包渣少许，酱油、味精、黄酒、姜粉、花生油、椒盐各适量。

做法：①将新鲜兔肉洗净，切成薄片。②将肉片放入大碗内，加入酱油、黄酒、姜粉，腌渍15分钟。③把腌渍过的兔肉挂鸡蛋糊。将挂糊的肉片滚上面渣。炒锅置火上，加花生油烧到八成热，将兔肉下锅炸至金黄色，捞出，沥油后切成条，装入盘内撒上椒盐即成。

炖兔肉

原料：兔肉500克，酱油100克，料酒25克，葱段、姜片、蒜瓣、面酱各50克，草果皮、砂仁各适量，花生油20克，大料15克。

做法：①将兔肉洗净，切成4厘米见方的块，用开水烫一下，捞出。②将油放入锅内，热后用大料瓣炝锅，放入葱段、姜片、草果皮、砂仁、蒜瓣炸一下，入面酱搅炒，烹入料酒、酱油，投入兔肉煸炒一下，加入水，水以漫过肉为度，用旺火烧开，用小火炖烂，出锅即成。

酥炸兔肉

原料：兔肉（兔腿带骨在酱锅里酱好）250克，干淀粉、绍酒、精盐、花椒水、花生油、味精、花椒盐各适量。

做法：①将酱好的熟兔肉剔去骨头，切成滚刀块，用绍酒、味精、精盐（少许）、花椒水卤5分钟，撒上少许干淀粉抓匀（面粉也可）。②勺内放入花生油500克（约耗70克），油热至七八成时将兔肉块下勺炸一会儿，捞出拨开粘连，油热时再下勺炸成外面酥脆时捞出，控净油装入盘内即成。吃时可蘸花椒盐。

爆炒兔肉片

原料：净兔肉175克，水烫油菜15克，水发玉兰片 15 克，鸡蛋清半个，酱油、精盐、鸡精、花椒水、绍酒、葱、姜、花生油、肉汤、湿淀粉各适量。

做法：①将兔肉切成薄片。玉兰片、油菜、姜、葱都切成丝。②将兔肉片放入碗内，加鸡蛋清、湿淀粉用手抓匀。③勺内放入花生油，油烧至五成熟时，放入肉片用筷子滑开，肉片滑熟时倒入漏勺内，控净油。④勺内放入少量的花生油，油烧热时用葱、姜炸锅，放入玉兰片、油菜、肉片煸炒，加酱油、精盐、味精、花椒、绍酒，急火翻炒片刻，出勺盛在盘内即可。

青椒兔肉丁

原料：兔肉 200 克，青椒 50 克，鸡蛋清 1 个，鲜蘑 15 克，红柿椒 15 克，冬笋 15 克，绍酒、酱油、精盐、味精、鸡汤、湿淀粉、花生油、葱、姜、蒜、胡椒粉、花椒水、香油各适量。

做法：①兔肉片成大片，剞交叉花刀（剞入肉的三分之一）剁成小粒丁。青椒掰开去籽，切成和兔肉同样大的丁。红柿椒切成丁，葱切成丁，姜切成末，蒜切成末。②把兔肉丁加入蛋清、湿淀粉，用手抓匀。③用绍酒、鸡汤、酱油、精盐、味精、花椒水、湿淀粉兑成汁水。④勺内放花生油 500 克（约耗 70 克左右），油五六成热时，把兔丁投入油内滑散滑透，倒入漏勺控净油。勺内再放花生油，用葱、姜、蒜炝锅，放入红柿椒、青椒略煸炒，再把兔肉倒入勺内，将对好的汁水搅匀，倒入勺内，翻炒均匀，加入胡椒粉，淋香油出勺即成。

狗　肉

橘香狗肉

原料：狗肉 500 克，橘皮 10 克，干辣椒 2 个，精盐 2 克，料酒 10 克，葱（打结）、姜各 3 克，青蒜苗 5 克，茴香粉 1 克，胡椒粉 1 克，猪油适量。

做法：①将狗肉洗净浸泡，切成 4 块，放入锅内加清水，用旺火煮至断血，捞出。②将狗肉放入沙锅内，放入葱结、姜片、料酒和水，烧开，改用小火煮熟，捞出狗肉，剔大骨头，放入汤中再煮片刻，捞出切成 1 厘米厚、5 厘米长的肉片，待用。橘子皮切成末，姜、青蒜苗切成末。③锅内放入猪油烧至七成熟，将狗肉放入锅略炒，加入料酒、干辣椒、精盐烧沸，倒入沙锅内至沸，改小火烧到酥烂，加入橘皮末、姜末、青蒜苗末、茴香粉、胡椒粉，略煮，出锅装盘即可。

酸辣狗肉

原料：狗肉 500 克，香菜 100 克，泡菜 30 克，干红椒 2 克，冬笋 20 克，绍酒 20 克，胡椒粉 6 克，小红辣椒 5 克，青蒜 15 克，酱油 8 克，味精 1 克，精盐 1.5 克，香醋 5 克，胡椒粉 1 克，湿淀粉 8 克，桂皮 4 克，香油 5 克，葱 5 克，花生油 30 克，姜 5 克。

做法：①将狗肉去骨，用温水浸泡并刮洗干净，下入冷水锅内煮过，捞出，用清水洗两遍，放入沙锅内，加入拍破的葱、姜、桂皮、干红辣椒、绍酒和清水，煮至五成烂时，切成 5 厘米长、2 厘米宽的条。将泡菜、冬笋、小红辣椒切末，青蒜切花，香菜洗净。②炒锅置旺火上，放入花生油 15 克，烧至八成热时入狗肉，爆出香味，烹绍酒，加入酱油、精盐和原汤，烧开后倒在沙锅内，用小火煨至酥烂，收干汁，盛入盘内。③炒锅内放入花生油，烧至八成热，下入冬笋、泡菜和红辣椒煸几下，倒入狗肉原汤，烧开，放入味精、胡椒粉、青蒜，用湿淀粉勾芡，淋入香油和香醋，浇在狗肉上，周围拼上香菜即成。

红烧狗肉

原料：狗肉、胡萝卜、香菜、干红辣椒、花生油、盐、老抽、白酒、白糖、香油、花椒面、桂皮、香叶、茴香、葱、姜丝、蒜末、淀粉、鸡精各适量。

做法：①将狗肉放入清水中浸泡3～4小时，捞出，切成2.5厘米见方的块，放开水中汆烫一下，控净水，放入盆内，加老抽、白酒少许拌匀。②将胡萝卜洗净，切成1厘米见方的丁。将香菜洗净切成末。将干红辣椒去把、去籽，切成1厘米见方的小片。③坐勺，加油，烧至八成热时将狗肉块放入油中炸，呈火红色时捞出，控净油。原勺留底油，用葱、姜、蒜炝锅，放入辣椒炸一下，再放入胡萝卜翻炒，放入狗肉块，再加酱油、白糖、盐、桂皮、香叶、茴香、花椒面，添适量汤烧开，撇去浮沫，移微火上烧，至肉烂时再移至旺火上，拣去桂皮，放点鸡精，用水淀粉勾芡，淋香油少许，撒上香菜末，出勺装盘即可。

汉宫狗肉

原料：狗肉500克，砂仁2克，大白菜200克，大蒜20克，蒜苗、香菜末少许，香乳5克，豆瓣酱10克，味精5克，黄酒15克，花生油50克，炖鸡汤100克，精盐2克，香辣油10克，干辣椒2克，糖色、葱、姜少许，花椒5克。

做法：①取带皮的后腿腱肉，用凉水漂洗干净，剔去腿骨，将肉放在砧板上，直刀剁成5厘米见方的肉块，将葱、姜、大蒜用刀拍松，大白菜取其嫩心，洗净待用。②将铁锅上火，注入花生油25克，烧热，先放入葱、姜、大蒜、干辣椒、花椒煸出香味，再下入狗肉，煸炒至断生，烹入黄酒，将肉倒入砂锅中，最后放入砂仁，小火炖至酥烂。③另起锅上火，放入花生油25克，烧热放入香乳、豆瓣酱、盐、味精、鸡汤、调成味汁，浇上香辣油，倒入炖至酥烂狗肉的砂锅中。④上桌时，将葱、姜、砂仁从狗肉中挑出，撒上香菜、蒜苗末，将砂锅盖上盖，置于酒精炉上，开锅后用筷子夹着大白菜心，向砂锅汤中涮熟，同狗肉一同进食。

茴香狗肉

原料：狗肉500克，茴香15克，陈皮1克，红枣10克，大葱20克，鲜姜10克，精盐3克，酱油30克，料酒15克，白糖5克，胡椒面2克，味精1克，水淀粉20克，花生油500克（约耗50克），香油10克。

做法：①将狗肉洗净，切成小块，下入热油锅中过油至熟，捞出沥去余油待用。鲜姜刮去外皮洗净，切成细丝。大葱切成段，备用。②将炒勺擦净置火上，放入花生油25克烧热，下葱段、姜丝煸香，随后放入狗肉、茴香、陈皮、红枣、精盐、酱油、料酒、白糖炒匀，添入适量清水，扣上锅盖，用大火烧开，再改用小火焖至狗肉酥烂时，撒上胡椒粉和味精，用水淀粉勾成薄芡，最后淋上香油，趁热上桌。

沙锅狗肉

原料：狗肉500克，青蒜100克，花生油50克，精盐2克，酱油12克，料酒10克，白糖5克，味精1克，胡椒面1克，豆瓣酱10克，大葱7克，鲜姜10克，清汤适量。

做法：①将狗肉切成小块，洗净控去水。青蒜摘洗干净，切成小段。姜切块拍松。大葱切成小段。②炒勺内放入25克油烧热，下入狗肉煸炒，待肉收缩、水分炒干时盛出，炒勺内再放入25克油烧热，将拍好的姜块投入炸出香味后捞出，接着把葱段下入，稍炒，加豆瓣酱，炒出香味后，放入狗肉和炸过的姜块，再烹入料酒稍炒片刻，然后倒入清汤，下精盐、酱油、白糖。烧开后，撇净汤面浮沫，倒入沙锅内，用小火煨。待狗肉煨烂后，挑出姜块，加胡椒面和味精。沙锅离火时，将青蒜下入即成。

羊　肉

葱爆羊肉

原料：羊肉250克，大葱150克，水淀粉35克，精盐3克，酱油3克，鸡蛋清一个，料酒15克，味精1克，香油5克，花生油150克。

做法：①羊肉切成片，再切成长条，顶刀切成方丁，放入碗内，加精盐、蛋清、水淀粉拌匀，待用。②大葱劈成两半，再切成段。③中火，热勺，注油，烧至六成热，下入羊肉丁，用铁筷子拨散，再放入葱段搅散，迅速捞出。④原勺留底油，烧热，将羊肉丁、葱、精盐、酱油、料酒、味精、水淀粉、香油依次放入，大旺火上颠翻炒勺3~4次，出勺装盘即成。

鱼羊双鲜

原料：羊腿肉500克，鲫鱼（1条）约250克，蒜苗（切段）2根，香菜适量，高汤适量，花生油1/2杯，葱2根，姜4片，红辣椒1个，花椒5粒，香叶2片，八角3粒，桂皮3小片，酱油1/4杯，味精1大匙，胡椒1/2茶匙，红糖少许，酒2大匙，清汤10杯。

做法：①羊肉切成2.5厘米见方块，入滚水中烫煮10分钟，捞出洗净，沥去水汁，以去膻味。②大火烧热炒锅，倒花生油1/2杯，爆香料：葱、姜、红辣椒、花椒、香叶、八角、桂皮。下羊肉烧煮一会儿，再下料：酱油、味精、胡椒、红糖、酒、清汤。改中火煮，若汤过少，须加适量清汤汁。③鲫鱼刮去鱼鳞，掏除内脏后洗净，入热油锅中以大火翻炸一会，即捞出略沥油汁，放入羊肉锅中同煮20分钟。④上桌前在汤面撒上蒜苗、香菜，鲜美无比。

白切羊肉

原料：羊脖肉600克，葱2根，姜1小块，盐1/2茶匙，八角3粒，桂皮2小片，茴香适量，花椒粒1茶匙，酱油1大匙，料酒1大匙，甜面酱3大匙，蒜苗2根，香菜末少许，干净纱布1块，红萝卜片数片。

做法：①姜拍裂，葱切成寸长段。②羊肉切除脏质，分切成3份，用盐、八角、桂皮、茴香、花椒、酱油、料酒等料及葱、姜腌1天1夜。③腌好的羊肉用沸水烫至肉色转浅，即捞出沥干。④用纱布将羊肉紧紧裹住成长方块，放入蒸笼中，用大火蒸熟。⑤羊肉蒸熟后，取出待凉后切成薄片，整齐地排在盘中，盘边摆饰蒜苗、红萝卜片及香菜，另带甜面酱供蘸食用。

清炸羊肉串

原料：羊肉250克，圆葱25克，胡萝卜25克，嫩芹菜25克，酱油、花椒面、花椒盐、甜面酱、味精、茴香粉、姜、蒜、花生油、辣酱油各适量。

做法：①将羊肉切成片，圆葱、胡萝卜都切成片，芹菜切成段，姜切成丝，蒜切成片。②将羊肉片、圆葱、胡萝卜、芹菜、茴香粉、姜、蒜、油、甜面酱、味精、花椒盐、花椒面等都放入大碗内拌匀。卤30分钟后，将羊肉片、圆葱、胡萝卜相间地穿在银扦子上即成羊肉串。③勺内放入花生油，烧至六七成热时放入羊肉串炸熟，捞出控净油，放在盘内即成。

沙锅黄焖羊肉

原料：羊腿肉450克，白菜150克，白萝卜100克，花生油50克，酱油40克，甜面酱20克，白糖10克，味精5克，大蒜2克，湿淀粉25克，花椒5克，大料10克，葱8克，姜10克，料酒25克，香油15克。

做法：①将羊腿肉用清水洗净以后放入锅中，加水、葱、姜、料酒，加盖，煮熟后取出羊腿肉晾凉，切成4厘米见方的小块；白菜、萝卜分别切成长方块；大蒜切成小段。②炒锅烧热，下花生油烧至七八成热，先放入大料、花椒煸香，再放入羊腿肉、白菜块，然后加入料酒、甜面酱、酱油、白糖和清水，焖烧至酥。取出白菜放入沙锅，再放上羊腿肉，倒入羊肉卤汁，用小火炖15分钟左右，放入大蒜段，淋入香油即成。

酱羊肉

原料：鲜羊肉500克，清水500克，精盐、酱油、料酒、白糖各适量，药料袋（大葱、鲜姜、大料、花椒、桂皮、草果皮、香叶、丁香）1个。

做法：①把羊肉切成块，用开水烫过后捞出，再用清水洗净备用。②锅内放入清水500克，用旺火烧开，下入羊肉，汤开时撇去浮沫，煮半小时捞出。③将汤盛出，以铁箅子垫在锅底，将羊肉摆在锅内，中间留一空心，从中间倒入原汤，加精盐、酱油、白糖、料酒、药料袋。④用慢火煮，煮半小时左右捞出，即为成品。

番茄羊肉片

原料：羊里脊肉250克，番茄50克，蛋清3个，玉兰片、木耳各15克，花生油30克，白糖、醋、香油、味精、湿淀粉、葱、姜、盐各适量。

做法：①将肉切成片，用湿淀粉、盐、蛋清拌匀。②锅内放油烧至五六成热，把肉片倒入，用铁铲拨动滑开（肉片不能卷缩），用漏勺沥去余油。③锅内留底油，用葱、姜炝锅，随即把玉兰片、木耳和肉片倒入炒，先放盐再加味精、番茄酱、糖和醋，用湿淀粉勾芡，颠勺淋香油盛出即可。

滑熘里脊片

原料：羊里脊肉150克，水发玉兰片、牛奶各50克，水发木耳10克，味精、料酒各5克，蛋清1个，鸭油20克，花生油20克，虾油10克，精盐6克，水淀粉45克，葱末3克，鸡汤250克。

做法：①将羊里脊肉洗净，去筋，切成柳叶片；玉兰片切成长方片；木耳大片改刀。②将里脊片放入碗中，加盐、水，搅上劲，再放入水淀粉、蛋清搅拌均匀；笋片用开水焯过，沥净水。③旺火热勺，注油，烧至五成热，手捻肉片下勺，划好捞出再用开水焯一下，去掉油腻。④原勺内打鸭油，葱末炝勺，烹料酒，下鸡汤、虾油、盐、味精、里脊片、笋片、木耳、牛奶，水淀粉勾芡，出勺即成。

焖羊肉

原料：羊后腿肉（瘦多肥少）200克，

葱白50克，姜汁10克，八角、桂皮各适量，蒜片10克，小茴香20粒，花椒水25克，湿淀粉10克，酱油25克，味精2克，花生油50克，香油25克。

做法：①将羊肉洗净，切成片，加入酱油（10克）、湿淀粉和花椒水，抓匀浆好。葱白用滚刀法切成菱角块。②将炒锅置于旺火上烧热，先用少量花生油涮一下锅（俗称“炼锅”，为使肉不粘锅），再将其余的花生油倒入炒锅内，烧到四成热，下入小茴香炸成黄色，再放入葱块、八角、桂皮、蒜片和浆好的肉片，用筷子迅速拨散。约5至6秒钟后，见肉片呈黄白色时下入酱油（15克）、姜汁、味精和清水20克，盖上锅盖，移在微火上焖1分钟，待汤汁不多时，再移到旺火上，淋上香油即成。

扒羊肉条

原料：羊腰窝肉250克，葱段10克，姜片5克，八角2瓣，湿淀粉15克，老抽25克，绍酒2.5克，甜面酱10克，味精1.5克，香油25克。

做法：①将羊腰窝肉剔去骨头，切去边缘不整齐的肉，用凉水泡去血水后洗净，放入开水锅中煮熟。然后，将熟肉取出晾凉，横着肉纹切成肉条，光面朝下整齐地码在碗内。肉汤待用。②将香油（10克）放入炒锅内，置于火上烧热，下入八角、葱段、姜片。炸出香味后，加入绍酒、甜面酱、老抽（10克）及煮肉原汤（100克）。待汤烧开后，倒入盛肉条的碗中，用旺火蒸20分钟，拣去八角、葱段、姜片。③将肉条和蒸肉的原汤倒入炒锅内（不要把肉条弄散），置于旺火上烧开，加入老抽（15克）、味精，用调稀的湿淀粉勾芡，颠翻一下，淋上香油（15克）即成。

西式炒羊肉

原料：肥嫩羊肉500克，洋葱250克，红椒2个，粟粉1汤匙，鸡精粉、胡椒粉、虾油各少许，蚝油1茶匙，酱油、花生油、蒜蓉、葱段各适量。

做法：①将洋葱洗净，切成条；红椒去籽、去蒂洗净，切成丁；羊肉洗净，切成条。②将粟粉、胡椒粉、虾油、蚝油、酱油、鸡精粉加入适量水调成调味汁。③炒锅置旺火上，入花生油2汤匙，烧至五成热时，下羊肉炒散，取出装碗内。④原锅倒进少量花生油置火上，下洋葱、蒜蓉、葱段、辣椒粒爆香，再放进羊肉炒匀，倒入调味汁翻匀，待收浓汤汁即可取出装碟。

辣子羊肉丁

原料：羊肉400克，鲜青椒150克，花生油50克，盐10克，淀粉20克，酱油40克，白糖15克，味精5克，大葱30克，生姜20克，大蒜10克，辣椒酱10克，牛肉汤20克，黑胡椒面2.5克，黄酒15克。

做法：①将羊肉洗净，剔净筋膜，切成1厘米见方的丁，用精盐、黑胡椒面腌渍入味。②青椒洗净，去蒂去籽，切成羊肉丁大的方丁；大葱去皮，洗净，切成肉丁大的节；生姜去皮，洗净，切成方片；大蒜去皮，洗净，切片。③将腌渍入味的羊肉丁放入碗内，加酱油、淀粉浆匀后，再加一些油搅拌一下，待用。④小瓷碗内，放入羊肉汤、淀粉、酱油、白糖、味精、葱节、姜片、大蒜片勾兑成粉芡汁，待用。⑤炒锅烧热，入花生油，待烧至五成热时下入腌渍入味的羊肉丁，翻炒煎匀，待肉丁散开时下入辣椒酱，炒出香味后烹入黄酒，炒匀，倒入勾兑好的粉芡汁，搅拌均匀，待汁烧开后翻动几下出锅即可。

烧羊排

原料：羊排400克，山药、胡萝卜各100克，大蒜、酱油、精盐、味精、五香粉、高汤、花生油各适量。

做法：①将羊排洗净，剁成小块，下入沸水锅中焯一下，捞出，沥水；山药去皮，洗净切成块；胡萝卜洗净切成块；大蒜切成片。②锅中加入花生油烧热，下蒜片炒香，放入羊排煸炒，加上高汤，炖至羊排将熟时，再下入山药块、胡萝卜块、酱油、五香粉、精盐、味精炖熟即可食用。

凉拌羊肉丝

原料：嫩羊肉500克，酱油50克，盐5克，胡椒粉2克，味精1克，料酒10克，辣椒粉1克，花椒油适量，香油10克，葱、姜各10克。

做法：将羊肉洗净放在旺火上煮熟取出，晾凉后切成细丝，盛在盘中，将酱油、盐、胡椒粉、花椒油、味精、料酒、辣椒粉、香油和葱、姜末调成浆汁，浇在羊肉上面拌匀即成。

醋烹羊肉

原料：嫩羊肉200克，干木耳10克，鸡蛋1个，酱油2克，蚝油5克，料酒3克，醋5克，盐1克，鸡精3克，淀粉5克，葱、姜各5克，花生油20克，花椒油2克，香油2克。

做法：①羊肉切成片，放入碗中，加入料酒、盐、鸡蛋液、淀粉，搅拌均匀，使肉片表面挂上一层浆。木耳放入一个大碗中加入开水泡发后，去掉根，洗净沙子，控干水分。鸡蛋液放入一个碗内搅拌均匀。②葱、姜洗净切成末。把酱油、蚝油、料酒、花椒油、鸡精、醋、葱姜末放入一个小碗中加入清水和淀粉，制成调味汁。③炒锅内放花生油10克，烧热后把鸡蛋炒熟，放入一个小碗中。炒锅内加入花生油烧热后，把羊肉放入，炒熟后加入炒过的熟鸡蛋、木耳略炒，把调好的碗汁烹入，待汤汁完全挂在原料表面时，淋入香油，盛装到盘中即可。

姜蒜炒羊肉丝

原料：净羊肉250克，嫩生姜50克，甜椒2个，蒜苗50克，黄酒、精盐、酱油、胡椒粉、孜然面、甜面酱、水淀粉、花生油各适量。

做法：①将羊肉洗净，切成粗丝。②羊肉丝放入碗内，加黄酒、精盐拌匀。③将嫩生姜、甜椒洗净，切成丝；蒜苗切段。④另取碗放入水淀粉、胡椒粉、孜然面、酱油各适量，调成芡汁。炒锅置火上，加花生油烧热，依次加羊肉丝、嫩姜丝、甜椒丝、蒜苗煸炒几下，加入甜面酱，炒匀，对入芡汁，翻炒几下即成。

鱼香羊排

原料：羊里脊300克，水淀粉100克，吉司粉500克（约耗75克），姜米10克，泡红椒25克，蒜末15克，花生油500克（约耗60克），葱花50克，白糖10克，醋10克，鸡精2克，姜片20克，葱花30克，料酒30克，味极鲜酱油10克，鲜汤100克，盐2克。

做法：①将里脊肉切成厚1厘米的大张片，用刀背捶拍，然后用盐、料酒、姜、葱腌10分钟，拣去姜、葱，抹上一层水淀粉，再扑上吉司粉。取一小碗，放入白糖、醋、味极鲜酱油、盐、鸡精、水淀粉、鲜汤调成汁。②锅中放花生油烧至五成热，将羊排入锅至断生捞起，待油温升至七成热时，再入锅炝炸至金黄色捞起，置墩上横筋切成宽1.5厘米的条子装盘。锅中另放油50克，下泡辣椒末、姜、蒜末炒至出色、出味，烹入汁，待汁稠发亮时，下葱花快速起锅淋于羊排上即成。

红烧羊肉

原料：新鲜羊肉500克，白萝卜500克，生姜3片，酱油3汤匙，绍兴酒2汤匙，细盐1茶匙，碎冰糖1汤匙。

做法：①将羊肉洗净沥干水分，切成条块，白萝卜一切为三角块，均装入盘内备用。②备中号锅1个，放4饭碗水烧滚，下羊肉和姜片，用大火烧滚，撇去羊肉上面的浮沫，以除去一部分羊腥味。再放萝卜与酒在羊锅内，用小火慢炖，察看羊肉可用竹筷插入时，把羊肉捞出备用。萝卜与汤仍留在锅内备用。③把炒菜锅洗净，将已经煮好的羊肉倒入炒菜锅内，并加入酱油3汤匙，绍酒2汤匙，冰糖1汤匙，烧一会儿使其红透。④把红透的羊肉仍放回锅，同萝卜与汤一起烧，见羊肉已烂，即下1茶匙细盐调好，随即盛起，趁热吃决无腥味。烧羊肉必须放白萝卜及撇去浮沫。烧羊肉的汤不能倒掉，仍须留用，可保持羊肉的营养价值。

韭菜炒羊肝

原料：羊肝200克，韭菜150克，鸡精5克，料酒适量，花生油20克。

做法：羊肝洗净，切成小片状，韭菜洗净后切成段，旺火热锅，注入花生油，烧至八成热时下花椒炸焦后捞出，再下羊肝，翻炒片刻，下韭菜迅速颠勺，烹入料酒，下盐和鸡精搅匀。

清炖羊肉

原料：羊肋条肉500克，香菜、红枣、胡萝卜、大葱、老姜、花椒、八角、小茴香、味精、鸡精、精盐、料酒、鲜汤、胡椒各适量。

做法：①羊肋条洗净，切块。香菜洗净，切成末。红枣洗净去核，胡萝卜洗净，切成块。大葱洗净，挽成结。老姜洗净，用刀拍碎。花椒、八角、小茴香用纱布包好。②锅置中上火，烧鲜汤，下羊肉烧开至沸，撇去浮沫，放入胡萝卜、大葱、老姜、香料包、盐、料酒、胡椒，移至小火上，慢慢炖至九成熟，拣去老姜、大葱、香料袋，倒入红枣，再继续炖至羊肉熟软，烹入味精、鸡精，起锅装入碗中，撒上香菜末即可。

牛　肉

黄瓜蹄筋

原料：发好的牛蹄筋100克，黄瓜、胡萝卜共300克，豆瓣酱30克，料酒20克，味精少许，葱、姜共30克，香油、胡椒粉、花生油适量。

做法：①将蹄筋切成3厘米长的条，反复用清水漂洗，再放入开水锅中稍煮捞出。葱、姜切片。②锅中适量放油，烧温热，把豆瓣酱、葱、姜一同下锅煸炒，待出香味时烹入料酒，添水100毫升烧开，用小漏勺把豆瓣酱渣子捞净，下入蹄筋和味精，移至小火慢烧。③黄瓜和胡萝卜均切成筷子头稍粗、5 厘米长的长条，放入开水锅中煮熟。④待牛筋烧至软嫩，加入香油、胡椒粉，将汁收稠盛入盘中，将黄瓜和胡萝卜捞出，放入蹄筋上面即可。

芹菜牛肉

原料：嫩牛肉丝 250 克，芹菜 300 克，花生油 2 汤匙，黄酒、白糖各半汤匙，精盐、味精各适量，芝麻油少许，沙茶酱 2 汤匙，酱油、淀粉各 1 汤匙。

做法：①将芹菜切段，牛肉丝用调料腌 10 分钟。②芹菜中加入葱段、花生油、牛肉丝及调料拌匀，覆上微波薄膜，高火 4～5 分钟即可。

炖牛肉

原料：牛肉 500 克，精盐、糖色、生姜、葱各适量，酱油 50 克，大料、桂皮、香叶、茴香、花椒少许。

做法：①把牛肉切成 1.5 厘米见方的块，用开水氽洗干净后捞出。肉汤澄清待用。②把肉放入汤中，加入精盐、酱油、糖色、生姜、葱，并把大料、桂皮、香叶、茴香、花椒装布袋封口放入，把锅置小火盖住，勤翻动，炖熟盛出即可。

萝卜烧牛肉

原料：熟牛肉、萝卜各 250 克，猪油 50 克，淀粉 15 克，鲜汤 300 克，精盐、葱末、姜末、蒜片、花椒粒、大料、醋、白糖、蚝油、香油、红辣椒、老抽、鸡精各适量。

做法：①将萝卜和熟牛肉都切成 2 厘米见方的块。②勺内放猪油加热，倒入牛肉、萝卜块，再放入葱、姜炒几下，最后放调料和鲜汤，调好口味烧开，用慢火煨至汁浓，加水淀粉勾芡，淋上香油，出勺即成。

火爆葱牛片

原料：嫩牛肉 250 克，葱 100 克，花生油 1 杯，酱油 1/2 大匙，味精 1/8 茶匙，白糖 1/2 茶匙，麻油 1 大匙，蛋清 1/2 个，淀粉 1 大匙。

做法：①牛肉切成薄片，用酱油、味精、白糖、麻油、蛋清、淀粉等辅料拌匀，腌 30 分钟。②中火烧热花生油 1/4 杯，爆炒葱段，至葱香味略出即盛出。③锅中倒入油 3/4 杯，趁油未热以大火快炒牛肉片，见肉变色即盛出沥油，再将葱段与牛肉下锅，合炒数下，便可盛出食用。

陈皮牛肉

原料：牛肉 600 克，酒酿 2 大匙，A（陈皮 1 小块，茴香、桂皮各适量，干辣椒 110 克，花椒粒约 20 粒），B（盐 1 小匙，糖 1/2 小匙，味精 1/2 小匙，酒 1 大匙），醋 1 小匙，麻油 1/2 小匙，花生油 1 小匙，高汤 2 大匙，200 克。

做法：①牛肉切成薄片，加 1/2 小匙盐腌拌 20 分钟。②油烧至八成热，肉片下锅炸至六成熟，捞起沥干油。③锅中留油少许，放入上述 A 料爆香，再将肉片、高汤、酒酿放入锅中，加上述 B 料一起烧，待汤汁快收干时再用醋、麻油调匀，即可起锅盛盘。

鱼香牛肉丝

原料：250 克瘦牛肉，冬笋 30 克，水发香菇 25 克，水发木耳 20 克，青椒 1 个，葱、姜、醋、红酱油、辣香油各 10 克，红泡椒 20 克，盐 1 克，白糖、料酒各 15 克，味精 2.5 克，高汤 60 克，花生油 50 克，鸡蛋半个，水淀粉、胡椒粉各50克。

做法：①将牛肉切成丝，放入大碗内，加人精盐（0.5克）、水淀粉、鸡蛋拌匀浆好；香菇、冬笋、木耳、青椒均切成丝；红泡椒切成断。②把白糖、红酱油、料酒、醋、盐、味精、胡椒粉、高汤、水淀粉放入一小碗调成芡汁。③坐勺倒入花生油，烧至三、四成热时，下入浆好的肉丝，拨散滑熟；放入笋丝、香菇丝和青椒丝，随即倒入漏勺内控净油。④原勺留底油，上旺火，下葱、姜、蒜和红泡椒，炒出香味后，倒入配料，翻炒，烹入调味芡汁，翻炒均匀淋入辣香油，颠勺出勺，装盘即可。

炒牛肚丝

原料：牛肚500克，黄瓜100克，花椒、大料、醋各2克，姜5克，蒜、葱各20克，味精2克，辣椒油10克，料酒10克，精盐3克，香油30克。

做法：①将蒜剥皮切片；姜洗净切丝；葱择好切3厘米长的段；黄瓜洗净切成细丝。②将牛肚泡洗干净，撕去肚油，用开水煮一下捞出，再用净水洗去泡沫后，入开水锅内，加大料、花椒、姜片、葱段、蒜片，用旺火烧开，再改用小火煨烂，捞出用凉水泡洗后切细丝。③勺置火上，入香油20克，烧热后将葱、姜入油锅炸一下，入肚丝，烹料酒，入精盐、味精、辣椒油、醋，快速煸炒，再入蒜片、黄瓜丝快速煸炒几下，淋入香油10克，出锅即成。

土豆炖牛肉

原料：土豆250克，牛肉300克，葱段5克，姜块5克，咖喱粉25克，精盐5克，味精2克，糖色20克，酱油25克，花椒水5克，料酒5克。

做法：①将土豆洗净去皮，切成块。牛肉切成块，放入开水中焯一下捞出。②锅内加水，放入牛肉、料酒、葱、糖色、姜烧开，炖至半熟，去浮沫，再放入土豆块同炖。待快熟时加精盐、酱油、花椒水、咖喱粉同炖，熟后加味精盛出即可。

炖牛腩

原料：牛胸腩肉500克，葱段35克，姜块7克，酱油35克，料酒8克，大茴香2个，八角、桂皮、花椒少许，盐适量。

做法：牛腩肉切成核桃块，用清水洗净，放入锅内，用旺火烧开，撇净血沫。葱切段，姜块用刀拍松，花椒、八角、桂皮、大茴香用布包住，放入锅内，下入佐料，改用小火炖至牛肉酥烂即成。

清炖牛肉

原料：生牛肉500克，大葱50克，姜25克，桂皮10克，花生500克（约耗20克），大茴1个，草果皮、桂花果、桔皮各适量，花椒少许，盐40克，料酒15克，味精2克。

做法：①将牛肉洗净，切成2厘米见方的块，放入开水锅中煮透，出净血沫，牛肉收缩变色捞出。②将煮过的牛肉放入砂锅内，添入清水1000克，下入葱、姜、大茴、桂皮、草果皮、桂花果、桔皮、花椒，盖严盖，用旺火烧开换文火炖至牛肉酥烂。然后，放入盐、味精，再炖几分钟，取出葱、姜、大茴、桂皮、草果皮、桂花果、桔皮、花椒，即可。

红烧牛尾

原料：生牛尾500克，大料10克，香油20克，大葱段20克，生姜4克，大蒜8克，香叶、草果皮、砂仁各适量，味精1

克，料酒20克，淀粉15克，炖酱8克，鸡汤80克，酱油15克，精盐4克，芝麻面8克（焙好），黑胡椒面1克。

做法：①将生牛尾按骨节剁成段，用清水浸泡4小时。②将生牛尾捞出，控干，放入开水里煮透，捞出，去净毛，再用清水泡洗干净，控去水。③炒锅上火，加入香油烧热，下入大料、香叶、草果皮、砂仁、葱段、姜块、大蒜，煸炒出香味，加入炖酱、料酒、酱油、牛尾段及适量的清水，旺火烧开后，改用小火煮至八成熟，拣去大料、香叶、草果皮、砂仁、葱段、姜块、大蒜，再把牛尾捞出，放入盆内。加入鸡汤、味精、料酒、精盐，上屉蒸至软烂，取出，倒入汤勺中，上火烧开，收浓汁，用淀粉勾芡，淋入香油，撒上芝麻面，翻匀即可。

红烧牛肉

原料：生牛肉250克，水发木耳、水发玉兰片、水发黄花菜、葱花各15克，姜丝5克，甜面酱10克，花生油500克（约耗20克），水淀粉25克。

做法：①将牛肉洗净，切成6厘米见方的小块，放开水锅里烫一下，捞出洗净。②锅放火上，入油，六成热时，将牛肉逐块下入，炸成黄色捞出沥油。③锅内留油少许，放火上，下入姜丝炸一下，再下甜面酱、牛肉、水发木耳、水发玉兰片、水发黄花菜、汤烧制，待汁浓肉烂，出锅即成。

仙人掌铁板牛柳

原料：牛里脊肉200克，仙人掌50克，洋葱50克，花生油100克，精盐4克，酱油10克，虾油、蚝油各5克，料酒5克，味精3克，姜汁3克，水淀粉20克。

做法：①牛里脊肉切成片，加盐、酱油、虾油、蚝油、料酒、味精、水淀粉调匀备用。②仙人掌去刺，坡刀切成片；洋葱切片，备用；姜汁、料酒、盐、味精兑成调料汁备用。③炒锅上火烧热，放入花生油100克烧至八成热，滑入腌好的牛肉片，翻炒呈变色嫩熟。④将铁板在火上烧热，加少量花生油，加洋葱、仙人掌，略煸，加入牛肉，烹入调料汁，盖盖儿略焖。上桌前，再撒上一些仙人掌片，淋上香油即可。

番茄炖牛肉

原料：牛肋条肉、番茄各适量，酱油、姜、料酒、盐、葱、当归、茴香、草果、花生油各适量。

做法：①将牛肉洗净切成小方块，姜切末，葱切段。②坐锅点火，油至五六成热时将牛肉炸过捞出。③锅中留底油放入炸过的牛肉，放水（以淹过肉为宜），下入酱油、姜末、料酒、葱段、当归、茴香、草果、盐调味。④将番茄放入开水中浸泡片刻捞出剥去皮，切月牙块放入锅中，用小火烧熟即可。

菊花散单

原料：牛肚（散单）150克，番茄酱20克，料酒3克，醋5克，盐2克，白糖8克，淀粉25克，花生油200克（约耗20克）。

做法：①牛肚顺其片的方向，切成宽5厘米的条，再切成丝，即成像梳子一样的片，挤干水分。②把切好的梳子型牛肚片，放入一个器皿中，加入10克淀粉，使牛肚表面粘满淀粉。③炒锅中加入花生油，烧到表面略有青烟升起时，把牛肚片逐片放入油锅内，炸至表面硬结、质感较脆时捞出，全部牛肚放入一个盛菜的盘中，摆成菊花形状。④炒锅洗净放在火上烧热，加入花生油5克，放入番茄酱略炒，加入料酒、清水、盐、白糖、醋，调成酸甜口味；15克淀粉溶入水中，制成水淀粉，淋到锅内的汤汁中，把汁收浓，浇到牛肚上面即成。

沙锅肥牛肉

原料：肥牛肉片250克，牛百叶250克，白菜250克，粉丝50克，青蒜段50克，料酒50克，盐15克，鸡精10克，猪油50克，葱段10克，姜丝10克，胡椒粉10克，咖喱粉5克，香油5克，清汤1000克。

做法：①将牛百叶洗净，切成小段；白菜洗净，切成条，入开水锅内煮至熟取出倒入沙锅；水粉丝洗净倒入沙锅。②炒锅烧热，下猪油烧至七八成热时放入葱段、姜丝煸香，烹入料酒、咖喱粉加水调和倒入，加清汤用旺火烧开后，放入肥牛肉片、牛百叶，迅速弄散，倒入沙锅内，加盐、鸡精、青蒜段，微火略烧，随即加胡椒粉，淋上香油即成。

凉拌牛肉

原料：瘦牛肉500克，精盐、味精、味极鲜酱油、白糖、花椒、辣椒油、花椒油、细花椒粉、细辣椒粉、料酒、芫荽、葱、姜各适量。

做法：①将牛肉顺肌肉纹切成10厘米长、6厘米宽的长块，下入沸水锅内煮无血后捞出。②姜洗净切成姜片；葱择洗干净后，切成葱段；将葱、姜放清水锅中，加入花椒、料酒、精盐，再放入牛肉烧沸后，文水微开将肉煮熟透，连肉带水一同倒入盆内，待汤温降低时把肉捞出晾凉，再按横肌肉纹理切成2毫米的薄片，盛入容器内。③将芫荽择洗干净，切成2厘米长的段。④取净碗放入白糖、味极鲜酱油、味精、辣椒油、花椒油、精盐少许，加入牛肉中稍拌，再加入辣椒粉、花椒拌和均匀，装盘，撒上芫荽即成。

坛子肉

原料：牛腩300克，红萝卜2个，白萝卜2个，红枣1大匙，莲子1大匙，红番茄酱1大匙，盐1小匙，味精1小匙，老抽1大匙，高汤2饭碗，大葱20克，姜30克，绍兴酒20克。

做法：①牛腩洗净，切2厘米见方的块，用滚水烫煮一次去血水，捞起沥干备用；姜拍裂，切成2块。②牛腩与所有材料装入小型瓦坛中，坛盖缝隙处用泥巴封住，用小火慢慢炖烂，即可熄火，整坛端上桌供食。③如欲盛放在汤碗中，则须待汤汁冷透，用汤勺小心盛放在汤碗中（因牛腩软烂，热时搅动，材料都会碎掉），入笼（或电锅）蒸热即可。

土豆烧牛肉

原料：土豆250克，牛肉250克，青蒜25克，花生油500（约耗60克），老抽50克，盐3克，料酒10克，白糖5克，水粉20克，辣椒油10克，花椒1克，大料1.5克，葱段10克，姜片5克，香菜适量。

做法：①将土豆去皮，洗净，切成小块；牛肉洗净切成2厘米见方的块，放入碗内，加些老抽，拌匀腌渍；青蒜择洗干净，切成2厘米长的段；香菜切段。②锅置火上，放入花生油烧至七八成热，先投入土豆炸3分钟，见呈金黄色时，捞出控油，再将腌渍好的牛肉块投油锅中，速炸片刻，见呈金红色时，捞出控油。③油锅剩少许底油，烧至七成热，先将炸过的牛肉块投进，随即烹入料酒，加盖略焖，然后加入老抽、白糖、盐、青蒜段、姜片、花椒、大料和适量的汤水，用旺火烧开，转由小火烧20分钟左右，至肉已半酥时，投入土豆块，同烧

10分钟左右，至肉全酥、土豆入味，用水淀粉勾芡，倒入辣椒油，撒上香菜段即成。

苦瓜烧牛肉

原料：牛肉500克，苦瓜250克，酱油10克，姜2克，猪油20克，料酒、麻油、蚝油各5克，白糖5克，醋、蒜、葱、水淀粉各3克。

做法：①将苦瓜洗净，用刀平剖成两瓣，剜去瓜瓤，切成长3厘米、宽2厘米的块，放在沸水锅内焯水，捞出用冷水浸泡出苦味；牛肉洗净，切成块；葱洗净切成段；蒜切片；姜洗净，刮去外皮，切成薄片。②炒锅上火，舀入熟猪油，烧至五成热，放入葱段，烧出香味，再放入牛肉煸炒10分钟，放入料酒、酱油、蚝油、白糖、水，烧沸，移小火焖熟，再放入苦瓜块，焖约10分钟，加入麻油、醋，用水淀粉勾芡，装盘即成。

香炸牛排

原料：牛里脊200克，花生米70克，花生油300克，精盐5克，味精3克，老抽5克，料酒8克，胡椒粉2克，鸡蛋50克，面粉20克，椒盐5克。

做法：①将牛里脊去净肋膜，片成大片，用料酒、老抽、盐、味精、胡椒粉腌一下。花生米压成渣。②将鸡蛋打在碗里，面粉放在盘里，把腌好的牛里脊片抹上面粉，托上鸡蛋液，沾上花生米渣。③炒勺放火上，加花生油，烧至六成热，下挂好花生渣的牛肉，炸熟呈金黄色捞出，改刀码在盘中即可。

银粉牛肉丝

原料：牛肉200克，粉丝100克，韭菜50克，盐5克，白糖5克，味精2克，料酒5克，酱油10克，胡椒面0.5克，淀粉3克，花生油200克（约耗80克），葱5克，汤50克。

做法：①将牛肉切成长丝。葱切成丝。韭菜择好，洗净，切成长3厘米的段。②牛肉丝内加入盐1克、料酒2克、淀粉2克，搅拌均匀。③将葱丝、盐、酱油、白糖、味精、料酒、胡椒面、淀粉和汤50克，放入碗中调成汁。④炒锅上火，加油150克，待油热后，放入粉丝炸至酥脆时取出，放入平盘中。⑤炒锅内放油50克，加入牛肉丝煸炒，炒至八成熟时加入韭菜段，即刻倒入碗汁，待汁收浓后，浇在粉丝上即可。

干煸牛肉丝

原料：牛肉250克（以后腿肉为好），芹菜或蒜苗50克，豆瓣酱30克，辣椒面5克，花椒面1克，姜10克，酱油15克，料酒10克，味精3克，糖3克，醋0.5克，花生油100克。

做法：①将牛肉去筋，切成丝。芹菜（嫩的）洗净，切成约3厘米长的段。姜切丝。②炒锅放在火上，加花生油烧至九成热，将牛肉丝放入煸炒，至肉丝变成黑色，加入豆瓣酱、辣椒面同炒，待出香味，油成红色时，加入姜丝、料酒翻炒，随即放入芹菜、酱油、料酒、味精、糖和少许醋，翻炒均匀后，再加入花椒面，即可装盘。

扒牛肉条

原料：熟牛肉适量，花生油、盐、酱油、葱蒜片、姜末、花椒、大料、甜面酱、胡椒粉、味精、淀粉各适量。

做法：①将熟牛肉切成条，用开水烫一下捞出，控净水。②坐勺加花生油烧热，用葱、姜、蒜炝锅，放入牛肉条、花椒、大料、盐、甜面酱、胡椒粉、酱油，添适量的汤，烧开，撒去浮沫，盖上盖，移微火上，至肉烂汤浓时拣出花椒、大料不要，加味精，用水淀 粉勾芡，出勺装盘即可。

炒牛柳

原料：牛柳350克，油酥花生仁25克，青、红椒共20克，洋葱20克，姜末2克，蒜末2克，香菜末3克，盐1克，胡椒粉1克，料酒6克，淀粉5克，香油3克，味精2克，鸡精4克，蚝油5克，白糖5克，花生油30克，酱油2克，水淀粉适量。

做法：①洋葱洗净，切成粒；青、红椒去籽去蒂，洗净切成粒。②牛柳去筋，切成小薄片，用清水漂去血水，然后加盐、蚝油、白糖、料酒、淀粉上芡。③炒锅置火上，下花生油加热至五成热，下姜末、蒜末、青、红椒粒、洋葱粒，炒出香味后下牛柳炒散至匀，烹调料，快速翻炒至牛柳熟而入味后勾芡收汁，下油酥花生仁，颠匀后起锅装盘，撒上香菜末即成。

青红椒牛肉丝

原料：嫩牛肉500克，青椒3个，红辣椒4个，葱（切末）1根，蒜（拍碎切末）3粒，花生油1/3锅，A（酱油1.5大匙，姜汁水1小匙，鸡蛋1/3个，淀粉1茶匙），B（酱油2茶匙，味精1茶匙，香油、白糖1茶匙，酒1茶匙，胡椒1/2茶匙，糖1茶匙）。

做法：①青椒、红椒去蒂、去籽，切成细丝；牛肉切成4厘米长细丝，以A料拌匀。②大火烧热炒锅，倒1/3锅花生油趁油未热下牛肉搅散，随下青椒略搅，立即倒出沥油。③锅中倒油1大匙，以大火爆香葱、蒜、红辣椒，下B料及牛肉、青椒炒三四下即可盛盘供食。

芫爆百叶

原料：牛百叶350克，芫荽（香菜）100克，料酒10克，盐3克，味精5克，葱白10克，姜5克，胡椒粉2克，醋4克，香油5克，花生油30克。

做法：①将百叶洗净，切成粗丝。香菜洗净，切成段。葱、姜洗净，切成细丝放入碗中。②在葱、姜丝碗中加入料酒、盐、味精、胡椒粉、醋、香油调成味汁，加入香菜段。③炒锅上火，放入清水500克烧开，将百叶放入略烫。立即捞出控干水分。④炒锅上火，加油烧至六七成热，放入百叶丝迅速翻炒两下，接着将味汁倒入，翻炒均匀装盘即可。

茭白牛肉丝

原料：茭白笋1.5个，嫩牛肉250克，红辣椒（切成细丝）1个，花生油3/4杯，酱油1大匙，鸡精1/2茶匙，白糖1/2茶匙，麻油1大匙，蛋清1/2个，蚝油、胡椒粉适量，淀粉1大匙。

做法：①茭白笋切去底部稍老部分，斜切成长薄片，再切成细丝。②牛肉依横纹切成细丝，用各种料腌20分钟。③大火烧热炒锅，加花生油3/4杯，趁油未热下牛肉丝迅速炒散，至肉变色即盛出沥油。④另以大火烧油1大匙，下茭白笋、辣椒丝快炒数下，续下牛肉丝，拌炒均匀即可起锅。

丝瓜炒牛肉

原料：丝瓜200克切块，牛肉150克，圆葱半个切块，姜、盐、鸡精、生抽、花生油各适量。

做法：①牛肉切薄片，加调味料腌10分钟。②下油1汤匙，炒熟圆葱、丝瓜，铲起。③下油1汤匙，爆姜，下牛肉炒至将熟，加入丝瓜、圆葱炒匀，加入调味料埋芡出锅即可。

豆豉牛肉

原料：牛肉250克，豆豉50克，花生油、酱油、胡椒粉、蚝油、葱、生姜、精盐、葱、肉汤各适量。

做法：①先将牛肉洗净切成片，下入沸水锅中氽一下，捞出，沥干水分，剁成碎末。葱、生姜洗净成碎末。②炒锅上火，烧热后放入花生油，下入葱末、姜末爆锅，再下入牛肉末煸炒片刻，放入豆豉、胡椒粉、蚝油、肉汤和酱油、精盐烧至肉末熟烂即可。

煸炒百叶

原料：速冻牛百叶250克，韭黄20克，咸酸菜帮80克，红辣椒2只，蒜茸1茶匙，胡椒粉、花雕酒各适量。

做法：①将韭黄洗净切短段；红辣椒切丝。②咸酸菜洗净切丝，加少许糖腌半小时左右；牛百叶切丝，焯水过冷水，抹干水。③旺火坐勺，下油爆蒜茸，加咸酸菜炒匀，入牛百叶、胡椒粉、红椒丝炒透，烹花雕酒，加入调味料勾芡，下韭黄炒熟上碟。

家常牛肉丝

原料：牛肉200克，芹菜3～4棵，姜丝1大匙，辣椒丝1大匙，甜面酱1大匙，辣豆瓣酱1大匙，酱油1/2大匙，味精1/2小匙，盐1小匙，酒1大匙，麻油1小匙，花椒油1小匙，花生油150克，醋1小匙，花椒粉少许。

做法：①牛肉整理干净，切成细丝，用料腌10分钟；芹菜洗净，去头尾，切段。②油入锅烧热，肉丝入锅即拨散，见肉色变白捞起沥油。③锅中留油少许，先入姜丝、辣椒丝爆香，倒入芹菜翻炒，待半熟再入肉丝、辣豆瓣酱、甜面酱、酱油、味精、盐翻炒均匀，最后淋下酒、麻油、花椒油、醋炒香，即可盛盘（上撒花椒粉）供食。

啤酒炖牛肉

原料：牛肉300克，啤酒250克，胡萝卜50克，洋葱25克，姜、蒜瓣、白糖、胡椒粉、辣椒油、蚝油、番茄酱各适量。

做法：①将胡萝卜洗净切成块，洋葱洗净切块，姜洗净切片，蒜瓣洗净备用。②牛肉切成小块，用沸水焯后捞出，放入凉开水中洗去浮沫待用。③坐锅点火倒油，油温四成热时，放入姜片、蒜瓣、洋葱块翻炒，再加上番茄酱、辣椒油、蚝油、牛肉块、酱油、白糖、啤酒，待锅开后放入胡萝卜块、胡椒粉、精盐，最后倒入沙锅中，用小火炖熟即可。

麻辣牛筋

原料：牛筋150克，葱2支，盐1/2小匙，味精1/2小匙，糖1/2小匙，香油1/2小匙，香菜段适量，醋1/2小匙，花椒粉1/2小匙，红油1/2小匙。

做法：①牛筋（已煮熟）、葱切成长斜片。②调味料与牛筋、香油、香菜段、葱拌匀即可食用。

炖牛蹄筋

原料：牛蹄筋250克，味精1克，料酒、酱油各8克，精盐少许，水淀粉15克，胡椒粉5克，白糖5克，葱、姜末各2克，高汤120克，鸭油25克。

做法：①将牛蹄筋用水洗净，下白水锅煮烂，捞出晾凉，改刀切条块，再用开水焯一下，沥干水分。②旺火热勺，入鸭油，葱、姜末炝勺，烹料酒、酱油，入高汤，下牛蹄筋块，放味精、盐、胡椒粉、白糖、水淀粉勾芡，装盘即成。

芝麻牛肉

原料：鲜瘦牛肉500克，熟芝麻80克，熟花生油50克，香油2克，白糖60克，精盐、味精、花椒、桔皮、茴香、大料各适量。

做法：①将牛肉洗净，放入锅内，用文火煮至熟透，捞出晾凉。②将牛肉切成小细条，放入锅内，加入清水500克，放入花椒、桔皮、茴香、大料（均装纱袋内）、精盐、花生油，烧沸后转文火收汁。③烧至汤汁将干时，加入白糖、味精，继续用文火收干，拣去香料袋，出锅晾凉，加入熟芝麻、香油，拌匀即可。

果汁牛肉

原料：鲜牛柳肉300克，鸡蛋1个，面包粉100克，果汁50克，鲜柠檬半个，精盐3克，白糖10克，料酒20克，姜15克，葱段10克，水淀粉15克，花生油500克（约耗50克），应时水果少许。

做法：①将鲜牛肉片去筋膜，切成片，用葱段、姜、料酒、少许精盐一起码入味约20分钟，拣去姜、葱不用；鸡蛋磕入碗内搅拌均匀成鸡蛋液，将牛柳片逐一蘸满鸡蛋液后，粘匀面包粉。②锅中放油烧至五成热，将牛柳片放入稍炸一下，刚熟捞起摆入盘中，锅中加入果汁，余下的精盐和白糖烧开后，加入水淀粉勾芡，再将柠檬汁挤入果汁中，起锅淋在牛柳上，四周用洗净的水果围边即成。

洋葱烧牛肉

原料：洋葱150克，牛肉50克，花生油200克，高汤50克，酱油、料酒、精盐、鸡精、胡椒粉、蚝油、湿淀粉各适量。

做法：①牛肉切成薄片，洋葱去外皮，洗净切成丝，分放盘中待用。②炒锅加入花生油，上火烧至八成熟，下牛肉炒散，炸成金黄色捞出沥油，锅内留少许底油，余油倒出。③炒锅置火上，下洋葱、高汤、精盐、酱油、料酒、鸡精、胡椒粉、蚝油、牛肉片，用湿淀粉勾芡，翻炒至熟，盛入盘中即可。

东江牛肉丸

原料：鲜牛肉250克，精盐20克，味精2克，菱粉15克。

做法：①将鲜牛肉切薄片，用圆形小铁锤捶烂，加清水、精盐、菱粉拌匀，打成牛肉胶。②用手将牛肉胶搓成丸形，放进锅中，加清水，用文火浸熟（水沸，丸子浮于水面为准）即可，焖、炒等皆宜。

茄汁牛排

原料：牛排4块（重约200克），番茄汁2勺，西红柿4个，洋葱、紫苏各1茶勺，花生油2汤勺，盐2茶勺，胡椒粉半茶勺，糖、香醋、生抽、玉米粉、香菜末、酒各1汤勺。

做法：①煎盘涂油适量，旺火预热5分钟，放入用酒、盐各1茶勺和胡椒粉适量，调好味。牛排煎透，用旺火翻面再加热1分钟。②煎盘涂油适量，旺火预热4分钟，加入洋葱、西红柿爆炒，再旺火加热1分钟，加入糖1汤勺，香醋、生抽各1汤勺，盐1茶勺、玉米粉1汤勺（其中玉米粉需先用

1/4 杯开水调匀）、紫苏及番茄汁拌匀，旺火加热 2 分钟，取出淋在牛排面上。③撒上香菜末，搁置 5 分钟即可上桌。

水煮牛肉

原料：牛里脊肉 500 克，蒜苗 50 克。葱、姜、豆瓣酱、花生油、花椒、干辣椒、盐、味精、淀粉、蒜各适量。

做法：将牛肉洗净切成片，将蒜苗切成段，干辣椒切成小节，将牛肉放入碗中加盐、味精、淀粉拌匀。烧锅置旺火上，加适量花生油至五成热，放干辣椒，炒呈棕色出锅铡碎。再放豆瓣使油带红色时下花椒粒、姜、蒜。待出香味时再下蒜苗、葱段和水，待蒜苗断生捞起沥干油入碗垫底，下牛肉迅速搅散，煮至伸展发亮时盛入碗内，浇上沸汤即可。

黄豆焖牛肉

原料：牛肋条肉 250 克，黄豆 100 克，精盐、料酒、白糖、葱段、姜片、八角、小茴香、花生油各适量。

做法：①将牛肉洗净，放入锅内煮 20 分钟，捞出洗净，切成丁。黄豆去杂质，洗净，放入锅内，用小火炒香。②锅上火，放入花生油烧热，放入牛肉丁炒至肉变色，加入精盐、料酒、酱油、葱段、姜片、八角、小茴香和适量水。烧开水，放炒好的黄豆，改用小火焖至肉、豆熟烂，加入精盐、白糖调味，出锅装盘即成。

五香牛肉

原料：生牛肉 500 克，花生油、麻油、酱油、味精、料酒、白糖、大料、花椒、丁香、桂皮、草果皮、香叶、桔皮、葱、姜各适量。

做法：①牛肉切寸块，倒沸水中烫透捞出，沥干水分。②炒锅放油烧热，放入酱油、精盐、白糖、大料、花椒、丁香、桂皮、草果皮、香叶、桔皮、葱、姜各适量，以及清水、牛肉。大开后撇去浮沫移至小火慢炖，汤汁呈酱红色时将牛肉出锅冷却，改刀装盘，淋上麻油即成。

凉瓜炒牛肉

原料：凉瓜 500 克，牛肉 200 克，花生油、香油、白糖、蚝油各适量，豆豉 5 克，蒜茸 5 克，姜、葱少许。

做法：①凉瓜去瓤切片；葱去叶，洗净切段；牛肉切薄片，加盐腌 10 分钟。②锅内放油烧热，炒透凉瓜，下蒜茸、豆豉爆香，加入适量的调料及水，煮至入味出锅。③锅内放油烧热爆姜，放入牛肉至将熟，加入凉瓜、香油、白糖、蚝油、葱炒至牛肉熟，出锅即成。

苦瓜烧牛肉

原料：牛肉 500 克，苦瓜 250 克，味极鲜酱油 10 克，姜 1.5 克，香油 3 克，猪油 25 克，料酒、白糖各 5 克，蚝油、醋、葱、水淀粉各 3 克。

做法：①将苦瓜洗净，用刀平剖成两瓣，剜去瓜瓤，切成长 3 厘米、宽 2 厘米的块，放在沸水锅内焯水，捞出用冷水浸泡出苦味；牛肉洗净，切成长 4 厘米、宽 2 厘米、厚 1 厘米的块；葱洗净切成 3 厘米长的段；姜洗净，刮去外皮，切成薄片。②炒锅上火，舀入熟猪油，烧至五成热，放入葱段、姜片，烧出香味，再放入牛肉煸炒 10 分钟，放入料酒、味极鲜酱油、白糖、水，烧沸，移小火焖熟，再放入苦瓜块，焖约 10 分钟，加入麻油、蚝油、香油、醋，用水淀粉勾芡，装盘即成。

三、水产品类的制作

鲳 鱼

烟熏鲳鱼

原料：鲳鱼1条（500克左右）。

做法：把鲳鱼洗净后斜切成厚0.8厘米的鱼片。用酱油、老抽、糖、味精、蚝油、鱼露、姜、葱、酒、蒜粉调制成卤汁，把鲳鱼片放入调好的卤汁内稍腌，然后风干。把入味风干的鲳鱼片放入微波炉或电烤箱内熏制成金黄色熟透即成。把烧好的鲳鱼整齐地放入盆内，用柠檬片点缀成型。

葱辣鱼条

原料：剔去脊与头部的鲜鱼肉500克，白糖、精盐、干辣椒、酱油、味精、玫瑰露酒、蚝油、姜、料酒、葱、花生油、香油各适量。

做法：①先将葱洗净，切成段。姜洗净，切成片。干辣椒去蒂、去籽，切段。再把鱼肉切成条，加入料酒、精盐、葱段、姜片，放容器内腌渍2分钟，滤去水分。②将炒锅置火上，加入油烧至七成热，将鱼条下锅，炸至色呈金黄、外酥内嫩时捞出，沥油。接着将锅内留油少许，将干辣椒炸至棕色时，下葱、姜煸香。加鲜汤、酱油、玫瑰露酒、蚝油、白糖、料酒、味精、鱼条，烧开后改用微火收汁，直至汁干入味，起锅，淋上香油即成。

清蒸鲳鱼

原料：鲳鱼500克，瘦肉丝30克，玉兰片丝、生姜丝、葱段、冬菇丝、花椒、八角、精盐、料酒、鸡油、醋、白糖、鸡精、清汤、味精各适量，水淀粉、香油少许。

做法：①活杀鲳鱼，去鱼鳞、内脏、鱼鳃，洗净，在鱼身两侧分别切柳叶花刀，用精盐、料酒腌渍15分钟。②锅上火，放入清水烧沸，将已腌渍的鲳鱼放入水中氽1分钟捞出，沥干水分，放入大盘内，撒上精盐，铺上玉兰片丝、生姜丝、葱段、冬菇丝、瘦肉丝、花椒粉、八角，放蒸锅内蒸至稍熟取出。③另起锅，加入清汤、醋、白糖、鸡精、料酒、味精，用水淀粉勾芡，倒在鱼上，再淋上适量鸡油、香油即成。

盘花鲳鱼

原料：鲳鱼一条（约500克），香菜、料酒、味精、食盐、酱油、醋、芥末油、香油、花生油各适量。

做法：将鲳鱼刮鳞，去鳃，去内脏洗净，从腹部下刀，剞成大斜片状，使背部相连，加入料酒、味精、食盐、葱末、姜末，腌渍入味。勺内加入花生油烧热，将鲳鱼拍上干淀粉，下入油内，炸至金黄色熟透捞出，摆入盘内，撒上少许香菜叶。将酱油、醋、芥末油、味精、香油加入小碗内搅匀，上桌后倒在鱼身上。

芥末鱼片

原料：净鱼肉250克，芥末酱25克，香油15克，精盐5克，醋2.5克，白糖2.5克，胡椒粉5克，蚝油5克，干淀粉5克，葱、姜汁15克。

做法：①先将鱼肉片成片，放入碗内，加入精盐、葱、姜汁和黄酒，拌匀后，加入淀粉抓匀，下入沸水锅内，用筷子轻轻划散开，见鱼肉片成形后即捞出，放入盘内。②将芥末酱用凉水搅开，加入糖、醋、胡椒粉、蚝油、香油，调成糊状，浇在鱼片上，拌匀即成。

鱿　鱼

三鲜爆鱿鱼卷

原料： 水发鱿鱼300克，油菜心100克，海参25克，玉兰片50克，盐5克，味精4克，鸡汤20克，料酒10克，淀粉2克，香油5克，蚝油5克，鱼露10克，猪油50克，葱10克，姜8克。

做法： ①将鱿鱼触角去掉，洗净，从中间切开，成为两片，打上花刀，切成段。油菜心洗净，去掉根部。海参、玉兰片均切成片。葱、姜切成末。②将葱、姜、盐、味精、蚝油、鱼露、鸡汤、料酒、淀粉放入碗中，搅拌均匀，再放入香油，调成碗汁。③烧开一锅清水，将鱿鱼放入略氽，成卷后取出滤干水分。④炒锅上火，加猪油50克，烧热，将鱿鱼卷和海参、玉兰片、菜心一同下锅煸炒，待成熟后，把汁倒入，迅速翻炒，使汁挂在原料表面，即可装盘。

鲜鱿鱼炒木耳

原料： 鲜鱿鱼300克，黑木耳15克，红萝卜1个，大蒜、姜、葱、精盐、蚝油、花椒油、胡椒粉、香油、淀粉、花生油各适量。

做法： ①将木耳用温水浸软，洗净切片。红萝卜洗净，切成片。姜切成片。葱切成丝。大蒜剁成蓉。鲜鱿鱼洗净，吸干水分，在背上斜刀剞花纹，加入调料腌一会儿，入沸水中一焯，捞出，控水。②净锅上火，下入花生油，爆香蒜蓉、姜片，放入红萝卜片、木耳炒匀，下入鲜鱿鱼，用少许淀粉勾芡，撒上葱丝即成。

鸡丝拌鱿鱼

原料： 水发鱿鱼200克，熟鸡丝200克，黄瓜150克，青椒30克，熟笋100克，水发冬菇20克，香油20克，精盐20克，醋15克，白糖15克，味精2克，芝麻酱、辣椒油各适量，胡椒粉4克，酱油适量。

做法： ①将水发鱿鱼洗净，切成细丝，放入沸水锅内稍烫一下，捞出沥干水分。黄瓜洗净，切成细丝，用精盐拌匀，稍腌。青椒去蒂去籽洗净切丝，用开水烫一下捞出沥水。熟笋、冬菇均切成丝备用。②将酱油、白糖、醋、味精、胡椒粉、芝麻酱、辣椒油、香油调成味汁备用。③将切好的熟笋丝，撒放在盘底，将鱿鱼丝、熟鸡丝拌匀放在笋丝上面，再把冬菇丝、青椒丝放上，浇上味汁，拌匀即可。

锅巴鱿鱼

原料： 水发鱿鱼250克，锅巴150克，冬笋50克，盐5克，味精3克，料酒5克，胡椒面1.5克，白糖5克，香油5克，醋2.5克，鸡汤250克，淀粉2克，葱5克，姜5克，花生油30克。

做法： ①将鱿鱼洗净，去掉不可食部分，切成丝。冬笋切成丝。葱、姜切成丝。

锅巴掰成小块。②将鱿鱼丝与冬笋丝放入开水中汆一下，取出滤干水分。③炒锅放花生油30克，烧热后放入鱿鱼丝和笋丝，加葱、姜丝略炒，加鸡汤，放盐、味精、料酒、白糖、香油、胡椒面、醋，开锅后调好口味，放入水淀粉，将汁略勾浓一些，再将锅巴放入七成热的油中炸好，然后连汁一同上桌。

快炒鱿鱼

原料：鱿鱼250克，熟竹笋、胡萝卜各25克，葱1根，姜2片，酱油1大匙，花生油2大匙，鸡精、生抽、蚝油、盐各适量。

做法：①将鱿鱼去内脏及薄膜，洗净，切交叉刀纹再切块；将熟竹笋洗净，胡萝卜、姜去皮，分别切片；将葱洗净，切段。②热油2大匙爆香葱、姜，放入盐，鱿鱼快炒一下，立即盛出。③锅中余油继续加热，放入胡萝卜炒熟，加入笋片及炒过的鱿鱼炒匀，再加入酱油、鸡精、生抽、蚝油、调味即可。

冬笋炒鱿鱼丝

原料：鲜鱿鱼250克，冬笋片50克，葱段、蒜末、香油、酱油、鸡精、胡椒粉、食醋、淀粉、花生油、清汤、白糖各适量。

做法：①将鱿鱼透明的皮撕去，去内脏和透明的脊骨，去掉眼珠，洗净，切成丝。冬笋片洗净，切成丝。②锅内放入清水，烧沸后把鱿鱼丝放进，待变白、收缩马上捞出。冬笋丝也放入沸水中焯一下，捞出。③将白糖、酱油、食醋、葱段、清汤、鸡精、胡椒粉、淀粉搅匀成芡汁。④炒锅放火上，加花生油烧至七成热时，先将蒜末放入略煸，起味再将鱿鱼、冬笋下锅速煸，然后入芡汁煮沸，翻炒均匀，炒至汁浓，淋入香油即可。

蒜泥烘鱿鱼

原料：干鱿鱼250克，红油15克，香菜末10克，蒜泥15克，酱油10克，白糖3克，八角末1克，花椒盐2克，味精1克，清汤10克。

做法：①用抹布把干鱿鱼揩干净，斩去鱼头，一片一片摊放在铝丝网上，用小火烘烤，间隔片刻翻动鱿鱼片，两面略有焦黄色时停烘，用小刀把鱿鱼片两面刮净，趁热撕成鱿鱼丝，放在盛器里待用。②蒜泥、酱油、清汤、香菜末、白糖、八角末、花椒盐、味精一起放在碗里调匀，淋入红油制成佐料，然后把鱿鱼丝倒入佐料中拌匀，装入盘中即成。

蒜酱鱿鱼卷

原料：水发鱿鱼400克，蒜头泥30克，芝麻酱15克，酱油25克，精盐5克，味精2克，白糖6克，辣油10克，葱2根，生姜2片，醋10克，香油20克，黄酒10克，清汤25克，胡椒粉少许。

做法：①将水发鱿鱼的粘膜刮净，放在清水中洗净，滤去水分。用花刀方法在鱿鱼上剞上花纹（先斜刀剞后直刀剞），然后切成长方形块。②把蒜泥、芝麻酱、酱油、清汤放在碗里，用筷子搅拌成酱状，加入精盐、白糖、味精、胡椒粉、醋、香油、红辣油一起调匀。③炒锅放在炉上，灌入1000克清水烧沸；放入整葱、生姜、黄酒，投入鱿鱼片汆一下水，余熟时迅速捞出，倒入调匀的调料碗内拌匀，最后装在盘中。

葱爆鱿鱼卷

原料：水发鱿鱼400克，猪肥瘦肉75克，水发玉兰片25克，水发香菇15克，味精2克，高汤100克，湿淀粉10克，精盐10克，葱白段100克，姜5克，胡椒粉10克，醋、蚝油适量，麻油500克（约耗100克）。

做法：①水发鱿鱼去头尾，从中一剖为二，剞斜十字花刀，深度为鱼肉的三分之二，再切成3厘米长的长块；猪肉、香菇、玉兰片分别切成小片。②炒锅置于旺火上，下麻油烧至六成热，将鱿鱼下锅稍爆，用漏勺捞出。③把炒锅放回旺火上，留麻油15克，烧至八成热时，将葱放入煸炒出香味后，加香菇、玉兰片、肉片煸炒，然后放进高汤、味精、酱油、胡椒粉、醋、蚝油、精盐稍煮后，取湿淀粉勾芡，倒入鱿鱼卷，翻勺起锅装盘即成。

鱼香鱿鱼

原料：鱿鱼适量，盐、糖、醋、泡红辣椒、辣椒油、胡椒粉、姜末、蒜末、葱花、麻油各适量。

做法：①将鱿鱼洗净，撕去浮筋，用十字花刀切割（谨防切割穿透），再切成2厘米大小的方块，入沸水中汆熟捞入凉开水中浸泡。②捞出鱿鱼卷控净水分，加盐、白糖、泡辣椒、姜末、蒜末、葱花、醋、麻油拌和均匀，装盘即可上桌。

红油鱿鱼条

原料：净鱿鱼板300克，葱头末、番茄、青、红辣椒末、蒜末、生粉、食盐、味精、辣椒油、花生油各适量。

做法：将鱿鱼板洗净，切成条，放开水中一汆。加食盐、生粉，味精拌匀，放五六成热油中滑炸至嫩熟。锅内加底油烧热，加葱头末、青、红辣椒末、蒜末、辣椒油煸炒出香味，即为红油。将鱿鱼条放入翻匀，装盘，用番茄点缀即成。

虾

金鱼虾片

原料：大虾10只，香菇4～5朵，红萝卜（大）1根，凉粉6块，樱桃1粒，生菜少许，味料（怪味酱，姜末酱油，沙拉酱，芥末酱油）适量。

做法：①大虾煮熟，去壳，由虾背下刀，一只切成4片；香菇泡发，去蒂，用热油微炸，沥干；红萝卜取5厘米长，雕鱼嘴状，剩下的切成1/2厘米厚的大薄片；凉粉切成细条。②红萝卜片选最大的3片排成鱼尾，凉粉条堆起垫底用，将虾背中间2片（白色）排成鱼腹，鱼背嵌饰香菇、红萝卜做的背鳍；虾片边侧2片（红色）排成鱼片，香菇、樱桃叠成鱼眼，生菜饰边再加鱼嘴即可。③上桌时，带四种味料以供蘸食。

虾 鲊

原料：鲜小河虾50克，米粉500克，干红辣椒末、姜末、精盐、味精、红油等各适量。

做法：河虾洗净，加入姜末、精盐腌渍约10分钟左右，将腌制过的河虾加入米粉、干辣椒末、精盐、味精及适量清水拌匀，入笼屉蒸约10分钟取出，淋入红油即成。

锅巴三鲜

原料：锅巴150克，虾仁50克，海参50克，冬笋50克，盐5克，味精3克，香油10克，料酒5克，酱油2克，醋3克，胡椒面0.5克，花生油200克（约耗50克），葱、姜各5克，淀粉3克，鸡蛋半个，鸡汤300克。

做法：①选择色泽较白、无煳边的锅巴，掰成约排骨块大小。葱、姜切成末。冬笋切成片。海参斜切成长4厘米的条，洗净，放在开水中焯一下。虾仁洗净，用刀在其背部剖开一个小口，将黑线取出，冲洗干净。在虾仁中放入盐0.5克、料酒0.5克、鸡蛋清半个、淀粉1克上浆，抓匀。淀粉溶于水中备用。②炒锅上火，加入花生油150克，烧至七成热时，把锅巴放入炸至呈黄色，且已起酥，取出放入盘中。③将炒锅内放入底油50克，烧至四五成热，将虾仁放入煸炒，炒至七成熟，加入葱、姜末，放进冬笋、海参、鸡汤、盐、味精、料酒、酱油、醋、胡椒面，开锅后用水淀粉将汁勾浓，放少许香油，倒入大碗中。④将装汤的碗和盛有锅巴的盘子一同上桌，临用餐时，将汤汁浇在锅巴上，发出清脆的响声，即可食用。

炝虾仁

原料：鲜大虾仁200克，水发木耳15克，香菜茎10克，香油15克，鸡精2克，料酒10克，清汤75克，蚝油、醋、白糖、酱油、盐、葱、姜、花椒各少许。

做法：①将大虾肉抹刀片为厚0.5厘米、长5厘米的片，香菜茎切成2厘米长的段，葱、姜切末。②将虾片投入到加少许盐的沸水锅中煮沸，捞出装入碗内。③香菜用沸水烫一下，水发木耳用热水略烫，沥干水分，放入虾仁碗内，葱、姜末放在上面，再把刚出勺的花椒油浇在葱、姜末上，加入蚝油、醋、白糖、鸡精，用盘子扣好，稍待片刻，拌均匀装盘即成。

烹虾段

原料：明虾6条，花生油250克，醋、酱油、味精、料酒、葱、姜各适量。

做法：①将带壳的明虾洗净，每条切成4段；葱和姜切丝；将酱油、醋、味精、料酒搅拌做清汁。②旺火坐勺，倒入多量的花生油，烧热，将虾段炸至黄色。锅中留少许油，放入炸好的虾及葱丝、姜丝和配好的清汁，煮沸，翻炒数次，取出即成。

清炒虾仁

原料：净虾仁250克，鸡蛋1个，黄酒、盐、淀粉、麻油、葱段适量，花生油500克（约耗50克），味精少许。

做法：①虾仁漂洗干净后放入碗中，加盐、蛋清拌和，再加干淀粉拌匀上浆。②锅烧热，放花生油，烧至四成热时加虾仁，用铁勺轻轻划散。待虾仁呈乳白色时，即倒入漏勺沥油。③原锅留余油，把葱段放入煸出香味，再把虾仁下锅，烹黄酒，加盐、味精、鲜汤少许，颠翻几下，用少许水淀粉着薄芡，滴上麻油出锅装盘。

抓炒虾片

原料：明虾250克，鸡蛋1个，葱末、姜末少许，黄酒10克，白糖2克，盐2克，味精少许，淀粉40克，猪油20克，胡椒粉、蚝油、麻油少许，清汤15克。

做法：①将明虾洗净，去壳去须，片成大薄片，放在碗里，加盐、酒、味精拌和后略腌。②将鸡蛋打散，明虾片放进抓一抓，再放在湿菱粉内抓一抓（湿淀粉要抓得恰当，抓多了炸不透，抓少了包不住明虾，炸时明虾会与湿淀粉脱离）。③将葱末、姜末、胡椒粉、蚝油、酒、味精、糖、清汤放在小碗里调好。④烧滚猪油锅，将明虾片一片片地放入锅内炸呈红色时，倒入漏勺，滤去油（锅里要留少许油）。再将麻油和小碗调料放入锅内，迅速拌炒到热滚时，立即将明虾片回锅，颠翻几下即可。在炸明虾片时，动作要快，时间要短，否则，虾片要变老。

盐水虾

原料：虾100克，盐50克，白糖10克，生抽10克，鸡精5克，葱10克，姜10克，花椒粒少许。

做法：①将虾剪去虾尖和虾腿，洗净，葱、姜拍松。②用勺加水500克，放进调料和虾，旺火煮沸，再移至微火稍煮即好，拣出葱、姜和花椒。凉后即可装盘。

辣炒鲜虾

原料：鲜活基围虾300克，干辣椒80克，花椒3克，姜片5克，辣椒15克，精盐、料酒、味精、鸡精、胡椒粉、花椒油、红油、香油、花生米、熟芝麻、花生油各适量。

做法：①基围虾放入清水中静养2小时捞出，加少许精盐及料酒腌渍约5分钟；干辣椒切节；花生米炒酥后铡碎。②炒锅上火，入花生油烧至七成热，投入基围虾炸壳呈红色时捞出。③锅留底油，下入干辣椒节、花椒、姜片等炒香出色，再下入基围虾翻炒，烹入料酒，入精盐、胡椒粉、花椒油、味精和鸡精，撒入辣椒，淋入红油、香油，起锅装盘，最后上花生碎米和芝麻即可。

炝活河虾

原料：大活河虾300克，大曲酒10克，白糖、胡椒粉和味精各2克，酱油60克，香油25克，香菜5克，姜15克。

做法：①将大活虾剪去须爪，洗净后沥干水分装盘，用碗扣住，以防活虾蹦出。②炒锅置火上，放入香油，用中火烧热，加入姜末、白糖、酱油、味精及适量清水烧沸，然后倒入碗内冷却，下入胡椒粉、香菜末和大曲酒调匀。食用时掀起扣碗，浇上卤汁，活虾蹦起时迅速盖碗，停半分钟后拌匀即成。

什锦虾仁

原料：大虾仁50克，火腿、青豆和熟鸡肉各10克，熟蛋白半个，干洋菜6根，鲜汤250克，精盐5克，胡椒粉5克，生抽5克，味精1克，白糖少许。

做法：①将虾仁和青豆分别投入沸水锅内氽透；火腿和熟鸡肉均切成虾仁大的丁，与青豆一起拌匀。将虾仁放在容水量小于500克的碗底部，上面放火腿丁、蛋白丁、鸡肉丁和青豆。②干洋菜用冷开水浸泡至涨发后放在一只碗中，加入鲜汤、精盐、胡椒粉、生抽、味精和白糖，放入蒸锅中，烧至洋菜化成水状后，用纱布过滤洋菜水，沥下的鲜汤倒入有虾仁等的碗里，冷却结冻后即成。

茉莉虾仁

原料：大虾仁250克，鲜茉莉花20朵，水淀粉8克，黄酒3克，白糖、精盐、葱花各1克，米醋、姜汁水各2克，花生油500克（约耗60克）。

做法：①将大虾仁用清水漂洗干净，沥去水后用洁净布吸干虾仁水分，然后放入碗中，加精盐，用水淀粉拌匀上浆；茉莉花去蒂，用清水洗净。②炒锅置旺火上烧热，下花生油烧至四成熟时，下虾仁划散至熟，倒入漏勺中沥去油。③原锅放油5克，下葱花炝出香味，倒入虾仁，放白糖、米醋、黄酒、姜汁水煸炒几下，再放入茉莉花朵，洒上几滴热水，淋上香油5克，颠翻均匀出锅即可。

番茄虾球

原料：鲜虾仁250克，番茄酱45克，南荠100克，白糖45克，水淀粉70克，鸡蛋清2个，精盐4克，味精2克，料酒15克，香油6克，高汤60克，花生油500克（约耗60克）。

做法：①将虾仁洗净，挤干，用刀剁成茸泥；南荠洗净，去皮，拍酥，再用刀剁碎；将虾茸放入碗内，加入盐2克、味精2克、料酒5克、蛋清2个、水淀粉50克后搅上劲，加入香油、南荠末搅拌均匀。②旺火坐勺，入花生油烧至四五成热，将虾泥挤成20个小丸子，下入油内，移微火炸透，捞出控油。③原勺留少许油，烧热后放入番茄酱略炒，再烹入料酒、高汤，放盐、白糖。将虾丸下勺，见沸起，即用水淀粉勾芡，翻炒均匀，使芡汁都包在虾丸上，淋入香油，即可出勺装盘。

炸虾排

原料：大虾1对，土豆75克，鸡蛋25克，面粉5克，面包100克，精盐1克，胡椒面少许，芝麻酱10克，红油5克，花生油250克（约耗30克）。

做法：①将大虾去头、去皮、留尾，再去掉背部的食线，洗净，用刀由虾的背部片开（腹部要相连），摊平，在虾肉上轻剁数刀，斩断筋，撒匀精盐、芝麻酱、红油、胡椒面。面包去皮，切成绿豆大的丁。②将土豆去皮，切成细丝，放在凉水中洗一洗，捞出，控干水。③旺火坐勺倒入花生油烧热，下入土豆丝，炸成金黄色，捞出，控净油。④将虾肉粘匀面粉，滚上鸡蛋液，再粘匀面包丁，用刀按一按，压实面包丁。⑤炒锅中加入花生油，旺火烧热，下入虾排，炸成金黄色，捞出，控净油，装入盘中，配上炸好的土豆丝即成。

番茄虾仁

原料：虾仁250克，黄瓜100克，番茄酱30克，料酒8克，盐2克，醋20克，白糖25克，葱10克，姜8克，花椒粉10克，鸡精5克，花生油80克，淀粉3克，鸡蛋1个。

做法：①虾仁去掉背部黑线，洗净，滤干水分，放入盐1克、料酒3克、鸡蛋清少许、淀粉1.5克浆匀。②黄瓜剖开去子，切成长约0.5厘米的段。葱切段。姜切块。淀粉1.5克用水调匀。③炒锅上火，加入花生油50克，将虾仁放入炒散，至六成熟时取出。④炒锅上火，加花生油30克，放入葱段、姜块，煸出香味后将葱姜去掉，下番茄酱、料酒、花椒粉、鸡精、盐和清水50克，再放入醋和白糖，调成酸甜口，接着用水淀粉将汁收浓，随即将虾仁和黄瓜放入煸炒，待汁完全挂匀，即可装盘。

核桃小虾盒

原料：小明虾200克，白膘肉150克，核桃肉60克，花生油500克（约耗75克），味精2克，精盐5克，白糖3克，黄酒10克，整葱2根，生姜2片，胡椒粉少许，椒盐、辣椒油适量，蛋清2个，生粉100克。

做法：①明虾摘去虾头，剥去虾肠，放在水中洗净。虾肉切成两个半片，放入碗内，加入精盐、白糖、味精、椒盐、辣椒油、黄酒和拍碎的葱、姜拌匀。②白膘肉切成圆柱形块，再切成薄片，放在碗中，加入精盐、味精、黄酒拌匀。③核桃肉放在开水中浸泡，剥去外衣，然后用油炸，剁成核桃肉末。④在洁净的案板上撒上菱粉，白膘肉一片放在板上，中央放一些核桃肉末，明虾做成圆环巾放在白膘肉片圆周，把核桃肉末围在中间，拍上干生粉成虾盒。然后用蛋清、生粉和清水搅成蛋糊，将虾盒挂上蛋糊。⑤铁锅在炉上烧热，倾入油，油烧到七成热时，把挂上蛋糊的虾盒放入油锅炸，虾盒呈淡黄色时用笊篱捞出滤干油装盘。

油走煮虾

原料：大河虾250克，花生油500克（约耗40克），鲜汤80克，黄酒12克，酒酿12克，葱结1个，生姜1片，精盐5克，白糖10克，芥末粉5克，生抽10克，味精、麻油少许。

做法：①把河虾的须脚剪掉，下水洗净后滤去水分。②铁锅用旺火烧热，倒入花生油，油温约八成热时，河虾放入锅内爆，一分钟以后虾壳全部变红，连花生油带虾倒入漏勺中，滤去花生油。③在原锅内倒入花生油烧热，放入葱、生姜、河虾、鲜汤，翻炒几下，烹入黄酒，加进精盐、白糖、味精、芥末粉、生抽、鲜汤，用旺火烧2至3分钟，出锅，放在盛具里冷却，最后装盘。此菜冷热可食。

扒 大 虾

原料：大虾2只，青椒、西红柿、圆葱均切碎，柠檬汁2汤匙，椒盐、蒜泥、番茄汁、白糖各1汤匙，花椒油、葱香油各1汤匙，花生油、料酒2汤匙。

做法：①大虾剪去须，在肚部切开（不要切断），加入调料拌匀。②取煎盘，加入花生油1汤匙，高火5分钟后即出，放上大虾，再高火10分钟，两边煎透。③煎盘中加花生油1汤匙，高火，4分钟，加入青椒、圆葱、西红柿、蒜泥、花椒油、葱香油、胡椒粉爆透，再加入调料，高火1分钟，取出淋在虾身上即成。

三鲜火锅

原料：大对虾、水发海参、熟鸡肉各100克，冬笋40克，火腿10克，白菜400克，油菜70克，味精1克，蚝油2克，虾油2克，精盐适量，鸡汤700克。

做法：①白菜洗净后焯水，切成长方片。②海参切成抹刀片；对虾剥壳，片成薄片；熟鸡肉切成片；油菜用刀拍松。③白菜垫底，然后加入海参、鸡片和其他调料，对虾摆在上面。④炒勺内放鸡汤，加入盐、蚝油、虾油、味精，烧沸后倒入火锅内，盖上盖加热，待白菜熟后即可食用。

姜汁虾仁

原料：鲜大虾250克，生姜1克，花椒15克，香菜1克，盐1.5克，大葱3克，清汤50克，味精1.5克，料酒1.5克。

做法：①将大虾用冷水洗净，剥去虾皮，挑去虾背黑线，片成抹刀片。②生姜切片，香菜切末，大葱切段拍松，再将姜末投入清汤中，兑成姜汁。③用勺加水、盐、花椒、葱段和姜片煮沸，加入生虾片。水沸时，清除浮沫，捞出虾片，控净水分装盘，食时蘸姜汁。

酥炸虾仁

原料：虾仁70克，花生油500克（约耗50克），葱15克，姜5克，淀粉50克，干面粉50克，发酵粉2克，黄酒2克，酒酿2克，味精1克，盐适量，鸡蛋清1个。

做法：①把虾仁用蛋清、少许淀粉、少许盐上浆。勺上火加花生油，烧至五成热时，将虾仁下勺滑开，捞出控干油备用。②把葱、姜拍松，用水浸泡10分钟，去掉葱、姜，加味精、盐、黄酒、酒酿、干面粉、发酵粉制成糊（提前1小时为宜）。③勺上火烧热加油，烧至七成热时，把虾仁蘸糊炸，先用旺火后用小火，炸至酥脆、呈金黄色时，捞出码盘即成。

芦笋拌虾仁

原料：芦笋300克，虾仁250克，红辣椒1个，蒜10克，盐、鸡精、花雕酒、胡椒粉、糖、香油各5克。

做法：①蒜去皮，红辣椒去籽，分别洗净并切成末；芦笋去除根部，削去老皮，洗净切小段；虾仁去肠洗净，对半切段备用。②炒锅中倒入半锅水煮开，放入芦笋氽烫，捞出以冷开水冲凉，沥干水分备用。③将锅中水烧开，放入虾仁氽烫至变色，捞出沥干水分，盛入盘中。④虾仁盘中加入芦笋、蒜末、红辣椒末、鸡精、花雕酒、胡椒粉、盐、糖、香油拌匀，即可上桌。

番茄虾仁锅巴

原料：青虾仁250克，锅巴200克，黄瓜100克，鲜豌豆50克，料酒10克，盐5克，白糖20克，番茄酱20克，葱10克，姜10克，淀粉5克，鸡蛋1个，香醋10克，老抽10克，花生油300克（约耗100克）。

做法：①将虾仁洗净，滤干水分，加入盐1克、料酒2克、鸡蛋清1个、淀粉2克，均匀上浆。②葱、姜切成末。黄瓜洗净，切成丁。锅巴掰成小块。③炒锅放入花生油300克，烧至四五成热，将虾仁放入滑开，至六七成熟时即可取出。④另用一炒锅，加底油20克，放入葱、姜末略炒，放入番茄酱和清水200克，加料酒、盐、白糖、香醋、老抽，调好口味，将豌豆放入同炒，即放入溶于水的3克淀粉将汁收浓，放入虾仁略炒，倒入碗中。⑤在炒汁的同时，将油烧热，把锅巴放入炸至酥脆、色泽金黄时取出，放入盘中。⑥上桌时将盛汁的碗和锅巴同时放在桌上。

龙井虾仁

原料：大河虾100克，龙井新茶1克，鸡蛋清2个，料酒2汤匙，花生油、淀粉适量。

做法：①将大河虾去壳挤出虾肉，用清水反复冲洗，沥干水后，盛入碟内，放盐和蛋清，用筷子搅拌至有黏性时，加入淀粉、味精拌匀腌10分钟。②将龙井新茶用滚水50克泡开约2分钟，倒出茶汁30克，余下的茶叶和茶汁备用。③旺火坐勺，注入花生油，至四成热时，放入虾仁，并迅速用筷子划散，至虾仁呈玉白色时，倒入漏勺沥去油。下葱炝锅，将虾仁倒入锅中，随即将茶叶连汁倒入，淋入料酒，翻炒片刻即可。

百年好合

原料：目鱼50克，大虾仁50克，金华火腿50克，白果30克，百合30克，蘑菇30克，西芹30克，夏果10克，腰果10克，盐3克，鸡精1克，白糖1克，味精2克，蒜末2克，鲜汤50克，花生油600克（约耗50克），水淀粉适量，鸡蛋清1个，淀粉5克。

做法：①目鱼去筋膜，片成片，加鸡蛋清、盐、味精、淀粉码味上芡；金华火腿上笼用旺火蒸30分钟至熟，取出晾凉后切成片。②蘑菇切成片；百合用手掰成小瓣；西芹去筋，切成块。③炒锅置火上，加花生油烧热至四成油温，下目鱼、大虾仁、火腿、白果、百合、蘑菇、西芹，熘至熟后捞起沥油。待油温再升至5成热时下腰果、夏果，炸至香酥起锅沥油。④原炒锅内留少许热油，下蒜末炒出香味后掺鲜汤，下目鱼、虾仁、火腿、百合、白果、西芹、蘑菇，烹入调料，快速翻炒至匀后勾芡收汁，起锅装盘，撒上腰果、夏果上桌即成。

桃花泛

原料：青虾250克，水发玉兰片8克，水发香菇8克，锅巴50克，番茄酱50克，姜末0.2克，湿淀粉5克，干淀粉0.5克，鸡汤100克，精盐2克，白糖50克，绍酒8克，味精2克，花生油500克（约耗40克）。

做法：①将青虾去皮，用盐（1克）加适量水溶化后洗1次（可使虾仁脆而不软），再换清水洗净，用干淀粉拌匀。香菇与玉兰片都切成1厘米见方的小丁。锅巴掰成3厘米大小的块。②将少量花生油倒入勺中，在旺火上烧热（不要冒烟），放入虾仁拨散，约滑4至5秒钟，见虾仁变白时立即捞出。接着在勺内放入姜末、玉兰片丁和香菇丁，翻炒几下随即下入番茄酱、白糖、精盐（1克）、味精、绍酒和鸡汤。待汤烧开后，用调稀的湿淀粉勾芡。然后，将勺移到微火上。③将花生油倒入炒锅中，置于旺火上烧到六七成热，放入锅巴块，待炸成浅黄色、体积膨胀后，捞出放在盘中。这时急将汤勺中的虾仁番茄汁倒入碗中，与炸好的锅巴一同端到餐桌上，迅速将汤汁倒在锅巴块上即成。

时菜泡虾球

原料：空心菜、鲜虾各250克，腐乳1块，盐、糖、胡椒粉、生抽、酱油、水淀粉、香油各适量，蒜3瓣。

做法：①将空心菜择净切段；鲜虾去壳，加入1汤匙砂糖、少许盐拌搅至虾肉起胶质腌20分钟后，用清水泡净，并用刀在虾背处轻刀划开，取出黑线，再加入酌量盐、糖、胡椒粉、生抽酱油拌匀。②将拌好的虾肉放入慢滚油锅内炸熟。用蒜茸、腐乳另起锅，放入空心菜、少许盐、糖同炒熟，下炸熟的虾球，放少许水淀粉、香油即可。

干㸆对虾

原料：明虾500克，青蒜段、京葱丝各少许，姜片15克，黄酒30克，柠檬汁15克，白糖10克，盐5克，猪油20克，味精少许，香油15克，清汤120克。

做法：①将明虾的须、脚剪去，去掉脊背里面的黑线，洗净，切成两段。②用猪油、葱丝、姜片炝锅，随即将明虾段放进煸炒一下。待明虾转红色，再将酒、白糖、柠檬汁、清汤、盐、味精放入，移在温火上㸆到汤干汁浓后，加上香油和青蒜段一滚即好。

翡翠虾仁

原料：虾仁300克，油菜叶200克，盐8克，味精4克，胡椒面0.5克，葱10克，姜10克，淀粉4克，白糖5克，生抽10克，鸡蛋1个，花生油50克，料酒6克。

做法：①将虾仁洗净，去掉黑线，加入盐2克、料酒3克、鸡蛋清1个、淀粉2克上浆，抓匀。②葱剖开，切成段。姜切成片。油菜叶切成丝，放入2克盐，腌约2分钟，放在一块干净的薄布上挤压，将菜汁挤在碗中，菜汁色泽浓绿。③在盛有菜汁的碗中加入盐、味精、料酒、白糖、生抽、胡椒面、葱、姜、淀粉和少许清水，调成汁。④炒锅上火，加入花生油50克，烧热，将虾仁放入炒熟，立即烹入汁，汁挂均匀后即可装盘。

油爆青虾

原料：大青虾500克，葱10克，姜8克，料酒5克，酱油10克，盐3克，味精3克，白糖4克，醋1克，香油3克，花生油50克。

做法：①将青虾剪去虾须、虾枪，洗净，滤干水分，放入盐1.5克、料酒3克，腌约5分钟。葱、姜均切成末。②将酱油、料酒、盐、味精、白糖、醋、香油兑成汁。③炒锅上火，加入花生油50克，烧至七八成热时，将青虾放入煸炒，炸至色泽粉红时，加入葱、姜末同炒，待炒熟时，迅速倒入汁，翻炒几下，即刻出锅装盘。

萝卜丝炖虾

原料：大虾300克，青萝卜丝、肥肉丝、食盐、味精、清汤、料酒、熟猪油、碱各适量。

做法：将大虾洗净，切成段（也可用整虾），萝卜丝加食碱，用开水烫一下，再放冷水中浸透。锅内放熟猪油烧热，放葱姜丝、肥肉丝煸炒，加食盐、味精、料酒、清汤、虾段、萝卜丝烧开，用慢火炖熟撇去浮沫盛出即成。

炒 虾 仁

原料：鲜虾500克，嫩豌豆仁100克，花生油300克（约耗30克），鸡蛋清1个，细盐1.5茶匙，酒1茶匙，淀粉3茶匙，小苏打1/6茶匙。

做法：①先将虾去头剥壳成为虾仁，取出背部泥肠，用冷水将虾仁洗一次，然后加入1茶匙细盐，用竹筷把虾仁轻轻搅洗，即会现出污浊，再以冷水把虾仁洗净，用干毛巾把虾仁上的水分擦干备用。②把虾仁放入大碗，调入蛋清1个。注意：蛋清不要打散，然后加入细盐1/2茶匙，小苏打1/6茶匙，淀粉1茶匙，用竹筷全部拌匀备用。③把菜锅洗净置旺火炉上，烧干锅中水分，倒入300克花生油烧热，不待油沸，就把虾仁放入油中炸一会（俗称过油），见虾仁成弯曲状，捞起沥油。锅中花生油倒出油1/2，仅留1汤匙在锅内，另加1汤匙水，下豌豆煮一下，至豆仁脱生时，水已烧干，这时倒下调味品及已过油的虾仁，略加烩匀，即可装盘。

炸烹大虾

原料：大虾10个（约400克），花生油500克（约耗50克）面粉50克，味精3克，糖10克，盐2克，醋5克，葱、姜、料酒、香油、香菜少许。

做法：①将大虾洗净，去掉脚、枪及眼睛，然后在其背部切一长口，去掉黑线。②葱、姜切丝。初加工的大虾放入盘内加入盐、味精、料酒、葱、姜腌制10分钟备用。③炒勺内放入少量油烧热，再加入加工好的大虾沾面粉后下入油锅内（此时油在5~6成热），炸至虾呈红白色时捞出。④取小碗，加入汤、盐、味精、酱油、醋、糖，兑成以咸鲜为主的清汁。⑤炒勺内放入少量底油，加葱、姜丝，投入炸好的大虾，淋入兑好的汁，翻匀，淋香油，撒香菜，出勺。

黄 花 鱼

脆麻鱼片

原料：黄花鱼1条（重约250克），白芝麻50克，鸡蛋1个，精盐、料酒、胡椒粉、花椒面、味精、香油、老抽、葱段、姜片、干淀粉、花生油各适量。

做法：①将黄花鱼刮鳞挖鳃，剖腹除去内脏，洗净，放菜墩上斩下鱼头，从脊背处下刀，片下鱼肉，去净骨刺及鱼皮，取两条净肉，拍平后横切成半厘米厚的片，放碗中加精盐、料酒、老抽、花椒面、胡椒粉、味精、香油、葱段、姜片腌5分钟。白芝麻拣净杂质待用。②将腌至入味的鱼片拣掉葱、姜，加入鸡蛋液、干淀粉抓拿均匀，撒上白芝麻抖散，使芝麻均匀地黏在鱼片上待炸。③将锅上火，加入花生油烧至五成热时，将芝麻鱼片分散下入油中，炸至浮起熟透时捞出，将黏在一起的鱼片撕开。待油温升至七成热时，将鱼片复炸至色泽金黄，倒漏勺沥净余油，装盘即成。

辣味黄鱼

原料：黄鱼1条（重约300克），干红辣椒、精盐、鱼露、胡椒粉、味极鲜酱油、醋、白糖、鸡精、花椒、葱段、姜片、蒜片、淀粉、花生油各适量。

做法：①将黄鱼刮鳞，挖鳃，剖腹取出内脏，斩去头，从脊背处下刀，平刀片成两片，切成3厘米见方的块，洗涤干净，控干水分，放盆中加料酒、盐腌制入味。②净锅坐旺火上加花生油，烧至七成热时，将鱼块抹干水分，在淀粉中滚一下，再轻轻一抖，下油炸至封皮、色呈浅黄色时，倒漏勺沥油。③原锅留油少许，烧热后，放入花椒、辣椒、葱段、姜、蒜片煸出香味，烹入鱼露，加入清水烧沸撇去浮沫，放入鱼块、味极鲜酱油、白糖、醋、胡椒粉、鸡精、精盐，移小火炖10分钟，视汁稠浓，转大火收汁，淋香油出锅装盘即成。

鱼　松

原料：黄鱼肉300克，香油20克，料酒、精盐、味精、胡椒粉、葱、姜、大料、茴香、花椒粒各适量。

做法：①把黄鱼去皮，洗净，取肉切成丝。②葱切成段，姜切成丝，将鱼肉段放入小盆内，加入葱、姜、胡椒粉、花椒粒、茴香、大料、料酒后上笼，用旺火蒸20分钟，取出，控干水分。③将香油放入锅内，烧热后下入鱼丝，加入精盐，炒至鱼肉水分干时，改小火边炒边揉，至鱼肉发松发亮时即成。

鲜菇生鱼片

原料：生鱼1条（重约300克），西芹100克，鲜草菇100克，胡萝卜5片，姜4片，蒜1瓣，盐、糖各1/4小匙，花生油500克（约耗30克），鸡精、淀粉各1小匙，香油、生抽、蚝油、料酒、胡椒粉少许。

做法：①将生鱼洗净，去骨起肉，鱼肉切片，用调料腌片刻，备用。将西芹切块，草菇开边汆烫，备用。②烧花生油八成热，放入鱼片过油，盛起，沥去油分。③烧热2

大匙油，爆香姜片、蒜片，下西芹及鲜草菇，烹料酒，下调味料，加入鱼片和胡萝卜片略炒。

软酥小黄鱼

原料：小黄花鱼500克，精盐、酱油、醋、料酒、冰糖、花椒、五香粉、香油、葱姜、鲜汤、花生油各适量。

做法：①葱去皮洗净切段，姜去皮洗净切片，待用。将小黄花鱼刮鳞挖鳃，剖腹除去内脏，洗净沥干水分待用。②净锅上火烧热，用花生油滑锅后，倒出余油，下姜片略煸，然后将姜片平铺于锅底，上面再整齐地摆上一层葱段，将鱼头朝锅边，呈放射形摆放在葱段上，鱼上面再覆盖一层葱段。③将锅回火上，顺锅边烹入料酒，冲入鲜汤，下入酱油、醋、冰糖、五香粉、花椒及适量盐，烧开后移小火上酥制（汤面保持微开）。待鱼入味汁少时，回中火上收至汁干（收汁时，要时常将锅端起转动，一来可避免黏锅，二来使菜肴受热均匀），淋香油，继续转动几下即可离火。拣出整鱼围绕圆盘摆放四周，葱段、姜片放盘中间即可。

大汤黄鱼

原料：黄鱼1尾（约重500克），肥猪肉50克，葱段、姜块、冬笋、料酒、精盐、白糖、胡椒粉、鸡汤、花生油、香油各适量。

做法：①将鱼去鳞、鳃、内脏，洗净。冬笋、肥猪肉洗净分别切成小片。②锅中加花生油烧热，放入鱼略煎，迅速加入鸡汤、料酒、白糖、胡椒粉、精盐，用旺火烧开，去浮沫，加上肉片、笋片、葱姜，盖上锅盖，慢火炖10分钟，去掉葱、姜，淋上香油即成。

番茄松鼠鱼

原料：鲜黄花鱼1条（约300克），番茄酱50克，冬菇15克，南荠10克，青豆10克，葱末8克，姜末2克，蒜末3克，盐2克，味精1克，料酒8克，白糖35克，干面粉120克，水淀粉20克，醋20克，芝麻油3克，花生油750克（约耗60克）。

做法：①黄花鱼去鳞、腮、内脏，洗净，由鱼颈处剁下鱼头后，从下颌部劈开，用刀略拍，剔下两面鱼肉，使鱼尾相连，除净背部细刺，在鱼肉面剞上宽麦穗花刀，连同鱼头用盐、味精腌渍入味，冬菇、南荠均切成小丁，同青豆一起入沸水中氽过备用。②炒锅置中火上，加入花生油，烧至七成热时，分别将鱼头、鱼肉蘸匀面粉，手提鱼尾，将鱼肉下锅略炸，使鱼尾翘起，再放入鱼头。③炒勺入油烧至四成热时放入葱、姜、蒜末炝锅，随即放入番茄酱炒熟，烹料酒，加入冬菇、南荠、青豆、盐、白糖、醋、味精和300克水烧沸，水淀粉勾芡，淋入芝麻油搅匀，起锅将芡汁浇在鱼上即可。

煎转黄鱼

原料：黄鱼1尾（重约300克，鲤鱼、草鱼、青鱼也可以），鸡蛋1个，猪油80克，鸡汤300克，盐10克，味精4克，料酒10克，淀粉2克，葱10克，香油5克。

做法：①将鱼去鳞、鳍、内脏及鳃，洗净。鸡蛋磕入盘中，打匀。葱切成丝。②炒锅上火，将猪油放入烧热，鱼放在盛有鸡蛋液的盘中，使鱼体上沾满蛋液，放入锅中煎制，待两面均煎成黄色时，加入鸡汤、盐、料酒、味精、葱丝，用小火烧约10分钟，待汁较少时，加入水淀粉将汁收浓，淋入香油即可装盘。

脯酥全鱼

原料：黄花鱼1条（约300克），葱、姜末各10克，盐2克，味精1克，料酒8克，干淀粉15克，水淀粉15克，鸡蛋清3个，花生油500克（约耗50克）。

做法：①黄花鱼初加工后剁下头，然后从下颌处劈一刀，使其平展开；鱼尾切下备用；鱼肉去刺和皮后切成片，加少许盐、料酒略腌。②取一碗，放入鸡蛋清，用筷子抽打成蛋泡，放入干淀粉搅匀成蛋泡糊。③炒锅置小火上，加入花生油，烧至三成热时先将鱼片蘸干淀粉再蘸匀蛋糊入油中炸至浅黄色时捞出，整齐地摆入盘中。另将鱼头、鱼尾蘸干淀粉后炸至成熟，摆放在鱼片两边，形成整鱼。炒锅内留少许油，烧热后用葱、姜末炝锅，放入配料、料酒、盐、味精和150克水，至烧沸后用水淀粉勾芡，浇淋在鱼上即可。

红烧黄鱼

原料：大黄鱼500克，猪肉片50克，冬笋40克，青蒜30克，花生油500克（约耗50克），酱油50克，精盐4克，白糖、醋各35克，料酒10克，味精1克，大料2小瓣，葱花30克，姜片15克，蒜片、水淀粉、胡椒粉、猪油、香油各20克。

做法：①将鱼去掉鳞、鳃、鳍，用刀在鱼的肛门处横割一刀，深约1厘米，用1双筷子从鱼嘴伸入鱼腹，旋转绞出内脏，再撕掉鱼头上的“铁皮”，洗净，控净水，用刀在鱼身两面划3～4刀，以切至鱼骨为宜。②旺火坐勺，入油，热时下鱼，炸至外皮略硬，呈金黄色时捞出。③原勺留底油，烧热，下入肉片煸炒断生，入姜片、蒜片、葱花、大料瓣、冬笋片，煸炒出香味。再入白糖、酱油、味精、胡椒粉、猪油、料酒、精盐及清水200克，烧开后尝好味。下入炸好的鱼和清水，烧开后转小火烧15分钟左右，将鱼取出，盛入盘内，再把锅内的汤汁用水淀粉勾芡，淋入香油，撒入青蒜段，浇在盘中的鱼上即成。

焦汁黄花鱼

原料：黄花鱼1条（约500克），水发兰片、熟胡萝卜、豌豆、圆葱、蒜各5克，白糖60克，酱油15克，醋25克，花椒水、料酒各3克，姜2克，花生油、水淀粉各100克，清汤75克，胡椒粉、蚝油、生抽各适量，味精1克。

做法：①把鱼鳞刮净，用筷子从口内搅出鳃和下水，洗净，在鱼身两面刻上先直后平的十字花刀。兰片、胡萝卜、圆葱切成小丁。姜、蒜切末。②勺内放油，烧至八成热时把鱼黏满水淀粉糊，放入油内，改用小火炸。③另用一把勺，放底油，用葱、姜、蒜和其他配料炝锅，加上酱油、醋、白糖、花椒水、胡椒粉、蚝油、生抽、料酒，添清汤，加味精，烧开后用淀粉勾芡，把鱼炸成金黄色捞出放盘内，浇上汁水即成。

浇汁醋鱼

原料：黄花鱼或草鱼、鲤鱼1条（约300克），花生油500克（实耗50克），酱油10克，白糖30克，醋20克，绍酒12克，姜末1.5克，精盐5克，味精2克，胡椒粉6克，胡萝卜20克。

做法：①将鱼去鳞、鳃内脏，洗净腔内血污，在鱼身两面斜割若干刀，使其成均匀的瓦刀形。用盐、绍酒、姜末、料酒腌10分钟。胡萝卜、葱均切成细丝。②锅放油烧至八九成热时，速提起改刀的鱼尾，黏挂淀粉，尔后入油锅双面翻炸，鱼表面结硬壳时捞起，用手勺磕几下，使鱼肉松软，再入锅继续稍炸便可捞起，沥干油，装盘。③将酱油、白糖、醋、精盐、胡椒粉、水淀粉、味精、鲜汤兑成甜酸混合汁待用。④油锅炒葱、姜、胡萝卜丝，兑入芡汁，熬成糊汁，迅速将糊汁浇在盘中的鱼上即成。

带 鱼

炸带鱼

原料：带鱼400克，鸡蛋1个，面粉、精盐、姜片、葱段、花椒、五香粉、香油、大料、味精、花生油各适量。

做法：①将带鱼去鳃、内脏、鳍、头和尾头，洗净，再切成段，放在大碗中，撒上精盐、花椒、大料、葱段、姜片、五香粉、香油、味精，腌制半小时左右。②将鸡蛋磕入另一碗中，打碎，加入清水、面粉，搅成面糊。③锅中放入花生油，烧至七八成热时，将鱼段逐个蘸面糊，下锅炸至金黄色，浮起时捞出即可。

干烧带鱼

原料：带鱼600克，榨菜30克，肥猪肉50克，冬笋15克，胡萝卜15克，圆葱15克，红柿椒15克，青柿椒15克，豆瓣酱15克，干辣椒5克，香油、料酒各10克，酱油10克，白糖、醋各4克，葱末10克，姜末5克，蒜泥10克，花生油、精盐各适量。

做法：①将新鲜带鱼斩成长段。肥猪肉、冬笋、胡萝卜、圆葱、红柿椒、青柿椒、榨菜均切成细丁。干辣椒切丝。②炒锅置旺火上，放入油，烧至八成热时，将带鱼分次炸至外皮略硬，捞出。③锅内留油重新上火，加香油，油沸时下入干辣椒，煸炒出香辣味，接着放豆瓣酱、葱末、姜末、蒜泥稍煸炒，再下入肉丁、冬笋丁、胡萝卜丁、圆葱丁、青、红柿椒丁、榨菜丁炒散，加入料酒、酱油、白糖、醋、带鱼及适量清水，旺火烧开后，改用小火烧约10分钟，待汤汁快干时，出锅即成。

煎熬带鱼

原料：带鱼500克，葱丝、精盐各3克，姜丝、大料各2克，酱油40克，白糖5克，味精、蒜片各4克，高汤500克，花生油500克（约耗50克），猪油20克，香油、面粉、醋、料酒各15克。

做法：①将鱼去鳞，挖鳃，剪去鳍，从鳃孔将内脏掏出后洗净。将鱼两侧锲直刀纹，隔3厘米锲1刀，不能太深，划破鱼皮即可，大的从中间断为两段。②旺火坐油勺，入花生油，将鱼两面黏上一层面粉，下入勺内，移中小火煎成两面金黄色（注意沿勺边加入油晃转勺，煎鱼用中小火，均匀煎好）出勺装入盘内。③取炒勺旺火烧热，加入猪油，炸大料，葱、姜、蒜炝勺。烹料酒、醋、酱油、高汤，加白糖、味精、精盐，下入鱼后烧沸，盖上盖，小火㸆至熟透。移旺火收汁，淋香油出勺装盘。

酸辣带鱼

原料：带鱼500克，泡红辣椒25克，葱、姜各3克，料酒30克，盐4克，味精2克，花生油500克（约耗100克），面粉40

克，番茄酱30克，酱油10克，白糖10克，米醋15克，胡椒粉1克，芝麻油10克。

做法：①将鲜带鱼剁去鱼头，去掉内脏，洗净后剁成块，加葱、姜末、料酒、味精和盐拌匀，腌渍1分钟，泡红辣椒切成碎粒备用。②净锅置火上烧热，放花生油烧至六成熟，将带鱼块滚上一层面粉，逐块放油锅内炸黄，捞出沥油。③锅留少许底油，置火上烧热，加番茄酱和泡红辣椒煸炒至鲜红色，加入清水、料酒、盐、酱油、白糖和米醋烧沸，放炸好的带鱼块，用小火焖入味，再改用旺火，用湿淀粉收芡，撒上胡椒粉，滴上芝麻油，出锅装盘即可。

龙袍带鱼

原料：带鱼500克，番茄酱、食盐、味精、香醋、白糖、淀粉、鸡蛋、花生油、料酒、香菜、葱、姜各适量。

做法：①将带鱼斩成方块，两面用刀刻上菱形花刀，用料酒、食盐、味精、葱、姜腌渍一会儿，然后拍上干淀粉。②用鸡蛋、淀粉调成蛋糊，将带鱼在糊中拖过，下热油锅中炸透成金黄色。③锅留底油，下番茄酱、盐、白糖、香醋对汁，倒入炸好的带鱼略翻，出锅装盘，用香菜点缀。

香辣带鱼

原料：带鱼300克，青椒200克，芥菜心100克，料酒20克，姜片10克，葱段15克，盐5克，花椒粉、胡椒粉、味精各5克，麻油10克，淀粉15克，花生油400克（约耗50克）。

做法：①将带鱼破腹去头尾洗净，剁成5厘米长的段，用盐、胡椒、料酒、葱段、姜片渍20分钟，再用淀粉拌匀。②青椒去蒂、籽，洗净，切成块。芥菜心洗净切段备用。③锅中添油烧六成熟，将带鱼投入油锅中炸至皮面金黄时捞出。④锅中留余油适量，下青椒煸炒，倒入炸好的带鱼，放盐、料酒、味精烧至入味，下芥菜心炒匀，最后放花椒面，淋入麻油即可装盘。

烧糖醋带鱼

原料：带鱼500克，花生油500克（约耗70克），香油12克，白糖70克，米醋50克，酱油25克，精盐1克，料酒（或白酒）12克，大料1小瓣，葱段10克，姜片5克。

做法：①将带鱼去掉头、鳍和尾尖，开膛去内脏，洗掉其腹内的黑膜，洗净后控干水，再把带鱼切段。②把鱼段放入盆内，加入料酒或白酒8克，精盐0.5克，拌匀腌10分钟左右。③将锅坐火上，加入花生油，待油烧至七八成熟，分多次将带鱼段下入油锅中，用旺火炸至外表发硬，呈金黄色时捞出，倒去油。④原锅上火，加入底油，大料瓣稍炸，烹入料酒1克，再加入酱油、精盐0.5克、白糖、米醋、葱段、姜片及清水（水要浸没鱼段）。旺火烧开，改用文火烧至锅内汤汁不多时，将鱼段拣入盘中。把香油倒入锅内，与汤汁一起熗至微浓，浇在鱼段上即成。

黑 鱼

姜丝滑炒鱼丝

原料：净黑鱼肉300克，嫩姜芽200克，香菜段50克，鸡蛋清、湿淀粉、胡椒粉、老抽、料酒、花生油、精盐、味精各适量。

做法：①将鱼肉切成细丝，加料酒、盐，腌渍入味，加入鸡蛋清、湿淀粉，拌匀。姜芽洗净切成细丝。②锅中加花生油烧至五成热，下入鱼丝炒散，倒入漏勺，控油。③锅中留油少许，烧热，加姜丝煸炒，烹料酒，倒入鱼丝，加香菜段、胡椒粉、老抽、精盐、味精炒匀即可。

西红柿鱼片

原料：黑鱼肉200克，西红柿100克，精盐、料酒、味精、酱油、醋、姜丝、蒜片、鸡蛋清、番茄酱、白糖、花生油、湿淀粉各适量。

做法：①将鱼肉切成片，加精盐、鸡蛋清、湿淀粉浆匀。西红柿洗净，用开水一烫，去皮，切成薄片。②锅中加入花生油烧至六成熟，下入鱼片炒散，捞出，控油。③锅中留油少许，下入姜丝、蒜片爆锅，放入西红柿稍炒，加料酒、精盐、酱油、番茄酱、白糖、鱼片、少许水，烧开，加醋和味精出锅即成。

水晶财鱼片（黑鱼）

原料：财鱼500克，青椒、红椒、鸡蛋清、葱姜、白醋、精盐、白糖、味精、花生油、清汤、淀粉各适量。

做法：财鱼洗涤干净，取净肉切成薄片，加入精盐、料酒、鸡蛋清、淀粉拌匀上浆，再倒入热油锅中滑散取出。青椒、红椒各切成小片，炒锅至旺火上，下入花生油、青红椒片、葱姜、精盐、白糖、味精及清汤，烧开后加入炸好的财鱼片摊匀，用淀粉调湿勾芡即成。

清蒸水夹鱼

原料：黑鱼1条（约重300克），火腿70克，香菇70克，冬笋70克，菜心20棵，葱段、姜片各20克，精盐5克，绍酒8克，味精4克，胡椒粉4克，香油、鲜汤适量。

做法：①鲜黑鱼刮鳞去鳃，开膛去内脏，剁掉头、尾，将中段鱼肉片去胸刺、鱼皮，切成片，用清水浸泡一下，捞出用干净布搌去水分。②冬笋、火腿、香菇切成鱼片大小的片，同葱段、姜片、鱼片、鱼头、尾、味精、绍酒、精盐、胡椒粉腌制10分钟，把鱼头、尾放入开水锅内汆一下，捞出放在鱼盘的两端。将鱼片、火腿片、香菇片、冬笋片，间隔插花形式整齐地摆放在鱼盘内。把香油、鲜汤、精盐、绍酒、味精兑成料汁，浇在上面，入笼蒸熟，取出，菜心放开水内焯熟，调入味，摆在鱼盘两侧即成。

青　鱼

炒鱼条

原料：净青鱼肉300克，青豆100克，鸡蛋2个，精盐、料酒各1小匙，香油2小匙，花生油250克（约耗100克），白胡椒粉、花椒粉、味精各少许，淀粉2小匙，鲜汤50克。

做法：①将青鱼肉切成条，加盐、酒、蛋清、水淀粉，拌匀上浆，待用。②将锅烧热，放花生油，待油烧至六成热时，将鱼条、青豆一起下锅，划熟后倒出，沥油。③原锅内加鲜汤、盐、味精、白胡椒粉、花椒粉、鱼条炒匀，用水淀粉勾芡，翻炒几下，淋上香油，起锅装盘即成。

菊花火锅

原料：青鱼肉、河虾、鸡脯肉、鸭肉、肚尖、腰子（去臊）、里脊肉、目鱼各200克，鸡蛋10只，菠菜500克，花生油500克（约耗50克），干粉丝100克，盐15克，酒25克，味精2.5克，冬笋、雪菜梗、口蘑、虾米、鱼丸各50克。

做法：①青鱼去骨，切成薄片放盆里成蝴蝶形；河虾去头，排放在小盆中；肚尖剞花刀放小盆中；里脊肉切薄片，用青菜叶包好；腰子割花刀，切成片排在小盆里；鸡脯、鸭脯、目鱼都切成薄片，分别排列在小盆中；雪菜梗洗净切段，干粉丝用花生油炸，分别放在小盆中。②将雪菜、冬笋、虾米、鱼丸、口蘑入锅，加鸡汤或鲜汤烧开，加盐、味精，再次烧开后倒入菊花锅内，上桌后点燃酒精盏，加热事先准备好的鲜汤750克。③食用时将生肉片分别投入菊花锅内烫煮2~3分钟，边吃边煮。食桌上还可备用熟酱油、香油、甜面酱、醋等调味小碟蘸食。

三鲜炒鱼片

原料：青鱼肉100克，鲜虾仁20克，鲜蘑菇、鲜笋各20克，湿淀粉、精盐、姜片、清汤、鸡精、葱段、花生油、虾油、料酒各适量。

做法：①将鱼洗净取肉，把鱼肉斜刀片下片，用精盐拌匀，腌半小时。②将鲜蘑菇、鲜笋洗净切成片，鲜虾仁洗净，放小碗中备用。③炒锅上火，加花生油烧热，放入鱼片炸呈浅黄色捞出。④锅内留底油，放入葱、姜炒出香味，再放入少许清汤、鱼片、冬笋片、蘑菇片、鲜虾仁稍煸炒，再加精盐，鸡精、虾油、料酒烧沸后，用湿淀粉勾芡，起锅即可。

炸鱼条

原料：青鱼1条（重约300克），2个鸡蛋清，精盐、料酒、干淀粉、葱段、姜片、熟猪油、白糖、鸡精、大料、花椒盐各适量。

做法：①将鱼刮鳞挖鳃，剖腹除去内脏，洗净放菜墩上，斩下鱼头，从脊背处进刀，片成两片，去净骨刺、鱼皮，再切成条，放碗中加料酒、白糖、鸡精、大料、精盐、葱段、姜片拌匀，腌10分钟。②蛋清放盘中，用筷子打起，加入干淀粉搅匀，制成糊。③将腌至入味的鱼条抖去葱、姜，搌干水分，拍上一层干淀粉待炸。④净锅上火烧热，用油滑锅后，加入熟猪油烧至五成热时，将鱼条挂糊下入油中，外皮凝固，待炸至微黄色时捞出，沥净余油，装盘。

油爆青鱼丁

原料：青鱼肉250克，水发香菇25克，黄瓜50克，花生油500克（约耗50克），花雕酒15克，味精1.5克，湿淀粉15克，盐3.5克，米醋、花椒油各适量，葱10克，蒜10克，香油10克，姜汁2克，清汤适量。

做法：①将剥皮、剔骨刺的青鱼肉洗净，切成丁，放在碗内，加入少许盐和花雕酒腌渍入味，拌匀；葱去皮，洗净，切成丁；蒜去皮，洗净，切成薄片；取碗1个，放入花雕酒、味精、盐、米醋、花椒油、姜汁、湿淀粉、葱丁、蒜片和适量清汤调成味汁；黄瓜（去籽）与香菇洗净，切成与鱼丁大小相同的丁。②将锅置于火上，放入花生油烧至八成热。将鱼丁先在开水锅焯烫一下，用漏勺捞出，除去水分，然后投入油锅速炸8~10秒钟，见鱼丁肉色变白，迅速捞出，控净余油。原锅留少许底油，回到火上，将黄瓜丁、香菇丁下入略炒几下，再把鱼丁放入，同时倒入调好的味汁，烧开后颠翻均匀，淋少许香油即可出锅。

脯酥鱼片

原料：净鱼肉200克，冬笋50克，菜心25克，火腿4~5片，鸡蛋清1个，精盐、醋、酱油、香油、大料、花椒、白糖、鸡精、料酒、湿淀粉、鸡汤、花生油各适量。

做法：①将鱼肉洗净片成片，放入碗中，加精盐、料酒腌渍入味，下入四成热的油锅中炸熟，捞出放入盘中。冬笋、火腿切成片。菜心洗净，入沸水中烫一烫，捞出。②鸡蛋清放碗中，加少许淀粉，用筷子用力向一个方向搅打成蛋糊。③净锅中加鸡汤、冬笋、火腿片、菜心、料酒、醋、酱油、大料、花椒、白糖、鸡精、精盐烧开，倒入鸡蛋糊，淋香油，烧沸，浇在鱼片上即成。

番茄鱼片

原料：净鱼肉300克，鸡蛋2个，西红柿2个，小黄瓜1根，花生油、精盐、味精、酱油、姜丝、蒜片、干淀粉、番茄酱、香菜各适量。

做法：①将净鱼肉切成片，拌入适量的味精、酱油、姜丝、蒜片、盐，外蘸干淀粉，再挂上鸡蛋液备用。②将炒锅置火上，加花生油烧热，下入鱼片炸黄，出锅沥油，摆在盘中；把西红柿洗净，入沸水中烫一下，去皮后切成圆片；黄瓜切片，将其同西红柿一起在炸鱼片周围摆成花样，用番茄酱加以装饰，上撒香菜即可。

芹菜鱼丝

原料：嫩芹菜心150克，净青鱼肉200克，鸡蛋清20克，精盐3克，料酒15克，味精1克，香油20克，姜丝5克，湿淀粉25克，胡椒粉10克，葱丝10克，清汤80克，花生油300克（约耗50克）。

做法：①将芹菜心洗净，切寸段。青鱼肉顺长切成细丝，加蛋清20克，精盐1.5克，湿淀粉20克拌匀上好浆。②炒锅置火上，烧热后放入花生油，烧至三成热时，放入鱼丝，用筷子轻轻滑散滑熟，变色后倒入勺中，沥油。③锅内留少许底油，下入葱、姜丝炝锅，倒入芹菜翻炒至五成熟，加精盐、味精、胡椒粉、清汤调味，再放入鱼丝、料酒，用湿淀粉勾芡，淋入香油，颠翻炒匀，出锅即可食用。

滑炒青鱼片

原料：青鱼肉250克，冬笋50克，水发冬菇25克，豌豆苗10克，鸡蛋清1个，花生油500克（约耗50克），料酒15克，葱花10克，糖5克，盐3克，蚝油10克，生抽10克，花椒粉5克，湿淀粉20克，味精1.5克，鲜汤适量。

做法：①将剔出骨刺和皮的青鱼肉洗净，切成片，放到碗内，加入蛋清、盐、湿淀粉拌匀上浆；冬菇、冬笋洗净，均切成片；豌豆苗洗净。②将锅架在火上，放油烧至五六成热，把鱼片一片片放入锅中，用铁筷划开，滑炸至七八成熟时捞出，沥去余油，然后投入笋片略炸一下捞出；原锅留底油少许，下入葱花炝锅，爆出香味后放入笋片、冬菇片煸炒几下，随即放入鱼片，下入料酒、蚝油、生抽、花椒粉、盐、糖和少许鲜汤，烧开，放进味精拌匀，用湿淀粉勾芡，芡汁转浓，撒上豌豆苗，颠翻均匀，出锅装盘即成。

拌 鱼 丝

原料：净青鱼肉200克，鸡蛋清1个，青、红柿椒各1个，精盐、料酒、味精、香油、香醋、胡椒粉、湿淀粉各适量。

做法：①青、红柿椒去蒂、籽，洗净，切火柴梗丝，入沸水中烫一下，捞冷开水中投凉，控干水分放碗中加精盐腌5分钟后，将水滗掉。②将蛋清放碗中打散，加湿淀粉，调成蛋清糊。另将鱼肉片成片，再切成丝，放蛋清糊中浆好，入开水锅中划散，捞出晾凉。③将鱼丝放盘中，放上柿椒丝，加入料酒、味精、香油、香醋、胡椒粉、精盐拌匀即可食用。

芝麻酥炸鱼

原料：青鱼1条（重约300克），芝麻50克，盐2克，味精1克，胡椒粉1克，白糖1克，鸡蛋2个，生菜叶、椒盐各适量，生粉50克，花生油500克（约耗50克）。

做法：①将鱼去掉头尾和脊骨，去小刺和皮，片成片，用调料腌渍约6分钟。②把腌渍好的鱼片拍上生粉，再从蛋液中拖过，滚上芝麻。③猛火烧锅，把锅烧热后，用油划一下，改用小火，把沾好芝麻的鱼片一片一片摆放在锅内煎制，煎时要不停晃动，用锅铲翻过来，煎另一面，边煎边晃锅，边加油，直至油盖住原料，就不要再加油了，油温升至4～5成热时，原料就成熟了，出锅装盘时，盘底放生菜叶，外带椒盐。

抓炒鱼片

原料：青鱼（也可用鲈鱼、草鱼、鲤鱼、鳜鱼等）1条（重约300克），葱末15克，蒜末10克，姜末5克，花生油500克（约耗100克），精盐2克，料酒20克，米醋20克，白糖25克，酱油15克，湿淀粉125克。

做法：①将鱼去鳞、鳃、鳍和内脏，洗净后用刀把鱼头切下（可另做沙锅鱼头），再由鱼身的脊背下刀，剔下两片鱼肉，片去鱼皮，把鱼肉片切成片，放入碗内，加入料酒10克，精盐1克，湿淀粉100克，用手轻轻抓匀。②把葱末、姜末、蒜末放入另一个碗内，加入白糖、精盐各1克，米醋、酱油、料酒各10克，湿淀粉25克及清水75克，搅匀成芡汁。③将锅坐火上，加入花生油，待油烧至六成热，把鱼片逐一下油锅，用小火炸呈金黄色，鱼片外脆里嫩时捞出，倒去油，再把原锅上火，加入少量底油，烹入碗内的芡汁，炒至芡汁发黏时，浇入花生油25克，倒入炸好的鱼片，颠翻均匀，盛入盘中即成。

鲢　鱼

焖 全 鱼

原料： 白鲢鱼1条（重约300克左右），料酒、酱油、醋、精盐、红干椒、味精、葱花、姜丝、香油、花椒、大料、花生油各适量。

做法： ①将鱼去鳃、内脏，洗净，在鱼身两边剞上花刀。②锅中加花生油烧热，放入鱼炸挺起身，呈金黄色时捞出，控油。③锅中留油少许，下入红干椒、花椒、大料、姜、葱，炸出香味，加入精盐、料酒、酱油、醋、少许水，放入鱼，小火焖15分钟，旺火收干汤汁，加入味精，淋香油出锅即成。

红烧鲢鱼

原料： 新鲜鲢鱼1尾（约重300克），酱油、醋、料酒、花椒、味精、葱段、姜片、花椒、大料、湿淀粉、花生油、香油各适量。

做法： ①将鲢鱼去鳞、鳃、内脏，洗净，在鱼身两边剞上直刀纹，用酱油腌渍。②锅中加花生油烧热，放入鱼炸呈金黄色捞出，控油。③锅中留油少许烧热，下葱段、花椒、大料、姜片爆锅，烹入醋、料酒，加酱油、花椒、水、精盐，放入鱼烧沸，改用小火焖炖熟烂，用湿淀粉勾芡，撒入味精，淋香油即成。

春笋鱼丸

原料： 鱼肉200克，春笋100克，鸡蛋清、料酒、味精、精盐、湿淀粉、胡椒面、菜心、鸡汤、猪油、蚝油、香油、葱、姜末各适量。

做法： ①将鱼肉洗净用刀背砸成泥，加精盐、料酒、鸡蛋清、葱、姜末、湿淀粉，朝一个方向搅成馅。春笋切成薄片。菜心洗净。②锅置火上，加鸡汤，把鱼馅挤成丸子下入汤锅中，至浮起，加入笋片、菜心、精盐、味精、猪油、蚝油、胡椒面，淋香油即成。

大蒜烧鲢鱼

原料： 鲢鱼500克，独头蒜50克，花生油500克（约耗75克），泡辣椒3根，白糖5克，醋2克，盐15克，红油5克，姜末10克，葱花10克，酱油10克，料酒2克，甜面酱20克，鱼露10克，味精2克，鲜汤200克，水淀粉5克。

做法： ①将鲢鱼洗净切成4块，抹上盐。泡辣椒去籽、蒂。②炒锅置旺火上，下油烧至七成熟，放入蒜稍炸黄捞出，再放入鱼块稍炸，捞出。③锅内留油50克，放入蒜、泡辣椒、姜，炒出香味，加入鱼块、肉汤、白糖、酱油、甜面酱、鱼露、料酒，改用小火烧熟时，将鱼铲入盘内。锅中放醋、味精、葱花，用水淀粉勾芡，淋上红油，浇在鱼身上即成。

蒜香沙锅鱼头

原料：鲢鱼头一个，蒜末、火腿片、猪肉片、香菇片、大料、胡椒粉、食盐、花生油、味精、油菜心各适量。

做法：鱼头洗净，放开水中一烫。锅内加底油烧热，放蒜末、大料炒出香味，再放鱼头煎透，倒入料酒，加清汤、食盐、火腿片、肉片、香菇片烧开，撇去浮沫，加味精，盛入沙锅内，用慢火炖至汤浓，加胡椒粉和用蒜末炒好的油菜心即成。

贝

鲜贝卷烩冬笋

原料：鲜贝500克，冬笋25克，紫菜1张，白菜心15克，鸡蛋1个，盐、胡椒、味精、绍酒、生抽、五香粉、香油、清汤、湿淀粉各适量，花生油25克，冬菇15克，姜块及葱（整根）各适量。

做法：①取100克鲜贝剁成蓉，加花生油、蛋清、湿淀粉及少许盐、姜水、生抽、五香粉、香油、胡椒、绍酒搅拌成贝糁，而后用紫菜1张裹贝糁做成卷，上笼用微火蒸熟，切成片，围在盘周围。②冬笋、冬菇、菜心切片，洗净，氽熟，垫底，余下鲜贝改成1厘米瓣片，用姜、葱和汤氽熟，加味精推匀装盘即成。

红烧干贝

原料：发好干贝50克，花生油10克，熟肉丁、熟鸡肉丁、笋丁各25克，酱油、盐、白糖、料酒、粉团、味精、花椒油各少许，汤75克。

做法：干贝盛在碗内。炒勺放花生油，加酱油、熟肉丁、熟鸡肉丁、笋丁，炒匀加汤，加盐、白糖、料酒、味精，去浮沫盛在干贝碗内，上笼大火蒸透取出。汤倒入勺内，干贝反扣在盘内，勺上火再少加汤，加盐、白糖、味精调好口味，用粉团勾芡，加花椒油，浇在干贝上即可。

青芹拌干贝

原料：干贝50克，青芹菜300克，花生油15克，味精1.5克，精盐6克，白糖2克，胡椒粉少许，花椒油5克，料酒10克，麻油10克，香葱2根，生姜2片。

做法：①将干贝用清水洗净，放入碗中加汤、葱、姜、料酒，隔水蒸烂，取出。用手撕碎，放入盛具待用。②将青芹菜拣掉老根老叶，清水洗净，切成长段，氽一下水。③取铁锅盛500克水，旺火烧沸，放入芹菜，氽一下捞出，沥干水分，摊在盘里略冷却，放入干贝、熟花生油、精盐、味精、花椒油、白糖、胡椒粉、麻油拌匀，即可装盘。

海 蜇

葱油海蜇皮

原料：湿海蜇皮 500 克，香葱 25 克，花生油 40 克，花椒油、蚝油、精盐各 6 克，味精 1.5 克，白糖 2 克。

做法：①把海蜇皮洗净泥沙，浸泡后切成细丝，再用清水洗一下，然后浸泡冷开水中，使咸味出来。接着将海蜇皮丝水分沥干，倒入盛具待用。②香葱切成细末，放在海蜇皮上面，加精盐、味精、花椒油、蚝油、白糖。花生油烧热后浇在葱末上，用筷子拌匀，即可装盘。

糖醋蜇皮丝

原料：海蜇皮 200 克，香油 8 克，葱丝、姜丝各适量，白糖 35 克，醋 20 克，酱油 10 克。

做法：①将海蜇皮泡 1 天，刷去蜇衣，切成 4 ~5 厘米长的细丝，再泡 4 小时备用。②将海蜇丝挤去水分，装盘，加入白糖、醋、酱油、葱丝、姜丝、香油拌匀即可。

凉拌鸳鸯丝

原料：海蜇皮 350 克，水发海带 150 克，葱花 10 克，红椒丝 1 克，花生油 25 克，精盐 10 克，白糖 10 克，味精 1.5 克，麻油 10 克，花椒油 10 克，生抽 10 克，黄酒 10 克，胡椒粉少许，鲜汤少许。

做法：①海蜇皮用清水浸发，撕掉筋和污物，放在清水中洗净，沥去水分，切成 6 厘米长的细丝，浸在水中待用。用时从水中捞出海蜇皮丝，滤去水分，倒入开水中泡一下消毒，但不可把海蜇皮丝泡老。②水发海带用清水洗净，切成和海蜇大小相同的丝，放在碗中，加入鲜汤和黄酒，上屉蒸烂，或放在锅中煮烂，然后取出沥干水分，同海蜇丝放在一起，倒入葱花，加入精盐、白糖、味精、花生油、麻油、花椒油、生抽、胡椒粉搅拌均匀，装入盘中，在其上面放上红椒丝即可。

肉丝炝蜇皮

原料：猪瘦肉 100 克，海蜇皮 250 克，海米 10 克，香菜茎 10 克，花生油 15 克，粉面 15 克，蛋清 1 个，香油 15 克，鸡精 2 克，料酒 15 克，清汤 100 克，胡椒粉 10 克，醋 10 克，盐、葱、姜末、花椒各少许。

做法：①将猪肉切为大片，再顺丝切成丝。②将泡好的蜇皮沥干水分装碗内，香菜用热水烫一下捞出，控干，装在蜇皮碗内。③把肉丝放入碗内，加入蛋清、粉面、盐，抓拌均匀。炒勺加花生油，油至五六成热，撒入油内。待油烧至七八成热、肉丝变白时捞出，控干油，装在蜇皮碗内。④用碗加入调味料、清汤和海米，浇入蜇皮和肉丝碗内，撒上葱、姜末，将刚出勺的沸椒油浇在葱、姜末上，用盘扣好，食时拌均匀即成。

木耳拌蜇头

原料：水发蜇头 150 克，水发木耳 50 克，青蒜苗 30 克，酱油、食醋、味精、葱丝、芥末油、香油各适量。

做法：①将海蜇头洗净泥沙，切成细丝，下开水中余一下，迅速捞出。水发木耳择洗干净，切成丝。青蒜苗择洗干净，切成段。②将海蜇丝、木耳丝、葱丝、蒜苗段掺在一起，放入汤碗中，浇上酱油、食醋、芥末油、味精、香油，搅拌均匀即成。

萝卜海蜇皮

原料：白萝卜200克，海蜇皮50克，盐、白糖、味精、香油各适量。

做法：①将海蜇皮切丝，放滚水中烫一下捞起，再放冷开水中浸泡，洗净。②将白萝卜洗净，去皮切细丝，放碗内用盐腌一下，挤去汁水，再放海蜇入碟内，加入适量盐、白糖、味精、香油拌匀即可。

鲫　鱼

麻辣鲫鱼

原料：鲜鲫鱼500克，辣椒油50克，香油15克，酱油25克，精盐5克，白糖5克，醋5克，味精1克，白酒3克，花椒面1克，花生油500克（约耗100克）。

做法：①将鲫鱼去鳞、去鳃、剖腹、去内脏洗净，擦干水分。把精盐、白酒、醋拌匀，抹于鱼身内外，腌渍30分钟。②将酱油、白糖、味精、花椒面、辣椒油、香油调匀成麻辣味汁。③将炒锅置中火上，放入花生油，烧至五成热，下入鲫鱼炸酥捞出，与调味汁拌匀盛入盘内，把剩下的味汁淋在鱼身上即成。

豆腐鲫鱼

原料：活鲫鱼2条（重约500克），豆腐2块，花生油120克，精盐、酱油、料酒、味精、甜面酱、蚝油、葱、姜、蒜、汤、水淀粉各适量。

做法：①将鲫鱼去鳞、鳍、鳃和内脏，洗干净，用盐、料酒拌匀腌渍起来。葱、蒜洗净，剖开切成末。姜切片。②豆腐洗净，一剖两半，再横切成条片形，用沸水加盐余一下，再换汤加盐，用小火烧（不使汤开）。③炒锅置火上，加入花生油烧热，下入鱼，两面煎呈浅黄色取出。④锅内再加入豆瓣酱、甜面酱、蚝油、姜、葱末煸炒，待豆瓣炒酥，油变红色后，加入料酒、酱油、汤、鱼和豆腐（捞出，不要汤），用小火烧熟一面，把鱼翻身再烧熟另一面，捞出鱼装盘中。⑤汤汁加入味精，用水淀粉勾芡，撒上蒜末，浇在鱼上即可食用。

酥　鱼

原料：小鲫鱼500克，大葱80克，鲜姜15克，大蒜15克，酱油80克，白糖50克，料酒30克，醋80克，胡椒粉、花椒、大料、茴香、砂仁、桂皮各少许，鲜汤适量。

做法：①将鲫鱼整理干净，葱切段，姜切片，蒜切片备用。②将锅底用猪骨垫好，撒上一层葱段、姜片、蒜片，摆上一层鱼，直至摆完为止。花椒、茴香、砂仁、大料、桂皮放入纱布袋里和酱油、白糖、醋、料酒、胡椒粉、鲜汤一同放入锅内，加盖烧开，转用小火炖至鱼骨、鱼刺均熟烂即成。

干烧鲫鱼

原料：鲫鱼1条（重约300克），猪肉末50克，酱油10克，醋1克，白糖10克，料酒8克，味精2克，葱末10克，姜末10克，蒜末10克，糯米酒12.5克，豆瓣辣酱50克，榨菜50克，花椒油30克，花生油250克（约耗100克）。

做法：①将鲫鱼去鳞、鳃、内脏，洗干净，用洁布擦干鱼身内外的水，在鱼身两面剞3～4刀，榨菜切小丁。②炒锅置火上，注入油，烧至七成热时，下入鲫鱼略炸，捞出。③锅内留50克油，下入猪肉末煸炒，加入榨菜丁，炒干水分后加豆瓣辣酱炒出香味，加姜末、蒜末煸炒一下，放入炸过的鱼，再加料酒、花椒油、糯米酒、酱油、白糖、清水，浇沸，改用微火煨干汤汁（中间鱼应翻一次身），盛入盘中。④原锅内再加入味精、醋和葱末搅拌后撒在鱼身上即可食用。

豆瓣鲫鱼

原料：活鲫鱼5条，豆瓣酱40克，姜末8克，葱末40克，蒜末30克，香油10克，辣椒油20克，料酒25克，醋、酱油各10克，白糖、水淀粉各15克，精盐3克，味精2克，清汤500克，花生油600克（约耗60克）。

做法：①将鲫鱼去鳞，挖腮，开膛去内脏，刮去腹内黑膜。鱼身两侧划3刀，深至鱼侧肉厚的一半。洗净，放入盆内，浇入料酒10克，撒精盐2克，腌渍入味。②炒勺放旺火上，倒入油烧至七八成热，放入鲫鱼炸至外皮硬挺时，捞出。③原勺留少许底油烧热，放入油50克，下人豆瓣酱（剁碎）、姜末、蒜末煸至油呈红色，烹料酒、高汤、酱油、辣椒油、醋5克，下盐、味精、白糖调好口，烧沸。放入鲫鱼，旺火烧沸，移小火烧透至熟，将鱼盛入盘内码好。④原汤汁留勺内，上旺火，用水淀粉勾芡推匀，淋入醋、香油少许，撒上葱末，将芡汁浇在鱼上即成。

醋焖酥鱼

原料：鲜小鲫鱼250克，精盐、食醋、花生油、花椒、葱花、蒜末、姜末、白糖、大料、茴香、酱油、清汤各适量。

做法：①将小鲫鱼去鳃、内脏，洗净。②锅中倒入花生油，上火烧至七成热后，放入鲫鱼，炸至呈黄色捞出，控干油。③锅留底油少许，放入白糖、食醋、葱、姜、蒜末，炒出香味，加入清汤、大料、茴香、酱油、花椒、精盐，烧开后，放入鲫鱼，盖上盖，小火焖至骨酥止。

酱　鲫　鱼

原料：鲫鱼500克，花生油500克（约耗30克），葱、姜各5克，蒜10克，茴香、花椒、大料少许，料酒、醋各5克，酱油、糖各15克，酱豆腐少许，面酱20克，高汤、料酒各50克。

做法：①鱼去鳞、鳃、五脏，洗净，抹上料酒待用。②锅内放入花生油，油热后，将鱼放入锅内炸，炸熟后取出。③锅内留底油少许（其余倒出），以葱、姜、蒜、茴香、花椒、大料爆锅，再放入炸熟的鱼。稍后，将醋、酱油、料酒、糖、酱豆腐、面酱、高汤放入，在小火上烧到汁浓、味透，即可出锅。

家常酸辣鱼

原料：鲫鱼500克，泡青菜100克，泡红辣椒40克，姜末10克，蒜末15克，葱花25克，酱油15克，醋5克，清汤400克，水淀粉15克，花生油70克，花椒、大料、胡椒粉、辣椒油、精盐、味精各适量。

做法：①在鱼身两面各划两刀，刀深至鱼骨为好，抹上精盐；泡青菜切成细丝；泡红辣椒切成末。②炒锅置旺火上，下花生油烧至七成热，放入鲫鱼炸至黄色捞起。锅内留油50克，放入泡红辣椒末，炒香至油呈红色，再加入姜、花椒、大料、蒜、葱花炒出香味，而后放入鲫鱼、泡青菜丝、清汤、胡椒粉、辣椒油、酱油。当汤烧开时，改用中火烧5分钟，将鱼身翻个儿，再烧约5分钟，把鱼捞入盘，然后用水淀粉勾芡，加醋、葱花、味精推匀，浇在鱼身上即成。

奶油鲫鱼

原料：鲫鱼500克，熟火腿20克，豆苗15克，笋片25克，白汤500克，精盐、葱、生姜、料酒、味精、炼乳、花生油各适量。

做法：①将鲫鱼去鳃、鳞、内脏，洗净，在鱼背上剞花刀，下入沸水锅内烫一下捞出。葱、生姜洗净，切成丝。熟火腿切成片，豆苗择洗干净。②炒锅置火上，放入适量花生油，烧至七成热，下入葱丝、姜丝炝出香味。放入鲫鱼略煎，翻身，烹入料酒略焖，随即放入白汤、适量冷水，盖锅盖煮滚约3分钟，改至中火焖3分钟，放入笋片、火腿片、炼乳、精盐、味精，旺火烧滚至汤成白色，加入豆苗拌匀即可。

汆鲫鱼

原料：鲫鱼2尾（重约300克左右），香菜30克，猪油50克，鸡汤1000克，盐8克，料酒10克，味精3克，蚝油2克，香油2克。

做法：①将鲫鱼去鳞、鳃、内脏，洗干净，在鱼身两侧略切一些花刀（斜刀间距为1厘米，切至骨骼即可，不可切断）。②香菜洗净，切成段，最好带叶。③炒锅上火，加入鸡汤1000克，放入鲫鱼，大火烧开，将50克猪油分数次放入锅中。由于锅是开的，油很快与水结合，汤即呈浓白色。待鲫鱼肉质熟烂时，即可加入料酒、蚝油、盐、味精，将鱼连汤一同倒入汤碗中。④在汤碗中放入香菜，淋入香油即可。

萝卜丝汆鲫鱼

原料：白萝卜150克，鲫鱼250克，葱、姜各2克，盐2克，味精2克，醋5克，胡椒粉10克，猪油10克，料酒3克。

做法：①将白萝卜去皮，切成细丝。鲫鱼去鳞及内脏，洗净肚内黑膜，并在鱼体两侧分别切上花刀，每刀切至骨头即可，不可将鱼身切断。葱切段。1克姜切块，另1克姜切成细末。②锅中放入约10克猪油，将鲫鱼放入，两面煎一下，然后放入葱段和姜块，注入鸡汤，加入盐、胡椒粉、料酒，开锅后放入猪油和萝卜丝，继续用中火煎制，至汤汁浓白时，加入味精，盛装在大碗或汤碗中。将姜末和醋放入一个小碗中，一同上桌即可。

回锅鲫鱼

原料：鲫鱼3尾（重约600克），鸡蛋1个，干淀粉40克，豆瓣15克，甜面酱6克，红酱油5克，味精、糖、精盐各2克，料酒10克，辣椒油、香油各适量，青蒜苗75克，花生油500克（约耗100克）。

做法：①将活鱼宰杀去鳞、鳃及内脏等，每条鱼剁成3~4节，加少许盐、料酒码味几分钟；另将鸡蛋与干淀粉调匀成蛋糊待用。②锅置火上，下油烧至五六成热，将鱼块逐一均匀地挂上蛋糊。入锅炸至金黄色捞出；青蒜苗洗净后切寸段待用。③锅置火上，下油少许烧热，投入豆瓣（剁细）炒香，再下鲫鱼块炒几下，随即下甜面酱、辣椒油、香油、红酱油、糖、味精炒匀，使其着味上色，起锅前投入青蒜苗略炒至断生即出锅。

豆豉烧鲫鱼

原料：鲫鱼500克，豆豉100克，葱段、姜片、花椒、八角、精盐、甜面酱、料酒、花生油各适量。

做法：①将鱼去鳞、腮、内脏，洗净晾干。②锅中加花生油烧至六成热，下入鱼炸至挺身，捞出控油。③锅中留油少许烧热，下甜面酱、豆豉炒出香味，加入酱油、葱、姜、花椒、八角、料酒、精盐、少许水烧沸，放入鱼，小火煨炖至汤汁浓稠时，盛出鱼，放入盘中。锅中汤用湿淀粉勾芡，浇在鱼身上即成。

软酥鲫鱼

原料：鲜鲫鱼500克，海带100克（已发好的），猪肋骨适量，醋5克，白糖5克，酱油10克，香油3克，葱10克，姜5克，蒜5克，桂皮3克，丁香3克，花椒3克，大料3克。

做法：①将鱼去鳃、内脏，洗净。葱切段。姜切片。②锅内垫上一层猪肋骨，中间搁上一个竹筒，准备通气用，肋骨上放上海带、白菜帮垫底。③把鱼码上（鱼腹朝下），每码一层中间都要放上葱、大蒜、姜，添汤（没过主料为宜），加醋、白糖、酱油、丁香、桂皮、花椒、大料。先用急火烧开，后用慢火焖至鱼骨酥软为好。晾凉后逐层出锅，装盘即可。

炝锅鱼

原料：鲫鱼1尾（500克左右），蒜末1克，姜末1克，葱花1.5克，干红辣椒10克，豆瓣10克，精盐0.4克，酱油15克，味精1克，奶汤350克，料酒15克，花生油100克。

做法：①鱼经初步加工后，沥干水，在鱼身两面斜剞5刀（刀深0.7厘米，刀距相等），取碗1只放盐、料酒拌匀，并在鱼身内外抹匀。②将鱼放入旺油锅内炸至金黄色捞起，锅内留油60克，下干辣椒炸至棕红色，捞起铡碎。③在炸干辣椒的油中放豆瓣、姜、蒜炒香，加酱油、奶汤烧沸后，捞出豆瓣渣、姜、蒜不用，再下鱼加料酒，烧至油亮汁干时，将葱花、味精、辣椒末均匀地沾满鱼身起锅即成。

熏　鱼

原料：净鱼500克，酱油50克，糖25克，梅淋25克，熟花生油25克，花椒、大料、茴香各适量，盐5克，味精2.5克。

做法：①将鱼切成块，放酱油、糖、盐、梅淋、花椒、大料、茴香、味精腌半小时后摆在烤盘内。放在烤炉上层（隔断要带眼），然后把松木小块放在铁盘内点燃，上面放上松针。燃烧至发出火光时，将其放入烤炉底层，喷上水，灭其火，浓其烟，立刻关上烤炉门，熏烤15至20分钟，鱼熟后取出，点熟花生油。②食用时，将熏鱼放在盘中间，周围用洗净的松枝点缀。

酸菜鱼

原料：鲫鱼5尾（500克），酸菜50克，泡红辣椒50克，葱花10克，姜末5克，醪糟汁25克，酱油15克，湿淀粉15

克，蒜末5克，醋5克，红酱油2.5克，肉汤500克，花生油150克。

做法：①将鱼去鳞、去内脏、洗净，在鱼身两面各剞两刀（深0.7厘米）。酸菜沥干水，切成细丝。②将鱼放入旺油锅内炸至金黄色捞起，锅内留油少许，放入泡辣椒（剁碎）、姜、葱、蒜、醪糟汁，炒出香味，再放入肉汤、酱油、红酱油，并将锅移至中火上，放入酸菜烧入味，再把鱼翻一面，烧熟透，然后盛鱼入盘。锅内加入醋、葱花，勾薄芡，浇在鱼身上即成。

银鱼和沙丁鱼

椒盐银鱼

原料：冻小银鱼100克，红柿子椒20克，青柿子椒20克，红辣椒10克，料酒5克，盐2克，鸡精2克，葱、姜各5克，椒盐2克，茴香粉5克，花生油200克（实耗约20克）。

做法：①银鱼解冻后，用清水冲洗干净，放入一块小方毛巾中，把水分挤干净，红辣椒去子，冲洗干净后切丝。葱、姜洗净后切成末。红、青柿子椒切成末，备用。②炒锅放在火上，加入花生油，烧到表面有较多的青烟时，把银鱼放入炸成脆硬的程度，捞出控干油。③净炒锅加入花生油5克，放入辣椒丝炒出香味，但辣椒不要煸变色，放入银鱼、料酒、椒盐、茴香粉、葱、姜末、盐、鸡精和红青柿子椒末，一同炒制，调料完全溶解后，盛装到盘中即成。

煎银鱼

原料：鲜银鱼250克，鸡蛋4个，青韭菜30克，葱末10克，姜末5克，盐3克，味精1克，料酒5克，猪油20克，蚝油10克，芝麻油2克，花生油50克。

做法：①将银鱼洗净，去掉鱼头后入沸水中略烫捞出，控净水分。青韭菜择洗干净，切成段。②鸡蛋打入碗中搅匀，加入银鱼、青韭菜段、盐、料酒、猪油、蚝油、味精，用筷子搅匀。③炒锅置中火上，加入花生油，烧至四五成热时倒入搅好的原料，煎摊成圆饼状，两面都煎至金黄色且熟透后，淋入芝麻油，盛入盘中即可。

清蒸瓤馅银鱼

原料：银鱼（不带子的）10条（约重500克），生蟹黄75克，白菜叶150克，绍酒15克，葱丝30克，姜丝15克，白糖3克，精盐1克，味精5克，熟鸭油50克。

做法：①将银鱼用水洗净，在颌下掐个破口，挤出内脏。生蟹黄加入味精（0.5克）拌匀，分别从银鱼破口处填入腹中，即为瓤馅银鱼。选用皱褶较多的白菜叶，洗净后切成与银鱼同样大的长条。②把瓤馅银鱼并排平摆在瓷盘内，鱼和鱼之间隔上一层白菜叶（以吸收银鱼蒸出的杂沫，保持银鱼形状美观）。再加入绍酒、味精（4.5克）、精盐、白糖、葱丝、姜丝、熟鸭油，上屉在旺火上约蒸10分钟即熟。取出，去掉白菜叶和葱丝、姜丝即成。

酥炒沙丁鱼

原料：鲜小沙丁鱼500克，发酵粉、面粉、精盐、鸡精、生抽、料酒、花椒盐、花生油、鸡蛋各适量。

做法：①沙丁鱼去内脏洗净，加料酒、鸡精、生抽、精盐，腌渍约20分钟。将面粉、发酵粉、鸡蛋、水调成发酵糊。②锅中加花生油烧至六成热，把沙丁鱼挂好糊逐个下油锅炸呈金黄色熟透，捞出，控油装盘即成。

蛤　蜊

葱油蛤蜊

原料：蛤蜊400克，香葱20克，盐3克，味精5克，胡椒粉1克，料酒10克，清汤60克，花生油60克，水淀粉适量。

做法：①香葱洗净，切成葱花。活蛤蜊洗净泥沙，入沸水汤锅烫熟后捞起，去一半壳，平铺在盘内待用。②炒锅放在火上，下花生油加热至4成油温，下葱花炒香，倒入清汤，放盐、味精、料酒、胡椒粉，烧沸，勾芡，淋在蛤蜊上即成。

栗子扣蛤蜊

原料：蛤蜊20只，猪肉200克，栗子200克，料酒、精盐、酱油、姜汁、白糖、香油各适量。

做法：①将蛤蜊洗净，下沸水锅煮一会儿，壳张开时取出，剥出肉并去内脏，洗净切片，放入碗中用料酒、姜汁腌渍10分钟。将栗子下锅煮熟，用热锅煎煳皮，剥出仁，去衣，对切为二。将猪肉洗净，切片。②将蛤蜊肉、栗子、猪肉片同放入沙锅内，加水适量，炖30分钟后，加酱油、盐、白糖、料酒，炖至肉熟烂，淋上香油即成。

苦瓜炖蛤蜊

原料：蛤蜊500克，苦瓜250克，料酒、精盐、蒜、姜汁、胡椒粉、花椒油、白糖、香油、花生油各适量。

做法：①将苦瓜放入沸水锅中焯透，浸入冷水，浸去苦味后切片。蒜捣成泥。②将蛤蜊放入沸水锅中稍煮，待张开蛤壳，捞出，去壳取肉，去内脏洗净。③锅内放油，下入蛤蜊肉爆炒，加入姜汁、料酒、精盐，炒匀盛入盘中。④将苦瓜片铺在沙锅底，将蛤蜊肉盖在上面，再加姜汁、料酒、精盐、蒜泥、胡椒粉、花椒油、白糖和水，炖至蛤蜊肉熟透入味，淋上香油即成。

豌豆蛤蜊

原料：蛤蜊500克，豌豆仁200克，鲜竹笋1/2根，清汤3碗，鸡油1茶匙，淀粉、鸡精、白糖、香油、盐各适量。

做法：①将蛤蜊洗净用盐水浸泡2小时再冲水。②将蛤蜊放在冷水锅内，置炉上静放30分钟，然后开小火把水煮至7分热后把火关掉，将蛤蜊肉捞出。③将高汤烧滚，豌豆仁洗净倒入，加盐、鸡精、白糖、香油，用水淀粉勾芡，淋入鸡油，最后下蛤蜊肉稍煮即可。

鳝　鱼

芝麻鳝鱼

原料：粗活鳝鱼500克，芝麻150克，淀粉25克，酱油10克，黄酒25克，番茄酱10克，鸡蛋1.5个，葱5克，姜5克，味精1克，花椒盐2.5克，麻油5克，花生油500克（约耗75克）。

做法：①鳝鱼收拾干净，两面剞刀，改成段，用葱、姜、酱油、味精、黄酒腌渍半小时。鸡蛋、淀粉调成糊，将鳝鱼段均匀地挂上蛋糊，再黏上一层芝麻。②炒锅上火，放入花生油，烧至六成热时，放入鳝鱼炸至浮起，鱼呈金黄色时捞出沥油，改成斜刀块，装入盘中，撒上花椒盐即可上桌。

干煸鳝丝

原料：鳝鱼肉250克，鲜嫩芹菜100克，鲜（嫩）姜15克，豆瓣20克，绍酒半汤匙，精盐、味精、醋、辣椒油、老抽、香油、花椒粉、花生油各适量。

做法：①鳝鱼肉（活杀）斜刀切成丝，芹菜抽去筋，斜刀切成段，姜削净皮，切丝。②炒锅放花生油烧热，鳝鱼丝下锅炒散，待鳝丝水分煸干，发出啪啪响声时，姜丝下锅，烹入绍酒和盐，接着把豆瓣下锅炒匀，待出香味时，加入辣椒油、老抽，放入芹菜，滴入醋和香油，再加味精，盛在盘中，撒花椒粉即可。

干炒鳝片

原料：鳝鱼500克，豆瓣辣酱25克，醋5克，酱油5克，糖5克，料酒15克，辣椒粉1克，味精1克，麻油10克，葱花、姜片各5克，花椒面少许，花生油500克（约耗100克）。

做法：①将鳝鱼剖腹取出内脏，去骨，洗净，切成鳝片。②炒锅置旺火上，花生油下锅烧热下鳝鱼片，炸去大部分水分，然后捞出沥油。锅中留少许油，用旺火煸炒鳝片。炒至鳝片起酥，发出吱吱的响声时，投入蒜片、姜片炒香，放豆瓣酱、辣椒粉、料酒，加酱油、糖、味精、汤合炒，用旺火收干卤汁，撒葱花、芝麻和醋，撒入花椒面翻炒几下即可起锅装盘。

红烧鳝段

原料：鳝鱼500克，肥膘肉25克，水发香菇25克，葱段5克，酱油25克，姜片3克，白糖10克，大蒜头30克，味精2克，料酒20克，湿淀粉5克，花生油70克，芝麻油10克，盐3克。

做法：①将鳝鱼摔死，斩去头尾，用方形竹筷从鳝鱼的咽喉部插入腹中绞出内脏，洗净，切成段，用沸水氽一下捞起，洗去黏液。肥膘肉、香菇切成丁。②炒锅烧热，下花生油，放入葱段、姜片、蒜头煸至有香味，随即放入鳝段、肥膘丁、香菇丁，加料酒、白糖和水，加盖用中火焖至7成熟时，再加酱油，用微火烧至鳝鱼肉酥烂，汤汁稠浓时，加味精，用湿淀粉调稀勾芡，淋芝麻油，出锅装盘即成。

银芽炒鳝丝

原料：熟鳝丝 200 克，红柿椒 100 克，绿豆芽 250 克，葱花、姜末、绍酒、精盐、水淀粉、味精、花生油、花椒油、香油各适量。

做法：①将绿豆芽去掉两头，洗净。红柿椒洗净，切成丝。②将熟鳝丝洗净。将炒锅置旺火上，下花生油烧热，葱花、姜末爆锅，下鳝丝，煸炒，加绍酒、花椒油、精盐、味精、红柿椒、绿豆芽，翻匀后再下水淀粉勾芡，淋入香油即成。

清炖鳝鱼

原料：大黄鳝 500 克，熟火腿肉 50 克，冬笋 35 克，水发冬菇 50 克，黄酒 12 克，葱结 3 克，姜块 3 克，蒜头 2 克，精盐 3 克，蚝油 2.5 克，生抽 5 克，味精 2.5 克，胡椒粉 0.5 克，鲜清汤 350 克。

做法：①在活黄鳝鱼头上敲一下，待其昏晕，用铁针将鱼头钉在木板上，用小刀从颌骨处下刀，斩断脊椎骨，切成段，放进开水锅中余一下，捞出后用清水洗净黏液，然后放入大沙锅中。火腿肉、冬笋、水发冬菇均切成片。姜块、蒜头拍碎。②在盛鳝段沙锅中，放入葱结、姜块、蒜头、冬笋、冬菇、火腿片，加黄酒、蚝油、生抽、清汤，在大火上烧沸后，转用小火炖约 30 分钟，取出葱、姜，用筷子将鳝段、火腿、笋片、冬菇片排列整齐，再加精盐、味精，继续用小火炖至酥烂，撒上胡椒粉，食时将沙锅端上。

泡椒鳝鱼

原料：净鳝鱼肉 450 克，泡辣椒 75 克，野山椒 25 克，泡姜 15 克，蒜末 10 克，芹菜 30 克，葱白 30 克，姜、葱、精盐、胡椒粉、甜面酱、料酒、味精、鸡精、醋、特制红油、鲜汤、水淀粉、猪油各适量。

做法：①净鳝鱼肉洗净，切成片；泡辣椒切节；野山椒去蒂把；泡姜切末；芹菜切节；葱白切末。②将鳝鱼片投入放有姜、葱、料酒的沸水锅中余一下后捞出；另用料酒、甜面酱、胡椒粉、味精、鸡精、醋、鲜汤和水淀粉兑成汁备用。③炒锅置火上，放入猪油烧热，下入泡辣椒、野山椒、泡姜末、蒜末炒香出色，下入鳝鱼片翻炒，再下入芹菜、葱白炒匀，烹入兑好的汁，最后淋入特制红油，起锅装盘即成。

双丝鳝鱼

原料：鲜鳝鱼肉 250 克，红辣椒 5～6 个，鲜笋、香菜梗、老抽、料酒、味精、胡椒粉、精盐、鸡汤、湿淀粉、花生油各适量。

做法：①将鳝鱼肉切成丝。红椒去蒂、籽，洗净，切成丝。鲜笋洗净切成丝。香菜梗洗净切段。将老抽、料酒、味精、胡椒粉、精盐、鸡汤、湿淀粉兑成芡汁。②锅中加花生油烧至六成热，倒入鳝鱼丝炒散，捞出，再把笋丝、红椒丝放油锅中炸一下，捞出。③锅中留油少许，烧热，加入鱼丝、笋丝、红椒丝略炒，倒入芡汁，快速翻炒，出锅盛入盘中撒上香菜段即成。

五香泥鳅

原料：活泥鳅 500 克，香油 3 克，酱油 12 克，花椒、大料各 3.5 克，精盐 2 克，白糖 20 克，料酒 10 克，五香面 10 克，葱段、姜片各 10 克，茴香面 6 克，肉汤 350 克，花生油 400 克（约耗 40 克）。

做法：①将泥鳅宰杀洗干净，用盐、花椒、大料稍腌，沥干水分。②将炒锅置火上，放入花生油，烧至八成热，下入泥鳅炸至发红，捞出沥油。③将原锅置火上，放油30克，加入白糖炒成红色，迅速倒入料酒、肉汤、酱油、茴香面、葱段、姜片、五香面及泥鳅，用小火炖至汤汁将尽时，撒入五香面6克炒匀，淋入香油，盛入盘内即成。

麻辣鳝段

原料：鳝鱼250克，鲜汤1碗，白糖、花椒、干辣椒、香油、姜、花生油、胡椒粉、葱、料酒、酱油、辣椒油各适量。

做法：①将鳝鱼洗净，切成段，加精盐反复搓揉，再用清水洗净黏液，搌干水分，与姜、葱、花椒、干辣椒、料酒、精盐拌匀，腌半个小时。②炒锅上火，放入花生油，烧至六成热，放入鳝鱼段，炸去表面的水分，待其呈浅棕红色捞出。③锅留底油，烧至八成热，放入花椒炸呈棕红色，再放入鳝鱼段炒匀，加入鲜汤、胡椒粉、酱油、白糖，改用中火烧至汁油亮，最后加入味精，淋上香油、辣椒油颠匀起锅即成。

炒　鳝　丝

原料：黄鳝500克，香菜50克，料酒10克，酱油8克，白糖2克，盐3克，味精4克，胡椒面0.5克，猪油80克，淀粉4克，蒜10克，香油5克。

做法：①将鳝鱼杀死，剖开腹部，去掉内脏，用小刀沿其脊骨两侧下刀（其脊骨为三角形），将脊骨取出，连同头部一起去掉。此时鳝鱼即成一个长片，用刀斜切成丝备用。②香菜洗净，切成段。蒜剁成末。③将酱油、料酒、白糖、盐、味精、胡椒面、淀粉放入碗中，调成汁。④炒锅内放油80克，烧至七八成热时，将鳝丝放入煸炒，成熟后，将蒜末放入翻炒，烹入汁，倒入香菜，翻炒几下，淋入香油，盛入盘中。

胡萝卜炒鳝丝

原料：鳝鱼300克，胡萝卜100克，花生油30克，精盐、猪油、鸡精、胡椒面、酱油、醋、姜丝、葱丝、料酒各适量。

做法：①鳝鱼宰杀洗净，切成丝。胡萝卜去根，洗净，切丝。②锅中放入花生油，置火上，烧热，加姜丝、葱丝爆锅，倒入鳝鱼丝，烹料酒稍炒，加胡萝卜丝、猪油、鸡精、胡椒面、精盐、酱油、醋，炒匀炒熟，出锅装盘即成。

炒鳝鱼片

原料：活鳝鱼4条（约600克），青蒜4头，红辣椒2个，纯花生油5汤匙，酱油3汤匙，细盐1茶匙，绍兴酒1汤匙。

做法：①用中指与食指把鳝鱼腰部用力夹住，在菜板上将鳝鱼摔昏，擦干水分，侧着放在菜板上，用钉子把鱼头钉住，用尖刀从鳝鱼的头部切入一半（在背脊骨上面停住），再把刀侧着，沿脊骨把鳝鱼划开，但肚皮仍需连着。再把刀从鳝鱼颈部切入背脊下面，把背脊骨完整地取出。切除头尾，用刀拍扁，以便切片。②将绍兴酒1汤匙倒入装鳝鱼的碗内，用竹筷拌匀，再倒入酱油3汤匙，用竹筷拌匀，放置一旁备用。大蒜切段，蒜白用刀拍扁，红辣椒切丝备用。③将炒锅洗净置旺火上，烧干水分，即倒入2汤匙花生油，等油热后倒入蒜白与辣椒爆炒一下，最后倒入蒜青及1茶匙细盐，拌炒两下盛起。把锅洗净烧干水分，放3汤匙花生油，见油热急倒下鳝鱼片爆炒，再倒入泡鱼的水，最后加入炒过的大蒜与辣椒，烩一下起锅盛出，趁热食用。

干煸鳝片

原料：鳝鱼250克，泡姜片5片，泡辣椒3根，泡蒜3个，芹菜75克，辣豆瓣1/2大匙；A（酱油1/2大匙，味精1/2小匙，糖1/2小匙）；B（醋1/2小匙，麻油1/2小匙，葱花1小匙，淀粉水1大匙）；高汤3大匙，花椒粉少许，花生油2大匙。

做法：①鳝鱼洗净，切块；泡辣椒、泡蒜切片；芹菜洗净，切成段，备用。②花生油浇滚，鱼块入锅炸至干脆后捞起沥油。③锅中留油少许，爆炒姜、蒜、豆瓣酱后，再入鳝片、芹菜和A料同炒。④翻炒均匀后注入高汤续煮，待汤汁渐渐收干，加入B料勾芡即可盛盘。若略撒花椒粉，味道会更佳。

红辣椒爆炒鳝片

原料：鳝鱼300克，红辣椒150克，姜丝、蒜末各10克，花椒5克，盐、白糖各3克，料酒30克，胡椒粉3克，酱油15克，清汤适量，花生油50克。

做法：①鳝鱼开膛，去掉内脏，清洗干净。用刀侧把鳝鱼拍平，再切成小段，用盐、料酒腌制约5分钟。②炒锅置中火上，倒入花生油，烧至五成热时先把鳝鱼用温油滑一次，捞出。③锅留少许底油，烧热后将姜丝、花椒、蒜末置入锅中，煸出香味后，投入红辣椒并炒成五成熟，这时再加入刚才滑出的鳝鱼段、盐、白糖、胡椒粉、酱油和清汤，爆炒至熟即可。

清蒸鳝鱼

原料：鳝鱼500克，猪肥膘肉30克，口蘑100克，姜粒、葱段、蒜瓣、精盐、味精、鸡汤、熟猪油等各适量。

做法：鳝鱼去头、尾、脊骨，切成长段，猪肥膘肉、口蘑各切成片，将鳝段先经热油略炸至熟透，再入旺火热油锅中，加入肥膘肉、姜粒、葱段略煸炒，加入鸡汤、料酒、蒜瓣、精盐、味精，烧至汤汁稠浓，起锅盛碗内入笼屉蒸约半小时左右取出，扣入盘中。用鸡汤、口蘑、精盐、味精、湿淀粉调味，烧开后浇在鳝鱼段上即可。

草　鱼

葱辣鱼条

原料：鲜鱼肉250克，精盐8克，味精2克，干辣椒2克，麻油8克，花生油500克（约耗30克），酱油5克，葱12克，姜12克。

做法：①将鱼肉切成条，加入黄酒、精盐、葱、姜腌渍10分钟，沥水待用。②将炒锅上火，倒入花生油烧热下入鱼条，炸至金黄色、外酥里嫩时捞出。③将锅留底油，下入干辣椒炸至糊香时，放入葱、姜煸香，加入水、酱油、白糖、黄酒、味精、鱼条，烧沸后转用小火烧，直至汁干入味，淋入麻油，翻拌出锅即成。

醋椒鲜草鱼

原料：鲜草鱼1条（重约500克），香菜10克，葱10克，姜10克，醋20克，花生油200克，料酒10克，花椒油10克，胡椒粉4克，精盐3克，味精1克。

做法：①将鱼收拾干净，切成大块，放入热油中稍煸；姜切片；香菜切段；葱切细丝。②将油烧热，加入姜片，倒入500克开水，放进鱼块、料酒、精盐、味精，烧开后，煮至汤汁微白，再放入胡椒粉、花椒油、醋，调匀，撒上香菜、葱丝，出锅即可。

酸菜鱼

原料：鲜草鱼500克，酸菜200克，鸡汤、料酒、味精、精盐、白糖、香油、生抽、葱、姜末、胡椒粉、花生油各适量。

做法：①将草鱼去鳞、内脏，洗净，片下鱼肉，切成片。酸菜切成小段。②锅中加油烧热，下葱、姜末爆锅，放入酸菜稍炒，加鸡汤、料酒烧开，加鱼片，稍炖约10分钟，放入精盐、白糖、香油、生抽、味精、胡椒粉出锅即成。

汆熘草鱼

原料：草鱼1条（重约500克），鸡蛋清1个，芹菜10克，火腿10克，料酒5克，味精3克，葱、姜各12克，精盐3克，猪油15克，湿淀粉15克，清汤80克。

做法：①将草鱼洗净，切尾留肉待用。②净锅置于炉上烧热，加入少许油，投入葱、姜煸一下，烹入料酒，加入清水烧滚后，放入草鱼浸熟取出，刮去鱼皮，装在盆内。③将铁锅洗净放在炉上，加入清汤、味精、精盐，烧滚后用湿淀粉打芡。接着将蛋清调散，徐徐地倒入锅内，浇入猪油搅匀，起锅淋在草鱼上。④将芹菜下沸水锅氽一氽取出，同火腿一起剁成茸，撒在草鱼上面即成。

油浸草鱼

原料：草鱼1条（约重500克），花生油20克，精盐5克，料酒12克，香醋5克，味精1克，白糖8克，胡椒面1克，大葱12克，鲜姜8克，香菜少许。

做法：①将鱼去鳞、鳃、鳍（尾鳍留下），开膛挖去内脏，洗净后，用刀先在鱼身的一面剞上十字花刀（即用刀由后向前斜着刀每隔2.5厘米剞入一刀，再直着刀在已切的刀口上交叉切两刀），再在另一面剞上一字刀（即直着刀每隔2.5厘米横切一刀）。大葱一半切成丝，一半切成小段。鲜姜一半切成丝，一半切成小片。香菜择洗干净切段待用。②炒锅内倒入两大碗清水，放入葱段、姜片及精盐（3克），置火上烧开，然后将鱼放入锅中并移小火上使汤保持微开状，煮约20分钟视鱼变成白色后即已熟透。③取小碗1只，放入精盐（2克）、料酒、香醋、味精、白糖、胡椒面调匀兑成汁。④将鱼捞出放在鱼盘，撒上葱丝、姜丝。然后将炒锅上火烧沸花生油，浇在葱、姜丝上，接着将炒锅放回火上，倒入碗内的汁，烧开并浇在鱼身上，盘边放上香菜段即成。

家常鱼片

原料：草鱼肉250克，泡红辣椒末20克，芹菜心15克，蒜苗段15克，鸡蛋清2个，干细淀粉50克，姜片2克，酱油10克，醋2.5克，白糖2克，胡椒面1克，味精1克，精盐4克，花椒、大料、蚝油、花椒粉各适量，绍酒15克，鲜汤50克，湿淀粉5克，熟猪油500克（约耗100克）。

做法：①将草鱼片成片。鸡蛋清与干细淀粉、精盐调匀，与鱼片拌匀。芹菜心切成段。②酱油、醋、白糖、味精、蚝油、花椒粉、胡椒面、绍酒、鲜汤、精盐、湿淀粉调成芡汁。③炒锅置旺火上，下熟猪油烧至三成热，放入鱼片熘散，滗去余油，放入泡红辣椒末炒香至油呈红色，加入花椒、大料，再加入芹菜段、姜片、蒜苗段炒出香味，而后烹入芡汁，颠匀起锅盛盘。

豆腐鱼

原料：草鱼500克，豆腐200克，料酒、葱花、姜片、精盐、鸡汤、鸡精、胡椒粉、花生油、酱油、香菜段各适量。

做法：①将鱼去鳞、鳃、内脏，洗净晾干。下入八成热的油锅中炸挺身，捞出，控油。豆腐切成小块。②锅中加油烧热，放入葱花、姜片爆出香味，加酱油、料酒、精盐、鸡精、胡椒粉、鸡汤，烧沸，加入豆腐、鱼烧熟入味，撒香菜段，出锅即成。

五香鱼

原料：草鱼2条（每条重约500克），酱油10克，料酒20克，醋5克，盐3克，味精4克，葱30克，姜20克，白糖30克，五香粉30克，花椒、大料、茴香各适量，花生油250克（约耗100克），香油10克，鸡汤（或水）750克。

做法：①鱼去掉鳞、鳍、头尾及内脏，洗净沥干水分。将鱼斜刀切成段。②葱切段，姜切块，用刀略拍。③将15克葱段、10克姜块放入鱼段中，加酱油5克，料酒10克，盐2克，花椒、大料、茴香各适量，腌渍约半小时。④炒锅放在火上，加油烧热，将鱼段上的葱、姜去掉，放入油锅中炸至七成熟捞出。⑤净炒锅上火，加油，将另一部分葱、姜放入煸炒出香味，随即加入料酒、酱油、醋、鸡汤、白糖、五香粉、盐，将鱼放入，开锅后，用小火烧约20分钟，待汁将收尽时，加入味精、香油，用大火将汁收浓，装盘，凉后食用。

家常水煮鱼

原料：草鱼1条（重约750克），黄豆芽250克，蒜苗段30克，老抽、蚝油各适量，花椒10克，辣椒50克，盐3克，料酒5克，鸡蛋1个，淀粉5克，葱、姜各5克，花生油250克。

做法：①鱼去鳞、去鳃、去内脏，冲洗干净。把鱼头（劈开）和鱼尾切下备用，将鱼的中段切成片，放入一个大碗中。葱、姜洗净，葱切段，姜切片，放入鱼中，再加入料酒、老抽、蚝油、盐2克，腌10分钟后，加入鸡蛋和淀粉，搅拌均匀，使原料的表面有层糊浆，并将葱、姜去掉。②炒锅放在火上加入清水1000克，烧开后把洗净的黄豆芽放入锅内焯一下，捞出控干水分，放入一个沙锅中，撒上盐，再放入蒜苗段。③把腌好的鱼片平码在装有黄豆芽的沙锅中，片和片之间不相互叠压，最后把鱼头和鱼尾放在沙锅内的鱼片两边。④炒锅内加入花生油，烧到表面有青烟升起时加入花椒和辣椒，待花椒和辣椒表面色泽变深时，把热油浇在盛有鱼片和黄豆芽、蒜苗段的沙锅内。沙锅烧开即可食用，食用时可以把辣椒和花椒去掉。

碧螺粉蒸鱼

原料：净草鱼500克，碧螺春茶10片，姜、葱、蒜末共70克，红腐乳15克，米粉100克，料酒5克，红酱油5克，花生油少许。

做法：①将泡制好的茶叶取两片切末，其余作蒸碗底铺料。②鱼肉切成小块，用红腐乳、茶末、糖、料酒、姜、葱、蒜末，红酱油、花生油腌渍，再加入少量清水和米粉拌匀，然后上蒸碗，放入蒸笼蒸熟，取出扣盘内即成。

醋椒鱼条

原料：草鱼1条（约重500克），鸡蛋2个，花生油500克（约耗100克），精盐3.5克，酱油10克，料酒10克，香醋16克，味精1克，胡椒粉2克，湿淀粉35克，清汤350克，香菜10克，大葱15克，香油6克。

做法：①将鱼去鳞、去鳃、剖肚去内脏洗净，用刀片下鱼肉，切成手指粗的条装碗，加少许精盐、料酒腌渍入味，鸡蛋磕入碗内打散，加入湿淀粉调成全蛋糊。香菜洗净切成小段，大葱切成葱花待用。②炒锅擦净置火上，放入花生油烧至六七成热时，将鱼条逐一挂上蛋糊下入油锅中炸呈金黄色捞出，沥去余油。③炒锅内放入清汤，加酱油、精盐、料酒，烧开后放入鱼条，撇去浮沫，撒入胡椒粉、味精，然后离火。此时取小汤盆，放入香菜段、葱花、香醋，先将鱼条盛入，再将汤倒入，淋上香油即成。

蜜汁熏鱼

原料：草鱼肉段500克，花生油500克（约耗75克），酱油50克，料酒25克，蜂蜜50克，大葱15克，鲜姜10克，水适量。

做法：①将草鱼去头、鳞、内脏后洗净，剖成两片，取带骨肉段500克，切成约1厘米厚的斜块，用少许酱油、料酒腌渍10分钟。大葱切成葱花，鲜姜切成细末待用。②炒锅上火烧热，加油500克，至八成热时逐一投入鱼块，炸呈枣红色捞起，沥去余油。炒锅内留少许油，下葱花、姜末、酱油、料酒、蜂蜜及适量水，烧至卤汁略稠时，放入炸好的鱼块翻炒，视汁包裹鱼块时，即可带汁倒入盛器内，食用时将鱼块装盘，并浇上卤汁。

海　参

红烧海茄子

原料：水发海茄子、水淀粉各200克，白糖2克，酱油20克，猪油、鸡汤各25克，料酒、花椒水、胡椒粉、蚝油、味精、葱、姜块各1.5克。

做法：①把海茄子顺着切成长条，用开水焯透捞出。②勺内放大量油，烧至七八成热时，放入海茄子划一下捞出。③勺内放底油，用葱、姜块炝锅，放入酱油、鸡汤，取出葱、姜块，加入料酒、花椒水、白糖、胡椒粉、蚝油、味精、海茄子，在微火上煨一会儿，用水淀粉勾芡，淋明油，翻个儿出勺即成。

豆瓣海参

原料：水发海参500克，豆瓣酱25克，酱油10克，糖3克，胡椒面0.2克，料酒15克，味精2克，淀粉4克，猪油50克，葱5克，姜5克，鸡汤150克。

做法：①将海参洗净，斜刀片成大片，放在开水中氽一下，取出沥干水分。葱、姜切成末。豆瓣酱剁碎。②炒锅上火，加入猪油50克，放入豆瓣酱煸炒，炒出红油后，加入葱、姜、鸡汤、料酒、酱油、胡椒面、白糖、味精，并将海参放入。开锅后转用小火烧约10分钟，即可把溶于水的淀粉放入，将汁收浓，即可盛盘。

葱烧海参

原料：水发海参500克。葱、姜各2.5克，猪油150克，水淀粉、葱油、葱白各25克，酱油、料酒各10克，清汤100克，味精、盐各1.5克，青蒜段、白糖各8克。

做法：①用凉水冲洗海参3～4次，洗净泥沙，小个海参要一剖为二，大个海参一剖为四。②汤勺里放凉水，下海参，上火烧开，煮透捞出，控净水分放碗中。③炒勺内放猪油，烧至七成热时下葱段，炸呈金黄色，捞出放在海参碗中，加清汤25克、料酒，上屉蒸2分钟取出滗去汤，葱段留用。④汤勺上旺火，放猪油10克，七成热时下白糖，炒呈金黄色，下葱末、姜末、清汤75克、姜汁、盐、海参、酱油、料酒，对好口味，烧开移小火烧2～3分钟。⑤海参入味后，再上旺火，调入味精，边颠勺边用水淀粉勾芡，调和均匀后装盘。勺再上火，放入葱油和葱段烧热，下入青蒜段，浇在海参上即成。

虾子海参

原料：干海参150克，发好的虾子50克，料酒30克，盐5克，味精4克，淀粉5克，酱油5克，虾油5克，蚝油5克，葱10克，姜10克，猪油50克，鸡汤200克。

做法：①将干海参放在温水中浸泡2～3小时，泡软后洗净表面污物，开膛将内脏取出，洗净后放入温水锅中，上火把水烧开，转用小火烧至海参发透取出。发制海参的过程中，器皿不可有油或碱，因为油、碱均对海参胀发有相反作用。②将海参切成条。葱切段，姜切块。③炒锅上火，加猪油50克，放入葱段、姜块煸出香味后去掉，加入酱油、虾油、蚝油、料酒、盐、味精、鸡汤、海参和虾子，烧制5～10分钟后，用溶于水的淀粉将汁收浓，即可装盘。

红烧海参

原料：水发黄玉参500克，水发木耳50克，水发玉兰片50克，冬笋100克，酱油30克，料酒10克，香油10克，盐4克，味精3克，白糖5克，葱5克，姜5克，淀粉5克，鸡汤100克，花生油50克。

做法：①将发好的黄玉参洗净，去掉腹内的污物，切成长条。冬笋切成长条。木耳、玉兰片洗净，切成条。葱切段，姜切块。②把海参、木耳、玉兰片、冬笋放开水锅中汆一下，取出沥干水分。③炒锅上火，加入花生油50克，放入葱段、姜块炒出香味，加入酱油、料酒、盐、味精、白糖、鸡汤，待开锅后将海参、木耳、玉兰片、冬笋放入，去掉浮沫，用小火烧约5～10分钟，将水淀粉分数次淋入锅中，把汁收浓，且挂在海参表面，出锅时淋入少许香油，即可装盘。

葱油拌海参片

原料：水发海参250克，热葱油10克，盐4克，味精2克，黄酒10克，白糖、花椒油、老抽、胡椒粉各少许，葱段40克，姜片2克。

做法：①将海参洗净，切成长方形薄片，装盘。②锅内加入清水，烧沸，放入海参、葱段、姜片、黄酒汆熟，捞出沥干，装盘冷却，加入热葱油、盐、味精、黄酒、白糖、花椒油、老抽、胡椒粉，拌匀即可。

酸辣海参

原料：海参500克，精盐3克，笋4克，白糖2克，火腿40克，香醋25克，鸡肉20克，胡椒粉2克，冬菇40克，味精2克，黄酒4克，葱、姜少许，猪油20克，酱油10克，淀粉3克，鸡汤一碗。

做法：①将海参发好，切成长宽条。笋、火腿、鸡肉、冬菇等配料都切成片。②将海参用沸水氽一下取出。另起猪油锅，将葱、姜放入锅内炸，至发黄时取出，将海参、笋片、火腿片、鸡肉片、冬菇片和酒、酱油、盐、糖、醋、味精、胡椒等倒入锅内，加鸡汤，一起用小火约煨15分钟，放淀粉勾芡即好。味酸辣，色金黄，四季皆宜。

蒜茸辣酱拌海参

原料：加工好的海参400克，辣酱10克，蒜茸20克，糖10克，香菜10克，香油、芝麻、味精各适量。

做法：海参入碗放入糖、味精、香菜末、香油、蒜茸、辣酱，拌匀上盘后撒上芝麻即成。

糖醋鲜海参

原料：加工好的海参500克，糖75克，醋50克，鸡精、盐适量。

做法：海参入碗中，再下入糖、醋、鸡精、盐充分拌匀，即入冰箱，10分钟后装盘成菜。此菜甜酸适口，是盛夏佐酒的美肴。

葱油鲜海参

原料：加工好的海参400克，葱丝20克，香菜段15克，葱椒油15克，盐、醋、糖、胡椒粉、味精适量。

做法：把振干水分的海参入碗中，随后下入盐、醋、糖、味精及胡椒粉，而后下葱丝、香菜段，要充分地拌匀，最后放入葱椒油拌匀即可。此菜咸鲜脆嫩，散发一种葱的特有香味。

鳜　鱼

红枣鳜鱼卷

原料：鲜鳜鱼肉300克，红枣150克，猪油、白糖、淀粉、鸡蛋清、面粉、玫瑰糖各适量。

做法：①将鳜鱼肉洗净，用刀片片成长方片。②红枣用水浸泡后洗净，放笼屉内用旺火蒸约半小时，取出去枣核，研成枣泥，加猪油、白糖拌匀。③鱼片黏匀淀粉，摊上枣泥，卷成卷。④鸡蛋清放入汤盘内，用筷子搅打成泡沫状，加面粉搅成蛋白糊。⑤净锅内放入猪油，用中火烧热，将鱼卷逐个挂匀蛋白糊放入油锅内炸至浅黄色时捞出，控油，摆入盘内，撒上玫瑰糖即成。

茄汁鱼片

原料：鳜鱼500克，番茄酱30克，鲜豌豆20克，蛋清、香油、葱段、淀粉、味精、精盐、清汤、料酒、醋、酱油、胡椒粉、花生油、白糖各适量。

做法：①将鳜鱼去鳞、头、内脏，洗净，把肉片取下来，切成片，放在碗内，加上蛋清、精盐、淀粉拌匀。鲜豌豆下开水氽一下后，捞出。②将炒锅上火，烧热后放入花生油，待油七成热时，将鱼片放入锅中，推散。见鱼片熟时，捞出，沥去油。③锅内留底油少许，烧热，投入葱段炒出香味，放进番茄酱，用小火略炒一下，炒出红油，加入料酒、醋、酱油、胡椒粉、清汤、精盐、白糖、味精，再把豌豆和鱼片倒入锅内，用旺火收汁，然后用湿淀粉勾芡，待汁浓时淋入香油即成。

清蒸鳜鱼

原料：鳜鱼1条（约重500克），熟火腿10克、水发香菇16克，葱条2根，生姜6片、香菜6克，精盐4克，味精3克，黄酒10克，水淀粉6克，鲜清汤160克，生抽、蚝油、鱼露各适量，胡椒粉少许，熟猪油100克。

做法：①鳜鱼刮鳞去鳃，剖腹除去内脏，洗净后用洁布吸干鱼身水，用黄酒、精盐将鱼身里外擦遍。熟火腿、香菇均切片。②取长盆一个，先放上2根葱条，分开排列在盆中，然后将鱼放在上面，在鱼身上相互间隔放上香菇片、火腿片和生姜片。然后淋上熟猪油，上笼在旺火上蒸15分钟，出笼滗出原汁，拣去葱、姜。③炒锅烧热，倒入原汁汤，加黄酒、鲜汤、生抽、蚝油、鱼露、味精、精盐、胡椒粉，用水淀粉勾成薄芡，淋上熟猪油和麻油，起锅浇在鱼身上，上桌时再放上香菜。

番茄荔枝鱼

原料：带皮鳜鱼肉500克，罐头菠萝100克，鲜豌豆粒50克，番茄酱50克，精盐9克，味精5克，白糖100克，醋精1克，绍酒50克，干淀粉面250克，湿淀粉50克，葱末25克，姜末15克，蒜瓣20克，花生油500克（约耗100克）。

做法：①把鳜鱼肉放在砧板上，用刀仔细刮净鱼皮上残留的细小鳞片，洗净后在鱼皮一面先剞上细十字花刀，再切成块。菠萝切成块。豌豆煮熟，用凉水冲一下。蒜拍碎剁成泥。②将切好的鱼块放于碗内，加入绍酒（25克）、精盐（5克）拌腌入味，再放入湿淀粉（30克）拌匀，逐块取出，在干淀粉面中滚蘸一下，使荔枝形花纹散开。③取一炒锅上火，倒入热花生油（50克），放入葱末、姜末、蒜泥，稍炒出香味，即放入菠萝块、熟豌豆、番茄酱、绍酒（25克）、白糖、精盐（4克）、味精、醋精和清水160克，烧开用湿淀粉（20克）调稀后勾浓。此时将另一油锅置于旺火上，烧至八成热，下入鱼块炸焦，然后放到味汁锅内翻炒数下，盛入盘中即成。

香酥鳜鱼

原料：鳜鱼1条（约重500克），鸡蛋1个，黄酒10克，味精2克，葱段10克，生姜10克，番茄酱20克，花椒盐10克，花生油500克（约耗120克），白糖、醋、胡椒粉、桂皮、八角、花椒少许。

做法：①鳜鱼刮鳞、去鳃，剖腹除去内脏，洗净后斩下鱼头、鱼尾，用刀从鱼背部剖成两片再均匀切成块。鱼头切下，用刀背拍开。鱼尾用刀劈成两片，但鱼鳍仍相连。香葱打结，生姜拍碎，鸡蛋打碎在碗里打匀。②炒锅中放入葱段、姜块、黄酒、桂皮、八角、花椒、精盐、白糖、醋、胡椒粉，加适量清水，置火上烧开制成卤汁，倒入碗里冷却，然后放入鳜鱼，浸渍5分钟，捞出沥干卤汁，将味精均匀撒在鱼肉上。鱼片、鱼头、鱼尾都涂上蛋液，再撒上干淀粉。③炒锅置旺火上烧热，放入花生油，烧至六成热时，将鱼头、鱼尾、鱼片顺次分批下锅，待炸至鱼片卷缩，头尾呈淡黄色时，用漏勺捞出沥油。待油温回升至七成热时，再将鱼肉下锅复炸，炸至鱼肉外层松酥，呈金黄色时，捞出沥油。然后按鱼头、鱼片、鱼尾顺次排成鱼形，上桌时随带番茄酱、花椒盐各一小碟，食用时根据喜爱蘸着吃。

鲅　　鱼

雪菜烧鲅鱼

原料：鲅鱼500克，雪菜150克，料酒、味精、食盐、白糖、胡椒粉、葱、姜、海鲜酱、淀粉，香油、花生油各适量。

做法：将鲅鱼去鳃和内脏，洗净，一切为二。在油内煎至两面生黄。葱、姜、雪菜洗净，切成末。勺内留底油，加入葱姜末、雪菜末煸炒出香味时，加入清汤、鲅鱼、料酒、味精、食盐、白糖、胡椒粉、海鲜酱，旺火烧沸，改用小火烧至入味，用湿淀粉勾芡，淋上香油，装盘即成。

五香熏鱼

原料：鲜鲅鱼500克，葱、姜共25克，盐1克，味精0.5克，料酒5克，酱油15克，白糖15克，五香粉0.5克，芝麻油8克。

做法：①鲅鱼去内脏后清洗干净，斜片成片，放入盆内，加入葱、姜、盐、味精、料酒、酱油、白糖、五香粉拌匀，腌30分钟，然后入蒸笼中蒸熟备用。②将蒸熟的鱼摆在熏屉上，熏锅内加入白糖，盖上盖微火热，见锅内冒烟时，停止加热，至鱼熏为红色时取出，在鱼外面抹层芝麻油即成。

酱焖鲅鱼

原料：鲅鱼1条（约重500克），肥瘦肉丝50克，水发冬菇25克，葱末15克，姜末15克，蒜末15克，甜面酱50克，醋10克，料酒10克，味精1克，酱油20克，葱油50克，胡椒粉5克，辣椒油10克，蚝油10克，水淀粉25克，花生油100克。

制法：①鲅鱼去内脏后洗净，在两面剞上斜刀，周身抹匀甜面酱；冬菇切丝。②炒锅置中火上，加入花生油少许，烧至五成热时放入鲅鱼，煎至两面均呈金黄色时出锅。炒锅中再加入花生油，烧热后放入葱、姜、蒜末炝锅，加入甜面酱和肉丝煸炒数下，再放入300克水、料酒、酱油、味精、胡椒粉、辣椒油、蚝油、冬菇和鲅鱼，改用慢火将鱼焖熟，把鱼盛入鱼盘内，锅内的汤汁用水淀粉勾稀芡，淋上葱油，浇在鲅鱼上即可。

海　　带

蒜泥海带

原料：水发海带200克，粉丝50克，香油、辣椒油、醋和蒜泥各10克，味极鲜酱油15克，精盐4克，鸡精2克。

做法：①将海带洗净后切成丝，放入沸水锅内煮熟，用凉开水过凉，捞出沥干水分。粉丝放入碗内，加入开水泡发，切成段，沥干水分。②将海带丝和粉丝放入盘内，加入蒜泥、精盐、鸡精、味极鲜酱油、醋、香油和辣椒油拌匀即成。

葱油海带

原料：水发海带400克，花生油25克，香油5克，酱油和葱丝各20克，精盐和胡椒粉各2克，白糖15克，鸡精2克，辣椒油5克，醋和姜丝各10克。

做法：①将海带择洗干净后切成细丝，放入沸水锅内煮5分钟，捞出沥水后放入盘内。取一小碗，放入酱油、精盐、白糖、醋、鸡精、辣椒油、胡椒粉和香油，调匀后浇在海带丝上，同时放上葱丝和姜丝。②炒锅置火上，倒入花生油烧沸，浇在盘内的葱、姜丝上拌匀即成。

红焖萝卜海带

原料：萝卜250克，海带150克，丁香、大茴香、桂皮、花椒、核桃仁、盐、鸡精、白糖、花生油、酱油各适量。

做法：①将海带用水浸泡24小时（中间换水2次），然后洗净，切成丝。②萝卜洗净，切成粗丝。③将油烧热，加海带丝炒几下，放入丁香、大茴香、桂皮、花椒、核桃仁、盐、鸡精、白糖、酱油及清水烧开，改中火烧至海带将烂，再放入萝卜丝焖熟即可。

腌 海 带

原料：干海带500克，盐10克，辣椒面、香油、大茴香、桂皮、花椒、鲜姜末适量。

做法：将干海带上笼蒸30分钟，取出后用凉水泡开洗净，放入坛中，再放盐、辣椒面、大茴香、桂皮、花椒、姜末和适量凉开水，浸泡三天后即成。吃时切细丝，拌点香油，鲜辣开胃。

萝卜海带丝

原料：萝卜150克，海带50克，花生油、精盐、味精各适量。

做法：①海带洗净，切丝。②萝卜洗净，切丝。③炒锅中放花生油少许，入海带丝、萝卜丝略炒，加水适量，煮10分钟，再入精盐、味精调味即成。

香酥海带

原料：海带50克，姜丝10克，香菇15克，酥皮糊250克，盐、花生油、椒盐、甜面酱、糖、大料、花椒、醋、味精、酒各适量。

做法：①将海带用清水泡发洗净，切成带状。冬菇用清水泡发洗净，亦切成条。②将海带放入锅中加水煮至软糯，取出沥干，放碗内加姜丝、冬菇条拌匀，再投入盐、糖、大料、花椒、醋、酒等腌制几分钟。③将油烧至五六成热时，抓起一小扎海带，装上一层酥皮糊，下油锅炸至金黄色时捞起，过5~6分钟后，再投入油锅中复炸一次，即捞起，沥油，装盘。上桌时配椒盐、甜面酱等佐料。

生拌彩丝

原料：水发海带250克，青椒和红椒各30克，生姜和蒜泥各10克，精盐和味精各1克，酱油、醋和甜面酱各5克，白糖15克，香油25克。

做法：①将海带切成丝，投入开水锅中焯2分钟左右，用冷水冲凉，沥去水分。青、红椒去籽，洗净，切成丝，放入开水锅内略烫一下捞出，用凉水冲凉，沥去水分。生姜切丝。②将海带丝、红椒丝、青椒丝和生姜丝放入盘内，加入酱油、甜面酱、白糖、精盐、味精、醋和蒜泥拌匀，淋入香油即成。

酥肉海带

原料：干海带100克，猪肉250克，酱油10克，醋30克，白糖25克，香油10克，料酒20克，葱1根，鲜姜1小块。

做法：①葱洗净，切成段。鲜姜洗净，切成片。海带用开水泡软，洗净，摊在菜板上。②将猪肉洗净，切成海带一样宽的肉片。把肉片平铺在海带上，将海带卷成卷。③将高压锅洗净，放入海带卷，加葱段、姜片、酱油、白糖、醋、料酒、香油和水（水量以没过海带卷为宜），盖上锅盖，置旺火上烧开，加限压阀后改用中火，煮20分钟。④10分钟后除去限压阀，待气放完全后开盖，将锅内东西连汤一起倒入炒锅内（锅底要垫上小竹垫，以防煳锅），置中火上，收干汤汁。取出海带卷晾凉，切成段或片装盘即可。

酥 海 带

原料：水发海带500克，猪肉100克，香油40克，酱油50克，米醋3克，白糖100克，料酒25克，丁香、桂皮、花椒、大料各适量，葱10克，姜50克，蒜50克。

做法：①将海带洗干净，猪肉切成丝。②把海带平放在案上，再铺上肉条，然后卷成圆卷。③沙锅洗净，锅内垫一层骨头或小竹圈（以防酥时黏锅底），然后一层一层放进海带卷。放一层，铺一层薄姜片；放第二层，铺一层蒜片；放第三层，铺葱料片；最后一层放海带卷。放好后，把白糖、味精、酱油、香油、丁香、桂皮、花椒、大料、米醋等，一起倒入，上面再放一层大白菜帮。根据锅的大小加水，以没过海带卷为宜。④沙锅放火上，先用旺火烧开。转小火炖焖汤汁减少，海带酥烂，连锅端下晾凉，取出盛盘，食用时用刀切成圆片。

乌 贼 鱼

葱煀乌贼鱼

原料：乌贼鱼500克，香葱120克，花生油50克，黄酒25克，酱油30克，精盐20克，白糖20克，胡椒粉少许，味精1克，麻油1.5克，生姜1片。

做法：①乌贼鱼放在水中洗去黑水，剥掉外皮和眼珠，挖去内脏、鱼骨和污物，再用清水漂洗净。②用铁锅把水烧沸，乌贼鱼下锅氽一下水，沥去水分待用。③铁锅放在炉上烧热，倒入生油，锅底放一只竹垫，在竹垫上铺一层香葱，乌贼鱼放在香葱上面，再铺盖一层香葱，再放乌贼鱼。放完后，在鱼面上再铺盖一层香葱，放入黄酒、酱油、精盐、白糖、清汤，用旺火烧沸，然后移文火焖40分钟左右，再移旺火烧，加入味精和胡椒粉，汤汁稠浓停止烧锅，用筷子把乌贼鱼逐只钳出，擦上麻油，冷却后装盘。

冬菇烤乌贼鱼

原料：乌贼鱼500克，冬菇50克，花生油60克，黄酒25克，酱油25克，精盐5

克，白糖10克，鲜汤350克，胡椒粉0.2克，味精1.5克，茴香1只，桂皮5克，葱节1根，生姜1片，麻油8克。

做法：①乌贼鱼放在水中洗去黑水，剥掉外皮和眼珠，挖去内脏、鱼骨和污物，再用清水漂清。②用锅把清水烧沸，乌贼鱼下沸水氽熟，倒入漏勺，沥去水分。③炒锅放炉上烧热，倒入花生油，油热后放入生姜、葱节、冬菇和乌贼鱼，煸炒数下。然后放黄酒、酱油、精盐、白糖、茴香、桂皮、鲜汤，用旺火烧滚，接着把锅移到文火上烧30分钟左右，再移旺火，放入味精，把汁烧浓。最后撒上胡椒粉、麻油，出锅装盘。

洋葱烧墨鱼丝

原料：墨鱼250克，洋葱25克，青椒25克，蒜蓉、花生油、香油、胡椒粉、甜面酱、姜汁水、味精、淀粉、白糖、茄汁各适量。

做法：①先将茄汁、白糖、味精、淀粉调成芡。墨鱼撕去衣，洗净沥干水，横纹切丝，用香油、甜面酱、姜汁水、精盐、胡椒粉、淀粉腌约10分钟，备用。洋葱洗净切丝、青椒洗净切丝。②下油落锅，爆香蒜蓉，放入墨鱼、洋葱、青椒齐炒，加酒，勾芡，便可上碟。

姜汁墨鱼卷

原料：墨斗鱼500克，姜300克，醋20克，香油10克，味精3克，盐2克。

做法：①将墨斗鱼触角去掉，再将鱼体剖开成为大片，洗净，从中间切成两片，在片上用刀直切到原料2/3深度，每刀间距为0.4厘米，切完后再将刀与原刀方向成90°，再直切一遍，原料表面即成为小方格状。切时不要破坏原片的形状，鱼皮要在底下与案板面接触，切好花刀后，再将原料改刀切成条。②烧开水一锅，将切好的原料放入氽一下，成熟后取出，此时原料已卷成卷。③姜切成末，放入盛有墨鱼卷的器皿中，加入醋、盐、味精、香油拌匀即可。

炒墨鱼

原料：墨斗鱼500克，冬笋50克，盐5克，味精4克，料酒10克，葱5克，姜5克，胡椒面1.5克，花椒油10克，花生油30克，鸡汤30克，淀粉2克，香油5克。

做法：①将墨斗鱼洗净，切成丝，放在开水中氽一下，取出沥干水分。葱、姜均切成丝。冬笋切成长丝。②将葱、姜放碗中，加入盐、味精、料酒、胡椒面、花椒油、鸡汤和淀粉，调成汁。③炒锅放花生油30克，烧热后，将墨鱼丝和笋丝放入同炒，待成熟后，烹入汁，翻炒均匀，淋入香油，即可装盘。

甲鱼

辣子炒甲鱼

原料：甲鱼1只（重约500克），干辣椒50克，花椒5克，姜片10克，蒜片20克，马耳朵葱30克，姜块、葱节、精盐、胡椒粉、料酒、老抽、辣椒油、味精、鸡精、醋、香油、花生油各适量。

制作方法：①甲鱼宰杀后洗净，斩成块，用姜块、葱节、精盐、胡椒粉、料酒等腌渍片刻；干辣椒切节。②炒锅置火上，放入花生油烧热，拣去甲鱼块中的姜、葱弃掉，将甲鱼下入锅中炸至紧皮且熟时捞出。③锅留底油，下入干辣椒、花椒、姜片、蒜片和马耳朵葱炒香出味，再下入甲鱼块翻炒，烹入料酒，调入精盐、胡椒粉、味精、鸡精、老抽、辣椒油、醋等，最后淋入香油，起锅装盘即成。

红烧甲鱼

原料：甲鱼1只，鸡肉、猪瘦肉各200克，酱油、面酱、花椒、八角、料酒、葱段、姜块、花生油、胡椒粉、白糖、香油、鸡汤各适量。

做法：①将甲鱼去内脏，入沸水一烫，去掉黑皮、爪尖，剁成块。鸡肉和猪瘦肉切成小块。②锅中加花生油烧热，下入葱段、姜块炝锅，加面酱炒出香味，下入八角、花椒、鸡肉、瘦肉、甲鱼，煸炒，放入酱油、料酒、胡椒粉、白糖、香油、鸡汤烧沸，去浮沫，小火煨炖至肉烂，去掉葱、姜、八角、花椒即成。

桂圆甲鱼

原料：甲鱼1只（约重500克），山药60克，桂圆肉35克，料酒、精盐、葱段、姜片、鸡汤各适量。

做法：①将甲鱼去内脏，放入热水中浸泡，去皮膜、背壳后洗净。②将山药洗净去皮，切片。③将甲鱼、山药、桂圆肉、料酒、精盐、葱、姜一起放入炖盅，加入鸡汤，上笼蒸至甲鱼肉熟烂，拣去葱、姜即成。

红烧甲鱼五花肉

原料：活甲鱼500克，带皮五花猪肉80克，冬笋25克，葱4克，姜2.5克，蒜2.5克，盐3克，料酒2克，味精4克，清汤50克，甜面酱25克，蚝油5克，猪油40克，湿淀粉12克，胡椒粉1.5克，白糖2.5克。

做法：①把净甲鱼剁成长方块。五花肉切成片。冬笋切成片。大蒜洗净。葱切段。姜拍破。②锅内加清水烧沸，加料酒，把甲鱼放入沸入中氽煮一下，捞出洗净待用。大蒜用油炸呈黄色捞出。五花肉用沸水氽透，捞出洗净。③锅烧热，放少许油，将肉片、葱、姜下锅煸炒，放入清汤、料酒、盐、酱油、甜面酱、蚝油、冬笋片，大火烧沸后，用小火稍焖片刻，把甲鱼下锅，先用大火烧沸，再用小火焖，然后把炸好的大蒜放入，待甲鱼焖至七成熟时端锅离火。④取扣碗，先把冬笋片挑出来码在碗底，再把甲鱼码在冬笋上，大蒜摆在甲鱼上，将原汤倒在扣碗里，再上笼蒸烂为止。⑤上桌时，取出扣碗，将汤汁滗入锅内，甲鱼翻扣入盘。⑥汤锅上火，调好味，用湿淀粉勾芡浇在甲鱼上，撒上胡椒粉即成。

清蒸甲鱼

原料：活甲鱼1只（重约600克），鸡脯肉80克，母鸡腿200克，猪骨汤400克，葱段8克，姜块3克，绍酒8克，精盐2克，味精1克，胡椒粉1克。

做法：①将活甲鱼仰放在砧板上，待其头伸出要翻身时，立即用中指钩住甲鱼的颈部攥紧，再用刀将头、颈一起剁下，出净血后，清洗1次，放入开水锅内。待水再烧开时把锅端下，盖上锅盖焖30分钟左右取出。用刀刮去甲鱼身上的黑皮，并且从背甲四周把裙边划开，揭下背甲，掏出内脏及腹内黄油，剁去尾巴和爪上的趾甲，再用清水洗净。然后，将甲鱼切成块，放在开水锅里紧一下，去净血沫，除掉腥味，捞出再洗1次，放在大碗中。②把鸡腿剁成两截，在开水锅里紧一下，洗净血沫，放在甲鱼上面，加入葱段、姜块（用刀拍松）、绍酒、精盐、胡椒粉、猪骨汤（300克），上屉用旺火蒸烂取出，拣去葱段、姜块（鸡腿另作他用）。③将鸡脯肉用刀背砸成鸡泥，用凉猪骨汤（100克）调成鸡汁。把蒸甲鱼的汤滗在汤勺里，用旺火烧开，放入1/3的鸡泥汁，用手勺朝一个方向搅动。待汤再烧开时，撇净浮油，捞出鸡肉渣和浮沫。这时，把甲鱼放入漏勺里，在汤内涮一下，盛入大碗中，再将余下的鸡泥汁倒入汤中，仍用上法撇净鸡肉渣和浮沫，即成清汤。然后，将清汤倒入盛甲鱼的大碗中，上屉蒸到汤开，取出撒上味精即成。

沙锅甲鱼

原料：活甲鱼1只（重约400克）熟火腿肉15克，魔芋丝15克，水发香菇15克，清汤1000克，料酒15克，味精、精盐各适量，葱15克，姜10克，胡椒粉10克，蚝油5克，香菜3克，熟猪油50克。

做法：①甲鱼洗净，剁块，把葱切段，姜切块，香菜切段，熟火腿切片，水发香菇一剖两半。②锅加底油烧热，下葱、姜炝锅，添清汤，放入甲鱼。③再将汤和甲鱼倒入沙锅中，加精盐、料酒、胡椒粉、蚝油、味精，放火上烧沸。炖至七八成熟时加入火腿肉、魔芋丝及香菇，再炖至酥烂入味，带香菜段上桌。

土豆烧甲鱼

原料：甲鱼500克，土豆500克，豆瓣酱50克，泡辣椒50克，姜30克，葱30克，花椒5克，醪糟汁25克，料酒15克，白酒15克，精盐5克，胡椒粉10克，味精15克，酱油25克，白糖20克，鸡汤、红油、花生油各适量。

做法：①将甲鱼宰杀，洗净，沥干水，剁成小块放入开水锅中加入白酒汆一水，捞起沥干水。土豆去皮，切成小块漂入清水中，捞起沥干水。泡辣椒剁成细末。姜去皮，切成片。葱一部分切节，另一部分切成葱花。②将净锅放火上，加入花生油烧至六成熟，放入甲鱼块炸一下，捞起。再将土豆块下锅中，炸皱皮捞起。③锅中留油少许，加入豆瓣酱、泡辣椒末、姜片、葱节、花椒炒香上色，下入甲鱼块翻炒均匀，烹入料酒、醪糟汁，再加入鸡汤，调入精盐、胡椒粉、酱油、白糖，烧约10分钟。然后将土豆下入锅中烧5分钟，当甲鱼和土豆熟软时，加入味精及红油，翻匀起锅装盘，撒上葱花即成。

鲤　鱼

豆　瓣　鱼

原料：鲤鱼1条（重约500克），辣豆瓣酱60克，葱、姜丝、蒜片、精盐、味精、老抽、白糖、料酒、醋、花生油、湿淀粉、香油各适量。

做法：①将鱼去鳞、鳃、内脏，洗净，控干水，下入热油锅中炸至皮呈黄色，定型后捞出，控油。②锅中留油少许，烧热，下入葱、姜丝、蒜片爆锅，放豆瓣酱炒香，加料酒、味精、老抽、白糖、醋、少许水和鱼，小火炖熟，加精盐，用湿淀粉勾芡，淋香油即成。

鲤鱼炖冬瓜

原料：鲤鱼1条，冬瓜200克，发好海米20克，香菜末25克，葱、姜、精盐、鸡精、生抽、绍酒、胡椒粉、清汤、花生油各适量。

做法：①将鲤鱼去鳞、去鳃、除内脏，洗涤整理干净，在鱼身两侧划两刀。冬瓜去皮、去瓤，洗净切成片。葱、姜洗净，分别切成段和片。②炒锅上火烧热，加适量底油，放入鲤鱼煎至两面金黄色，取出。③锅内留余油，下葱段、姜片炝锅，烹绍酒，放入煎好的鲤鱼，倒入高汤、海米、冬瓜片，加精盐，锅开后用小火炖至入味，拣出葱段、姜片，加入胡椒粉、鸡精、生抽、香菜末，出锅装入汤碗中即可。

醋椒活鱼

原料：活鲤鱼1条（约500克），香菜、葱、白胡椒面、姜汁、醋、料酒、精盐、味精、香油、猪油、奶汤、清汤各适量。

做法：①将鲤鱼去鳃、鳞、内脏洗净，用开水略烫一下，再用凉水冲净。②勺里放猪油在旺火上烧热，依次放入白胡椒面、葱米、姜米，随后放清汤、奶汤、姜汁、料酒、味精、盐，兑好汤汁。同时，将改过刀的鲤鱼在开水锅里烫约4分钟，后翻起取出入汤里，汤开后用微火炖20分钟，加入葱丝、香菜段、醋，最后淋上香油即可。

天津熬鱼

原料：活鲤鱼1条（约500克），绞肉50克；A（酱油2茶匙，姜末1/2茶匙，淀粉1茶匙）；干面粉适量，白萝卜1根，葱2根，姜1块，蒜50克，花椒2茶匙，八角5粒，酱油3大匙，盐1茶匙，糖1大匙，味精少许，花生油、清水适量。

做法：①活鲤鱼宰杀干净。绞肉加A料拌匀，塞入鱼腹中，外裹干面粉后，入热油炸至八成熟，捞出沥油备用。萝卜洗净，去皮、去蒂，切成3份，用开水烫煮一次，捞出浸泡在冷水中，备用。葱切成寸段。姜切片。②炒锅入油烧热，投香花椒、八角爆炒后随即取出不用，再投入葱段、姜片、蒜煸炒数下，就可投入鱼、酱油、盐、糖、味精、萝卜块。最后加清水盖过鱼背，先用大火烧开，再改中火、小火炖熟即可。

五香鱼块

原料：鲤鱼（草鱼）500克，葱25克，姜15克，花生油500克（约耗100克），糖、醋各50克，酱油、料酒、香油各25克，盐、花椒、大料、茴香、五香粉各5克，味精10克，汤100克。

做法：①鱼去鳞、五脏、鳃、鳍洗净，由脊背下刀劈成两半，葱剖开切成长段，姜切大片。②先用少许盐、酱油、花椒、大料、茴香、料酒、葱、姜把鱼腌半小时。③烧沸花生油，把鱼炸熟捞出，炸时油要沸，火要旺，要少量勤炸。若油温低，炸鱼会粘在一起甚至散乱。④烧热锅注入香油，油沸时先用葱、姜炝锅，随即下汤，放入酱油、糖、料酒、鱼、醋、五香粉，在火上烧约15分钟，汁收尽即可。

糖醋脆皮鱼

原料选用：鲤鱼 1 条（约重 500 克），花生油 500 克（约耗 100 克），白糖 60 克，香醋 35 克，香油 10 克，精盐 1.5 克，酱油 12 克，料酒 6 克，湿淀粉 100 克，干淀粉 35 克，清汤 200 克，大葱 6 克，鲜姜 3 克。

做法：①将鱼刮去鳞，挖去鳃，剁下鳍，开膛掏出内脏洗净，在鱼身两侧剞上“翻刀片”花刀（即由鳃后 4 厘米处用直刀切到骨刺时，将刀平放向鳃部片去，如此片到尾部），然后用精盐、酱油（6 克）、料酒（3 克）抹遍鱼身内外喂腌片刻。大葱切成小葱花，鲜姜切末待用。②炒锅擦净置火上，放入花生油烧至六七成热时，手提鱼尾在鱼身上下挂上湿淀粉（湿淀粉的稀稠度要以不往下流为准），鱼头朝下放入油锅中炸片刻，再把整条鱼下锅炸。炸时要经常翻动，并用筷子在鱼身上扎入若干小眼。当炸到鱼身两面黄脆时即已炸透，捞出沥去余油，平放在鱼盘中，并把鱼（背脊朝上，肚腹向下）用手轻轻按松。③炒锅内留 50 克花生油烧热，下入葱花、姜末稍炒，随后放入酱油（6 克）、料酒（3 克）、白糖、香醋、清汤，烧开后用少许湿淀粉勾成糖醋汁，待汁起泡时，再加入香油搅匀，起锅浇在鱼上即可。

红烧鲤鱼

原料：鲤鱼 1 条（500 克左右），葱丝 4 克，姜丝 2.5 克，蒜片 2.5 克，料酒 12 克，酱油 35 克，醋 12 克，白糖 10 克，高汤 500 克，精盐 2 克，味精 1.5 克，水淀粉 10 克，花生油 500 克（约耗 100 克），香油 6 克。

做法：①将鲤里打鳞，挖去鳃，开膛去内脏，刮净腹腔内黑膜，洗净。将鱼身两侧锲斜刀纹（深度约 0.4 厘米），七道刀口（为使烹调方便，可斜刀剁为头尾两部分）。②坐油勺旺火烧热，放入花生油烧至八成热左右，将鱼下入油内，炸成两面金黄色、外皮硬挺时，捞出控油。③旺火坐勺，放入油烧热，葱丝、姜丝、蒜片炝勺。烹料酒、醋、酱油、高汤，下白糖、味精、盐找好口，烧沸，放入鱼再煮沸，再移微火㸆 20 分钟左右（㸆鱼过程中要将鱼翻一次个，使两面成熟均匀，再勤推动鱼，勿使鱼黏勺底），至熟透软烂时，再移旺火收汁。将鱼先盛入鱼盘，尝好汤汁的口味，旺火上用水淀粉勾芡推匀，加入少许花生油，淋香油，将芡汁浇淋在鱼上即成。

糖醋鲤鱼

原料：鲤鱼 1 条（重约 500 克），葱末 1.5 克，姜末 0.6 克，酱油 6 克，精盐 1.6 克，淀粉 100 克，清汤 200 克，花生油 500 克（约耗 100 克）。

做法：①将鱼去鳞，开膛取出内脏，挖去两腮，洗净，每隔 1.5 厘米距离先直划 1.5 厘米深，再斜划 2 厘米深，然后提起鱼尾使刀口张开，将精盐撒入刀口内稍腌，再在鱼的周身及刀口处，均匀地涂上一层湿淀粉糊。②将花生油倒入勺内，在旺火上烧至七成热时，手提鱼尾放入油内（须掌握油的温度，凉则不易上色，鱼尾不能翘起过热则外焦而内不熟），其刀口立即张开，这时用锅铲将鱼托住以免黏勺底，炸两分钟，用铲把鱼推向勺边，鱼身即成弓形，将鱼背朝下，炸两分钟，再翻过来使鱼腹朝下，炸两分钟，然后把鱼身放平，用铲将鱼头按入油内炸两分钟。③炒勺内留花生油 100 克，烧至六成熟时，放入葱、姜、蒜末，烹上醋、酱油，再加清汤、白糖、水淀粉烧沸成糖醋汁，用手勺舀出，迅速浇到鱼上即成。

葱 油 鱼

原料：鲤鱼1条（重约500克），葱白60克，酱油2克，料酒6克，胡椒粉3克，花椒油6克，蚝油6克，醋2克，盐2克，味精2克，白糖10克，汤200克，花生油120克（约耗40克），香油3.5克。

做法：①鱼去掉鳞、鳍、鳃和内脏、头尾，冲洗干净后，沿鱼脊骨片为两片，再将每片分成3块。葱白一剖4瓣，切成长4厘米的段。②在鱼块中加入酱油、料酒2克、盐1克、葱10克，搅拌均匀，腌渍20分钟。③炒锅上火，加入油100克，用旺火烧热，将鱼块放入炸两遍捞出沥干油分。④净炒锅放在火上，放油20克，用中火将葱白煸出香味，加入料酒、汤、醋、盐、胡椒粉、白糖，把鱼放入，开锅后用小火烧10分钟，再改用大火，加入味精、花椒油、蚝油、香油，将汁收净即可装盘。

芫爆鱼条

原料：鲤鱼1条（重约500克），香菜20克，盐3克，味精3克，料酒2克，葱6克，胡椒粉1克，香油2克，老抽2克，白糖2克，花生油35克，鸡蛋1个，淀粉2克。

做法：①将鲤鱼去鳞、内脏、头尾，片掉脊骨，成为两片鱼肉，切成长条。②香菜洗净，切成段。葱切成丝。③鱼条内放入盐1克、料酒1克、鸡蛋清1个及淀粉2克，搅拌均匀。④将葱丝、盐、味精、老抽、白糖、料酒、胡椒粉、香油放入碗中，调成碗汁。⑤炒锅上火，加花生油35克，烧至六七成热时，将鱼条放入煸炒，待炒至成熟后，将碗汁及香菜同时倒入锅中，即刻翻动，使汁挂匀，即可装盘。

清 蒸 鱼

原料：鲤鱼或鳜鱼1条（重约500克），盐2克，味精2克，葱10克，姜20克，猪油35克，醋10克，蚝油2克，鱼露3克，鸡汤35克，香油2克，料酒2克。

做法：①将新鲜鲤鱼的鳞、内脏和鳃去掉，洗净，在鱼两侧斜（间距2厘米）切上花刀。②葱切厚片，姜10克切厚片，放入鱼身内外侧，加入盐2克、蚝油2克，鱼露3克，料酒2克，腌5分钟。③将鱼放入盘中，加鸡汤，淋入猪油，放入蒸锅中蒸约15分钟，取出滤干水分，淋入香油。④将10克姜和醋、香油、味精调成姜醋汁，随鱼一同上桌，蘸汁食用。

酸 菜 鱼

原料：鲜鲤鱼1条（重约500克），泡酸菜100克，花生油15克，料酒10克，玉米淀粉5克，辣椒油10克，姜粉5克，胡椒粉5克，精盐3克，味精1克。

做法：①将鱼收拾干净，一分两半，剔掉骨头，将鱼肉切成薄片，用少许精盐、料酒、玉米淀粉拌匀上浆。酸菜切丝。鱼头切成两半。②将油烧热，放入酸菜、鱼头煸炒，烹入料酒，加水500克烧开，待酸菜煮烂，加入精盐、辣椒油、姜粉、味精、胡椒粉，把鱼片下锅。待鱼片烧热，盛盘即可。

酱焖鲤鱼

原料：鲤鱼1条，猪五花肉、胡萝卜、油、盐、酱油、黄豆酱、白糖、料酒、甜面酱、蚝油、花生油、淀粉、葱段、姜块、花椒油、味精各适量。

做法：①坐勺，加适量花生油烧热，将鲤鱼两面抹匀黄豆酱，放入油内，两面煎呈金黄色时出勺。②原勺留底油，放入葱段、姜块炸出香味，放入肉片、甜面酱、蚝油、胡萝卜煸炒，加水，放入鲤鱼烧开，调好口味，移微火上焖至汤剩一半时，拣去葱、姜，加味精，用水淀粉勾芡，淋花椒油，出勺装盘即可。

蒜瓣烧鲤鱼

原料：活鲤鱼1条（约500克），蒜瓣150克，鲜汤500克，花生油150克，葱花25克，豆瓣50克，白糖15克，酱油15克，精盐2克，醋20克，味精1克，水淀粉20克。

做法：①将鱼去鳞、去内脏及鳃，洗净，沥干水分，在鱼身两面用刀片几下抹上精盐。②炒锅置中火上，下花生油烧至三成热，放入蒜瓣炸一会，加入豆瓣炒香至油发红，而后放入鲤鱼汤、酱油烧沸。③改用小火烧至鱼两面熟透后，把鱼盛入盘，在锅中放入白糖，用水淀粉勾芡，再加醋、葱花推匀，淋在鱼身上即成。

萝卜拌汤鱼

原料：鲜鲤鱼1条（重约500克），白萝卜300克，葱、姜共30克，花生油15克，料酒10克，精盐3克，胡椒粉2克，味精1克。

做法：①将鱼收拾干净，切成适当的片。萝卜切丝。葱、姜切片。②油烧热，放入萝卜丝稍炸，捞出沥油，倒出余油。鱼片、萝卜丝同放锅中，烹入料酒，加入适量开水烧开，再把葱片、姜片、精盐、味精、胡椒粉放入锅中，煮至鱼熟汤白即可。

山楂鸡蛋鲤鱼

原料：鲤鱼1条，山楂片30克，鸡蛋1个，面粉100克，料酒、葱末、姜片、精盐、白糖、味精、花生油各适量。

做法：①将鲤鱼去鳞、鳃及内脏，洗净切块，加入料酒、精盐腌15分钟。②面粉中加入清水和白糖适量，打入鸡蛋搅成糊，将鱼块下入糊中挂糊，取出后滚上面粉，下入爆过姜片的温油锅中炸3分钟捞起。③山楂片加入少量水上火溶化，加入调料及面粉糊少量，制成芡，倒入炸好的鱼块煮15分钟，放入味精调味，撒上葱花即成。

五香熏鱼

原料：鲜活鲤鱼500克，盐、白糖、味精、料酒、胡椒粉、五香粉、醪糟汁、糖色、芝麻油、花生油、鲜汤、姜、葱、蒜各适量。

做法：①将剖杀弄净后的鲜鲤鱼斩成条，用盐、料酒拌匀，腌渍30分钟。姜、葱、蒜分别切成细粒。②将鱼条放入七成热的花生油锅中两面炸至金黄色时捞起，锅中余油下姜、葱、蒜炒香，掺入鲜汤，放进盐、白糖、五香粉、胡椒粉、糖色、醪糟汁，烧沸后改用小火慢烧，收汁亮油后加味精、芝麻油、葱花，推匀后起锅即成。

白醋鲤鱼

原料：鲤鱼1条，花生油500克（约耗30克），生姜10克，蒜、韭菜各10克，白醋适量。

做法：①鲤鱼去除鳃、鳞、内脏，洗净，切块。②用花生油将鱼块煎至焦黄，倒入酱油少许，加糖、黄酒适量，添水烧至熟烂，盛入盘中，撒上姜、蒜、韭菜末和醋少许，即可食用。

奶汤鲤鱼

原料：鲤鱼500克，猪五花肉160克，牛奶65克，猪油50克，料酒6克，精盐6克，味精2克，葱3克，姜2克，高汤65克。

做法：①将鲤鱼刮去鳞，剔除鳃，剖去内脏，洗净，在鱼身两侧轻轻划2~3刀，用热水烫一下，捞出沥水。葱切段，姜切片。猪肉洗净，切片。②炒锅置火上，放入猪油烧热，下入葱段、姜片，炒出香味后倒入高汤（或水）、料酒、精盐、味精、猪肉片，烧开后撇去浮沫，把鱼放入，用中火煨炖20分钟，再加入牛奶，烧沸后尝好口味，即可出锅食用。

家常鲤鱼

原料：500克左右重的鲜鲤鱼1条，猪肥肉、榨菜丁各50克，泡辣椒、白糖、醋各5克，豆瓣25克，盐15克，花生油500克（约耗20克），酱油10克，绍酒5克，香油10克，胡椒粉1克，葱30克，姜、蒜各5克。

做法：①将鲤鱼刮鳞、去鳃和鳍，修好鱼尾，在鱼肚中间侧向背面开二寸长的隐刀。 ②保持整鱼形状，去内脏、冲洗干净，抹上盐、酱油、醋、绍酒、胡椒粉码底味，猪肉剁成细末，榨菜切丁。泡辣椒和豆瓣剁细，姜、蒜切末。25克葱切粒，其余葱待用。 ③大锅中入花生油，八成热时将鱼周身擦干入油中炸成金黄色，七八成熟时捞出。 ④舀去油，洗净锅，用生姜一切两瓣擦锅，以防粘锅，加猪油烧热，放入肉末炒酥香、下豆瓣、泡辣椒、葱、姜，炒到油变红亮，烹入绍酒，再加入高汤、酱油、盐、白糖、醋、胡椒粉、榨菜丁、青豆、尝好口味，将未切的整葱铺入锅底，复隔2寸铺一道，然后将炸好的鱼背面向下，头向两边、尾部交叉排列在锅中，加入汤汁以没过鱼身为宜，烧开后改用小火烧半小时左右入味，放入蒜末，出锅，放入盘中。 ⑤锅中留够原汤勾芡，淋香油后浇在每条鱼上即可上桌。

干烧鱼

原料：鲤鱼1条（约500克），香蕉、火腿、冬笋各35克，肥肉丁6克。

调料：精盐、酱油、绍酒、清汤、味精、白糖、葱、姜、白油、香油、醋、花生油。

制作：①将鱼去鳞腮和内脏，沥干水分，在两面打上一字花刀，将肥肉、冬笋、香菇、火腿切成丁。将葱、姜、蒜切成片。

②炒勺放在旺火上，加花生油烧八成熟时，将鱼下勺炸两三分钟捞出。另用炒勺放白油、白糖炒至鸡血红时，放入葱、姜、肥肉丁、冬笋、香菇、火腿、清汤、精盐、酱油、白糖、绍酒、醋烧开后再放入鱼，移至微火上加盖烧5分钟，将鱼翻过来再烧至汁浓时，加味精、绍酒、淋上香油，出勺即成。

锅烧活鱼

原料：活鲤鱼1条（约重500克），花生油65克，精盐2.5克，酱油14克，料酒6克，香醋10克，辣椒粉1克，胡椒粉2克，味精1克，白糖6克，清汤350克，大葱18克，鲜姜6克，大蒜5克，水淀粉少许。

做法：①将鱼去鳞、鳍、鳃，开膛挖去内脏，洗净，在鱼身两侧每隔2.5厘米剞入一刀（深到骨刺），抹上精盐（1.5克）、料酒（3.5克）腌渍片刻。大葱切丝，鲜姜、大蒜均切成末待用。②炒锅擦净置火上，放入花生油（50克）烧热，把鱼下入锅中两面煎成浅黄色取出。③炒锅内再放入花生油（15克）烧至微热，下入姜末、蒜末和辣椒粉煸炒。待油呈浅红色时，放入清汤、精盐、酱油、香醋、料酒、胡椒粉、白糖及煎好的鱼，先用大火烧开，再移至小火上烧约20分钟（中间要把鱼翻一次身）。当鱼眼凸出，鱼皮起皱，则鱼已熟透入味，即可把鱼取出放入鱼盘内，随后用水淀粉将留在炒锅内的汤汁勾成薄芡，再入葱丝、味精搅匀，浇在鱼上即成。

海　螺

油爆海螺

原料：加工好的净海螺肉300克，黄瓜25克，马蹄葱25克，盐3克，鸡精2克，料酒10克，生抽10克，葱末、姜末各2克，蒜片2克，水淀粉30克，花生油500克（约耗75克），淀粉25克，清汤30克。

做法：①将海螺肉片成大片。黄瓜去皮、去瓤，切成片。马蹄葱去皮，切片状。将海螺用淀粉稍浆备用。用碗盛入盐、鸡精、料酒、生抽、葱末、姜末、蒜片、清汤、水淀粉兑成芡。②锅上火，放入油，待烧至七成热时，迅速下入海螺，滑开倒入漏勺控净油。锅再上火，放入底油，倒入碗芡至稠，再倒入海螺、黄瓜片、马蹄葱片颠翻均匀，出锅入盘。

炝海螺

原料：鲜海螺肉150克，水发木耳15克，香菜5克，香油15克，味精2克，料酒10克，清汤50克，盐、酱油、葱、姜、花椒各少许。

做法：①将海螺肉洗净，由缺口处割半相连，反过来用刀面拍一下，再由上而下片成片，大的片3~4片，小的2~3片。木耳大的破开，小的不动。香菜茎切段。葱、姜切末。②海螺肉用沸水烫八成熟捞出，木耳、香菜段用沸水略烫一下，沥干水分装碗内。③将汤加味精、料酒、盐、酱油，调好口味，浇入海螺碗内，加入葱、姜末。④用勺加香油15克，花椒少许，用旺火烧沸，用密笊篱将花椒捞出，椒油浇入海螺碗内的葱、姜末上，用盘扣住，稍待片刻，装盘即可。

五香酱海螺

原料：熟海螺肉500克，酱油100克，白糖10克，料酒10克，清汤250克，花椒、丁香、大料、茴香、桂皮各5克，鸡精、五香粉、蚝油各适量，葱切段，姜切块，盐适量。

做法：①将海螺洗净，投冷水锅中煮熟，用竹签挑出螺肉，剥去螺盖，抠除螺黄，用原汤洗净。②花椒、丁香、大料、茴香、桂皮用纱布袋装好成五香料袋，葱、姜拍松。③海螺肉放入锅内，加入清汤250克，五香料袋、葱、姜和酱油、白糖、料酒、鸡精、五香粉、蚝油、盐，调好口味，上火煮沸，凉后切片装盆，用原汤浸泡，随用随取。

姜末拌海螺

原料：海螺200克，黄瓜50克，姜末20克，水发木耳15克，酱油15克，醋10克，香油、胡椒粉、蚝油、味精各少许，料酒10克。

做法：先将海螺洗净，切成薄片，倒入开水锅里烫一下，捞入凉水里投凉，装在盘里。黄瓜洗净，直刀切成片放在海螺片上。水发木耳直刀切成小块放在黄瓜片上。最后将姜末、胡椒粉、蚝油、酱油、醋、香油、味精、料酒调成汁浇在海螺、黄瓜、木耳上拌匀即可。

炒香螺片

原料：活香螺8只，冬笋肉、鲜汤各100克，味精、姜末各2克，精盐5克，料酒15克，花生油400克（约耗50克），香油、水淀粉少许。

做法：①将活香螺去壳，挖出螺肉，去除污物，清水洗净，切成薄片。②冬笋用清水洗净，切成薄片，入开水中焯一下。③炒锅烧热，下花生油烧至六七成热时，放入螺肉片滑油，至螺肉片挺起断生时，捞起沥干油。④锅内留油少许，放入笋片，加料酒、姜末、盐、味精、鲜汤、螺肉片略炒，用水淀粉勾芡，淋上香油少许，略煸几下即出锅装盘。

麻酱海螺

原料：海螺肉500克，橄榄菜梗1根，麻酱50克，精盐5克，料酒20克，味精2克，麻油10克，醋20克，京葱15克，姜片5片，鲜汤500克。

做法：①先将海螺肉洗净，用盐和醋把海螺肉擦洗一遍，放入清水漂洗干净，沥干水分待用。②将海螺肉放入碗里，加入鲜汤、料酒、葱、姜，上蒸笼蒸熟后取出，漂洗一下，沥干水分。③海螺肉冷却后切成薄片，放入盛具里。④将橄榄菜梗削去皮，洗净后放在沸水锅中余熟，取出冷却后切成菱形薄片，放入海螺肉中。⑤用冷开水少许将麻酱拌和，加入醋、味精、精盐、麻油，调匀后倾入海螺片中，与橄榄菜一起拌和，装盘即成。

炒 田 螺

原料：田螺500克，干尖椒、花椒、姜粒、花雕酒、生抽、精盐、白糖、味精、红油、花生油等各适量。

做法：田螺用清水吐尽泥沙后，剪去尾尖，洗净。将炒锅置旺火，下入花生油、姜粒、干尖椒，花椒炒香，放入田螺，加入花雕酒、精盐、生抽、白糖、味精、烹制至成熟，淋入红油即成。

红烧海螺

原料：鲜海螺肉250克，青菜心50克，冬笋100克，水发冬菇15克，蒜2克，水淀粉30克，鸡油10克，葱、酱油各25克，白糖10克，醋50克，清汤15克，料酒5克，精盐10克，猪油500克（约耗100克）。

做法：①将鲜海螺肉加盐（7克）和醋揉搓，再用清水洗两遍，洗净杂质，切为两片，在肉的外面每隔半厘米剞上十字花刀，再切成块，放在碗内加入水淀粉（5克）渍匀。②大葱切斜刀片，蒜切成薄片，冬笋切成片，青菜心切成段。③炒锅烧热，放猪油，烧至九成熟，将海螺肉放入一炸，即倒在漏勺内，沥去油。④炒锅内放猪油50克，烧至六成熟时，放入葱、蒜炸出香味时，加入清汤、白糖、酱油、盐（3克）、冬菇、冬笋、海螺肉、青菜心、料酒，移至小火上煨3分钟，再用水淀粉（25克）勾芡，淋上鸡油即成。

水煮海螺

原料：海螺250克，香菇、干笋各适量，红辣椒10克，葱10克，姜20克，料酒10克，盐10克。

做法：①将海螺用水反复冲洗多次，并入清水中浸泡2分钟以上，把沙子洗掉。②炒锅放在火上放入清水1000克，烧开后将海螺放入略煮2分钟立即捞出，再用清水冲洗干净。③香菇、干笋放入碗中加入开水泡发，将老根去掉备用。葱、姜洗净后略拍一下备用。④将洗净的海螺表面的紫色原盖去掉，看到里面的白色物质，在每个海螺上扎一个牙签．以方便食用。⑤炒锅上火加入清水1500克，放入红辣椒、葱、姜、料酒、盐及香菇和笋干，把锅烧开约10分钟，把扎好牙签的海螺放入煮5分钟后，再用原汤泡10分钟即可。

鳗　鱼

清炖河鳗

原料：河鳗段500克，热火腿适量，冬菇1只，时令笋适量，板油小丁50克，黄酒15克，食盐、味精、葱结、姜片各适量。

做法：①先用剪刀在肛门处剪开一刀，剪断肠、皮，又在颈项圈上剪一刀，剪断肠、皮（靠肚一边剪开），使鳗内脏孤立存在。用一只筷子从项圈中插入，卷牢鱼肠，把内脏全部卷上拉出。②锅水（大量水）在旺火上烧至八成热投入河鳗，上下翻动，泡至全身起白捞出，放入冷水中，用手带橡胶皮手套洗净滑性黏液，换水洗净。③先斩下鳗头，每10厘米左右斩下一段。然后将板油撕掉皮后切成丁形，塞入鳗肚（每段1只）。④熟火腿、时令笋分别切成厚薄、大小相同的梭子形薄片，冬菇切薄片。然后将鳗段排放在合适的浅汤盆中，居中排放冬菇、火腿、笋，使其美观、鲜艳（一片火腿，一片笋片，间隔排放）。⑤先在鳗的两边放入葱结、姜片、黄酒、盐、味精、半勺水。⑥笼水烧至沸滚，把汤盆放在笼屉中，盖紧笼帽，旺火蒸至鳗酥烂，即可食用。

蟹

韭菜蟹腐皮

原料：鸡蛋5个，活小螃蟹250克，韭黄250克，精盐5克，香油15克，猪油10克，酱油16克，胡椒粉面0.3克，料酒15克，白糖30克，味精少许。

做法：①把小螃蟹刷洗干净，放入钵中，用木棍捣烂，用白布包裹挤出汁水于碗中。然后把鸡蛋去壳，连同精盐（2.5克）、酱油（10克）、味精、料酒和胡椒面一并放入蟹汁碗中搅匀。②将炒锅放在微火上烧热，同时用布蘸猪油5克涂抹锅底锅壁。把调好的鸡蛋倒入一半，晃动炒锅，使蛋汁均匀地摊成薄蛋皮，再掀起翻一个身即取出。接着照此法再做第2个，仍用猪油5克。③韭黄洗净切成段，放入开水锅中，翻两下即捞出，沥去水分晾凉待用。蛋皮切成片。④韭黄放入盘中，加盐（3克）、酱油（6克）、香油、糖和味精拌匀，然后把蛋皮切开放在上面即成。

炒毛蟹

原料：河蟹500克，毛豆子25克，姜末5克，葱末、黄酒、红酱油各15克，白糖5克，干面粉25克，湿淀粉适量，味精少许，猪油50克，白汤300克。

做法：①把蟹放入水中洗净，取出沥去水后放在砧板上，肚壳朝上，用刀铡切两半只，斩下爪尖（铡切可以使蟹黄不流失，蟹肉不碎）。②炒锅烧热后放入猪油，在旺火上烧到七成热，推入蟹（排齐）煎至黄色，握锅颠翻几下，使蟹受热均匀，煎至壳红色，放入黄酒、酱油、白糖、姜末、味精、毛豆子、白汤烧滚，端至小火上加盖焖烧到熟透（壳火红色），端回旺火，滚后洒上湿淀粉推匀，再撒上葱末，握锅连翻几下，使卤包在蟹上，出锅排齐装盘。

米酒蒸螃蟹

原料：螃蟹数只，米酒适量，精盐、姜块各适量。

做法：①将螃蟹冲洗干净，盛入碗内，加精盐、姜块，上笼用旺火蒸。②将熟时倒入米酒，继续蒸熟即可。

炒蟹肉

原料：蟹肉罐头1罐，姜少许，料酒、盐、花生油、鸡精各少许。

做法：①将蟹肉罐头剔去肉内碎骨，拌散，备用；将姜去皮切细末。②热油锅，放入蟹肉、料酒、盐、鸡精炒匀，再放入姜末即可。

清蒸河蟹

原料：河蟹250克，香醋、姜、花椒少许。

做法：①把姜洗净切成末，放在器皿中倒入香醋拌匀待用。②将河蟹用水冲洗干净，放入蒸锅中加几粒花椒蒸7～8分钟取出，装入盘中，蘸姜醋汁食用即可。

姜葱炒蟹

原料：蟹两只，葱4根，姜4厚片，酒半汤匙，香油少许，花生油2汤匙，生抽2茶匙，胡椒粉1汤匙，盐半茶匙，淀粉适量，糖1茶匙。

做法：①姜切丝，葱切段。②蟹洗刷干净除内脏，斩块，抹干水分，加入酒半汤匙拌匀。在切开的表面黏上淀粉，放入滚油中炸熟，取出。③烧热花生油，爆香姜、葱，蟹回锅，翻炒均匀，放入生抽、盐、糖，盖煮4分钟，至汁水剩下少许时，再洒少许酒、胡椒粉、香油，拌匀上碟。

啤酒蟹

原料：蟹600克，鸡蛋清3个，啤酒1杯，精盐半汤匙，胡椒粉、淀粉、香菜各少许。

做法：①蟹开膛洗净后，保留蟹盖完整，蟹肉剁成数块洗净、沥干。②淀粉少许将蟹块拌匀；鸡蛋清加精盐、胡椒粉拌匀，再加入啤酒，拌匀。③蟹块放入深锅里，上加蟹盖，淋上蛋白、啤酒。加盖高火6～8

分钟，撒上香菜即可。

蟹黄干丝

用料：活雌蟹500克，香豆腐干6块，葱花和姜末各10克，猪油50克，精盐4克，味精和白糖各3克，红油15克，花生酱30克，清汤25克，胡椒粉少许。

做法：①将活蟹用清水洗净，放入盘内，入笼用旺火蒸至蟹熟后取出，拆出蟹肉。锅置火上烧热，放入蟹肉、葱花和姜末一起炒透，有蟹味溢出时盛入盘内，摊开冷却。②将香豆腐干切成细丝，投入沸水锅中焯透，捞入盘内摊开冷却，而后装在盘内，并把蟹肉堆放在豆腐干丝上面。③花生酱放在碗里，舀入清汤稀释调成糊状，放入精盐、白糖、味精、胡椒粉和红油调匀，浇在盘中蟹肉干丝上拌匀即成。

其　他

冬菜绍子鱼

原料：鲜鱼250克，瘦猪肉末60克，冬菜末40克，姜末5克，蒜末8克，葱花25克，酱油8克，味精1克，胡椒粉0.5克，料酒12克，肉汤120克，水淀粉、花生油各80克。

做法：①将鲜鱼洗净后，将鱼身两面各斜划5刀，用料酒、盐抹遍鱼身。②锅内油烧热，两面煎黄铲出。放入肉末，炒干水分后，倒入料酒，下姜、葱、蒜，炒出香味时加冬菜炒匀，并加入汤、酱油、盐、胡椒粉搅匀。再放入鱼烧开后，改用微火慢烧，使鱼入味。③将鱼盛在盘内用水淀粉勾芡，将浓勾芡浇在鱼身上即成。

干炸银鱼

原料：银鱼250克，鸡蛋黄2个，料酒、淀粉各10克，精盐6克，辣酱油、白糖各8克，味精1克，花椒粉、白胡椒粉各少许，白面粉4克，明矾末1.5克，麻油4克，花生油500克（约耗60克）。

做法：①将银鱼摘去头，抽去肠，去尾尖，放碗内，加明矾末抓拌后，用清水漂去黏液，沥去水，放入碗内，加料酒拌几下后，再加胡椒粉、花椒粉、白糖、盐、味精、鸡蛋黄拌和，然后放入干淀粉、面粉拌匀。②旺火坐勺，入油烧至七成热，将银鱼放入，用漏勺抖散，炸2分钟至棕黄色捞出，待油温烧热，再将银鱼倒入复炸2分钟至金黄色捞出。③倒入锅内的油，仍置旺火上，舀入香油，加葱末、辣酱油，再倒入银鱼。颠翻几下，起锅盛入盆中即成。

清蒸武昌鱼

原料：武昌鱼1尾（重约350克），鸡汤50克，料酒5克，葱白10克，蚝油10克，鱼露10克，姜10克，盐2克，味精3克。

做法：①鱼去鳞、鳃、内脏，保持其原有外观，用清水冲洗干净。②葱、姜洗净切成大片。鸡汤撇净油分。③将鱼放在菜墩上，在鱼体两侧斜方向剞6~8刀，深至脊骨，但不要把脊骨切断，每刀间距2厘米。④将鱼放在汤盘中，把盐、味精、蚝油、鱼露、料酒均匀擦在鱼体表面和胸腹内，葱片、姜片均匀分布在鱼体表面和胸腹内，最后把鸡汤淋在鱼体上。⑤将鱼盘放在蒸锅内，用中水蒸15分钟取出，去掉葱、姜即可上桌。

醋烹武昌鱼

原料： 武昌鱼1条（重约500克），醋、葱花、蒜末、酱油、精盐、料酒、花生油、湿淀粉各适量。

做法： ①将鱼去鳞、内脏，洗净，在鱼身两边剞上花刀，加精盐、酱油、料酒腌渍约20分钟，加湿淀粉涂上一层薄糊。②锅中加花生油烧热，放入鱼炸至黄色，捞出，控油。③锅中留油少许烧热，放葱花、蒜末爆锅，烹入醋、料酒、酱油，放入鱼和少许水烧透即成。

鲶鱼炖茄子

原料： 鲶鱼250克，豆腐100克，茄子200克，香菜5克，油菜25克，葱、姜各2克，胡椒粉2克，花椒5粒，料酒2克，猪油、蚝油、香油、甜面酱、精盐、味精各适量。

做法： ①将鲶鱼收拾整理干净后，切成段。茄子去皮用手撕成条，香菜切段，葱、姜切丝，油菜心洗净一切两半。②勺内加水烧开后，放点醋，将鲶鱼段烫一下捞出。③勺内加入底油烧热，下入茄条和油菜煸炒，待炒至茄子变软时出勺备用（也可以不煸炒，但汤内会有涩味）。④勺内加入汤，放上料酒、猪油、蚝油、甜面酱、精盐烧开后，下入鲶鱼。烧开后，撇去浮沫，用小火炖15分钟左右，加入煸好的茄子、油菜心，继续炖10分钟左右，即可装在汤碗中，放入葱、姜丝，撒上胡椒粉，点上香油即可。

干烹五香鱼

原料： 牙片鱼500克，酱油80克，盐适量，花生油150克，糖50克，甜面酱40克，料酒40克，五香粉5克，葱、姜、蒜各10克，汤2克，醋10克。

做法： ①将鱼去鳞、去头、去内脏，洗净，片成厚1厘米的抹刀片。②葱、姜、蒜各10克，加入鱼盘内备用。③加入酱油40克，盐适量，料酒20克，甜面酱20克，糖20克，同鱼拌和均匀，腌2小时左右捞出晾干。④炒勺加油，油至8～9成熟时，将拌好的鱼片一一投入油中，炸成焦红色时捞出，将油控净，再用勺加油起锅，油热先加葱、姜、蒜烹锅，再加酱油、盐、糖、甜面酱、料酒、五香粉、醋和汤，汤沸时调好口味，待炸好的鱼片下勺颠翻均匀盛盘，凉后切块装盘。

炝乌鱼花

原料： 新大乌鱼200克，水发木耳15克，青菜100克，香油15克，料酒10克，味精2克，清汤75克，酱油、盐、花椒、葱、姜各少许。

做法： ①将乌鱼洗净，抽出乌鱼头、骨板，除去内脏，由背部分开，剥乌鱼皮，用冷水洗净，再从中间切开，由黑面开始，板刀每隔1厘米剞一刀（深度三分之二为宜），再斜刀每隔0.5厘米直切相连（深度同上）每隔4刀顺刀口切断。②青菜切片或切段，木耳大的切开，小的不动，青菜、木耳装碗内备用，葱、姜切开。③将乌鱼花用沸水焯一下，沥干水分，放在青菜、木耳上，沸汤75克加香油、料酒、味精、酱油、盐，调好口味，浇入乌鱼碗内，加上葱、姜末，再将刚出勺的花椒油浇在葱、姜末上，用盘子扣好，待片刻后，拌匀装盘即好。

五更豆酥龙鱼

原料：鳕鱼（约500克）1条，四川豆豉球1粒，猪绞肉75克，葱末1小匙，姜末1小匙，蒜末1小匙，辣椒粉1小匙，盐1小匙，味精1/2小匙，酒1大匙，花生油3大匙。

做法：①鳕鱼去大骨、去鳞，置于长盘中，淋下酒后入笼屉大火蒸10分钟。②花生油入锅烧热，葱、姜、蒜末炒香后再入豆豉球、绞肉同炒，直到豆豉散化，发出焦香为止，加入辣椒粉、酱油、味精调味，续炒至酥松。③炒好的豆酥浇在鱼肉上，再将鱼连（铁）盘一起放在五更炉上，即可食用。

清蒸鳊鱼

原料：鳊鱼1条（重约500克），熟火腿20克，水发冬菇20克，冬笋10克，猪肥肉100克，盐2克，白糖2克，醋13克，料酒6克，虾子2克，鸡汤35克，姜14克，葱6克，味精2克。

做法：①鱼去掉鳞、鳃、内脏、背鳍、腹鳍，冲洗干净，在鱼体两侧整齐地剞上一些花刀，深度不要到骨。②烧开一锅水，将鱼放入汆一下立即取出，刮掉鱼体上的黑膜。③火腿、冬菇、冬笋切成大小相同的片。猪肥肉洗净切成大片。葱切段。姜7克切片，7克切末。④将鱼体内外用料酒和盐抹匀腌一下，放入盘中，码上火腿、冬菇和冬笋片，在其上面放葱段、姜片，加入虾子、鸡汤、味精和白糖，用猪肥肉片将鱼盖好，上锅用旺火蒸制，开锅后蒸10～15分钟，取出去掉肉片及葱、姜。⑤上桌时随鱼跟姜末和醋碟，供蘸食。

四、禽蛋类的制作

鸡

辣子鸡块

原料：净肉鸡500克，青椒100克，花生油500克（约耗50克），酱油30克，白糖20克，精盐3克，干辣椒5克，葱、姜末各5克。

做法：①鸡从脊背开膛，去内脏，洗净，剁成块，加入少许酱油拌匀，用热油炸成红色，捞出待用。青椒切成滚刀块。②油热后，炸干辣椒，投入鸡块，加入水、酱油、白糖、精盐、葱、姜末，开锅后，转微火焖烂，加入青椒块收汁即成。

黄焖鸡块

原料：嫩雏鸡1只（约600克），葱、姜片共15克，盐1克，味精1克，料酒10克，酱油25克，甜面酱25克，白糖10克，八角1个，水淀粉15克，花生油500克（约耗40克），茴香、砂仁、八角各适量，花椒油2克。

做法：①将鸡择洗干净后剁成块，加入少许酱油拌匀。②炒锅置旺火上，加入花生油，烧至八成热时放入鸡块炸至金黄色，捞出控油。③炒锅内留少许油，烧至五成热时放入葱、姜、茴香、砂仁、八角、甜面酱炒出香味，加入料酒、酱油、盐、白糖和300克水，烧沸后放入鸡块，盖上盖，改用小火焖至肉烂、汤汁较少时，加入味精，用水淀粉勾芡，淋入花椒油搅匀即成。

芝麻鸡

原料：净鸡1只，核桃仁30克，黑芝麻15克，精盐、味精、老抽、花椒、八角、料酒、姜块、猪油各适量。

做法：①将黑芝麻放入锅中，小火烘干，研碎。核桃仁研碎。②把核桃仁、黑芝麻放入鸡腹中将鸡放入大汤碗中，加精盐、料酒、姜块、味精、老抽、花椒、八角、花生油、少许水，上笼蒸至熟烂即成。

柴扒鸡

原料：嫩母鸡1只，水发冬笋干50克，水发冬菇、熟火腿各50克，水发青笋尖50克，花生油、料酒、蚝油、香油、葱段、姜片、八角、味精、精盐、清汤、湿淀粉各适量。

做法：①将母鸡小开膛，取出内脏，剁去鸡爪，洗净，放入锅内，加水煮熟，捞出，用水冲净。凉透后，把鸡肉全部剔出（带皮），切成条。②玉兰片、冬菇、火腿均切成条。水发青笋尖切成段，每段再切成细条。③把白玉兰片、冬菇、火腿各2条，摆齐。再将切好的鸡肉也整齐地摆在上面，鸡皮朝下，用青笋尖扎成捆，摆在盘中。加花生油、料酒、味精、精盐、酱油、葱段、姜片、八角、清汤，上笼蒸透。④下屉后，把汤撇在锅内，柴扒鸡码在大盘内，在原汤中再加些清汤、味精、料酒、蚝油、香油、酱油，调好色味，用湿淀粉勾薄芡，淋上香油，浇在鸡上即成。

枸杞松子爆鸡丁

原料：鸡肉250克，枸杞子10克，松子、核桃仁各20克，鸡蛋1个，花生油

500克（约耗60克），姜末、葱末、蒜末、精盐、酱油、料酒、胡椒粉、花椒油、鸡精、白糖、淀粉、鸡汤各适量。

做法：①将鸡肉洗净，剁成丁，加入精盐、鸡精、料酒、酱油、胡椒粉、鸡蛋、淀粉抓匀，入热油锅内熘熟，捞出，控去油。②炒锅置火上，烧热，放入核桃仁、松子炒熟。枸杞子放入小碗内蒸20分钟。③锅再置火上，放入葱末、姜末、蒜末、精盐、酱油、鸡精、料酒、胡椒粉、花椒油、白糖、淀粉、鸡汤调成的调料汁，然后倒入鸡丁翻炒，再下核桃仁、松子仁翻炒即成。

油淋斑鸠

原料：嫩斑鸠4只，鸡蛋2个，香菜150克，油炸去皮花生米100克，花生油500克（约耗100克），料酒50克，盐5克，味精2克，白糖5克，花椒子20粒，花椒粉1克，葱15克，姜15克，湿淀粉50克，香油25克。

做法：①将葱和姜拍破。香菜摘洗干净。②斑鸠干拔去粗毛，再用七成开水烫一下去尽绒毛，由背脊骨开膛去内脏洗净，先取下头、翅和脚，再将腿、脯和背脊去净骨，均放在一起，用葱、姜、料酒以及花椒子、盐、白糖和味精腌1小时左右，然后去掉葱、姜和花椒子，用鸡蛋清和湿淀粉调匀，将斑鸠浆好。③将花生油烧沸，下入浆好的斑鸠及头、翅和脚，炸一下即捞出。待油内水分烧干时，再下入斑鸠重炸焦酥呈金黄色，滗去油，撒入花椒和香油，簸几下，倒入盘内，将斑鸠砍成小块，摆入盘内，淋香油，撒花生米和香菜即成。

爆山鸡丁

原料：净山鸡肉150克，鸡蛋清半个，水发玉兰片10克，豌豆15克，水烫胡萝卜10克，精盐、味精、花椒水、料酒、葱、姜、蒜、猪油、肉汤、湿淀粉各适量。

做法：①将山鸡肉切成小方丁，胡萝卜、玉兰片、葱白均切成小方丁。姜切成末。蒜拍一下切成末。②将山鸡、肉丁放入碗内，加鸡蛋清、湿淀粉用手抓匀。③在小碗内放入肉汤、精盐、味精、花椒水、料酒、水淀粉兑成白汁水。④炒勺内放入猪油250克，烧至五成热时，放入浆好的山鸡肉丁，用筷子搅散，肉色发白熟时出勺控净油。⑤炒勺内放入少量猪油，用葱、姜、蒜炸锅，放入玉兰片、胡萝卜丁、豌豆和滑好的山鸡肉丁，翻炒几下，再倒入兑好的白汁水翻炒几下，出勺盛在盘内即可。

鸡肉玉米

原料：鸡胸肉200克，鲜嫩玉米粒100克，清汤、精盐、鸡精、蛋清、花椒油、蚝油、淀粉、胡椒粉各适量。

做法：①将鸡胸肉剔去筋，剁成泥，加入蛋清、精盐、鸡精、花椒油、蚝油、白糖、胡椒粉拌匀。②将鸡肉泥捏成丸子，再滚上玉米粒，放入蒸笼中蒸约15分钟。③将清汤加热，再用少许水淀粉勾芡后淋在鸡肉玉米丸子上即可。

五香烤鸡

原料：嫩仔鸡1只（约重500克），花椒、八角、小茴香、桂皮、肉豆蔻、精盐、酱油、料酒、味精各适量。

做法：①将鸡洗净，剁成小块。②把花椒、八角、小茴香、桂皮、肉豆蔻放锅中小火烘干，研成细末，放入碗中，加精盐、料酒、酱油、味精、鸡块拌匀，腌约1小时，放入烤箱中，慢烤15分钟，然后翻过来再烤15分钟，烤熟即成。

熘山鸡片冬笋

原料：山鸡脯肉150克，冬笋50克，水发冬菇15克，黄瓜15克，鸡蛋清2个，精盐、料酒、味精、生抽、蚝油、香油、胡椒粉、花椒水、葱、姜、鸡汤、花生油各适量。

做法：①把鸡肉用凉水泡半个小时，然后片成片。冬笋顺长切成薄片。冬菇斜刀片成片。黄瓜削去薄薄的一层绿皮，斜刀切成段，再切成片。葱、姜切成末。鸡蛋去黄留清。②鸡片用精盐、料酒、味精、湿淀粉、鸡蛋清调匀喂好。③用精盐、料酒、味精、花椒水、鸡汤、生抽、蚝油、胡椒粉、湿淀粉兑成汁水。④冬菇、冬笋用开水烫一下捞出控净水分。⑤勺内放花生油500克左右（约耗50克），待油三四成热时，把鸡片投入勺内，滑散滑透，倒入漏勺控净油。⑥勺内放少量油，把冬笋、冬菇、黄瓜片下勺煸炒片刻，把滑好的鸡片倒入勺内，再将兑好的汁水搅匀倒入勺内，翻炒均匀，淋上香油即可。

炒山鸡片雪里蕻

原料：净山鸡肉150克，雪里蕻50克，鸡蛋清半个，精盐、味精、花椒水、料酒、葱、姜、蒜、湿淀粉、猪油、鸡汤各适量。

做法：①把山鸡肉切成小薄片。雪里蕻洗净切成粗末。葱切成葱花。姜切成末。蒜用刀拍一下，切成末。②把山鸡片放在碗内加鸡蛋清、湿淀粉用手抓匀。③勺内放入猪油约500克（约耗100克）。油烧至半熟，将山鸡片放入油内，用筷子搅散，熟时倒出。④勺内放入少量油，油烧热用葱花、姜、蒜末炝锅，接着放入雪里蕻煸炒，添少许汤，放入山鸡片，加精盐（少许）、味精、花椒水、料酒，再翻炒几下出勺盛在盘内即成。

栗子炒鸡块

原料：鸡肉250克，栗肉100克，葱段5克，盐1克，味精1克，白糖10克，料酒15克，酱油25克，醋2克，水淀粉35克，香油15克，花生油80克。

做法：①鸡肉皮朝下置于砧板上拍平，用虚刀交叉在肉面上排剁几下，然后切1厘米见方的块，盛入碗中，加盐、料酒少许，捏上劲，再用水淀粉调稀搅拌上浆。②将料酒、酱油、白糖、味精、醋放入碗内，用水淀粉调成芡汁备用。③炒锅置中火上，倒入花生油，烧至七成热时放入浆好的鸡块，用筷子划散即用漏勺捞出，待油温升至七成热时将鸡块再放入锅中，并倒入栗肉，滑至鸡肉转玉白色，即将栗肉与鸡块一起倒入漏勺，控油。④锅留少许底油，放入葱段煸至有香味，将鸡块和栗肉倒入锅，将调好的芡汁加少量的水调匀倒入，颠翻炒锅，使芡汁包住鸡块和栗肉，淋入香油，出锅即可。

重庆辣子鸡

原料：鸡翅350克，辣椒150克，花椒50克，味极鲜酱油15克，料酒10克，盐3克，鸡精5克，白糖15克，葱、姜各15克，花生油200克（约耗20克）。

做法：①鸡翅洗净后，剁成长2厘米的段，放入一器皿中，葱、姜洗净后用刀拍散，放入盛有鸡翅的碗中，再加入味极鲜酱油、料酒、盐，把鸡翅和调料搅拌均匀，腌15分钟后使用。②炒锅加花生油烧至五成热，油面略有青烟，把腌过的鸡翅放入油锅中，炸至鸡翅漂起时捞出，去掉葱、姜。油烧到油面青烟较多时，再把炸过的鸡翅放入炸一遍，使原料表面比较脆硬，原料中水分含量较少，捞出控干油备用。③净炒锅中加油15克，把花椒放入用小火炒至花椒成为紫色时，再把辣椒放入一同炒制，炒出香味后放入炸好的鸡块，使用大火不停地炒动原料，使辣椒和花椒的香味完全进入到鸡翅中。此时加入鸡精和白糖，不停地炒动原料，炒到辣椒表面出现光泽时，取出放入盘中。

荷叶鸡

原料：仔母鸡1只（约500克），精盐3克，酱油50克，五香料50克，鸡精、蚝油各5克，料酒25克，冰糖50克，麻油25克，鲜荷叶3片。

做法：①将鸡宰杀后去毛，从尾部开口取净内脏，洗干净，砍去头、脚，在鸡腹内塞进三片鲜荷叶，放入锅内，倒入清水烧开，撇去泡沫，加入精盐、酱油、冰糖、鸡精、蚝油、料酒。②将五香料用纱布包好，放入煮锅中，边煮边用竹签插鸡身，使其熟得均匀，然后取出沥干水分，砍成大块，按原鸡形码在盘中，淋上麻油即成。

油泼鸡

原料：嫩鸡1只（约500克），香菜适量，花生油100克，酱油400克，料酒、香油各25克，花椒油20克，白糖15克，淀粉40克，味精3克，大料、花椒、茴香、砂仁、桂皮、葱、姜、蒜各少许。

做法：①将鸡整理好，从背部开膛，除去内脏，剁去鸡嘴、爪，洗净，用料酒、白糖、酱油、味精、花椒、茴香、砂仁、大料、桂皮等揉搓鸡的全身，腌浸一会儿，入味时上屉蒸烂，取出，控净汤汁，用刀切成4块，用淀粉调糊，抹匀鸡身。葱、姜、蒜切丝。香菜切段。②炒锅放火上，加花生油，烧至七成热时，把鸡放入花生油中炸一下捞出，待油烧热时，把鸡再次放入油中炸，炸成金黄色时捞出。③原锅留底油，用葱、姜、蒜炝锅，再把鸡放入锅中翻两个个，然后，将事先用酱油、料酒、花椒油、味精、醋、糖兑好的清汁浇入锅内，颠翻几下，放入香菜段，加香油出锅，倒在碗里，改刀装盘，碗内的油汁浇在鸡块上即成。

清炖土鸡

原料：净土鸡1只，香菇20克，熟猪油50克，葱15克，姜片10克，鸡精、生抽各5克，料酒25克，盐4克。

做法：①将净土鸡除内脏，改刀剁成块，用清水洗净，放入沸水锅内焯水出血，捞出用清水洗净备用。香菇用温水泡软，洗净杂质。②净锅置火上，放熟猪油烧热，用葱段、姜片炝锅，放入土鸡块，用中火煸炒至水分将尽，出锅倒在大碗里，加水、料酒、鸡精、生抽、香菇，入屉用旺火蒸20分钟，去掉葱段、姜片不用，再放入盐，调好口味再蒸20分钟，至土鸡块熟烂，出锅上桌即成。

椒麻鸡

原料：鸡肉150克，酱油5克，粉皮150克，葱花、花椒粉、姜、麻油、香醋、白糖各少许。

做法：①将鸡肉放入水中煮滚，转小火焖到七成熟后，捞出折骨，切成薄片，盛在盆内。②将葱、姜、麻油、酱油、花椒粉、醋、糖等调和，倒入菜盘，再将粉皮切成长条作底即好。

西芹鸡胗

原料：鸡胗3个，西芹150克，大葱25克，姜块15克，花椒2克，桂皮10克，盐5克，料酒25克，味精3克，芝麻油15克。

做法：①将鸡胗撕去内层黄皮和油筋，洗净，焯一下捞出备用。把西芹一片片剥开，洗净，切成小块放沸水中烫熟，捞出用冷水过凉，挤净水分。②把大葱切成小段，姜块去皮切成片，共入净锅内加鸡胗、花椒、桂皮、盐、料酒和500克清水，置火上将鸡胗煮熟，取出放凉，切成小片。③把鸡胗和西芹放在大碗内，加上盐、味精和芝麻油拌匀即可。

五 味 鸡

原料：仔鸡一只（约1000克），咖喱粉5克，葱10克，白糖10克，番茄酱25克，姜10克，麻油25克，花生油500克（约耗30克），盐水15克，蒜10克，料酒10克，味精1克。

做法：①将鸡洗净，斩成块，用盐、味精、黄酒，腌渍1小时。②炒锅置于火上，倒油烧至5~6成熟，把鸡放入，炸5分钟左右。③炒锅放入底油烧热，放入葱段炸出香味，再加咖喱粉、番茄酱，炒1分钟左右，倒入400克的清水，放入姜末。烧沸后下入鸡块，用中火烧至鸡烂，再用大火收汁，加入蒜泥、麻油，捞出即成。

酸辣鸡丝粉皮

原料：熟鸡肉100克，粉皮200克，葱丝15克，香菜段10克，蒜片5克，姜片5克，姜汁10克，酱油15克，精盐2克，味精3克，醋25克，香油10克，猪油25克，清汤750克。

做法：①将熟鸡肉片成片，改刀切成丝，香菜洗净切段，粉皮切成条。②汤锅置火上加入猪油烧热，烹葱丝（5克）、姜片，放入清汤、味精、精盐、姜汁、酱油、料酒、鸡丝、粉皮烧开，撇净浮沫，加醋，淋上香油，起锅盛入汤碗，最后撒上余下葱丝、香菜段即成。

鱼香鸡腿

原料：肉鸡腿2个，鸡蛋、泡红椒、姜粒、葱花、料酒、老抽、陈醋、精盐、白糖、味精、胡椒面粉、淀粉、花生油等各适量。

做法：鸡腿洗净，加入料酒、姜粒、精盐腌渍入味。面粉、淀粉加入鸡蛋、精盐及适量清水调制成全蛋糊，将鸡腿拖挂全蛋糊入热油锅中炸至成熟，再改刀成原片置于盘中。另取炒锅下入花生油、姜粒、泡红椒、老抽、陈醋、精盐、白糖、味精、胡椒、葱花等上火调成鱼香汁，烧开后浇于鸡腿上即可。

清炖母鸡

原料：仔母鸡1只（约500克），精盐1.5克，料酒25克，味精1克，葱段、姜块各15克，胡椒面少许。

做法：①将母鸡宰杀，去毛，洗净，把其脊背朝右，平放在菜板上，用刀从鸡的屁股上方插入，沿着鸡背骨劈开至颈根处，用刀尖顺势把颈皮划开，掏出内脏，取出嗉子，剁去鸡爪和翅尖，用清水把鸡内外冲洗干净。②将母鸡放入锅内，放入凉水（水是鸡的2倍），用大火烧开，撇去血沫。再开两开，把鸡捞出，洗净附在鸡体上的血沫。③将煮鸡的汤轻轻倒入另一容器内，锅底的渣子倒掉不要。再把鸡放入锅内，倒入原汤，上火烧开，下入精盐、料酒、葱段、姜块、胡椒面，改用小火，保持微开，盖上锅盖炖熟即可，食用时加入味精。

黄瓜爆鸡丁

原料：鸡脯肉200克，玉兰片、黄瓜各25克，蛋清3个，湿淀粉20克，甜面酱25

克，白糖15克，葱、姜、蒜共20克，料酒20克，花椒水5克，味精、精盐、香油适量，花生油200克。

做法：将鸡脯肉切成丁，玉兰片、黄瓜均切成丁，葱、姜切小丁，蒜切末，用蛋清和湿淀粉调成蛋清浆，把肉丁放入抓匀上浆，锅内倒入油，烧至八成热以上时，将肉丁放入速炸捞出，另起锅放花生油，热时用葱、姜、蒜炝锅，煸炒玉兰片丁、黄瓜丁后加甜面酱用小火轻炒，待香味已出时，放入白糖、料酒、精盐、花椒水、味精，当酱汁烧开时放入鸡丁，翻炒至酱汁完全包住主料，淋上香油，出锅即成。

红煨鸡块

原料：宰好的当年母鸡一只（约重1000克），水发玉兰片25克，花生油35克，酱油25克，料酒5克，味精1克，白糖5克，葱10克，鲜姜5克，大蒜5克，花椒、茴香、草果皮各3.5克，大料2克，香油10克，清汤200克。

做法：①母鸡剁去爪，用刀在鸡嗉子处划一口，取出嗉子和气管，仰放在菜案上，在肛门处稍上侧横开一口，取出内脏，用清水冲洗干净，剁成方块。葱切成段，姜、蒜切成片。②把炒勺放在旺火上，倒入花生油，接着放入葱段、姜片、蒜片、花椒、茴香、草果皮、大料和鸡块煸炒，再用料酒一烹，放入酱油、白糖、玉兰片，移至微火上煨焖（中间翻动一至二次），约煨一小时左右，再移至旺火上烧一会儿，加味精即成。

桔红鸡丝

原料：熟鸡肉1000克，鲜桔皮100克，嫩芹菜250克，泡姜、精盐、白糖、味精、麻油、花椒油各适量。

做法：①鲜桔皮先用清水浸泡半小时左右，再用沸水煮2分钟捞出，用刀刮掉皮内白色部分，切成细丝，用精盐少许拌匀腌渍10分钟，清水冲洗，捞出挤干水分备用。②熟鸡肉切成细丝。③嫩芹菜切成长节，放入沸水中汆一下，捞出趁热撒入泡姜丝、精盐少许拌匀待用。④将白糖、味精、麻油、花椒油、精盐调匀，加入桔皮丝、鸡肉丝、芹菜节、泡姜丝拌匀装盘。

菠萝鸡丁

原料：菠萝300克，鸡胸肉100克，盐5克，味精3克，淀粉3克，鸡蛋1个，料酒5克，花生油50克，鸡汤25克。

做法：①将菠萝去掉外部老皮，切成丁。鸡胸肉切成丁，放入1克盐、1.5克料酒、鸡蛋和1.5克淀粉上浆，抓匀。②将盐、味精、料酒、淀粉和鸡汤25克，放入碗中调成汁。③炒锅上火，加花生油50克，烧热后将鸡丁放入煸炒，到八成熟时，将菠萝放入，翻炒均匀后即烹入碗汁，待汁挂均匀后即可装盘。

辣味热锅鸡

原料：带骨鸡肉500克，醋30克，辣椒油25克，香油5克，酱油20克，料酒20克，精盐、味精、花生油各适量，水、淀粉少许。

做法：①把鸡收拾干净，放入开水锅中煮至将熟，捞出，稍凉，适当切块待用。姜去皮，剁细末。②锅烧热，放花生油适量，姜末下锅，稍炒出香辣味，烹入料酒、酱油，添水250克，再把鸡块、精盐、味精入锅，烧开。待鸡块烧透时，适量加入淀粉，把汁收稠，再把醋、辣椒油、香油一齐下锅，拌匀即可食用。

贵妃鸡

原料：上半节鸡翅膀200克，冬笋片、冬菇片各80克，冰糖40克，湿淀粉5克，葡萄酒8克，酱油3克，料酒5克，葱花、白糖、姜、味精、精盐少许，鸡汤250克。

做法：①先将鸡膀用滚水漂去腥味，炒锅放猪油及冰糖炒至金黄色后，将鸡膀放入同炒30秒钟，再加料酒、酱油、盐、味精、葱、姜及鸡汤，用文火焖约15分钟左右（视鸡膀的老嫩决定）。②取出葱、姜，放入葡萄酒、糖及冬菇、冬笋片，再烧半分钟，放湿淀粉勾芡即好。

辣子鸡丁

原料：鸡脯肉400克，干辣椒100克，鸡蛋1个（取蛋清），料酒10克，白糖10克，猪油100克，辣椒油10克，水淀粉25克，精盐、味精、葱、姜适量。

做法：①将鸡脯剔去筋皮，用刀轻拍几下，切成小丁。②将鸡蛋磕破倒出蛋清，加少许精盐，拌入湿淀粉，倒鸡丁抓匀浆好。干辣椒切丁待用。③炒锅置旺火上倒入猪油，烧至五成热时将辣椒丁倒入锅中，稍时用漏勺捞出辣椒丁滗油。炒锅放底油烧至七成热时下姜末、鸡丁、辣椒丁迅速翻炒，淋芡汁和辣椒油，装盘即成。

沙锅鸡块

原料：熟白煮鸡1只，土豆、花生油、蘑菇、酱油、盐、大料、蚝油、枸杞子、花椒、葱、姜块、味精各适量。

做法：①将鸡剁成块，放开水内焯一下，捞出沥干水分。②将土豆去皮洗净，切成块。③将蘑菇择洗干净，切成小块。④洗净沙锅，擦干水分，放入蘑菇、土豆、鸡块、葱、姜块、蚝油、枸杞子、花椒、大料、酱油、盐、花生油，添汤没过主料。旺火烧开，撇去浮沫，微火炖30分钟左右即熟。拣出葱、姜块、花椒、大料，点味精，即可上桌食用。

鲜菇鸡腰

原料：鲜蘑菇65克，鸡腰65克，火腿片20克，冬笋片20克，料酒、白糖、胡椒粉、鸡精、生抽、湿淀粉、鸡汤、精盐各适量。

做法：①将新鲜蘑菇每只切成四块，用沸水烫后捞出，同鸡腰一并放入锅内（鸡腰先用滚水烫一下，剥去皮）。②即加鸡汤、火腿片、冬笋片和糖、料酒、胡椒粉、鸡精、生抽、盐，继续用文火煨两分钟，起锅时，放湿淀粉勾芡即可。

氽鸡茸虾球

原料：青虾300克，猪肥膘肉100克，鸡脯肉50克，熟火腿50克，豌豆苗30克，精盐、味精、姜末、湿淀粉、料酒、鸡蛋清各适量。

做法：①将青虾洗净去皮，与猪肥膘肉、鸡脯肉分别砸成细泥。熟火腿剁成碎末。豌豆苗择去根和茎，洗净。②用水10克将湿淀粉调开，放在鸡脯泥中拌匀，加入鸡蛋清（2个）、精盐（0.5克）搅匀，即成鸡茸。将虾泥、肥肉泥、湿淀粉（20克）、鸡蛋清（1个）、料酒（5克）、精盐（1.5克）、味精（0.5克）和姜末放在一起，搅拌均匀即成虾肉泥。③将猪骨汤放入汤勺内，置于旺火上烧开后端离火口，把虾肉泥挤成一个个的丸子，放入汤里。然后，把汤勺用微火把丸子氽熟。随即将鸡茸搅散，放进丸子汤里（不使其结成块）。待汤烧开后，翻搅两下，盛入大汤碗中，把火腿末和豌豆苗撒在汤上即成。

小鸡炖黄蘑

原料：带骨鸡肉250克，水发黄蘑150克，水发兰片15克，花生油40克，肉汤500克，猪油、精盐、味精、料酒、花椒水、葱、姜、大料各适量。

做法：①将鸡肉剁成方块，用开水烫一下洗去血沫，控净水。再把黄蘑洗净，撕开，放开水中烫透捞出，挤净浮水。最后把兰片切成片，葱切段，姜洗净用刀拍松，大料洗净。②勺内倒入猪油，加热至五成热时投入葱、姜块炝锅，再放入肉汤，加入鸡肉块、黄蘑、花椒水、八角、精盐、料酒，烧开后移小火上炖烂，下入兰片，入味精，再炖2分钟取出大料、葱段、姜块，装入碗内即成。

怪味鸡丝

原料：熟鸡肉250克，葱25克，精盐2克，味精1克，白糖20克，醋18克，酱油25克，花椒粉1克，芝麻酱20克，红油辣椒30克，芝麻油5克，熟芝麻1克。

做法：①葱洗净切成丝。熟鸡肉顺纹路切成丝。②精盐、白糖、醋、酱油、芝麻酱放调味器内，用小汤匙将芝麻酱搅散，白糖、精盐搅溶化。放花椒粉、味精、红油辣椒调匀，淋香油制成怪味汁。③葱丝垫底，鸡丝盖面，调好的怪味汁淋在鸡丝上，撒熟芝麻即成。

葱花焖鸡

原料：鸡肉300克，酱油20克，精盐2克，胡椒粉2克，花生油20克，姜、葱头、胡萝卜、芹菜、大蒜各少许。

做法：①把收拾好的鸡剁成块，撒盐、胡椒粉，用热油煎上色，放酱油，烹后，放入焖锅内。②将葱头、姜、胡萝卜、芹菜、大蒜等切好后放入锅内，大火烧开，微火焖至酥烂即成。

啤酒鸡腿

原料：鸡腿4只，洋葱1个，蘑菇1朵，番茄1个，花生油、牛油各2汤匙，啤酒2杯，鲜柠檬汁、花椒油、蚝油、生抽、盐、胡椒粉各适量。

做法：①鸡腿沿鸡骨用刀削切，但不要切断，用盐、胡椒粉轻轻拌匀。②洋葱切片，蘑菇切成4片，番茄切碎。③烧热锅下花生油，鸡腿有皮的一面放入先煎，两面均煎至金黄色，取出沥油。④原锅烧热牛油，炒洋葱至变色，加蘑菇片炒拌。⑤将煎好的鸡腿加入蘑菇片中，淋入啤酒1.5杯，搅匀，改文火煮15~20分钟，取出。⑥取煮好的鸡汁，加番茄旺火煮，用盐、花椒油、蚝油、生抽、胡椒粉调味，最后加入余下的啤酒和鲜柠檬汁，与鸡腿同上碟。

清炖绿豆鸡

原料：肉鸡1只约1000克，花生米50克，红枣20克，绿豆100克，葱、姜、醋、盐、料酒、味精各适量。

做法：①将鸡洗净，绿豆淘净，花生米、红枣洗净沥水。葱切段，姜切片待用。②将一半花生米、一半红枣塞入沥干水的鸡腹内，鸡背朝上轻轻放入大号沙锅内，并加入半汤匙料酒、1/3汤匙精盐、几滴醋，再将绿豆和剩下的花生米、红枣均匀倒入沙锅内。③将清水倒入沙锅，以淹没鸡身为度，再加入切好的葱段、姜片，将沙锅置于火上，用大火烧沸转用小火煨炖，待鸡酥烂，鲜香四溢时，即可离火。④装盆，将鸡轻轻捞出，盛入陶瓷汤盆内。在鸡身上均匀撒上少许精盐及味精，淋香油。同时将沙锅内的绿豆、花生米和红枣捞出，均匀地撒在鸡周围，并用汤勺盛上锅内鸡汤缓缓从鸡身上淋下，一直淋到汤水盛满汤盆为止。

香酥肥鸡

原料：宰好的当年母鸡一只（重约500克），花生油500克（约耗100克），葱50克（分2次用），鲜姜25克（分2次用），大料15克（分2次用），桂皮10克，花椒数粒，沙仁、豆蔻、小茴香、陈皮、白芷各5克，肉料（药店卖）25克，精盐2克，酱油50克，味精2克，料酒15克，芝麻油15克，白糖5克。

做法：①母鸡剁去爪，仰放在菜案上，由肛门稍上侧开一横口（口不要大），掏出内脏，冲洗干净后，用刀背将翅膀和腿骨砸断。②把铝锅加入半锅水，放在旺火上烧开，将鸡下锅，煮到没有血水为度。捞出后，用精盐搓鸡的全身，然后抹上肉料，膛内塞上葱段、姜片、大料，放在一个深盆内，加花椒、大料、葱段、姜片、桂皮、沙仁、豆蔻、小茴香、陈皮、白芷、酱油、料酒、白糖拌匀腌上，腌透后上笼屉蒸透后择去各味佐料不要，将味精搓上。③把炒勺放在旺火上，倒入花生油，待油烧至七成熟时，将蒸好的鸡放入，要勤翻着炸。约3分钟左右捞出后放在大盘内，蘸芝麻油刷鸡的全身即成。

淮杞炖乌鸡

原料：鲜嫩乌鸡1只（重约500克），淮山片50克，枸杞子40克，葱、姜共40克，料酒10克，精盐3克，胡椒粉3克，味精1克。

做法：①将乌鸡收拾干净，适当切成块，放入开水锅中稍煮，捞出控水。葱、姜均切片。②把乌鸡、葱片、姜片、枸杞子、淮山片放入锅中，加入开水1000克，大火烧开后，放入料酒、精盐、味精和胡椒粉，转小火慢煮，待乌鸡软烂入味即可。

粉 蒸 鸡

原料：肥鸡肉200克，白糖5克，甜面酱5克，酒酿露4克，酱油4克，米粉4克，麻油5克，整花椒少许，葱、姜末4克，猪油、胡椒粉、料酒各适量，熟豌豆60克，精盐少许，豆瓣酱10克。

做法：①将鸡肉切成厚片，和甜面酱、豆瓣酱、糖、酱油、葱、姜末、黄酒、胡椒、酒酿露等调拌均匀。②另将大米炒至黄色，加花椒一起炒，磨成末，再加猪油、麻油，同鸡片调拌均匀后放在碗中，再把熟豌豆拌上米粉和花椒粉，加少许盐，放在碗上面，上笼蒸熟，翻扣在盘中上桌即可。

盐 水 鸡

原料：净膛鸡1只，葱段15克，姜片15克，花椒10粒，料酒25克，盐10克，味精适量。

做法：①将鸡洗净擦干，放容器中用花椒、盐、葱、姜腌约15分钟。②腌鸡加料酒上锅蒸熟晾凉。蒸鸡原汁拣出葱、姜、花椒等杂质，加味精、盐调好口味，鸡斩块码好，淋上原汁即可。

干椒子鸡

原料：嫩子鸡300克，香醋1克，干辣椒4克，味精1.5克，葱、姜少许，料酒2克，精盐2克，辣油15克，猪油500克（约耗30克），鸡蛋清40克，白糖2克，干淀粉20克。

做法：①将鸡折骨，切成小方块，两面开花刀，用鸡蛋清、盐、淀粉搅匀，抹在鸡块上，下猪油锅炸后倒入漏斗内。②将干辣椒炒香，再将鸡肉和葱、姜、酱油、糖、醋、味精、料酒、辣油等佐料倒入，炒几下即好。

焖 醉 鸡

原料：嫩子鸡400克，米酒75克，酱油50克，糖2克，花生油500克（约耗60克），盐3克，胡椒粉1克，味精4克，姜4片。

做法：①先把鸡洗净，剁成块备用。②把锅放火上，添入油，烧热时下入剁好的鸡块，炸成金黄色捞出。③把炸好的鸡块放回锅内，加料酒、酱油、糖、盐、胡椒粉、味精、姜片，用微火焖煮至熟，出锅时再加味精翻匀即可。

麻辣火锅鸡

原料：土仔鸡1只（重约500克），莴笋2根，鳝鱼100克，泥鳅75克，毛肚100克，鸭肠100克，平菇、香菇、蒜苗、芹菜、香菜、血豆腐、白菜、香油各适量，豆瓣酱、大料、花椒、桂皮、草果皮、砂仁、丁香、料酒、盐、小干红辣椒、姜片、葱段、蒜瓣各适量，花生油35克。

做法：①将土鸡宰杀，煺毛收拾干净，斩成小块，用盐、料酒腌渍，放入锅中添水。将大料、花椒、桂皮、草果皮、砂仁、丁香、姜片、葱段、小红辣椒用纱布包好放入锅中，煮至鸡熟透后，捞出鸡块和调料包。②锅中添油烧热，下入豆瓣酱炒出红油，下入鸡块、蒜瓣同炒，将鸡汤倒入锅中煮开，用勺将鸡肉汤舀入火锅中，然后投入调料包烧开，口味自调咸淡。另将准备好的涮菜分别加工，摆在火锅周围即可涮食。

宫保鸡丁

原料：嫩公鸡脯肉250克，炒花生米50克，干辣椒7克，猪油100克，红酱油、白糖、花椒、姜、蒜、葱、料酒、淀粉、清汤、盐、味精各适量。

做法：①将鸡脯排松，剞十字花纹后，再切成丁，加盐、酱油、淀粉，拌匀。另取碗放入白糖、醋、酱油、汤、淀粉、味精调汁。②炒锅置旺火上，放猪油烧至六成热，入干辣椒、花椒迅速炒成棕红色，倒入鸡丁炒散，烹料酒，放姜、葱、蒜，加入芡汁，加花生米颠匀即成。

芹菜炒凤肝

原料：芹菜200克，熟鸡肝100克，蒜末、精盐、葱花、料酒、鸡精、花椒油、花生油、香油各适量。

做法：①鸡肝切片，芹菜洗净切斜刀段。②锅上火，倒入花生油烧热，下葱花、蒜末炒出香味，加入芹菜、鸡精、花椒油、精盐，烹入料酒翻炒片刻，放入鸡肝炒熟，淋香油，盛入盘中即可。

炸 鸡 排

原料：鸡腿、鸡翅各5个，面包渣、鸡蛋、面粉、精盐、味精、孜然粉、胡椒面、料酒、花生油各适量。

做法：①鸡腿剁去爪，留约3厘米见方的骨头。鸡翅去掉小翅和皮，在肉上剞上十字花刀，与鸡腿一起放入碗中，加精盐、料酒、孜然粉、胡椒面、味精，腌渍入味。②鸡蛋磕入碗中搅匀，把鸡腿、鸡翅裹上干面粉，从蛋液中拖过，粘上面包渣。③锅中加花生油烧热，把鸡腿、鸡翅放入油中，小火炸成金黄色，捞出，控油即成。

熘炸子鸡

原料：鸡肉200克，鸡蛋1只，干淀粉30克，湿淀粉8克，番茄沙司40克，白糖20克，醋8克，料酒少许，猪油、胡椒粉、蚝油、精盐、葱花、姜各少许。

做法：①将鸡肉开横直方格花刀，刀距及下刀深浅要均匀，再切成方块，加上少许精盐、鸡蛋、干淀粉、料酒调匀，放入油锅内，以中火爆到酥捞出。②将葱、姜、番茄沙司、料酒、湿淀粉、糖、胡椒粉、蚝油、醋等下锅，放猪油，再把鸡块倒入，烧成淡黄色，下湿淀粉勾芡浇上即好。

酱爆鸡丁

原料：鸡腿肉(或鸡脯)200克,料酒、精盐各少许,笋50克,葱花少许,甜面酱10克,姜少许,干淀粉10克,湿淀粉、花椒油各少许,鸡蛋清20克,老抽、白糖各少许。

做法：①将鸡肉切成圆方块形小丁，撒上一些精盐腌一下，再加鸡蛋清及干淀粉调拌均匀，连同笋丁放入旺火温猪油锅内炒约1分钟左右。沥去油。②再将准备好的甜面酱、料酒、糖、老抽、葱、姜、花椒油、湿淀粉倒入锅内炒拌几下即好。

白雪鸡脯

原料：鸡脯肉，牛奶半杯，鸡蛋清半个，湿淀粉10克，精盐、味精、葱、姜末各适量，鸡油少许，香油3克，花生油500克（约耗50克）。

做法：将鸡脯肉片成片儿，加姜汁、香油腌渍片刻。湿淀粉加牛奶、葱、姜末、精盐、味精兑成芡汁。鸡脯片挂上蛋清浆，分批下入温油中滑过捞出。炒锅内留油少许，倒入芡汁，用手勺搅动数下，待芡熟时下入滑过的鸡脯片，搅匀后淋鸡油，出锅装入平底盘即成。

三菌炖鸡

原料：嫩母鸡肉500克,鲜三菌200克,蒜10克,葱白10克,姜10克,料酒10克,精盐6克,鸡汤750克,猪油60克。

做法：①将三菌刮去粗皮，去掉菌脚，淘洗干净，将菌切成段，漂在清水中。鸡肉斩成块。②炒锅置旺火上，上油烧热，放入鸡块、蒜、姜、葱、料酒炒出香味，加鸡汤烧沸，去净浮沫，倒入铝锅内，移至小火上炖40分钟左右。③炒锅置旺火上，上油烧热，放入三菌炒3分钟，倒入铝锅内，加入盐，炖至鸡块熟透即成。

油爆鸡丁

原料：鸡脯肉150克，黄瓜或冬笋50克，盐1克，味精2克，料酒、葱末、蒜片各10克，姜水、毛汤各适量，香油10克，鸡蛋清1个，水淀粉40克，猪油500克（约耗50克）。

做法：①将鸡脯肉去掉脂皮和白筋后洗净，切成方丁。将黄瓜一劈两半，去瓤洗净，切成方丁。②取碗1个，放入鸡丁、盐、蛋清、水淀粉上浆抓匀。③取碗1个，放毛汤、味精、料酒、盐、水淀粉、葱末、蒜片、姜水各少许，兑成适量调味汁。④旺火热勺，放油烧至四五成热，下入鸡丁滑开；色一变白，下入黄瓜丁，随即倒入漏勺，沥净油。⑤原勺旺火，将鸡丁、黄瓜丁回勺，稍颠，倒入剩余调味，然后勾芡，点香油出勺装盘即成。

家常童子鸡

原料：嫩仔鸡1只（重约500克），

葱、姜共75克，豆瓣酱15克，酱油15克，料酒15克，花生油15克，白糖10克，胡椒粉5克，八角5克，花椒5克，茴香2克，草果皮3克，陈皮5克，精盐3克，味精1克。

做法：①将鸡收拾干净，放开水中氽一下。葱、姜切片。②将油烧热，放入豆瓣酱煸香，烹入料酒、酱油，加水适量，烧开后，捞出豆瓣酱的渣子，放入鸡、白糖、胡椒粉、精盐、味精、陈皮、八角、花椒、茴香、草果皮、葱片、姜片烧开，转小火慢煮，待鸡煮熟，捞出晾凉后，切块装盘即可。

清汤鸡块

原料：净膛母鸡半只，白菜150克，葱10克，姜片5克，精盐4克，味精3克。

做法：①将鸡洗净，剁成块，白菜洗净，切成块。②汤锅置旺火上，放入清水、鸡块、葱、姜（清水要没过鸡块），待鸡块煮至熟烂、汤浓白时，撇去浮沫，捞出葱、姜。放入白菜、味精、精盐，待汤再开，起锅盛入汤碗即成。

蛋白鸡丝

原料：鸡蛋3个，熟鸡肉丝150克，菠菜15克，水发木耳、水淀粉、料酒各10克，精盐、鸡精各3克，蚝油5克，花生油25克，鸡汤100克。

做法：①将鸡蛋放锅中煮熟，取出剥皮，切两半。木耳切成丝。②旺火坐勺放花生油烧热，烹料酒，下鸡汤，放木耳、鸡肉丝、精盐、鸡精、蚝油、菠菜、蛋白条，汤开后下水淀粉勾薄芡即成。

三色鸡片

原料：鸡脯肉100克，鸡蛋1个，水发香菇75克，油菜50克，土豆150克，花生油、香油、精盐、味精、料酒、湿淀粉、葱末、蒜末、清汤各适量。

做法：①将鸡肉片成小薄片，用精盐、蛋清、湿淀粉拌匀上浆，入五成热油锅内炒熟，捞出，沥油。②将土豆去皮，切成小片，用七成热的油炸成金黄色，捞出，放入盘内。香菇、油菜洗净片成小片，分别放入开水内焯一下，捞出，沥水。③炒锅置于火上，放油烧热，下入葱末、蒜末炝锅，烹入料酒，下入鸡片、冬菇片、油菜片，略炒，加入清汤和精盐，烧开，再加入味精，用湿淀粉勾芡，淋入香油，盛在土豆片上面即可食用。

红烧鸡块

原料：净膛肉鸡1只（约750克），土豆200克，酱油25克，料酒5克，甜面酱10克，蚝油10克，味精2克，白糖10克，盐2克，葱10克，姜8克，淀粉4克，花生油200克，汤500克。

做法：①将鸡洗净，连骨剁成核桃大小的块。土豆去皮，切成块，大小与鸡块相似。葱切段。姜切厚片。②炒锅上火，放入油，烧热后将鸡块放入炸成深黄色。土豆表面炸硬，并带焦黄色。③炒锅内放油30克，将葱、姜放入煸炒，出香味后，加入酱油、甜面酱、蚝油、料酒、盐、白糖和约500克汤或水，开锅后放入鸡块，再开后去掉浮沫，转用小火烧约30分钟，烧制中如汤少可再加一些，放入土豆再烧3分钟左右，加入味精，转用旺火收汁，将溶于水的淀粉放入，将汁收净，即可装盘。

滑炒鸡丁

原料：肉鸡1只，南荠100克，盐3.5克，味精2克，葱5克，姜3克，蒜2克，料酒3克，花生油50克，淀粉2克，鸡蛋1个。

做法：①将鸡肉从骨骼上用刀剔下来，尽量使肉块大一些，不要切成碎块。将剔下的鸡肉切成丁。葱、姜均切片。蒜顺其心的长向切成片。南荠切成丁。②将鸡丁放入碗内，加入盐1.5克，料酒1克，味精0.5克，鸡蛋清1个，淀粉0.5克，与鸡丁拌匀上浆。③将葱、姜、蒜放入另一碗中，加入料酒、盐、味精和水约25克，淀粉1.5克，调成碗汁。④炒锅上火，加入花生油50克，烧热后放入鸡丁煸炒，约八成熟后加入南荠同炒，翻炒均匀，至鸡丁成熟，将碗汁迅速倒入锅中翻炒，使汁均匀挂在原料上，即可装盘。

鸡里爆

原料：鸡脯200克，猪里脊150克，鸡蛋1个，葱花40克，大蒜头片10片，酱瓜米、料酒、盐、蚝油、生抽、味精、淀粉各少许，清汤85克，花生油适量。

做法：①将鸡脯和猪里脊的皮和筋去掉，分别切成大丁；鸡蛋打散，将鸡丁和猪里脊丁分别放进抓一抓，再放在湿淀粉中抓一抓。②将酱瓜米、葱花、蒜片、盐、料酒、湿淀粉、蚝油、生抽、清汤、味精等调和在碗里（要调厚一些），这叫做黄汁。③油入锅，将鸡丁放入划至半熟时捞出，再将猪里脊丁放入，也划至半熟时捞出，都倒入漏勺，沥去油。④将锅放在大旺火上，加油（30克），当油还不太热的时候，即将鸡丁、猪里脊丁倒入，接着将黄汁倒入，炒拌几下，使黄汁完全黏在鸡丁和猪里脊丁上，然后起锅装盘（黄汁须将鸡丁和猪里脊丁完全裹住，否则黄汁会塌下来）。

油泼笋鸡

原料：净笋鸡1克（约重500克），鸡汤50克，香菜段25克，酱油50克，醋50克，葱丝、姜丝各15克，蒜丝10克，盐0.5克，味精5克，芝麻油15克，花生油500克（约耗100克）。

做法：①将笋鸡洗净，剁去爪，砸断小腿骨，在开水锅中煮20分钟，捞出后趁热抹上酱油（15克）。②取一小碗，放入芝麻油、酱油（35克）、醋、精盐、味精、鸡汤调成汁。③将炒锅置于旺火上，倒入花生油，烧至九成热，把煮过的鸡放入炸成金黄色，捞出沥净油，切成块，再按原鸡形码入盘内。④炒锅内留适量花生油，烧至五成热，投入葱丝、姜丝、蒜丝煸出香味，随即烹入调好的汁，烧开后迅速泼在鸡块上，再撒上香菜段即成。

甜椒鸡丝

原料：鸡脯肉200克，嫩甜椒150克，鸡蛋2个，料酒、味精、精盐、花椒油、老抽、花生油、湿淀粉各适量。

做法：①鸡肉洗净切成细丝，盛入碗中，加精盐、料酒、鸡蛋清、湿淀粉拌匀。甜椒洗净，去蒂，切成细丝，入沸水一烫，捞出。②锅中加入花生油烧温热，倒入鸡丝炒散，捞出，控油。锅中留油少许，放入甜椒丝略炒，加精盐、花椒油、老抽、味精，倒入鸡丝，快速翻炒几下出锅即成。

辣味鸡丝

原料：鸡脯肉200克，青椒100克，笋尖、香菜各适量，精盐、味精、料酒、花椒油、酱油、醋、香油、葱、姜丝、干红椒、花生油各适量。

做法：①将鸡肉洗净切成细丝。青椒去蒂、籽，洗净切成细丝。笋尖切成丝，与青椒丝一起放入沸水中一烫，捞出。香菜去叶、根，洗净切成段。干红椒切成丝。②锅置火上，加花生油烧热，下入红椒丝炒出香味，加葱、姜丝、鸡丝煸炒，再加青椒丝、笋丝、料酒、花椒油、酱油、醋、香油、精盐、味精、香菜段煸炒至熟即成。

麻辣鸡块

原料：净雏鸡1只（重约500克），葱段10克，姜片5克，盐3克，味精1克，料酒10克，酱油15克，白糖25克，花椒2克，干辣椒2克，豆瓣酱、辣椒油各适量，花生油500克（约耗50克）。

做法：①将净鸡剁去嘴、爪、翅尖，剁成块，加入少许酱油略腌。②炒锅置旺火上，加入花生油，烧至七成热时放入鸡块，炸至色泽变红时捞出。③炒锅置小火上，加入少许花生油，烧至四成热时放入白糖，炒至深红色，加入100克沸水烧沸，依次加入花椒、辣椒、豆瓣酱、辣椒油、葱、姜、盐、味精、料酒、酱油、白糖、鸡块，旺火烧沸后撇去浮沫，改用小火煨㸆，至汤汁将尽时淋入辣椒油翻匀即成。

西红柿鸡片

原料：鸡脯肉150克，西红柿酱50克，蛋清半个，姜末、精盐、味精、料酒、白糖、湿淀粉、香油、蚝油、高汤、青豆各适量，花生油350克（约耗30克）。

做法：①将鸡脯肉片切成薄片，放入碗内，加上蛋清、湿淀粉，抓匀。②锅置火上，放入花生油烧至五成热，将浆好的鸡片下入，用筷子划开，鸡片一变白即倒入漏勺，控净油。③原炒锅上火，留少许底油，下入西红柿酱、白糖，炒出红油及香味，再放入精盐、味精、料酒、蚝油、高汤、姜末、青豆，烧开时撇去浮沫，用湿淀粉勾薄芡，把划好的鸡片放入，搅匀，淋入少许香油即可出锅盛盘。

鲜豆鸡丝

原料：嫩豌豆荚500克，鸡胸脯1副，葱（切葱花）半根，花生油80克，A（盐1/2茶匙，味精1/4茶匙，鸡蛋1个，淀粉2大匙，清水适量）；B（盐1/2茶匙，味精1/4茶匙）。

做法：①剥出豌豆荚中的鲜豆，洗净沥去水分。②鸡脯剔去胸骨，将肉切成细丝，以A料抓拌一下。③大火烧热炒锅，倒花生油，加至三四分热，下鸡丝用筷子搅开，即捞出沥油。④另以大火烧热油1大匙，爆香葱花，加B料及豌豆同炒，并加适量清水炒至豆熟，再下鸡丝拌匀即可盛盘食用。

酱爆核桃鸡丁

原料：鸡胸肉2副，核桃仁200克，A（蛋清1个，盐1茶匙，淀粉2大匙，酱油1大匙），甜面酱3大匙，糖粉3大匙，花椒油1大匙，酒1大匙，麻油少许，花生油500克（约耗60克）。

做法：①鸡胸肉用刀背剁松，切成方丁块，用A料抓拌均匀，腌制20分钟。②核桃仁用开水浸泡10分钟，搓去核衣，用热油泡炸至呈金黄色，捞起沥油，即与糖粉2大匙拌合，使核桃仁沾上一层糖粉。③油再烧热，鸡丁放入炸至呈浅黄色，即捞起沥油。④锅中留热油2大匙，先下甜面酱用小火略炒，再加糖粉1大匙翻炒，使糖、酱混匀，接着放酒、花椒油、麻油，再炒匀后，放入鸡丁改大火爆炒1分钟左右，待鸡丁裹上酱汁，再入核桃仁炒匀，即可盛盘。

芙蓉鸡片

原料：鸡脯肉100克，蛋清4个，粉团30克，花生油适量，青豆、火腿丁各少许，盐、料酒、味精、鸡油各样少许。

做法：①蛋清3个，打入碗内用筷子打匀，少加盐和汤再打匀上笼小火蒸熟备用。②鸡脯肉切薄片盛在碗内加蛋清一个及粉团拌匀。③坐勺放花生油，油温热鸡片下勺，用筷子拨开滑透倒出，勺内加清汤和盐、料酒、味精、鸡油。开锅勾芡，取出蒸好的蛋清放在汤盘内，勺内鸡片浇在汤盘内，撒上青豆、火腿丁即可。

盐水鸡肝

原料：鸡肝500克，精盐、料酒、花椒、大料、茴香、香叶、葱、姜各适量。

做法：将鸡肝下锅氽透，捞出，洗净。加葱、姜、大料、茴香、香叶、花椒、精盐、料酒，上锅蒸熟，取出即可。

牛奶炖鸡

原料：嫩仔鸡1只，鲜牛奶500克，姜片、鸡精、白糖、香油各适量。

做法：将鸡去毛和内脏，洗净，去掉头、爪、小翅和骨头，切成块，放入沸水中烫去血污，捞出，控干水分，放入碗中，加入牛奶、姜片，隔水蒸至鸡肉熟烂，加入白糖、鸡精、香油即成。

毛豆仔鸡肉片

原料：仔鸡肉200克，毛豆150克，香油、花生油、精盐、鸡精、花椒油、酱油、姜片各适量。

做法：将鸡肉切成片，热锅内加花生油，将鸡肉倒入，炒干水分，加入姜片、精盐、鸡精、花椒油、酱油上色并炒出香味，再加入毛豆、少许水，炖至鸡肉、毛豆熟透，淋上香油起锅即可。

炝木耳鸡片

原料：木耳100克，鸡脯肉100克，莴笋100克，火腿10克，蛋清1个，湿淀粉10克，猪油500克（约耗60克）。花椒油25克，精盐、味精、鲜姜汁各适量。

做法：①把木耳摘洗干净，用开水烫一下，捞出，晾凉，搌干浮水。火腿切成小菱形片。莴笋去皮洗净，切成小菱形片，用开水烫一下，控净水。鸡脯肉切成薄片，用蛋清、湿淀粉上浆，放五成热的猪油中滑至断生，捞出，控净油再用温开水洗去油污。②把木耳、滑好的鸡片、莴笋、火腿放入盆内，加入花椒油、精盐、味精、鲜姜汁调拌均匀即成。

鸡肉炖肉丸

原料：鸡肉500克,绞肉200克,笋1根,香菇2朵,料酒3汤勺,酱油5汤勺,葱1根,鸡蛋1个,淀粉1汤勺,盐半勺,糖1勺,水半杯,花生油、鸡精、胡椒粉、姜片各少许。

做法：①鸡肉加料酒、酱油各1汤勺，再放入葱末、鸡蛋液腌25分钟。笋切块。香菇泡软切片。②鸡肉加姜放入碗中，混合2汤勺油旺火加热2分钟。③绞肉加酒、酱油、淀粉各1汤勺，盐半勺，姜少许拌匀，做成丸子。锅加油，预热，将丸子炸成金黄色。④鸡肉、笋块、香菇和肉丸一起入锅，加入余下调料，旺火烧10分钟，再中火加热20分钟左右，整体拌匀后盛盘。

鸡腿扒黄磨

原料：熟鸡腿肉150克，水发黄蘑100克，湿淀粉15克，猪油40克，鸡汤200克，酱油25克，葱段、姜块各10克，花椒水、料酒、香油、白糖、精盐、味精各适量。

做法：①把鸡腿肉斜顺丝切成片，皮面朝下码在盘内一侧。再把黄蘑用开水烫一下捞出，挤净浮水，切成与鸡腿片相同的片，码在盘内一侧。②勺内倒入油加热，待油温达六成热时，用葱段、姜块（拍松）炝锅，加酱油、鸡汤、花椒水、料酒、味精、白糖。待汤开时捞出葱、姜，撇净浮沫，把鸡腿、黄蘑推入勺内，用小火煨透，再用湿淀粉勾芡，点香油，移中火上，大翻勺推入盘中即成。

清炖人参鸡

原料：净仔鸡350克，鲜人参1根，精盐、鸡精、胡椒粉、料酒、清汤各适量。

做法：①将仔鸡整理干净，去头、去脖、去小翅，焯水后再次洗净。人参用刷子刷净泥沙（注意不要把根须弄断）。②将仔鸡和人参放入沙锅，添足清汤，用精盐、鸡精、胡椒粉、料酒调好口味，盖上锅盖儿，上笼蒸至鸡肉熟烂时，连同沙锅一起上桌即可。

沟帮熏鸡

原料：公鸡1只(约500克),白糖2克,香油6克,味精1克,胡椒粉、香辣粉、五香粉各1克,丁香、肉桂、大料、花椒、姜、砂仁、豆蔻、白芷、山柰、陈皮、桂皮、草范各适量(其中香料可任选几种)。

做法：①将活鸡先宰杀去毛，开膛取出鸡内脏，清水洗净，除净血污与杂质，用刀背将鸡腿敲断，再敲打各部位肌肉，使其松软，便于渗透和吸收各种调料。同时，用剪刀剪断鸡胸部的软骨，然后将鸡嘴交叉插入胸膛。将鸡的右翼从宰杀刀口插入口腔里，从嘴里串出，将左翼扳回。最后，将两腿与尾脂捆在一起，捆扎时鸡身要直，不歪斜，肥胖丰满。②先将大料、胡椒粉、丁香、肉桂、砂仁、豆蔻、白芷、香辣粉、山柰、陈皮、桂皮、草范、五香粉、花椒、姜等调料(其中砂仁、香辣粉、胡椒粉置于纱布中扎严）放入碗中，加沸滚的老汤，浸泡15分钟。然后，将浸泡原料连同汤汁一起倒入锅内，加盐等调味烧5分钟左右后将鸡放入。烧沸后，移小火煮至鸡熟即出。③将煮熟的鸡刷上一层香油，放在中间带有投糖孔的铁帘的锅上。用旺火烧锅，待锅微红时将白糖投入锅内，盖盖焖3分钟后揭盖，速将鸡翻一个身，再进行投糖并盖严锅熏3分钟左右即好。

补益鸡

原料：小公鸡1只（重约500克），淡菜50克，党参30克，当归15克，枸杞子10克，肉桂5克，山药50克，玉竹30克，红枣100克，胡椒、姜、葱、精盐、味精、清汤各适量。

做法：①将小公鸡宰杀去内脏，洗净。②将红枣洗净去核；淡菜、党参、当归、山药、玉竹洗净切片；胡椒打碎；精盐微炒。③把淡菜、党参、当归、、玉竹、山药、枸杞子、肉桂、红枣、胡椒、姜末装入鸡腹内，放入汤盆，加清汤，上笼蒸熟，撒上葱花，加精盐、味精调味即成。

豆芽鸡丝

原料：熟鸡肉300克，红柿椒100克，绿豆芽200克，酱油10克，精盐20克，味精5克，香油10克。

做法：①将绿豆芽去根,洗净,用开水烫一下,然后放在冷水中浸凉,再沥干水分,放入盘中。②将熟鸡肉切成丝,红柿椒洗净,去蒂,切成丝,放入盛绿豆芽的盘中,加入酱油、盐、味精、香油等调味,拌匀即可。

干煸鸡丝

原料：肉鸡半只（重约300克左右），豆瓣辣酱8克，酱油6克，料酒4克，胡椒粉8克，花椒油8克，盐4克，味精6克，白糖4克，葱5克，姜5克，花生油40克。

做法：①将2克葱切丝，另外3克切段。姜2克切丝，另3克切厚片。豆瓣辣酱剁碎。②将半只鸡洗净，沥干水分，放入开水中焯一下取出。炒锅上火，加入水1500克，将鸡放入，加料酒3克，盐4克，味精2克及葱段、姜块约2克，开锅后，用小火烧。将鸡取出晾凉，把骨骼分离出来，再将肉顺其纤维方向切成较粗一些的丝。③炒锅上火放入花生油，热后将豆瓣辣酱和鸡丝一同放入煸炒，至肉丝中无水分，豆瓣辣酱出香后，加入葱、姜丝、料酒、胡椒粉、花椒油、酱油、盐、白糖，后再加入味精，即可装盘。

酱　鸡

原料：肥嫩鸡（当年为宜）500克，精盐、酱油、白糖、料酒、香油各适量，药料袋（大葱、鲜姜、大蒜、花椒、大料、桂皮、砂仁、白芷、丁香）一个。

做法：①鸡宰杀前一两天，只供水，宰杀时，从颈部开刀，刀口要小，割断鸡的气管与血管，放血控净。②趁鸡体温尚未退尽前，放在热水内，退净毛和爪皮，由肾部开膛，取出内脏、鸡嗉、气管，用清水洗净血污，放入清水浸泡半小时后，取出。③由鸡胸骨下端，用剪刀平插入胸骨两侧，将立着的胸骨剪断，鸡爪插入腹内。④锅内放入清水，用旺火烧开，下入鸡，汤开时撇去浮沫，煮10分钟捞出。⑤将汤盛出，以铁箅子垫在锅底把鸡摆在锅内，从边上倒入原汤，加入精盐、酱油、白糖、料酒、药料袋。⑥用慢火煮，待熟透后捞出，控净酱汤，摆在平盘上，稍晾一下，趁热将皮面抹上香油即成。

卤　鸡

原料：白条鸡1只，清水1500克，精盐、老抽各适量。药料袋（大葱段、姜片、花椒、大料、丁香、小茴香、草果皮、桂皮、陈皮）一个。

做法：①将鸡头折入翅膀下定住，打平鸡脯，将爪折入膛内。②将鸡放入开水锅内煮10分钟，将鸡捞出，用清水洗一下，晾干水分备用。③把精盐、老抽和药料袋放入清水锅中烧开，水撇去浮沫，煮成卤汁。④将鸡放入卤汁锅中，烧开，然后用慢火煮，待熟后，离开火源，冷却即可。

陈皮鸡

原料：笋鸡肉500克，花生油、香油、葱、姜、辣椒面、花椒、干辣椒、陈皮（干桔子皮）、盐、料酒、味极鲜酱油、白糖、普通汤、醋、鸡精各适量。

做法：①鸡剁成丁。辣椒去把、去籽，切成段。陈皮洗净切成块。葱剖开切成段。姜切成片。②鸡肉用盐、料酒、味极鲜酱油（少许）、葱、姜拌匀腌1小时。③花生油烧热，把鸡控去汁下入油内炸，呈黄色时捞出，倒去油。锅内再注入50克香油，先把花椒炸糊捞出，再下陈皮稍炸，加干辣椒炸到紫黑色时，再下葱、姜、辣椒面稍煸，然后加进鸡、料酒、味极鲜酱油、糖、醋、鸡精、汤，在火上收干汁，拣出葱、姜即可。

棒棒鸡

原料：裆部开膛公鸡500克，葱、酱油、香油、辣椒油、白糖、味精、芝麻酱、芝麻、花椒面各适量。

做法：①鸡在汤锅内煮熟，待晾凉后，捞出擦干表面水分，抹上油。葱切成末，芝麻炒熟研成粗粉备用。②用葱末、芝麻粉、酱油、香油、辣椒油、白糖、味精、芝麻酱、花椒面兑成汁，分盛两个小碗内。③把鸡的腿、翅、脯肢解开，剔去骨，用木棒捶松，撕成条形盛入盘内，两碗汁随同上席，食时蘸汁（浇上亦可）。

烩鸡片

原料：鸡脯肉150克，冬笋、青豆、冬菇、鸡蛋清、精盐、味精、鸡汤、料酒、胡椒粉、生抽、湿淀粉、花生油各适量。

做法：①鸡脯肉洗净，切成薄片，放碗中加鸡蛋清、湿淀粉抓匀。冬笋洗净切小片。冬菇洗净切成片。②锅中加油烧热，放入笋片、冬菇略炒，加鸡汤、料酒、精盐、胡椒粉、生抽、青豆烧开，去浮沫，加入鸡片余熟，用湿淀粉勾芡，盛入汤盘中即成。

爆炒蘑鸡

原料：嫩鸡肉150克，水发口蘑100克，花生油400克（约耗50克），湿淀粉100克，鸡蛋清1个，豌豆和姜末各2小匙，醋、料酒、葱末和香油各1小匙，味精少许，精盐和鲜汤各适量。

做法：①将嫩鸡肉切丁，加鲜汤、料酒、精盐、湿淀粉50克和蛋清1个抓匀上浆。口蘑切丁，葱和姜均切成豆瓣片。将鲜汤50克倒入碗内，加入精盐、醋、料酒、味精和湿淀粉兑成芡汁。②上浆的鸡丁入热锅炒散，倒入口蘑稍划炒至鸡丁变白色，倒入漏勺内，沥去余油。③葱、姜、豌豆、口蘑和鸡肉入热锅翻炒，入芡汁，淋入香油，出锅装盘即成。

白煮鸡

原料：仔鸡1只（重约500克），葱25克，姜10克，大料、丁香各适量，料酒5克，花生油5克，精盐1.5克，味精0.5克。

做法：①鸡开膛去内脏，一劈两半，用沸水焯一下，捞出控水。葱5克切丝，20克切段。姜2.5克切丝，7.5克切片。②锅内加水500克，把鸡入锅，加入料酒、葱段、大料、丁香、姜片，用大火烧开转小火慢烧至熟，捞出装盘。花生油倒入炒锅中烧热，煸香葱、姜丝，倒入熟鸡汤，加入精盐、味精调味，倒在鸡块上即可。

茄汁焗鸡

原料：脊背开膛嫩鸡500克。番茄酱、盐、糖、味精、料酒、香油、葱、姜、汤各适量。

做法：①葱切成段，姜切成片。用盐将鸡身内外搓擦，然后用料酒、酱油、二分之一的葱、姜腌约1个小时。②烧八成热花生油，把腌好的鸡放入炸之，边炸边转动，呈黄色时捞出控净油。③另用锅烧热少量花生油，把余下的葱、姜下入，稍煸，下入料酒烹锅。紧接着下入鸡、汤、番茄酱、盐、味精调好味，盖上盖煨25分钟，待鸡熟透捞出。将锅内的汤加入香油，旺火收汁浇到鸡上即可。

毛豆鸡片

原料：鸡脯肉300克，鲜毛豆（青豆）100克，精盐、味精、酱油、胡椒粉、蚝油、葱、姜末、鸡蛋清、花生油、湿淀粉各适量。

做法：①将鸡肉洗净，切成片，用鸡蛋清、湿淀粉拌匀上浆，下入四成热的油锅中炒散，捞出，控油。②锅中留油少许，烧热，下入葱、姜炝锅，加入青豆、鸡片、胡椒粉、蚝油、精盐、酱油、味精炒匀出锅即成。

珊瑚鸡丁

原料：鸡脯肉400克，胡萝卜200克，鸡蛋清25克，干细淀粉5克，精盐4克，料酒10克，味精1克，香油2克，花椒油10克，老抽10克，水淀粉15克，鲜汤15克，花生油400克（约耗75克）。

做法：①鸡脯肉切成丁，胡萝卜洗净用刀子刮成蓉泥，黄心不用。②鸡蛋清、干细淀粉调匀成蛋清淀粉浆。③鸡丁用精盐、料酒码味，蛋清淀粉上浆，抓拌均匀。④碗内加精盐、料酒、味精、花椒油、老抽、香油、水淀粉、鲜汤调成芡汁。⑤炒锅置旺火上，加入花生油烧热，放入鸡丁轻轻划散，锅内加少量油放入红萝卜蓉泥炒至呈红色后下鸡丁炒匀，烹入调好的芡汁，收汁起锅即成。

腐竹鸡丝

原料：煮熟腐竹200克，熟鸡肉150克，黄瓜60克，香菜30克，香油10克，麻酱5克，酱油5克，醋8克，胡椒粉10克，白糖3克，盐10克，味精2克，辣椒油10克。

做法：①将熟腐竹切成丝，投入沸水中焯一下，捞出投凉，控干水分。将鸡肉撕成细丝。黄瓜洗净，切丝。香菜洗净切末。②将腐竹丝、鸡肉丝、黄瓜丝装入盘内，撒入香菜末，食时加入香油、麻酱（调稀）、酱油、胡椒粉、白糖、醋、盐、味精拌匀，最后淋入辣椒油即可。

桃仁鸡丁

原料：鸡腿肉200克，核桃仁50克，豌豆15克，姜10克，蒜15克，葱20克，料酒5克，精盐2克，胡椒1克，酱油10克，白糖1克，味精1克，辣椒油5克，水淀粉25克，鲜汤40克，花生油50克。

做法：①将鸡肉切成丁，姜、蒜切片，葱切丁。②核桃仁用沸水泡至表皮起皱，去皮，晾干水分，用温油浸炸至浅黄、酥脆。③鸡肉丁加精盐、酱油（少许）、料酒码味，用水淀粉上浆，抓拌均匀。④碗内加精盐、酱油、白糖、胡椒、味精、辣椒油、鲜汤调成芡汁。⑤炒锅置旺火上，加花生油烧至五成热时放入鸡丁。加入姜、蒜、葱、豌豆，炒匀，烹入调味芡汁，收汁亮油时加入桃仁，炒匀起锅装盘即成。

鸡肉小白菜

原料：熟鸡脯肉100克，嫩小白菜500克，牛奶50克，精盐、葱、生姜、味精、鸡汤、花生油各适量。

做法：①将熟鸡脯肉切成片。葱、生姜洗净，切成末。把小白菜去根，洗净，切成段，用开水焯透，捞出，理齐放入盘内，沥去水分。②净锅上火，放入花生油烧热，下葱末、姜末炝锅，烹料酒，加入鸡汤和精盐，放入鸡脯肉和小白菜，用旺火烧开，加入味精、牛奶，用水淀粉勾芡，倒入盘内即成。

家常鸡块

原料：净鸡500克，豆瓣酱13克，酱油8克，精盐4克，味精2克，料酒5克，葱15克，姜10克，水淀粉15克，花生油15克。

做法：①鸡开膛，除去内脏、洗净，剁成块。葱切段，姜切片，豆瓣酱剁细待用。②油热后，下入葱、姜、豆瓣酱、鸡块，一同煸炒，待出香味时烹入料酒、酱油，加水（以漫过鸡块为度）烧开，撇去浮沫，放入盐和味精，转微火慢烧，待鸡块烧烂，勾芡出锅即成。

青椒鸡丝

原料：鸡脯肉250克，青辣椒100克，香菜少许，蛋清1个，花生油、料酒、精盐、花椒油、味精、香油适量，葱、姜适量。

做法：①将鸡脯肉洗净切丝，盛入碗中，加料酒、盐、蛋清拌匀；将青椒去蒂去籽，洗净切成细丝。②用盐、味精、适量水、淀粉勾兑成汁待用。③锅中下油烧热，下鸡丝划散至发白，迅速捞出。锅内留少许油，放入葱、姜炝锅，再放入青椒丝翻炒，至熟透，倒入鸡丝、花椒油和勾好的汁，点几滴香油炒匀，撒上香菜，出锅即成。

炝鸡丁豌豆

原料：鸡脯肉200克，豌豆50克，胡萝卜50克，鸡蛋清1个，湿淀粉20克，香菜梗5克，猪油50克，花椒油20克，精盐、鸡精、姜末各适量。

做法：①把豌豆用开水烫透捞出，用凉水投凉，控净水。香菜洗净切2厘米长的段。胡萝卜洗净，切成丁。鸡脯肉切丁，用蛋清、湿淀粉抓匀，放五成热猪油中滑散，见色变白断生时捞出，用凉开水投凉，控净水装盘，放入豌豆。②把花椒油、姜末、盐、味精、香菜段放在鸡丁、胡萝卜丁、豌豆上，调拌均匀即成。

平菇炖鸡肉

原料：鸡肉250克，鲜平菇250克，料酒5克，葱段、姜片各5克，精盐1.5克，鸡精1克，花生油10克。

做法：①将鸡肉洗净，下沸水锅焯一会儿，捞出洗净，切成小块；平菇去杂，用水洗净。②锅置火上，加入花生油，油热后加入姜、葱煸香，放入鸡块，烹入料酒，煸炒至水干，加入清水、精盐、鸡精，用旺火烧沸，再改文火炖至肉熟，倒入平菇，炖至平菇熟透入味，即成。

鸭

子姜鸭块

原料：肥烧鸭胸脯肉或腿肉250克，泡子姜40克，猪油30克，辣油40克，泡辣椒6克，葱节4克，料酒6克，甜面酱3克，豆瓣酱6克，酱油3克，白糖3克，蒜末4克，青椒40克，鸡汤200克，味精少许。

做法：①将烧鸭肉切成条，泡子姜切片，青椒切片，泡辣椒切成小块。②在锅内放猪油，先起旺火烧热，再将鸭块放入锅内炒拌，等水分炒干，取出，下泡子姜片炒出汁，再将鸭块下锅，加入料酒、蒜末、泡辣椒、甜面酱、酱、豆瓣酱炒拌后，再加一些鸡汤，用温火焖三四分钟，待卤汁被吃进再转旺火，随即将青椒片、葱节放入同炒几下，白糖、辣油、味精下锅即可。

清炖鸭

原料：鸭1只（500克），葱段15克，姜片6克，牛火腿35克，枸杞12克，干贝（发好）15克，水香菇1个，盐水15克，味精0.5克，鲜汤1000克。

做法：将宰杀去毛的鸭子剁成大核桃块，放入汤锅里烫透，捞在加有鲜汤的砂锅内，加葱、牛火腿片、枸杞、干贝、香菇，放文火上炖至酥烂即成。

酱烧鸭块

原料：净鸭500克，花生油25克，甜面酱16克，酱油6克，精盐5克，料酒5克，葱5克，姜5克。

做法：①鸭切成长方条，葱、姜切成片待用。②花生油热后，把甜面酱、葱、姜下锅煸炒出香味时，把鸭块放入稍炒，烹入料酒、酱油，加水烧开，撇去浮沫，把精盐、味精放入锅内，转小火慢烧。待鸭块烧烂时，将汁收浓出锅即成。

苦瓜烧土鸭

原料：净光鸭500克，苦瓜400克，姜片、葱段、料酒、豆瓣酱、精盐、白糖、味精、花生油等各适量。

做法：鸭斩成块，苦瓜改刀成段。将炒锅置旺火，下入花生油、姜片、鸭块煸炒片刻，加入料酒、精盐、白糖及适量清水，改小火烧制至鸭肉八成熟，再加入苦瓜、豆瓣酱续烧至原料成熟，撒入味精、葱段略加煸炒出锅即成。

红煨鸭块

原料：净鸭500克，水发玉兰片50克，香油10克，酱油20克，料酒5克，白糖5克，味精2克，大葱10克，姜4克，蒜3克，大料2克，清汤50克。

做法：①宰好洗净的鸭剁成块，葱切段，姜切片，蒜切片待用。②鸭块煸炒，接着放入葱段、姜片、蒜片、大料煸炒，放入料酒、清汤、酱油、白糖，玉兰片，转微火上煨（中间翻动1~2次）。煨1小时后，再移至旺火上收汁，加味精，淋入香油出锅即成。

香酥鸭腿

原料：鸭腿4条，酱油、葱、姜、料酒、桂皮、大料、花椒、花椒盐、精盐、花生油各适量。

做法：①洗净鸭腿，撒上少许盐，用手搓一遍，然后放入大碗内，加葱、姜、料酒、酱油、盐花椒、大料、桂皮腌1小时，再入笼用旺火蒸半熟取出控净水。②炒锅内放花生油，用急火烧至八成熟，趁鸭腿未凉时入油锅炸至深黄色捞出，控净油后盛入盘中，带花椒盐上桌。

陈皮大鸭

原料：鸭1只（重约500克），陈皮5克，胡椒粉1克，酱油5克，料酒8克，煲鸭原汁、鸡清汤适量。

做法：①将鸭宰杀，去毛，去内脏，去爪，洗净装炖盅内，上笼蒸熟，沥去原汁留用。鸭拆去骨架，再放入大炖盅里，鸭腹朝上。②把煲鸭原汁、鸡清汤放入锅内一起烧开，加入酱油、料酒、胡椒粉搅匀，倒入炖盅里，把陈皮放在鸭的上面，再入蒸笼蒸30分钟即成。

辣 卤 鸭

原料： 卤鸭1只，姜末15克，葱花30克，辣椒油40克，花椒面3克，豆瓣20克，蒜末10克，味精3克，香油5克，卤汁80克，花生油500克（约耗100克）。

做法： ①炒锅上火，倒入花生油，烧至七成热，放入卤鸭，炸至呈金红色，捞出晾凉，斩成条，盛入盘内。②在锅内留油50克，放入豆瓣、姜、蒜末炒香至油呈红色时，铲入碗内晾凉，再加入辣椒油、葱花、味精、花椒面、卤汁、香油调成汁，淋于鸭条上即可。

叉烧鸭块

原料： 鸭块500克，酱油20克，白糖60克，精盐5克，甜面酱10克，葱、姜各10克，料酒10克，五香粉1克，花生油500克（约耗50克）。

制法： ①将鸭块洗净控干水分，倒进盆内加葱、姜、料酒、五香粉、甜面酱和盐等拌匀，腌30分钟捞出控干。②将鸭块逐块下入六成热的油锅中炸至深黄色捞出。③炒锅上火放入少许油，烧热后倒入糖、酱油、盐、料酒、葱、姜等，烧开后撇去浮沫，下入炸好的鸭块，汤开后用小火焖至酥烂，将鸭块捞出装盘。④将原汤熬至汁发粘时，淋在鸭块上晾凉即可食用。

香 酥 鸭

原料： 填鸭一只，精盐、料酒、酱油、五香粉、干淀粉、胡椒粉、姜汁水、茴香粉、花椒盐各适量，花生油500克（约耗50克），蛋清2个。

做法： ①将开膛洗净控干的填鸭，抹上料酒及少量的盐腌约4小时，隔水蒸八成熟，取出沥干汤汁，再将鸭身通抹酱油、胡椒粉、姜汁水、茴香粉和五香粉及蛋清和干淀粉。②起锅上火，锅内倒入花生油烧热，将涂好调料的鸭子入锅，中火炸约15分钟，视鸭皮起皱，成金黄色即捞出，剁成鸭条，按原鸭身形状码入盘内，盘边配花椒盐即成。

北京鸭卷

原料： 鸭瘦肉200克，熟鸭皮1张，鸡蛋3个，馒头（或咸面包）100克，面粉50克，鸡汤50克，葱末2克，姜末2克，精盐2克，料酒15克，味精3克，芝麻油5克，花生油500克（约耗75克）。

做法： ①将鸭肉去掉白筋，砸成泥，放入碗内加入鸡汤、精盐、料酒、味精、葱末、姜末，搅成鸭馅。将鸡蛋磕破，取鸡蛋清（2个）与芝麻油一起放入鸭馅里，搅打均匀。蛋黄和其余的鸡蛋搅打成蛋液。将熟鸭皮切成块。凉馒头剁成细渣。②把鸭馅分摊在鸭皮（面朝上）的一端，卷成鸭卷，外面先沾上面粉，再醮上鸡蛋液，最后黏上一层馒头渣。③将花生油倒入炒锅内，置于旺火上烧到五成热时，离火口，放入鸭卷，用手勺推动几下，再放旺火上。待鸭卷全部浮起后，改用微火继续炸2至3分钟。等到鸭卷呈金黄色时，再用旺火炸一下，捞到盘中即成。

风味鸭块

原料： 仔公鸭400克，芝麻酱30克，熟芝麻15克，花生油20克，红油海椒25克，脆花生米20克，花椒面1克，白酱油75克，红酱油15克，白糖5克，姜汁2克，蒜末5克，葱花20克，香油1克，味精10克，醋20克。

做法： ①将公鸭杀后去毛及内脏，用水洗净，在开水锅内（锅内加姜、葱）煮熟后，捞起晾凉，去骨，斩成块，铲入盘中。②用花生油把芝麻酱在碗内搅散，加入红油海椒、蒜末、姜汁、白糖、白酱油、红酱油、醋、花椒面、味精、香油，搅拌均匀。上桌时，再加入葱花、脆花生米搅匀，淋在鸭块上，再撒上熟芝麻即可。

红曲鸭子

原料：鸭子 1 只，红曲 20 克，盐 10 克，味精 5 克，葱 15 克，姜 10 克，老抽 10 克，胡椒粉 10 克，料酒 20 克。

做法：①将鸭子开膛，去掉内脏，洗净，并把其表面的毛拔掉，再放入开水中焯一下，取出洗净。②红曲放入碗中，加少许水泡开，葱切段，姜切块，用刀略拍一下。③烧清水一锅，将鸭子及盐、味精、料酒、老抽、胡椒粉、葱、姜放入，开锅后去掉浮沫，用小火烧熟后，沥干水分，凉后剁成便于食用的块状，即可装盘。

柑桔鸭

原料：净鸭 600 克，柑桔 150 克，桔子酱 15 克，桔子酒 12 克，鸡汤适量，盐 4 克，鸡精、淀粉、胡椒粉少许。

做法：①将净鸭内外撒盐和胡椒粉，入烤炉烤之，烤时不断翻转，并浇上烤鸭汁。熟后取出，剁成块。②原汁倒入锅内加热后倒入桔子酱和少许鸡汤，用微火煮沸，用淀粉调剂浓度，放上少许桔子酒调剂口味成少司。食用前把剁好的鸭块放在盘内，上面码上桔子瓣，浇原汁少司。周围用桔子瓣围边装饰即成。

糖醋鸭块

原料：净鸭 300 克，干红椒丝 50 克，鸡蛋 1 个，葱段 40 克，蒜蓉 8 克，盐 4 克，糖 30 克，醋 20 克，胡椒粉、番茄酱各适量，干粉 20 克，水淀粉 25 克，花生油 80 克，香油 5 克。

做法：①整鸭洗净剁成块，先用盐水拌匀，再用水淀粉、鸡蛋拌匀，然后拍上干粉。②炒锅置中火上，倒入花生油，烧至八成热时下鸭块炸至呈金黄色，取起。再用大火烧油，下鸭块复炸至身脆，取起，倒去油，放入干红椒丝、葱段、蒜蓉、胡椒粉、番茄酱、糖、醋和适量清水，待烧至微沸时，用水淀粉勾芡，淋入香油即可。

酱爆烤鸭片

原料：烤鸭 1 只，葱白段 50 克，姜片 5 克，甜面酱 25 克，料酒 10 克，花椒油 10 克，蚝油 10 克，味精 1 克，酱油 20 克，花生油 30 克。

做法：①将烤鸭片成大片。②炒锅置旺火上，加入花生油，烧至五成热时放入葱、姜煸炒，随即放入甜面酱，炒出酱香味时，放入鸭片煸炒，再放酱油、花椒油、蚝油、料酒快速翻炒，待鸭片挂匀甜面酱时放入味精，颠翻均匀即可。

五香烧鸭

原料：填鸭 1 只，料酒适量，白糖、酱油、精盐、葱、姜各适量，五香粉少许。

做法：①将鸭开膛洗净。将酱油、五香粉、料酒、白糖、葱、姜、精盐装盆调匀。把鸭放入调料盆中浸泡 2 ~ 4 小时，翻转几次使浸泡均匀。②锅上旺火，放入少许清水，将浸泡好的鸭子放入，水开后改用文火，待水蒸发完、鸭子本身的油烧出，改用小火，随时翻动。当鸭油收净后，鸭子即熟，表面呈焦黄色。

鲍汁鸭块

原料：鸭胸肉200克，花菇50克，鲍鱼汁20克，酱油3克，料酒5克，盐1克，鸡精3克，葱、姜各5克，淀粉5克，花生油10克。

做法：①鸭胸肉切成块。花菇放入开水中泡发后，去掉根蒂，清洗干净，挤干水分。葱、姜洗净后用刀略拍。②炒锅内加入花生油，放入葱、姜，用小火炒出香味，加入鸭块同炒，放入酱油、料酒略炒，再加入清水500克、鲍鱼汁、盐、鸡精，烧开锅后放入花菇用小火煮20分钟。淀粉加入清水5克制成水淀粉，淋入锅内，把汁收浓即成。

葱爆鸭块

原料：鸭子300克，大葱100克，花生油、味极鲜酱油、精盐、白糖、鸡精、花椒油、水淀粉、料酒、香油各适量。

做法：①将鸭肉切成块；葱切成段。②坐锅点火放油，油温六成热时，放入葱段炸成金黄色，倒出沥油。③锅内留底油，先放入鸭块煸香，再放入料酒、白糖、精盐、花椒油、味极鲜酱油略烧，然后加清水烧沸，用小火焖30分钟，放入葱段，加进鸡精、汤汁，旺火收汁勾薄芡，淋上香油即可。

红烧鸭块

原料：光鸭1只（重约500克）。胡萝卜100克，土豆200克，酱油10克，姜片4克，葱白段6克，料酒10克，麻油10克，花生油350克（约耗30克），白糖6克。

制法：①鸭子剖腹去内脏，洗净，切成块。土豆、胡萝卜削皮洗净，切成块。②炒锅上火，花生油烧至六成热，将土豆倒入，炸呈淡黄色时用漏勺捞起沥油。炒锅复上火，放入麻油、鸭块略煸，放入姜片、葱段、料酒、酱油、白糖，加清水适量，烧沸后，撇去浮沫，移小火焖至酥烂，加入胡萝卜、土豆，移至旺火收稠汤汁，起锅装盘即成。

炒　鸭　肝

原料：鸭肝200克，水发木耳50克，花生油50克，酱油10克，啤酒10克，醋5克，白糖5克，葱丝、姜丝、蒜茸、味精、湿淀粉、花椒油、蟹油、高汤各适量。

做法：①鸭肝切成薄片，用淀粉浆匀，木耳择好洗净。用酱油、啤酒、味精、葱丝、姜丝、水淀粉、花椒油、蟹油、白糖、醋混合搅匀，配成芡汁。②将花生油烧至八成热，放入鸭肝，再烧至八成热，然后倒入芡汁炒熟即成。

糟熘鸭肝

原料：鸭肝8副，木耳25克，姜末1茶匙，蒜末1茶匙，花生油1大匙，淀粉水1/4杯，高汤2杯，清水2杯，A（红露酒1/2杯，糖1大匙，盐2茶匙，味精1/2茶匙）。

做法：①鸭肝去筋后片成薄片；木耳切成条。②锅中以大火煮热高汤2杯，下鸭肝、木耳煮至鸭肝变色，即捞出。另煮热清水2杯，冲净鸭肝及木耳上的渣末。③大火烧热炒锅，入油1大匙，爆香姜、蒜，加A料与鸭肝、木耳拌匀略煮，起锅前以适量淀粉水勾芡即成。

葱爆鸭心

原料：鸭心150克，葱75克，花生油35克，味精2克，辣椒油10克，香醋5

克，酱油10克，盐、香油各5克。

做法：①鸭心切成薄片，葱切块。②用酱油、料酒、辣椒油、香醋、味精、盐兑成适量的调味汁。③炒匀上火，加入少许油，将鸭心片和葱投入勺内速炒，倒入调味汁和葱块略炒，滴少许香油即可。

瑞士菠萝鸭

原料：净填鸭一只（约500克），菠萝300克，圆生菜200克，奶油50克，桔子50克，胡萝卜40克，葱头40克，芹菜40克，柠檬汁40克，盐20克，辣酱油4克，胡椒粉、香叶、萝卜花各适量。

做法：①将胡萝卜、葱头、芹菜切碎，放锅内加水、香叶、胡椒粒和盐，煮沸，放入鸭子煮之，除去泡沫，加盖移微火煮熟取出备用。②奶油、辣酱油、盐、胡椒粉、柠檬汁放碗内调匀成少司。③食用时取银盘一个放上生菜，将菠萝切片码在大碗内成花形，再用桔子瓣配衬成花，把鸭脯切成片铺在菠萝花上，把其余鸭剁成小块装入碗内，浇少司，扣在盘中央，用生菜、萝卜花、菠萝片点缀即可。

红 扒 鸭

原料：光鸭1只，笋1支，酱油4大匙，料酒2大匙，味精少许，米醋、花椒、大料各适量，葱3根，姜100克，淀粉1大匙，花生油500克（约耗80克）。

做法：①鸭子去内脏、爪掌，冲洗干净，由鸭背处下刀剖开，但腹部仍相连。笋去壳，切成长薄片，氽烫一次备用。葱切成段。姜拍裂，切成小块。②鸭子入滚水煮10分钟左右，汤汁撇清浮沫留2杯备用，煮好的鸭子捞出，用小刷蘸酱油抹遍鸭身，放置10分钟。③将花生油烧热，鸭子入锅泡炸，见鸭皮转呈红褐色，即捞出沥干油。④炸好的鸭子折起腿、翅、颈、头，放进大盅碗，加葱段、姜块、酱油、料酒、米醋、花椒、大料、鸭汤，上笼蒸熟。⑤蒸好后，姜、葱捡出不要，全鸭倒扣大盘中，汤汁滗出注入锅中，加酱油、笋片同烧，见汤汁收至约1杯的量时，加淀粉水勾芡，淋在扣鸭上，即可上桌食用。

芝 麻 鸭

原料：净鸭1只，鸡蛋2个，熟冬笋25克，熟火腿丝15克，芝麻5克，葱、生姜、精盐、料酒、鸡精、老抽、花椒、椒盐、淀粉、花生油各适量。

做法：①将鸭从背部剖开，取出内脏，去掉头、脚、臊、翅膀，洗净沥水。②用精盐把鸭子全身擦一遍，再用葱、生姜、料酒、鸡精、老抽、花椒腌半小时。③腌过的鸭上笼蒸90分钟取出，去掉骨头，将鸭子切成正方形，鸭膛朝上，装在盘里，把鸡蛋、淀粉调匀成糊，均匀地抹到鸭膛内，将冬笋、火腿丝撒到鸡蛋糊上，再抹一层鸡蛋糊，撒上芝麻。炒锅上中火，放油烧至七成热，将鸭子下锅炸至金黄色倒入漏勺沥油，切成骨牌块，整齐地码到盘里，撒少许椒盐即成。

鸽

猪肉烧鸽块

原料：鸽子2只，肥瘦猪肉150克，花生油400克（实耗50克），精盐、酱油、糖色、花椒水、白糖、花雕酒、葱片、蒜片、姜末、淀粉、香油、味精各适量。

做法：①将鸽子宰杀后，用七成热的水煺净毛，去内脏，剁去头、爪，然后剁成块，洗净污血，放入盆内，加少许酱油、味精腌10分钟。②将猪肉切成丁，坐勺，加油烧至八成热时，将鸽块放入油内炸至呈金黄色时捞出，控净油。③原勺留底油，用葱、姜、蒜炝锅，放入肉丁煸炒，再放入鸽块，烹花雕酒，加糖色少许，翻炒均匀，加酱油、白糖、花椒水，添汤适量烧开，移微火上焖30分钟。至鸽块熟烂、汤浓时，点味精，勾薄芡，淋香油，出勺装盘即可。

香酥肉鸽

原料：肉鸽4只，花椒5克，茴香5克，肉桂3克，八角120克，桂皮20克，盐6克，酱油10克，味精5克，白糖5克，葱20克，姜20克，花生油150克（约耗50克），料酒10克。

做法：①把鸽子头浸入水中，将其淹死，用开水略烫，煺净毛，开膛去掉内脏，去掉爪，从背部剖开一分为二。②将鸽子放入高压锅内，加清水、花椒、茴香、肉桂、八角、桂皮、盐5克、酱油、味精、白糖、葱段、姜块和料酒，用大火烧开，压阀焖约25分钟使其肉烂骨软，取出去掉葱、姜、花椒、八角、茴香、肉桂、桂皮等调料，沥干水分。③炒锅上火，加油烧至八成热，将鸽肉分别放入烹炸至酥脆时捞出，改刀剁块装盘。④将花椒放在锅内炒干，碾压成末，加入盐、味精，制成花椒盐，撒在鸽肉上即可。

红烧乳鸽

原料：乳鸽1只，葱、姜、花生油、老抽、大料、八角、茴香、胡椒粉各适量。

做法：①将乳鸽宰杀，洗净，切成小块。②旺火坐勺，入油，热时下乳鸽翻炒，加入老抽、葱、姜、大料、八角、茴香、胡椒粉、清水，红烧至水干即成。

五香鸽子

原料：肉鸽500克，蒜苗100克，花生油500克（约耗50克），酱油25克，料酒、葱、姜各15克，五香粉20克，桂皮、大料、白糖各2克。

做法：①将肉鸽开膛去内脏，冲洗干净。蒜苗掐去老根，洗净，切成段。②锅置火上，放油烧至六成热，将肉鸽入油锅炸至半熟，捞起控去油，剁成小长方块，码在扣碗中，加酱油、料酒、五香粉、桂皮、姜、葱、大料、白糖调好味上笼蒸酥。食时扣入盘中，将蒜苗炒熟围边即成。

荷香蒸鸽

原料：肉鸽1只（重约350克），鲜荷叶1张，水发冬菇50克，熟火腿15克，精盐、鸡精、料酒、姜茸适量。

做法：①将肉鸽洗净斩块。冬菇、火腿切成丝。荷叶用热水烫过，洗净后晾干。②将鸽放在大碗内，加姜茸和精盐、鸡精、料酒拌匀，腌 10 分钟。③荷叶铺开，放上鸽块包好，用水草扎紧，隔水蒸 15 分钟取出，去掉水草，原包放碟上，打开上桌即可。

泡椒飞鸽

原料：飞鸽、野生竹笋各 500 克，泡红椒 50 克，胡椒面、鸡精、姜、葱、蒜、精盐、料酒、香菜、香油、花椒油、蚝油、酱油、花生油、高汤各适量。

做法：①飞鸽洗净去骨，把净肉切成块，用精盐、胡椒面、料酒、姜、葱拌匀。泡红椒等辅料切菱形片。②净锅上火加入花生油，烧至五成热时下泡红椒，炒香后下料酒、高汤、鸽肉、竹笋，并加入胡椒面、花椒油、蚝油、酱油及少许精盐翻炒。③待鸽肉发白刚熟时，加鸡精收汁后淋香油，放香菜即成。

蛋

番茄炒蛋

原料：鸡蛋 200 克，番茄 100 克，小葱 6 克，盐 2 克，味精 6 克，胡椒粉 1 克，花生油 20 克。

做法：①小葱切成葱花，番茄洗净去蒂，切成小块。②鸡蛋液里加盐、味精、胡椒粉拌匀。③炒锅放火上，下油加热至 6 成油温，下蛋液，快速炒散，加番茄块炒香，入味至熟，撒上葱花后出锅装盘即成。

桃仁番茄炒蛋

原料：番茄 250 克，鸡蛋清 150 克，核桃仁 50 克，精盐、料酒、白糖、洋葱末、花生油、鸡精各适量。

做法：①将番茄放入盆中，用开水烫后去表皮，切成丁。将蛋液加入精盐、料酒，搅拌均匀待用。②炒锅上火烧热，加适量底油，倒入洋葱末炒出香味，再放入鸡蛋液炒散，加入番茄丁、白糖、鸡精、精盐翻炒均匀，撒入核桃仁，出锅装盘即可。

香椿炒鸡蛋

原料：鲜香椿 100 克，鸡蛋 5 个，花生油 80 克，精盐 6 克。

做法：①将鸡蛋磕入碗内，打散。鲜香椿洗净，放入沸水中稍烫一下，用冷水浸凉，捞出挤去水分，切成末放入碗内备用。②将鸡蛋液、香椿末，同放一碗内，撒上精盐，用筷子搅拌均匀。③将锅上火，放入花生油烧热，把搅匀的鸡蛋液、香椿末倒入，翻炒至熟，出锅装盘即成。

蘑菇炒鸡蛋

原料：鸡蛋 200 克，蘑菇 100 克，花生油 50 克，大葱、精盐适量。

做法：①将蘑菇洗净，切成片。葱去根须，洗净，切成葱花。②将鸡蛋打入碗内，投入蘑菇，放入精盐，用筷子打散搅匀。③锅内放油烧热，放入葱花炝锅，将鸡蛋倒入，不停地煸炒，待结成块状时，即可起锅装盘。

鸡 蛋 饺

原料：鸡蛋150克，虾仁50克，冬笋50克，盐5克，味精3克，花生油20克，鸡汤100克，蚝油10克，生抽10克，淀粉3克，料酒2克。

做法：①将鸡蛋磕入碗中，搅拌均匀。虾仁去黑腺，剁成小粒。冬笋切成丁。②将虾馅和冬笋放在一起，加入盐3克、味精1克、料酒0.5克、鸡蛋半个、淀粉1克，搅拌均匀，成为馅心。③取直径为10厘米左右的铁勺一把，在其内沾少许花生油，置火上烧热，放入少许鸡蛋液，即成为一个小圆形蛋皮，把少许馅放入勺内，用蛋皮将其包住，成为一个饺子的形状。包时可在蛋皮周围再抹些蛋液。④将全部原料均制成饺子后，放入蒸锅内蒸约3~4分钟。⑤炒锅上火，将鸡汤放入，加盐、味精、蚝油、生抽、料酒，用水淀粉将汁收浓，淋在蛋饺上，便可食用。

煎 蛋 饼

原料：鸡蛋3个，虾仁200克，豆腐1块，胡萝卜1根，水发黑木耳少许，精盐、蚝油、虾油、白糖、料酒、花生油、味精各适量。

做法：①锅中加水烧沸，放入虾仁、料酒，稍煮后盛起。胡萝卜洗净，切成细丝，用盐水煮软。黑木耳洗净后切丝，用沸水焯一下。豆腐中加白糖20克，精盐2克，蚝油、虾油各少许，味精及料酒少量拌和，磕入鸡蛋，倒入虾仁、胡萝卜丝、黑木耳丝，拌成蛋糊。②锅中加花生油，烧热，分两次将蛋糊放入锅中，煎成蛋饼。将蛋饼切成小块，装盘即可。

水煎鸡蛋

原料：鸡蛋200克，香菜30克，盐4克，味精2克，猪油5克，胡椒粉0.5克，香油5克，淀粉3克。

做法：①将鸡蛋磕入碗内，用筷子打匀。香菜洗净，切成段。淀粉溶于10克水中。②炒锅上火，加入水100克（如加鸡汤效果更好），烧开，放入盐、味精、猪油、胡椒粉，将水淀粉淋入收汁，开锅后将鸡蛋液倒入，不停地搅动，使之成熟，其形态很像抓碎的豆腐，质地很嫩。接着倒入香菜，淋入香油，装盘即可。

扒 蛋 白

原料：鸡蛋清300克，油菜心15棵，熟猪肉50克，熟火腿肉30克，红柿子椒50克，盐8克，鸡精5克，葱、姜各5克，淀粉5克，啤酒5克，花生油60克，鸡汤200克。

做法：①将蛋液搅拌均匀葱、姜切成末备用。油菜洗净，放在开水中焯熟取出。白煮肉切成薄片，将其裹在菜心的前部，并用红柿子椒丝将其捆好码在盘边。火腿肉切成末备用。②将炒锅放在火上，加花生油5克，烧至五成热时将一勺蛋液放入，定型后倒入一个大碗中。以同样的方法制成10个鸡蛋饼备用。③炒锅上火，放入底油少许，放入葱、姜末和鸡汤150克，把蛋饼倒入锅中，加入盐5克、鸡精3克、啤酒5克，用中火烧制4分钟，加入少许水淀粉，把汁收浓盛入盘中，将火腿末撒在上面。再将所剩鸡汤和盐、鸡精放入锅中，加水淀粉将汁收浓淋在菜心上即可。

鸡蛋里脊

原料：鸡蛋200克，猪瘦肉150克，盐8克，味精5克，葱5克，淀粉4克，香油10克，胡椒粉5克，料酒3克，花生油150克，鸡汤50克。

做法：①将猪瘦肉切成片，放入盐2克、料酒3克、淀粉2克，搅拌均匀。将鸡蛋磕在碗中打散。葱切成丝。②炒锅上火，加花生油50克，放入肉片煸炒至八成熟时取出，沥干油，倒入鸡蛋碗中。炒锅再上火，注入花生油100克，烧热后将鸡蛋液倒入，待底部成熟后，把原料翻一个个儿，再煎制另一面，待两面均呈黄色时，将鸡汤倒入，加入葱丝、香油、胡椒粉、盐、味精，用中火略煮2分钟左右，将水淀粉淋入收汁，即可盛盘。

云片银耳

原料：鸽蛋（也可用鹌鹑蛋代替）10个，水发木耳100克，水发银耳100克，香菜叶10克，火腿末5克，猪油10克，清汤1000克，精盐、蚝油、鸡精、料酒、姜汁各适量。

做法：①把10个大酒盅洗净，擦干，每个酒盅磕入一个鸽蛋，撒少许火腿末，点缀上一个香菜叶，使之成为红花绿叶形，上屉用微火蒸3分钟。从屉上取出，再从盅内起出，即为云片鸽蛋，放清水中浸泡待用。木耳洗净，切成小块。银耳洗净撒成小朵。②汤勺里放入清汤，调入料酒、精盐、蚝油、姜汁、鸡精，随即下入银耳、木耳和云片鸽蛋。烧开后，用漏勺捞入大汤碗中，再把汤烧开，去浮沫，倒入云片银耳中即成。

肉末蛋卷

原料：鸡蛋4个，瘦肉末半碗，鲜姜1小块，葱1根，料酒1汤匙，味精和花生油少许。

做法：①将鸡蛋在碗里打匀。鲜姜去皮、洗净，剁成姜末。葱去根，洗净，切成细末。将葱末、姜末一起放在肉末内，加入精盐、白糖、酱油和少许凉水朝一个方向搅拌均匀。②炒锅置火上，倒入少许花生油滑锅后将油全部倒出。待锅烧至五六成热时，倒入部分鸡蛋液，将锅端起，侧着转动，使蛋液黏在锅壁，锅底多余的蛋液倒入蛋液碗内。将锅再置火上烤一会儿，蛋皮即熟，取出放菜板上晾凉，再做第二张蛋皮，直至将蛋液做完。③将蛋皮平摊在菜板上，放上拌好的肉末，用锅铲将肉末摊满整个蛋皮，然后将蛋皮左右两边各向中折起一点，再从靠身的一边往外卷起，即成肉末蛋卷。④将蛋卷放大盘内，置蒸锅内用大火蒸熟，取出晾凉。将晾凉的蛋卷切成斜片，置盘内即可。

酱鸡蛋

原料：鸡蛋10只，花椒粒、大料瓣、桂皮、茴香、香叶、葱段、姜块、酱油、精盐、糖色少许。

做法：①坐锅，将鸡蛋煮熟，剥去外皮。②坐锅，放入清水，加花椒粒、大料瓣、茴香、香叶、桂皮、葱段、姜块（拍松）、酱油、精盐、糖色，烧开，撇去浮沫，调好口味，熬成酱汤，放入去皮的熟鸡蛋，移微火上烧10分钟，捞出晾凉即可。

鸡蛋菠菜泥

原料：鸡蛋4个，菠菜75克，面粉15克，牛奶50克，黄油15克，辣酱油、盐、胡椒粉、味精各少许。

做法：①先将菠菜烫熟，切成泥状。再将炒锅放入黄油，加入面粉，稍炒后加入牛奶，再放上菠菜泥，加入辣酱油、盐、胡椒粉和味精，开锅后放在一边晾凉备用。②再将鸡蛋煮10分钟后剥去壳，切成两半，将蛋挖出，填入菠菜泥。最后将蛋黄搓碎抹在做好的鸡蛋上即可。

茶　蛋

原料：鸡蛋10只，茉莉花茶20克，红茶10克，精盐、味精适量。

做法：①坐锅，加水，放入鸡蛋煮熟，捞入凉水中，敲破皮。②将茉莉花茶、红茶适量放入锅中，开水沏开，放入鸡蛋、精盐、味精少许，盖上盖，放微火上煨10分钟，捞出晾凉即可。

松花蛋拌豆腐

原料：松花蛋10只，南豆腐300克，西红柿15克，榨菜50克，大蒜1克，香油25克，精盐10克，花椒油、生抽各适量，白糖25克，味精1克。

做法：①将南豆腐表面的布纹粗皮去掉，切成小方块，放盘内，均匀地撒上一些盐。2分钟后，将水滗去。②松花蛋去壳，用洁净的细白线将松花蛋割成均匀的小块，放在盛豆腐的盘内。③西红柿洗净，用沸水烫一下，去皮，切成小丁。榨菜洗净，切成末。大蒜去皮捣成泥。将以上各料放在一起，加入精盐、白糖、味精、酱油、花椒油、生抽、香油，拌好后倒在豆腐上面搅匀即可。

烧青椒拌松花蛋

原料：松花蛋6个，小青椒150克，香油、醋、酱油、花椒油、味精各适量。

做法：①松花蛋剥去皮，切成块。②将青椒摘去把，烧熟，撕成条，放在松花蛋上。用酱油、味精、花椒油、醋、香油合成汁，浇上拌匀即可食用。

醋熘松花蛋

原料：松花蛋4个，米醋40克，花椒水、辣椒油各5克，白糖40克，酱油25克，花生油500克（约耗75克），水团粉50克，葱、姜各1克。

做法：①松花蛋剥去外壳，用凉水冲一下，每个蛋纵向切成6块。另取一碗，加入葱、姜丝、酱油、白糖、米醋、花椒水、辣椒油、水团粉，兑成1碗汁芡。②炒锅上火，加花生油烧至五六成热，将松花蛋放入油中炸透，捞出控净油。把锅中热油倒出，留少量底油，把汁芡倒入炒熟，再倒入炸好的松花蛋，随即出锅便成。

银耳鹌鹑蛋

原料：鹌鹑蛋20个，水发银耳50克，料酒、味精、精盐、香油各适量。

做法：①将银耳择去硬根，洗净，撕成小片，放入汤碗中，加水，上笼蒸透。鹌鹑蛋煮熟去皮。②将银耳及汤汁倒入锅中烧开，去浮沫，加入精盐、料酒、味精、鹌鹑蛋，稍煮，淋香油出锅即成。

香椿烘蛋

原料：鸡蛋6个，牛肉火腿50克，香椿50克，盐、味精、花生油、水淀粉各适量。

做法：①鸡蛋打在大碗里搅匀。牛肉火腿切成小丁。香椿洗净，切成碎末备用。②鸡蛋碗中放入盐、味精、牛肉火腿丁、香椿末、水淀粉搅匀。③锅内倒花生油，用大火烧开，改用小火，倒入搅匀的鸡蛋液，盖上锅盖儿。④将油从锅周边淋入，烘约10分钟，掀开盖儿控去油，翻扣在盘中即可。

芹菜炒鸡蛋

原料：芹菜200克，鸡蛋3个，花生油、胡椒粉、鸡精、精盐各适量。

做法：①把芹菜择去叶，去根，用清水洗净，切成小段，放入碗内，磕入鸡蛋，加入精盐、胡椒粉、鸡精拌匀。②净炒锅置旺火上，放入花生油烧热，倒入芹菜、鸡蛋，慢慢炒至蛋熟，出锅即可。

小米红糖煲鸡蛋

原料：小米100克，鸡蛋3个，红糖适量。

做法：①将小米淘洗干净，放入开水锅内，用旺火烧开后，转用小火煮至米烂粥稠，成小米粥。②将鸡蛋洗净，放入凉水锅中，用中火煮至蛋熟，剥去外皮，放入小米粥中。食用小米粥时，加入适量红糖搅匀即可。

虎　皮　蛋

原料：鸡蛋3个，青椒25克，瘦肉50克，酱油、料酒、精盐、鲜汤、香油、白糖、味精、干淀粉、胡椒粉、花椒油、水淀粉、花生油各适量。

做法：①将2个鸡蛋放在清水锅中，煮熟，取出放在冷水里浸凉，剥去蛋壳，在干淀粉上滚一滚。精肉、青椒各切成米粒大小的末。瘦肉用鸡蛋、精盐、干淀粉拌匀上浆。②将油倒入锅内，待烧至七成热时，将2个熟鸡蛋放入，炸至蛋皮起泡，捞出。原锅留底油，加鲜汤、料酒、酱油、白糖、味精，烧滚后改用小火烧6分钟，用旺火收浓卤汁，将鸡蛋取出，对剖成两半，装在盘内。③将锅洗净烧热，加入花生油烧至五成热时，放入肉末，用勺搅散，至熟后倒入漏勺，沥油。④锅内留油少许，烧热，放青椒煸炒一下，加料酒、精盐、味精、胡椒粉、花椒油、鲜汤后烧开，用水淀粉勾芡，再放肉末一起翻炒，淋上香油，起锅即可。

金针菇蛋花

原料：鸡蛋1个，金针菇50克，黄花菜20克，鸡汤100毫升，精盐、鸡精、蚝油、菠菜叶、酱油、白糖各少许。

做法：①金针菇择洗干净，切成小段。黄花菜用开水泡发洗净，切段。菠菜择洗干净，切细丝。②锅中放鸡汤、金针菇、黄花菜、菠菜、白糖和酱油、鸡精、蚝油、精盐，一起煮开，改小火煮3分钟，打入鸡蛋，搅拌，蛋熟时即可食用。

炒木犀黑菜

原料：鸡蛋2个，水发木耳150克，嫩黄瓜片5克，花生油60克，精盐、味精、花椒水、葱、姜末各适量。

做法：①把鸡蛋打入碗内，加入精盐、葱、姜末搅开。炒勺倒油35克，烧热倒入搅好的鸡蛋炒熟倒出。②炒勺擦净，放25克油，加热，投入葱、姜末炒出香味时，加木耳、黄瓜片、花椒水、精盐、味精，煸炒几下，再把炒熟的蛋片下勺，翻炒均匀即可装盘。

肉丝炒蛋

原料：鸡蛋4个，猪肉丝50克，精盐、酱油、料酒、味精各少许，猪油、高汤各适量。

做法：①把鸡蛋打入碗内，加入少许精盐搅匀。②旺火烧锅热后加油下肉丝炒透，接着倒入蛋液翻炒，待蛋液结成块时加酱油、料酒、高汤，烧3分钟左右，加入味精即可。

炒木犀黄瓜

原料：鸡蛋3个，黄瓜250克，精盐、味精、葱花、花椒油、香油、料酒少许，花生油适量。

做法：①黄瓜洗净去把，顺剖两半，再斜刀切成片。鸡蛋打入碗内用筷子搅打均匀。②将炒锅烧热放油，先摊鸡蛋，划碎成木犀块，推到锅边。另在锅中添油，烧热后煸炒葱花放入黄瓜片同鸡蛋一起翻炒，加精盐、花椒油、香油、料酒和味精即可出锅。

雪里蕻蒸蛋

原料：鸡蛋4个，雪里蕻100克，虾皮、精盐、虾酱、蚝油、胡椒粉、香油各少许。

做法：①把雪里蕻用稀盐水浸片刻，取出洗净，挤去水分，切成碎末。②虾皮洗净浸软剁碎。③鸡蛋打入碗内，加入少许精盐、虾酱、蚝油、胡椒粉搅散，加水搅匀，放入雪里蕻菜和虾皮末拌匀，放入蒸锅，用旺火蒸15分钟取出，倒入汤盘中，淋入香油即可食用。

粉丝蒸蛋

原料：鸡蛋4个，粉丝25克，虾皮少许，酱油、精盐、料酒、味精、姜汁、香油各适量。

做法：①先将粉丝浸软，洗净，切成段。虾皮洗净，用料酒和姜汁拌匀。②鸡蛋打入碗内，下精盐少许搅拌均匀。③将粉丝放在涂有少许油的汤盘中，撒上虾皮，倒入蛋液，放蒸锅内蒸熟取出，淋入酱油、香油即可。

清 蒸 蛋

原料：鸡蛋3个，猪肉200克，鸡脯肉100克，干贝、香菇、冬笋、虾仁、火腿、香菜叶各少许，湿淀粉、葱、姜、料酒、生抽、精盐、味精、胡椒粉各适量，鲜汤1000克。

做法：①将干贝洗净，用沸水泡过，加入料酒蒸熟。鸡脯肉加少许猪肉、葱、姜，剁成肉泥，再加少许水调和。将香菇、冬笋择洗干净，用温水浸泡，切丝。虾仁洗净。火腿切丁。再将葱切段，姜切片备用。②将猪肉洗干净加葱、姜剁成肉茸，加入1个鸡蛋清，少许湿淀粉和干贝、味精、生抽、料酒、胡椒粉拌匀。③将搅好的肉放入汤盘内，中间略低，周围稍高，再将鸡蛋破壳，摊在肉面上（形成三角），用微火烧7分钟。接着将锅上火，倒进鸡泥和鲜汤烧沸，撇去浮沫，加入香菇、冬笋丝、虾仁、火腿丁、葱段、姜片，调好味，起锅盛入汤碗，再将鸡蛋推入碗内，撒上香菜叶即成。

香葱煎蛋

原料：鸡蛋4个，香葱末50克，精盐、料酒、味精各少许，猪油适量。

做法：①将鸡蛋打入碗内，加入葱末、精盐、味精，用筷子搅拌均匀。②煎锅放火上，用猪油烧至五成热，将蛋液淋入锅中形成圆形，略结固时用手勺把蛋摊开，形成1个大圆饼，翻个儿，至两面呈金黄色，煎时多颠动，以防煎焦，沿锅边淋入少许猪油，旋转几下锅，淋入料酒即成。

腐乳蒸蛋

原料：鸡蛋 4 个，腐乳汁、味精、高汤、胡椒粉、姜汁、花生油各适量。

做法：①将鸡蛋打入碗内，用筷子搅打至起泡沫为止。②在鸡蛋液中加入腐乳汁、味精、胡椒粉、姜汁、高汤、花生油，入蒸锅内用旺火蒸熟取出，原碗上桌。

卤鹌鹑蛋

原料：鹌鹑蛋 500 克，精盐 20 克，卤粉和茶叶各 1 克，花椒 2 克，香叶 1 克，桂皮 1 克，八角 5 克，小茴香 5 克。

做法：①将选好的鹌鹑蛋放入锅中，加适量清水（以淹没蛋为度），用中火煮 6 分钟捞出，放入冷水中浸凉后剥去外壳。②炒锅置火上，放入鹌鹑蛋、茶叶、八角、花椒、香叶、桂皮、茴香、卤粉、精盐和适量的沸水，煮至卤汁已渗透蛋内，有香味和咸味后捞出，凉透装盘即成。

虎皮鸽蛋

原料：鸽蛋 24 个，醋 10 克，淀粉和白糖各 20 克，精盐、味精、酱油、香油、葱和姜各 5 克。

做法：①将鸽蛋放入冷水锅内用小火煮熟，剥去壳，在鸽蛋表面均匀地裹上一层淀粉，投入烧热的油锅内炸呈金黄色。②锅置火上，放油烧至八成热，投入葱、姜煸出香味，再加入味精、酱油、香油、白糖、清水、醋和精盐，烧沸后，放入炸好的鸽蛋，用小火煮 5 分钟，捞出冷却装盘即成。

虾皮拼松花蛋

原料：松花蛋 5 个，虾皮 50 克，酱油、醋、味精、葱花、姜末适量。

做法：①将松花蛋洗净，去壳，切成块，放在盘面。②把虾皮洗净，沥干水分，撒在松花蛋上，再放入酱油、醋、味精、葱花、姜末即成。

鸡　蛋　松

原料：鲜鸡蛋 4 个，花生油 20 克，精盐 1 汤匙，料酒 1 汤匙，鸡精少许。

做法：①将鸡蛋打入碗内，用筷子打散，加入料酒、精盐打匀。②取一炒锅置火上烧热后倒入花生油（其他植物油亦可），油热后将鸡蛋液慢慢倒入笊篱（可分几次倒入），使蛋液通过笊篱的细孔漏入热油中，并用筷子轻轻拨动油中的蛋松，见蛋松在油中漂起，即用笊篱将蛋松捞出，沥尽油，放在盘内，加入鸡精拌匀即可。

三色蛋卷片

原料：鸡蛋（或鸭蛋）2 个，豆腐粉 1 汤匙，瘦猪肉 100 克，海米 2 汤匙，精盐半汤匙，酱油 2 汤匙，料酒 1 汤匙，鸡精、香油各半汤匙，嫩韭菜 50 克，花生油 1 汤匙。

做法：①将鸡蛋打入碗内，加入豆腐粉和半小碗冷水，搅拌均匀，待用。韭菜洗净切成粗末。瘦猪肉洗净切成细丁。海米洗后放热水中泡发，捞出和细肉丁放在一起，用刀剁几下，放碗内加入料酒、鸡精、香油、酱油和精盐拌匀。②取一锅置火上烧热，加入花生油，将锅烧热后，将调好的蛋汁摊成圆饼，熟后即将蛋饼起锅。③将蛋饼平放在干净的菜板上，把调好料的肉丁平铺在蛋饼上，再将韭菜末均匀地铺在肉丁上面，将蛋饼左右两边各往中间折，再卷成圆柱形。④将蛋卷放锅中置旺火上，蒸熟后取出晾凉，斜切成片，装盘即可。

蒸蛋羹花

原料： 鸡蛋300克，虾皮20克，小葱30克，精盐、猪油、味精各适量。

做法： ①鸡蛋打入蒸钵内，加水、精盐、虾皮、味精充分打匀。②上笼蒸至中间凝固为度（一般15～20分钟），下笼浇上猪油，撒上葱花即成。

红脸甜心蛋

原料： 鸡蛋500克，酱油50瓶，白糖150克。

做法： ①鸡蛋放水中煮沸5分钟，倒去开水，入凉水降温，然后剥去蛋壳。②将剥去壳的鸡蛋放在一个带盖的广口瓶里，倒入酱油，没过鸡蛋。再将白糖倒入瓶中，拧紧瓶盖后，摇动瓶子，然后浸泡12小时，中间摇动几次，吃时捞出即可。

肉饼蒸蛋

原料： 鸡蛋400克，猪肉200克，精盐、料酒、白糖、蚝油、五香粉、味精、葱末、姜末各适量。

做法： ①将猪肉末放入盆内，加葱、姜末、料酒、蚝油、五香粉、精盐、清水、味精打成肉馅，分成8盘，在肉馅中间挖个洞，将鸡蛋磕入其中，鸡蛋上面撒少许精盐。②锅中水烧开后，即把肉饼蛋上笼蒸20分钟左右，出锅装盘即可。

蟹黄蛋

原料： 鸡蛋400克，猪油、精盐、白糖、香油、牛奶、香醋、味精、姜末、胡椒粉各适量。

做法： 将鸡蛋打入盆中，加精盐、味精、姜末、白糖、香醋、香油、牛奶、胡椒粉打成蛋液。勺上火，倒入蛋液，手勺不断搅动，当黄蛋基本炒成蟹黄色时，翻身淋上香油出锅即可。

青椒炒蛋

原料： 鸡蛋4个，青辣椒2个，鸡精2克，花椒油10克，花生油60克，料酒5克，精盐3克。

做法： ①将鸡蛋打入碗中，加盐及料酒调匀，把青辣椒切成丁。②炒锅上火，放油，倒入蛋液，炒熟后盛出。原炒锅青椒炒熟，放鸡精、花椒油，把鸡蛋倒入炒锅中炒散即成。

鸡蛋炒木耳

原料： 鸡蛋3个，水发木耳40克，花生油60克，料酒10克，清汤20克，葱花、精盐各少许。

做法： ①把鸡蛋打入碗中，搅好。水发木耳洗净切丝。②炒锅上火，放油，烧热后下木耳丝、料酒、精盐、葱花、少许清汤，打匀后盛入碗中。③炒锅再上火，放油，倒入鸡蛋液，烧熟后即将碗中的木耳丝及汤倒入炒锅中，稍炒片刻即可。

德式牛肉扒蛋

原料： 牛肉200克，鸡蛋50克，炸土豆条50克，葱头末15克，煮胡萝卜条30克，煮红菜头30克，牛奶30克，花生油200克，黄油10克，肉汁25克，胡椒粉少许，精盐2克。

做法： ①将牛肉洗净，用铰刀铰一遍，与葱头末、鸡蛋、牛奶、胡椒粉、精盐一起和匀，用手捏成球。手上蘸鸡蛋，把牛肉球压成圆饼。往煎盘放入花生油，下入肉饼，在旺火上煎上色，滗出花生油，放入黄油稍煎，入炉烤熟。②往小煎盘内放入花生油烧热，把1个鸡蛋先磕入碗内，再倒入煎盘，随煎随撩油，避免蛋黄破裂。③将少许肉汁倒入煎盘烧开。④上菜时，将牛肉扒浇上原汁，上放炸鸡蛋，周围配上煮胡萝卜条、煮红菜头、炸土豆条即成。

咸蛋蒸肉饼

原料：咸鸭蛋2个，肥瘦猪肉末250克，湿团粉10克，白酱油10克，高汤50克，花生油10克，精盐1克，味精1克。

做法：①猪肉末放入碗内，加湿团粉搅拌，至有黏性。咸鸭蛋打开，分出蛋清、蛋黄，将蛋清放入肉末碗内，加油搅匀后放入盘内铺平，再将蛋黄压扁放在肉上。②上锅蒸熟15分钟左右后取出，往勺内加少许汤，开后加入白酱油、精盐、味精，调好味，淋在肉饼上即成。

虾仁跑蛋

原料：虾仁200克，鸡蛋8个，精盐5克，味精5克，料酒25克，胡椒粉1克，干生粉2克，花生油500克（约耗50克）。

做法：①将虾仁洗净，沥干水分，盛入碗内，加精盐、味精、胡椒粉、料酒、蛋清1个、干生粉拌和上浆。将鸡蛋敲入碗内，加精盐、味精，用筷子搅匀。②将锅烧热，加花生油，油烧至五成热时，将虾仁下锅，用勺划散至熟，连油倒入漏勺，待沥去油后放入鸡蛋内。原锅内加花生油50克，将鸡蛋倒入，转动锅，待蛋煎至凝结成块时，即翻身，烹料酒，盛起装盘便成。

老　烧　蛋

原料：鸡蛋6个，水发木耳5克，净茭白100克，精盐0.5克，料酒、味精各2克，白糖10克，葱段5克，香油15克，鲜汤150克，蚝油10克，花椒油5克，酱油50克，猪油100克。

做法：①将鸡蛋磕入碗内，用筷子打散待用。茭白切成细丝后，放入蛋碗中，加入少许精盐，打搅成蛋糊。②将炒锅置于中火加热，倒入猪油烧至六成热时，倒入蛋糊，转动数下，再用铁勺稍微搅动，待蛋液凝结成块时，翻动一下就可起锅盛放碗内。③原炒锅加入少许猪油，加热，放入葱段炝锅，加料酒、鲜汤、酱油、蚝油、花椒油、味精、糖，倒入蛋块和木耳，然后用小火焖烧片刻，溢出蛋香味，淋入香油即可。

芙　蓉　蛋

原料：鸡蛋5个，水发冬菇50克，熟笋25克，猪油60克，香油5克，精盐、葱、味精、酱油、白糖、水淀粉、鲜汤各适量。

做法：①将鸡蛋磕入碗内，用适量精盐、味精均匀地撒在蛋面上。把精盐、酱油、白糖、味精、水淀粉、鲜汤放在另一个碗内，调匀。熟笋和水发冬菇均切成细丝。②将锅烧热，放入猪油，待油烧至七成热时，把冬菇丝、笋丝、葱放入锅内煸香后，改用小火，再将蛋倒入，用手勺将蛋黄打碎，推炒一会，即把卤汁放入锅，使汁收浓后，淋香油盛盘即可。

苦瓜炒鸡蛋

原料：鸡蛋3个，苦瓜，甜椒、盐、味精、花生油各适量。

做法：①鸡蛋打破，倒入碗中搅散。苦瓜洗净，去瓤及籽，切成细粒。甜椒去蒂及籽，清洗干净，切成细粒。②锅置中火上，烧花生油至五六成热，倒入鸡蛋炒散呈黄色时，投入苦瓜粒、甜椒粒，加盐、味精，颠锅翻炒均匀至苦瓜断生，起锅盛入盘中即成。

蒜苗炒鸡蛋

原料：蒜苗100克，鸡蛋3个，花生油50克，精盐、味精、花椒水各适量。

做法：①把蒜苗摘洗干净，切段。把鸡蛋打在碗里，加入少许精盐，用筷子搅散。②勺内放花生油，烧热，把鸡蛋汁倒入勺中，用手勺轻轻推炒，炒至蛋汁定浆，像桂花瓣一样时，倒出。③再把余油15克倒入勺中烧热，放入蒜苗再翻炒几下，烹入花椒水，加入剩余的精盐和味精，放入炒好的鸡蛋花，翻炒均匀即可出勺。

煎荷包蛋

原料：鸡蛋6个，精盐、味精各1克，花生油75克。

做法：①炒勺放在中火上，放入油，油热时把鸡蛋（1个）轻轻地磕入勺内煎，煎至底部凝固时，把精盐、味精均匀地撒在上面，轻轻地翻个儿，煎熟取出。②按上述办法，把剩下的5个鸡蛋全部煎熟取出，每个鸡蛋切4瓣，摆入盘内即成。

五、豆制品类的制作

豆制品

三美豆腐

原料：豆腐150克，白菜心100克，鲜汤500克，味精1克，精盐、葱末、姜末各4克，蚝油10克，花椒油10克，猪油20克，鸡油5克。

做法：①将豆腐上笼或放入锅里隔水蒸约10分钟取出，沥干水，切成片。白菜心用手撕成小条块，放入锅中烫一下。②炒锅烧热，放猪油，烧至五成热时，加入葱、姜末炸出香味，放入鲜汤、豆腐、蚝油、花椒油、盐、白菜烧滚，撇去浮沫，加入味精，淋上鸡油即成。

香椿豆腐

原料：嫩豆腐3块，香椿50克，精盐、葱丝、味精、香油、花椒油、生抽、姜末各适量。

做法：①用开水把豆腐烫透取出，晾凉，切成丁。②香椿用水泡好切末，撒在豆腐上，如果用鲜香椿则不必浸泡。③放上精盐、味精、葱丝、花椒油、生抽、姜末、香油，拌匀即成。

红油拌豆腐

原料：豆腐300克，精盐6克，蒜15克，胡椒粉10克，味精2克，香油10克，红辣油40克。

做法：①将豆腐用刀划切成丁。蒜剥去表皮后，拍成茸泥待用。②将豆腐丁放入冷水锅中，用中火加热，使水保持在开而不滚的状态，豆腐丁上浮，并有弹性时，即捞起沥干水分盛放盘内，加入精盐、味精、香麻油、胡椒粉、蒜茸泥、红辣油即可上餐桌。

三鲜豆腐

原料：熟火腿50克，豆腐500克，蘑菇、冬笋各25克，味精、胡椒面各1克，精盐6克，鲜汤250克，淀粉5克，香油、葱花各10克，猪油50克。

做法：①将豆腐切成片，放入沸水锅中氽一下捞起。氽时可下精盐1克，然后把豆腐放入清水内。熟火腿、蘑菇、冬笋均切成小薄片。②炒锅置中火上，下猪油烧至八成热，放入沥干水分的豆腐片、熟火腿、冬笋、蘑菇、鲜汤、胡椒面、精盐、味精，烧沸后用水淀粉勾芡，加葱花，淋入香油即成。

松花豆腐

原料：嫩豆腐4块，松花蛋3个，香油25克，精盐、味精各1克，葱末、姜末各少许。

做法：①将豆腐切成小方块，放入盘内。②松花蛋剥壳，切成小丁。③把豆腐块和松花蛋丁放在一起，加味精、香油、精盐，搅拌均匀，撒上姜、葱末即成。

海米豆腐

原料：豆腐、水发海米、水发木耳、黄瓜各适量，花生油、盐、酱油、虾油、生抽、花椒面、香油、淀粉、葱片、姜末、味精各适量。

做法：①将豆腐切成片；木耳撕成小块；黄瓜洗净切成片。②用碗放盐、酱油、虾油、生抽、味精、淀粉兑成混汁。③坐勺，加适量花生油，烧至八成热时放入豆腐片，炸成金黄色，捞出，控净油。④原勺留底油，放姜、葱、花椒面，放入木耳、海米、黄瓜片、豆腐片，倒入兑好的混汁翻勺，淋香油，出勺装盘即可。

清拌豆腐

原料：豆腐500克，香菜末、小葱末、麻油各50克，酱油、醋、精盐、味精、蒜泥、辣椒油、麻酱、芥菜各适量。

做法：将豆腐投入沸水中煮透，捞出冲凉，切成片，装入盆内。将香菜末、小葱末也放入盆里，加入麻油、酱油和醋、精盐、味精、蒜泥、辣椒油、麻酱、芥菜，搅拌均匀即成。

豆腐熬海带

原料：豆腐500克，海带100克，白肉50克，花生油100克，葱花、姜丝、花椒水、味精少许，精盐、青蒜末适量。

做法：①豆腐切片，海带洗净后切片，白肉切片。②将锅烧热放少量花生油，把豆腐煎一下。③锅内放底油，待油热后，放葱花、姜丝、精盐炝锅后，加肉片、海带翻炒数下，加适量汤汁，放入豆腐，熬1分钟后左右，加味精、青蒜末即可。

烧冻豆腐

原料：冻豆腐4块，肥瘦肉100克，猪油40克，蒜、胡椒粉、香油各1克，水淀粉10克，味精1克，辣椒油10克，生抽10克，精盐1克，鲜清汤100克。

做法：①冻豆腐入沸水中解冻，挤去水，切成长条。将肥瘦猪肉洗净，剁成茸。蒜洗净，斜刀切成片。②锅置旺火上，下猪油烧至八成熟，下猪肉茸炒散，再下豆腐条、精盐、辣椒油、生抽、酱油翻炒，接着加清汤焖约3分钟，加蒜片炒几下，再放味精，勾芡，淋香油，撒上胡椒粉，拌匀即成。

什锦豆腐

原料：豆腐约500克，水发海参、大虾、冬笋、水发冬菇各15克，精盐、葱、姜末各2克，鸡精1克，酱油、香油各适量，水淀粉10克，蚝油、虾油各10克，花生油40克。

做法：①将豆腐切成丁，用开水烫透捞出控干。将海参、大虾、冬笋、冬菇都切成丁。②勺内入底油，油热时用葱、姜末炝锅，放入海参、大虾、冬笋、冬菇丁，煸炒半熟，加点鸡汤，再把豆腐放勺内，加酱油、鸡精、蚝油、虾油、精盐，烧开后用水淀粉勾芡，淋香油出勺即成。

锅摊豆腐

原料：豆腐300克，鸡蛋3个，猪油75克，味精、料酒、精盐、胡椒粉、香油、干面粉各适量，葱、姜、姜汁各少许，清汤100克。

做法：①将豆腐切成片。葱、姜切成末。②将豆腐片摆在盘中，撒上姜末、葱末、味精、料酒、精盐喂好口。将鸡蛋磕在碗内，打成蛋液。③旺火坐勺，倒入油烧热，将豆腐片两面蘸上面粉，再蘸上蛋液，逐一下入勺中，两面煎成金黄色后捞出，沥净油。勺内留底油，烧热，用葱、姜炝锅，加清汤、精盐、料酒、味精、胡椒粉、香油、姜汁、炸豆腐片，烧开后移至小火上3

分钟，待豆腐入味、汤汁不多时出勺装盘即成。

葱烧豆腐

原料：葱白100克，豆腐150克，花生油500克（约耗50克），味精、精盐、酱油、料酒、水淀粉、胡椒粉、花椒油、面粉各适量，香油少许。

做法：①将豆腐用沸水热透后捞出，沥干水分，顶刀切成片。将葱白切成细丝。取碗一只，将味精、精盐、胡椒粉、花椒油、酱油、料酒兑成调味汁，待用。②旺火坐勺，注油后烧至七成热时，将豆腐片滚上一层面粉，挂水淀粉浆，下入油勺，滑散，炸成金黄色，倒入漏勺，沥净油。原勺留底油，烧热后下入葱丝，煸炒出葱香味后，倒入豆腐、调味汁，迅速颠勺，淋香油，出勺装盘即可。

鱼香豆腐

主料：豆腐400克，瘦猪肉75克，花生油40克，泡红椒10克，葱花、姜末、蒜、豆瓣酱、酱油各5克，糖10克，醋15克，鸡精3克，料酒、香油、花椒油、水淀粉各少许。

做法：①将豆腐切成长片，放沸水中焯后捞起，沥尽水分，再整齐地排放在盘中。将猪肉洗净，剁成肉泥。蒜、泡红椒均切成米粒状，待用。②将炒锅置于旺火上，倒入花生油烧至五成热时，放入姜末、蒜末、泡红椒末，翻炒数下，再放入豆瓣酱煸炒至出红油，随即加入肉泥，再加入糖、醋、香油、花椒油、酱油、鸡精、料酒和少许汤水，翻炒几下后，用水淀粉勾芡，撒上葱花，起锅淋浇在豆腐盘内即可。

红烧豆腐

原料：豆腐250克，淀粉25克，花生油100克，姜丝、葱段、花椒、大料、味极鲜酱油、精盐各适量。

做法：①将豆腐切成块，用少量的热油炸至金黄色。②另起油锅，放底油，用葱、姜、大料、花椒炝锅（可先放大料、花椒后捞出再爆锅），后加味极鲜酱油、盐、汤汁。把炸好的豆腐放入锅中，炖20分钟左右。用淀粉勾芡，加味精出锅即成。

白扒豆腐

原料：豆腐500克，水发蘑菇、玉兰片、火腿、冬笋各15克，精盐2克，鸡蛋清2个，鸡精1克，料酒8克，猪油20克，蚝油20克，花生油500克（约耗50克），鲜汤150克，姜汁、水淀粉各适量。

做法：①将豆腐放入沸水锅中氽熟，捞起沥水，再用洁布吸干水分，切成片。蘑菇、玉兰片、火腿、冬笋分别洗净，切成片状。蛋清盛装在碗内，加入水淀粉搅拌成蛋粉糊，待用。②将豆腐片裹上蛋粉糊，下入烧至七成热的油锅中，炸至硬结定形，即取出沥油盛放碗内。③将笋片、蘑菇片、玉兰片、火腿片相互对称地摆放在盘内，再整齐有序地码放上已炸过的豆腐片。④将炒锅置于旺火加热，加入精盐、鸡精、猪油、蚝油、鲜汤、姜汁、料酒烧沸，再轻轻推入盘内的笋片、蘑菇片、玉兰片、火腿片和豆腐片，随即改用小火焖烧至豆腐入味，再改用旺火收汁，用水淀粉勾芡，并从锅边淋入熟油，然后盛入盘内即可。

丝瓜烧豆腐

原料：豆腐300克，嫩丝瓜200克，精盐、葱花、酱油、味精、淀粉、清汤、味精、花生油各适量。

做法：①豆腐切成小丁，放在沸水中氽一下，捞出沥干水分。丝瓜削去外皮，洗净，切成块。②锅置旺火上，倒入花生油烧至八成热，放入丝瓜，略炒，加入清汤、酱油、葱花，烧沸后，倒入豆腐，改用小火焖烧至豆腐鼓起。汤剩下一半时，再用旺火略烧，放入味精，用水淀粉勾芡，起锅装盘即可。

小葱豆腐

原料：豆腐250克，小葱50克，精盐、味精、香油各适量。

做法：豆腐切成小方丁，小葱切成碎段。将豆腐丁和葱碎段放在碗内，淋入调好的盐水、味精、香油，拌匀即可。

麻 辣 烫

原料：嫩豆腐3块，牛肉50克，葱末2小匙，蒜末2小匙；A（辣椒粉1大匙，花椒粉1大匙，盐1/2小匙，味精1/2小匙，辣豆豉1小匙）；青蒜3支，淀粉水1大匙，花生油1饭碗。

做法：①豆腐切成小丁块，牛肉切成小丁块，青蒜切碎。豆豉碾碎与花椒粉混合，豆腐丁入滚水氽过一次，捞出备用。②油入锅烧热，先将葱、蒜炒香，倒入牛肉炒至半熟，再入豆腐及所有A料翻炒均匀。待滚起，撒下青蒜末，并用淀粉水勾芡，即可盛食。

烧火腿豆腐

原料：豆腐250克，熟火腿75克，冬菇20克，胡萝卜、兰片各15克，味极鲜酱油20克，精盐1克，味精2克，料酒、花椒水各5克，辣椒油20克，香油5克，水淀粉40克，葱、姜各1克，白糖10克，花生油50克，肉汤150克。

做法：①将豆腐放入开水内炖30分钟，见豆腐出现蜂窝时捞出，用凉水投凉，控净水分，切成长条片。胡萝卜、兰片、火腿切成片。冬菇切两半。葱切葱花。姜切成末。香菜切成段。②勺内放油，烧热后用葱、姜炸锅，放入火腿、油菜、兰片、胡萝卜、冬菇煸炒一下，加味极鲜酱油、料酒、白糖、辣椒油、花椒水、味精、精盐、肉汤，烧开后撇去浮沫，将豆腐片下入勺内烧开后，移到小火上煨3~4分钟，再移到中火上，用水淀粉勾芡，颠勺撒上香菜，淋香油出勺即成。

豆腐丸子

原料：豆腐3块，鸡胸肉75克，白荠5棵，淀粉2大匙，青刚菜2棵，红萝卜片5片，面粉1饭碗，清汤1饭碗，盐1.5小匙，味精1小匙，淀粉水1大匙，花生油500克（约耗100克）。

做法：①豆腐捏碎成泥状，鸡胸肉剁烂，白荠剁成碎末，面粉与适量清水调成糊，青刚菜切成4份。②豆腐泥去水，加鸡肉末、白荠末与淀粉混合拌匀。③花生油入锅烧热，豆腐泥捏成乒乓球大小的丸子，先裹一层面糊，再入油锅炸至金黄色，捞起沥油。④锅中留油少许，将青刚菜、红萝卜片炒熟，放入清汤、盐、味精及豆腐丸子同煮，待滚起，用淀粉水勾芡即可。

松子豆腐

原料：豆腐400克，松子末45克，火腿末5克，白糖30克，酱油5克，精盐2克，清汤适量，花生油40克，花椒油5克。

做法：①将嫩豆腐切成小块，用开水煮至豆腐漂于水面时捞出，控净水分，放到沙锅内。②将花生油烧热，放入白糖，炒至色微红时，放入酱油、清汤、白糖、松子末、火腿末，颠翻搅匀，倒入沙锅内。③沙锅放微火上炖，至汤将尽时，淋花椒油即成。

大蒜豆腐

原料：豆腐4块，盐4克，蒜2瓣，酒15克，花生油20克。

做法：豆腐用清水漂净，放在干净的白布中吸去水分，切成片。烧热花生油，把豆腐片煎至两面微黄，下蒜片和盐、酒，加水，用文火煨至汁水剩下不多时即成。

素煮干丝

原料：大白豆腐干4块，水发冬菇丝15克，笋丝15克，姜丝2克，酱油2克，精盐4克，味精5克，白糖3克，香油5克，花生油15克。

做法：①把白豆腐干切成薄片，铺成梯形再切成细丝，放入沸水内泡一下，捞出沥干水分。②烧热锅，放入花生油，把姜丝下锅爆一下后放入冬菇丝、笋丝，加入冬菇和汤200克，以及酱油、盐、白糖、味精，盖上锅盖，用文火煮10分钟，待有姜丝香味时，即起锅装入汤盆，淋上香油即成。

豆腐干拌芹菜

原料：豆腐干200克，芹菜300克，海米25克，花椒油、酱油、醋、味精、白糖、精盐、鲜姜末各适量。

做法：①把豆腐干切成丝，用开水烫泡一下，捞出，控净水分。②把芹菜摘去叶，切去根，用清水洗净，切成3厘米长的条，放入开水中焯一下，急速捞出，用冷水投凉，控净水分。③海米用开水泡一下，用冷水投凉。④把芹菜放在小盆中，加入少许精盐、味精、白糖拌匀，码在盘中，把豆腐丝放在芹菜上，海米放在最上边即可。

怪味豆腐

原料：豆腐3块，芝麻酱25克，酱油50克，熏醋15克，白糖25克，辣椒油25克，花椒面1克，味精1克，芝麻2.5克，香油15克。

做法：①将芝麻放入锅内，在微火上炒至酥黄，备用。②将芝麻酱放入碗内，分2次放入酱油，用筷子徐徐把芝麻酱澥开，然后倒入熏醋，拌匀。接着放入白糖、味精，拌匀后，下入辣椒油、花椒面和炒酥的芝麻，略拌即成怪味汁。③将豆腐放入小盆中，加入凉水，水要没过豆腐，上火煮一会儿，捞出，控净水，码入盘中，用小刀划切成长方片，再用手轻轻按一下，使其成梯形，浇上怪味汁即成。

蛋黄豆腐

原料：豆腐1块、蒜苗50克，海米25克，红咸鸭蛋黄2个，花生油、精盐、白糖、料酒、鸡精、麻油、葱、姜末、鸡汤各适量。

做法：①将豆腐切成块，用开水焯一下，沥干水分后放入精盐、鸡精调味。将海米用清水泡发，洗净切成末。蒜苗、葱、姜洗净切末。咸鸭蛋去皮，蛋黄压成蛋黄粉。②坐锅点火放油，油热后放入葱、姜末煸炒，再倒入豆腐、蒜苗、海米翻炒，加入鸡汤、料酒、白糖、精盐、鸡精、麻油，收汁出锅时撒入蛋黄粉即成。

虾油拌豆腐

原料：豆腐3块，虾油25克，葱花、精盐、味精各适量。

做法：①将豆腐切成小丁，放入开水内烫一下，捞出晾凉，控净水分。②将豆腐丁放入盘中，加上葱花、精盐、味精、虾油拌匀，即可食用。

番茄豆腐

原料：豆腐1块，西红柿50克，油菜25克，香菇、花生油、白糖、精盐、柠檬汁、淀粉、味精、花椒水、料酒、鸡汤各适量。

做法：①把豆腐切成块，用开水烫一下捞出。西红柿、香菇、油菜切成方条。②坐锅点火放油，待油五成热时把香菇、油菜放入，煸炒一下，随后加入西红柿、白糖、柠檬汁、精盐、花椒水、料酒、鸡汤，开锅后把豆腐放入焖一会儿，待汤汁收浓时放味精，然后用水淀粉勾薄芡出锅即可。

炒金银豆腐

原料：豆腐500克，鸭蛋2个，花生油50克，葱花、姜丝、胡椒粉、香油、清汤、味精、精盐各少许。

做法：①豆腐切成片，放开水中汆一下。鸭蛋打碎放入盆内，蒸成蛋饼，切成片。②烧热锅，放底油，油热后放葱花、姜丝爆锅，然后放豆腐、鸭蛋、胡椒粉、香油、清汤少许，翻炒几下，再放味精即可出锅。

豆腐汆鱼片

原料：豆腐500克，鱼肉150克，淀粉25克，蛋清1个，白酒5克，葱末、姜末、五香粉、味精、盐各适量。

做法：豆腐切成片，鱼肉切片。将鱼肉同淀粉、白酒、蛋清、五香粉一起搅拌。待水开后，将豆腐、鱼肉、姜末、盐放入锅内。1分钟后，放入葱末、味精即成。

煎 豆 腐

原料：豆腐350克，酱油30克，盐2克，花生油75克，豆瓣酱15克，大蒜100克，葱花5克，姜末5克，味精1克，鲜汤200克。

做法：豆瓣切成方形小片。大蒜切成段。锅用旺火烧热，放花生油，将豆腐片煎成两面黄，然后加姜末、豆瓣酱、酱油、盐、味精、鲜汤和蒜段，改用小火焖煮，至豆腐透出香味，撒上葱花即成。

鸡刨豆腐

原料：豆腐500克，熟鸡脯肉100克，熟火腿100克，海米25克，盐6克，味精5克，淀粉5克，鸡汤200克，葱、姜各8克，猪油100克，白糖20克，香油少许。

做法：(1) 将豆腐用刀碾碎。鸡脯肉、火腿切成小丁。海米水发剁末。葱、姜亦切成末。②锅内放猪油，略煸一下葱、姜和海米末，放入豆腐煸炒，加入味精，将水略炒干后加入鸡汤和白糖，放入火腿和鸡脯肉，略炒几下，用水淀粉勾芡，再淋一些香油即可出锅。

锅贴豆腐

原料：豆腐500克，鸡蛋100克，盐10克，味精5克，葱、姜各2克，花生油250克，花椒水、花椒粉、淀粉、鸡汤各适量。

做法：①将豆腐切成块。鸡蛋磕入碗中打匀。葱、姜切末。干淀粉放入平盘。②将豆腐块放入盐6克、味精2克腌一下，放淀粉盘中均匀粘上干淀粉。③锅内放花生油烧热，把豆腐先放在蛋液中蘸一下，放入锅中，将其两面煎成黄色，加鸡汤、盐、味精、花椒水、花椒粉、葱末、姜末，用小火烧数分钟，加入水淀粉，待收汁装盘即可。

软熘豆腐片

原料：豆腐500克，鸡蛋1个，花生油500克（约耗200克），白糖30克，酱油20克，醋20克，花椒油15克，淀粉、清汤、精盐各适量，葱、姜、蒜各少许。

做法：①将豆腐片成片，放在平盘内。葱、姜切丝，蒜切片。鸡蛋磕入碗内，搅拌成泡状，加精盐、淀粉、面粉和少许清水调成糊，浇在豆腐片上。②炒勺置中火上，放油烧至六成热时，将豆腐逐片下勺，用筷子拨开，勿使粘连，炸至金黄色时捞出，沥油。③炒勺留底油，葱、姜丝、蒜片炝勺，放酱油、醋、白糖、清汤，将豆腐下勺，开后用水淀粉勾芡，淋入花椒油拌匀出勺装盘。

冬菇烧豆腐

原料：豆腐2块，水发冬菇50克，油菜梗50克，花生油500克（约耗75克），酱油、精盐、味精、料酒、清汤、香油、胡椒粉、水淀粉、葱末、姜末、蒜片各适量。

做法：①将豆腐顶刀切成片。水发冬菇去蒂，洗净，沥水。油菜梗切片。②用小碗将酱油、精盐、味精、香油、胡椒粉、料酒、清汤、水淀粉兑成调味汁。③原炒锅上火，待油温升至八成热时，放入豆腐片，炸呈乳黄色，倒入漏勺，并同时用热油将冬菇、油菜片冲浇一下。④原锅留底油烧热，葱末、姜末、蒜片炝锅，随即放入豆腐、香菇、油菜，倒入调味汁，颠翻两下，移至慢火烧制，待汤汁将尽且豆腐入味后，淋香油出锅装盘即成。

素烩腐竹

原料：腐竹100克，香菇3朵，红萝卜1根，西芹1根，盐5克，味精3克，生抽5克，胡椒粉2克，花生油5克，香油10克，淀粉10克。

做法：①腐竹切成寸段，入清水中泡软。香菇泡软切片，西芹切片，红萝卜切片。②锅中注花生油烧热，放入香菇片炒香，再放入腐竹、红萝卜片拌炒片刻，加入盐、味精、生抽、胡椒粉和水烧开，转小火焖煮至腐竹软嫩。再放入西芹翻炒一下，用淀粉加水勾薄芡，淋入香油即可。

豆腐熬白菜

原料：豆腐250克，白菜250克，花生油25克，葱花、姜丝、酱油、味精、精盐各适量。

做法：①豆腐、白菜切成块。白菜去叶。②将锅烧热加底油，油热后放葱花、姜丝炝锅，放精盐、白菜翻炒数下。加酱油、汤汁少许。③开锅后放入豆腐，熬至汤汁浓后加味精起锅即可。

荠菜豆腐羹

原料：嫩豆腐1盒，肉50克，荠菜150克，清鸡汤1袋，盐5克，鸡精10克，香油10克，胡椒粉3克，老抽5克，花椒油5克，淀粉水10克。

做法：①豆腐切小粒，肉切丝，荠菜切碎。②把豆腐、肉丝、荠菜过沸水后捞出备用。③将清鸡汤、盐、鸡精、香油、胡椒粉、老抽、花椒油下锅煮开，再把豆腐、肉丝、荠菜放入锅内煮1分钟后勾芡即可。

蟹粉豆腐

原料：豆腐1盒，蟹粉50克，素红油10克，料酒10克，盐5克，味精3克，胡椒粉2克，姜10克，香菜叶3克。

做法：①先将豆腐切成小正方块，蟹粉分开放，姜去皮切末。②将豆腐放入锅中焯水后倒出，净锅上火，放入少许素红油将姜末炒香，再倒入蟹粉炒香，放入少许料酒，加入300克水烧开。③锅中加盐、味精、胡椒粉，再倒入豆腐，开小火烩约2分钟后，勾芡，淋上素红油出锅，豆腐上放香菜叶即可。

肥牛豆腐

原料：豆腐200克，牛里脊肉200克，豆瓣10克，盐5克，鸡精3克，豆豉15克，味精1克，葱20克，姜10克，蒜5克，上汤适量，老抽、花椒油、淀粉各10克，料酒4克。

做法：①牛里脊肉洗净切粒，豆腐上笼蒸热装盘，葱洗净切段，姜切末，蒜切末。②锅中注油烧热，放入牛肉粒炒干水分，加入豆瓣炒香，放入姜末，烹入料酒和上汤，依次加入豆豉、老抽、花椒油、盐、鸡精、味精、葱段煮开，用淀粉水勾芡，起锅浇淋在豆腐上即可。

豆腐鲢鱼

原料：豆腐2块，鲢鱼1条，蛋清2个，干红椒20克，盐5克，鸡精5克，生抽10克，淀粉15克，豆瓣30克，料酒10克，香油10克，花生油500克（约耗60克），辣椒面、姜、葱、蒜各10克。

做法：①鲢鱼去鳃和内脏，洗净切成块，加入盐、鸡精、蛋清、淀粉拌匀，入油锅炸至呈金黄色。②锅上火，注入清水，调入盐煮沸，放入豆腐块，煮入味捞出。③油烧热，放入豆瓣、姜、葱、蒜炒香，加入鲜汤煮沸，再放入料酒、鸡精、生抽、鱼块、豆腐，烧入味，装盘，撒上干红椒末、辣椒面，淋上香油即成。

牛肉末烧豆腐

原料：豆腐200克，榨菜15克，牛肉20克，姜末5克，蒜末5克，葱花5克，豆瓣酱10克，干红辣椒粉2克，清汤500克，白糖5克，花椒粉2克，盐5克，味精3克。

做法：①豆腐切丁，榨菜切丁，牛肉切末，姜、蒜切末。②豆腐焯一下水，捞出，爆香姜末、蒜末、牛肉末，加入豆瓣酱炒香，再加干红辣椒粉炒上色后，下清汤、豆腐。③调入盐、白糖、味精，烧入味，起锅装盘，撒上花椒粉、葱花即成。

三鲜菜豆腐

原料：豆腐150克，冬笋50克，白菜心100克，鲜汤500克，味精1克，精盐、葱末、姜末各4克，花生油20克。

做法：①将豆腐上笼或放入锅里隔水蒸约10分钟取出，沥干水分，切成片。白菜心用手撕成小条块。冬笋切成片，分别放入锅中烫过。②炒锅烧热，放油，烧至五成热时，加入葱、姜末炸出香味，放入鲜汤、豆腐、盐、冬笋片、白菜，烧滚，撇去浮沫，加入味精即成。

木犀豆腐

原料：豆腐500克，瘦肉50克，鸡蛋2个，木耳、香菇各10克，花生油100克，精盐、葱花、姜末、酱油、胡椒粉、蚝油、料酒、味精、淀粉各适量。

做法：①将豆腐切成小方丁，沸水焯一下，沥干。鸡蛋磕在碗里打散。将瘦肉切丁，用水淀粉、精盐、姜末拌匀。木耳、香菇用热水泡发后，切小片，洗净。肉丁用温油滑熟，捞出。②锅中放花生油100克，烧至五成热，下蛋液煎成饼，取出切成小方丁。③炒锅内放花生油少许，烧热，用葱花、姜末炝锅，下豆腐丁、鸡肉丁、肉丁、香菇、木耳、精盐、料酒、胡椒粉、蚝油、酱油，加少许汤水略烧，翻炒几下即成。

珍珠翠豆腐

原料：豆腐1块，青豆适量，鸡胸肉50克，鸡蛋1个，葱末、姜末、白胡椒粉、水淀粉、料酒、盐、鸡精、鲜汤、猪油各适量。

做法：①将豆腐捣成泥；鸡胸脯肉剁成茸；鸡蛋打开后留蛋清待用；青豆洗净后用开水焯一下，捞出后控干水分。②将豆腐泥、鸡茸、葱末、姜末、盐、料酒、白胡椒粉、鸡精、鸡蛋清、水淀粉混合，拌匀后捏成丸子，放入五成热的油中炸至淡黄色捞出，沥干油待用。③锅内倒油烧热，放入盐、白胡椒粉、猪油、鲜汤，大火烧开后放入豆腐丸子、青豆，用水淀粉勾薄芡，汁浓时出锅即可。

雪菜烧豆腐

原料：嫩豆腐250克，雪菜100克，枸杞少许，花生油、姜末、盐、味精、香油、生抽、白糖、水淀粉各适量。

做法：①雪菜洗净切碎控干水分。豆腐切成小方块。枸杞用热水泡透备用。②锅中加入水烧开，放入雪菜烫熟后捞出挤干水分。③另起锅倒油烧热，放入姜末，倒入水，放入豆腐块用中火烧开。再放入雪菜、枸杞、盐、味精、香油、生抽、白糖烧开，最后勾芡出锅即可。

鸡腿菇烧豆腐

原料：鸡腿菇150克，嫩豆腐100克，笋片20克，小磨香油25克，料酒、香油、胡椒粉、味精、花生油、盐各适量。

做法：①嫩豆腐切成小块，放入冷水锅内，加少许料酒，用旺火煮到豆腐起空（即豆腐四周能见小洞），倒入漏勺沥水。②起油锅，放入笋片、鸡腿菇煸炒片刻，放入豆腐块、酱油、香油、胡椒粉、盐和清汤（汤要淹没豆腐），改用文火炖约20分钟左右，加入味精，淋上香油即可。

山楂烧豆腐

原料：豆腐400克，山楂10个，花生油、葱花、姜丝、盐、味精各适量。

做法：①将豆腐洗净，放沸水锅中焯一下，捞出，切块。山楂洗净，去核，切小丁备用。②锅中放入少量油，烧至六成热，爆香葱花、姜丝后，下入豆腐丁翻炒。加山楂丁、盐、味精炒匀即可。

肉片炒豆腐

原料：水发木耳30克，羊肉50克，豆腐1块，菠菜20克，花生油200克（约耗20克），水淀粉、酱油、猪油、香油、鸡精、料酒、精盐、鲜姜、大葱各适量。

做法：①羊肉切成片，用水淀粉搅拌上浆。豆腐切成块。葱顺长切成条。菠菜洗净切段。取一汤碗，放入葱条、姜末、酱油、料酒、猪油、香油、鸡精、水淀粉，调成芡汁。②油锅烧至七成热时，放入豆腐块，炸成金黄色时捞出。羊肉片用热油滑熟，沥油。③油锅烧热后，将豆腐、木耳、菠菜、羊肉片倒入，加入已调好的芡汁，翻炒几下，淋上明油即可装盘。

土豆炖豆腐

原料：豆腐250克，土豆150克，花生油50克，精盐、白胡椒粉、清汤、味精、葱、姜、香油各少许。

做法：①将豆腐切成长条，土豆切成长条，葱、姜切末。②豆腐条在沸水中焯透，沥净水。③热勺注油，烧热，葱、姜末炝勺，放入土豆、豆腐略加煸炒，加入适量清汤、白胡椒粉、精盐，烧开炖熟，点味精，淋香油即成。

樱桃豆腐

原料：豆腐丁200克，樱桃50克，花生油、精盐、味精、白糖、醋、水淀粉各适量，葱末、姜末各少许，清汤、柠檬汁、香油各适量。

做法：①旺火，热勺，注油，待油温升至七成热时，放入豆腐丁，炸呈浅黄色，捞出沥净油。②原油勺，放入樱桃，用热油略氽一下，倒入漏勺内。③原勺留底油，葱、姜末炝勺，加入清汤、精盐、味精、白糖、醋、豆腐丁、柠檬汁、樱桃，烧开后，用水淀粉勾芡，淋香油出勺装盘。

海参蛋清豆腐

原料：水发海参300克，嫩豆腐300克，鸡蛋清30克，水发香菇片15克，青菜心3棵，鲜牛奶150克，葱、姜、料酒、鸡汤、蚝油、蟹油、精盐、味精、水淀粉、花生油各适量。

做法：①将嫩豆腐加入鲜牛奶、鸡蛋清、味精、精盐，搅拌均匀，上屉蒸20分钟，取出待用。②将水发海参洗净，入沸水中焯一下捞出，切片待用。③炒锅置火上，加油烧热，加入葱花、姜末炝锅，下入海参片熘炒，加入料酒，翻炒均匀后加入鸡汤、蚝油、蟹油、水发香菇片及青菜心、精盐、味精，并用水淀粉勾芡，起锅装盘，海参放在盘中央，将蒸好的奶汁豆腐围在四周即成。

麻辣豆腐

原料：豆腐3块，肉末30克，蒜苗30克，花椒粉4克，辣椒粉8克，豆豉2克，胡椒粉1克，料酒5克，鸡精2克，味精3克，香油2克，姜末2克，蒜末2克。

做法：①蒜苗洗净，切成蒜花。豆腐切成丁，入沸水锅中氽一下捞起。②炒锅置火上，下油烧至五成热，下牛肉末煸香酥，再放姜末、蒜末、辣椒粉，炒香并呈红色后入鲜汤，下豆腐，放入豆豉、胡椒粉、料酒、鸡精、味精、香油调好口味，烧入味后勾芡收汁，下蒜苗，起锅装盘，撒上花椒粉即成。

香菇炒豆皮

原料：大香菇10个，豆皮3张，精盐5克，味精2克，胡萝卜100克，鸡汤150克，冬笋100克，花椒油、香油各10克，花生油50克。

做法：①将大香菇放入温水中泡透，去蒂，用清水洗净，捞出，挤去水，切成片。将豆皮用清水洗净，捞出，控去水，切成条。胡萝卜洗净，削去外皮，切去头尾，再切成薄片。冬笋切成片。②炒锅置中火上，放花生油50克烧热，下香菇炒出香味，放胡萝卜片、笋片略炒片刻，放入豆皮条、花椒油、香油、精盐炒匀，下味精，倒入鸡汤烧沸，出锅装盘。

熊掌豆腐

原料：豆腐2块，香菇4朵，火腿片5片，榨菜1大匙，葱1支，姜片3片，酱油3大匙，酒1大匙，盐1小匙，糖1小匙，味精1/2匙，淀粉水1大匙，花生油500克（约耗50克）。

做法：①豆腐泡净，横切后再切成小块。香菇泡发，去蒂，切成四片。葱切成小段。②油入锅烧热，豆腐投入炸至金黄色，捞起沥油。③锅中留油少许，炒香葱、姜，倒入豆腐、香菇、火腿片、榨菜，再倒入清汤（清汤可略多，以盖住全部材料为准）及酱油、酒、盐、糖，中火焖煮10分钟。熟后加味精，用淀粉水勾芡后即可盛盘。

麻婆豆腐

原料：豆腐500克，牛肉末100克，湿淀粉30克，清汤250克，猪油100克，葱丁、姜末、料酒、花椒面各5克，酱油、辣椒油各15克，辣椒面、豆瓣酱各25克，味精适量。

做法：①把豆腐切成丁，用开水烫一下，控净水。②炒勺烧热，下猪油，把牛肉末煸干水分，下辣椒面、豆瓣酱、姜末煸炒至出辣椒油，加料酒、酱油、豆腐丁、精盐、清汤烧至汤沸，移到小火上，煨至汁浓入味时，用湿淀粉勾芡收汁，加葱丁、辣椒油，用手勺推拌，出勺装盘，撒上花椒面即可。

家常豆腐

原料：豆腐500克，猪肉（肥瘦各半）80克，青蒜段50克，湿淀粉5克，鸡汤250克，花生油25克，豆瓣辣酱25克，豆豉5克，姜片、葱段、花椒粉、辣椒油、酱油、料酒、精盐、鸡精各适量。

做法：①把豆腐切成块，平放在盘子中，撒上精盐腌一下，然后用热油将两面煎呈焦黄色。猪肉切成薄片。②炒勺内放花生油，在旺火上烧到八成热，下入葱段、姜片、肉片煸炒几下，再下入豆瓣辣酱、辣椒面、豆豉，炒出香味后，下入酱油、料酒、鸡汤和煎好的豆腐，移到微火上，待汤汁剩三分之一（约7~8分钟）时，再改用旺火，放鸡精，淋入调稀的湿淀粉勾芡，并投入青蒜段，把豆腐托入盘中，撒上花椒粉即成。

韭黄干丝

原料：豆腐干200克，韭黄250克，榨菜丝25克，红辣椒丝25克，酱油5克，精盐5克，醋3克，白糖2克，味精3克，水淀粉10克，猪油100克，香油10克，清汤50克。

做法：①豆腐干切成粗丝，用开水氽一下，沥干水分。韭黄洗净，切成段。白糖、醋、精盐、酱油、味精、清汤、水淀粉放入小碗内调成汁。②炒勺烧热，放入猪油、红辣椒丝、榨菜、豆腐干丝煸炒，加入韭黄再炒，熟后入小碗汁水，淋香油少许起勺即成。

鱼头豆腐

原料：豆腐250克，鱼头250克，冬笋片、冬菇片各25克，水海米12克，青蒜50克，浓白汤800克，花生油60克，料酒12克，精盐、鸡精、香油、胡椒粉、葱、姜末各适量。

做法：①把鱼头劈开，洗净控干水，用料酒腌10分钟。豆腐切成厚片。青蒜切成段。②烧热锅，倒入油，把鱼头稍煎一煎，下葱、姜炒几下，放入汤和精盐、鸡精、香油、胡椒粉以及冬笋、冬菇片，待烧到鱼头熟时，把豆腐用开水烫一下，捞到锅内，煮透入味时，撒上青蒜即成。

泥鳅钻豆腐

原料：豆腐500克，小泥鳅鱼200克，鸡蛋清1个，清汤500克，花生油50克，精盐、味精、胡椒粉、香油、生抽、蚝油、葱、姜末、料酒各适量。

做法：①取清水一盆，放入蛋清，让泥鳅吃了静养一天，换水洗净。②大炒锅加入冷鲜汤，放入豆腐和泥鳅鱼，加盖逐渐烧热，汤热后鱼便会往豆腐内钻，到汤沸后鱼会死在豆腐中。约在豆腐起孔眼时，放入精盐、料酒、味精、香油、生抽、蚝油，烧入味后，撒上葱、姜末，再略烧一下，即撒上胡椒粉连锅一起上桌。

沙锅冻豆腐

原料：豆腐500克，油菜心50克，水海米25克，水发木耳30克，冬笋片40克，鸡汤1000克，猪油35克，香油10克，料酒15克，精盐、味精、虾油、老抽、花椒水、葱、姜末各适量。

做法：①把豆腐放冰箱内冷冻至蜂窝状即可取出，待溶化后切成片，放开水锅内汆1分钟，除去豆腥味。②烧热锅，放入猪油，用姜、葱末炝锅，加鸡汤、精盐、虾油、老抽、味精、料酒、花椒水、笋片、海米、木耳、豆腐，烧开后倒入沙锅内，移至文火上炖20分钟左右，再把油菜心用香油煸炒几下，放在沙锅面上即可。

焖腐竹

原料：腐竹150克，罐装蘑菇（整只）100克，酱油75克，精盐少许，白糖10克，料酒5克，味精2克，鲜汤150克，辣椒油10克，蚝油5克，花生油100克。

做法：①腐竹用温水浸软，放入锅中加清水烧沸，离火加少许老碱浸泡约30分钟，捞出洗净，切成条待用。②铁锅放火上烧热，加花生油50克，把腐竹投入油锅内，炒后放入蘑菇、酱油、精盐、白糖、味精、鲜汤，改用小火，焖烧5分钟，再用旺火，用湿淀粉勾芡，加花生油50克，颠翻几下，加入料酒、辣椒油、蚝油，即可出锅上盆。

酸辣干丝

原料：豆腐干200克，水发木耳50克，葱丝25克，姜丝10克，冬笋50克，酱油适量，香菜末25克，香醋、精盐、清汤、胡椒粉、鸡精、辣椒油各适量，香油20克，水淀粉少许。

做法：①将豆腐干洗净，切细丝。水发木耳择洗干净，与冬笋均切成与豆腐干相仿的丝，用精盐腌渍10分钟。②专用器皿内注入清汤，投入豆腐干丝、冬笋丝、木耳丝、姜、葱丝，加酱油、精盐、鸡精、辣椒油、香醋、胡椒粉搅匀，加盖，放入微波炉用高火加热3分钟。③取出器皿，淋入水淀粉，加盖，放入微波炉用高火加热1分钟。取出器皿，盛在大汤碗内，撒上香菜末，淋上香油即成。

什锦丝塔

原料：白豆腐干丝150克，韭菜花段150克，红辣椒丝50克，水发冬菇丝50克，水发鱿鱼丝50克，熟鸡肉丝50克，熟火腿丝50克，熟冬笋丝50克，熟白蛋糕丝50克，香油25克，味精5克，酱油10克，精盐5克，香醋5克，白糖5克，清汤150克，葱、姜末5克，辣椒油15克。

做法：①白豆腐干丝用开水汆一下，并用开水浸泡30分钟，捞出挤干水，铺在平盘上成一圈。韭菜花、红辣椒、冬菇、鱿鱼，分别用开水烫一下，晾冷。②依次将韭菜花、白蛋糕、冬菇、冬笋、红辣椒、鱿鱼、鸡丝、火腿丝整齐地一层一层地在白豆干上面摆上去，逐层缩小圆圈，成一塔形。③将香油、味精、酱油、精盐、香醋、白糖、清汤、葱、姜末、辣椒油装小碗内调匀，淋浇在丝塔上即好。

蒜苗炒干豆腐

原料：蒜苗200克，干豆腐250克，花生油40克，酱油、精盐、味精、蚝油、辣椒油、花椒面各适量。

做法：①把蒜苗摘洗干净，切段。把干豆腐切丝，在开水锅里焯一下，捞出，控净水分，放在小盆内。②勺内放少许油，烧热，放花椒面、蚝油、辣椒油、酱油，下干豆腐丝，加一点儿水，把干豆腐丝炒拌开，待汤汁炒干出勺。③把勺擦净，把花生油全部倒入勺中，待油开时，把蒜苗梗先下勺，炒几下再下蒜苗叶，随即下干豆腐，加精盐、味精炒拌均匀，出勺即成。

鲜蘑拌豆腐

原料：嫩豆腐200克，罐头鲜蘑100克，味精2克，精盐、生抽各适量，柚子皮碎末少许，芝麻油25克。

做法：①将嫩豆腐放入沸水锅中汆透，捞出，放入碗内，滗去水。②将鲜蘑菇放在砧板上切成薄片，入开水锅中略汆，捞出，控干水分，放入盛有豆腐的碗内，加精盐、味精、生抽、芝麻油、柚子皮碎末拌匀即可食用。

黑木耳煎嫩豆腐

原料：黑木耳100克，嫩豆腐300克，蘑菇50克，金针菜20克，青蒜20克，料酒、酱油、鸡汤、精盐、胡椒粉、香油、味精、猪油、水淀粉各适量。

做法：①将黑木耳洗净，撕成小块。金针菜用温水泡软后择去硬梗，洗净，切成段。蘑菇去根蒂，洗净，切成块。青蒜洗净，切成段。豆腐洗净，切成长厚片。②炒锅放在旺火上，放猪油，用文火将豆腐片两面煎至黄色后，倒入漏勺内沥去油。原锅再置火上，放入猪油少许，下黑木耳、蘑菇片、金针菜，炒片刻，下入豆腐，烹入料酒、酱油、鸡汤、胡椒粉、香油、精盐、味精，用文火烧滚入味，用水淀粉勾芡，放青蒜段，淋入香油，颠翻几下，出锅即成。

五香黄豆

原料：黄豆500克，酱油50克，花生油25克，白糖10克，姜5克，精盐4克，桂皮2克，八角、香叶、草果皮各适量，茴香2克，味精1克。

做法：①将黄豆用沸水泡30分钟，洗净控水。②油烧热，将茴香、桂皮放入微炸，倒入水，放入泡好的黄豆、八角、香叶、草果皮、白糖、酱油、精盐、姜和味精，烧开后盖上锅盖儿用小火煮，将汤汁收浓离火，连锅带料晾凉盛盘即可。

蘑菇豆腐

原料：嫩豆腐500克，鲜蘑菇35克，笋片16克，料酒10克，酱油6克，清汤350克，精盐1克，香油3克，味精适量。

做法：①将豆腐切成小块，放入冷水锅内，加少许料酒，用大火煮至豆腐起孔，倒掉水。②在豆腐锅内加入笋片、蘑菇、酱油、精盐和清汤，转小火煮20分钟左右，加入味精、香油即可。

茄汁豆腐

原料：豆腐300克，番茄酱25克，盐2克，醋10克，白糖10克，葱3克，姜3克，花生油30克，淀粉5克。

做法：①将豆腐切成丁，放入开水中焯一下。葱段、姜块用刀拍一下，但不要拍碎。淀粉溶于水中。②炒锅放在火上，加入油，将葱、姜放入，待煸出香味后去掉葱、姜，加入番茄酱略炒，即加入清水150克，放入盐、醋、糖，将豆腐放入，烧开后，用淀粉勾浓汤汁即可装盆。

鲜蟹黄烧豆腐

原料：嫩豆腐1块，蟹1只，鸡蛋1个，虾仁2个，葱花1大匙，姜1片，盐1茶匙，浓淀粉水1大匙，黄酒5克，胡椒粉2克，油3大匙。

做法：①豆腐切成块。蟹去壳，剥取蟹肉、蟹黄。鸡蛋打散，备用。②炒锅入油烧热，爆炒姜片，再入蟹肉、虾仁炒香，最后入豆腐。注入清水没过豆腐。③用大火烧开豆腐后，以浓淀粉水勾芡，加入蛋汁、蟹黄，见蟹黄凝固，即加盐、黄酒、胡椒粉调味，起锅前撒下葱花，即可盛盘食用。

口蘑焖豆腐

原料：豆腐500克，口蘑60克，京葱丝35克，姜丝20克，料酒、白糖、酱油、味精各少许，清汤200克。

做法：①将豆腐先切成三角片。口蘑用开水泡过，取出洗净，片成厚片。②用猪油炝锅，先下葱丝和姜丝一煸，再下料酒一烹，接着将糖、酱油、味精、清汤、口蘑原汤（适量）、口蘑片、豆腐块放进，继续用温火焖熟，见豆腐由硬回软，汤将收干即好。

沙锅豆腐

原料：豆腐400克，猪肉50克，海米30克，冬菇30克，油菜心50克。酱油10克，料酒5克，盐10克，味精5克，葱、姜各10克，鸡汤250克。

做法：①将豆腐切成片。葱切段，姜切块，用刀略拍备用。冬菇放入开水中泡发后，去掉蒂备用。猪肉切成片。油菜心洗净。②将沙锅放在火上，加清水1000克，加入鸡汤、酱油、葱、姜、料酒、盐，开锅后将肉片放入，去掉泡沫。再将海米、冬菇和豆腐放入，待开锅后改用小火慢慢烧豆腐，使其入味。用小火烧约30分钟后，将味精放入，并加进油菜心，待菜心成熟后即可食用。

葱油豆腐

原料：豆腐300克，盐4克，味精2克，料酒1克，白糖5克，葱50克，鸡汤50克（用水也可以），淀粉2克，花生油30克，胡椒粉10克，花椒油5克，香油1克，酱油2克。

做法：①将豆腐切成条，放入开水中焯一下，沥干水分。葱切成段，用刀略拍一下。②炒锅上火，加入油，放入葱，用小火煸炒出香味，加入豆腐条，翻炒几下，即放入鸡汤、盐、味精、白糖、料酒、胡椒粉、花椒油、酱油，用小火略烧，加水淀粉把汁勾浓，出锅时淋入香油即可。

虾仁豆腐

原料：豆腐300克，虾仁100克。盐10克，味精2克，料酒4克，鸡汤或水20克，淀粉3克，花生油40克，香油1克，虾油1克，蚝油1克，葱1克，姜1克，鸡蛋半个。

做法：①将豆腐切成丁，放在开水中焯一下，沥干水分。葱、姜切成片。虾仁去掉背部黑线。②将葱、姜、盐、味精、料酒、鸡汤、淀粉、蚝油、虾油、香油放入碗中，调成汁。③将虾仁放入碗中，加盐、料酒1克、淀粉1克、鸡蛋半个，搅拌均匀。④炒锅内注入油，烧热，放入虾仁，炒熟后，加入豆腐同炒，受热均匀后加入碗汁，迅速翻炒，使汁完全挂在原料表面，即可装盘。

海米烧豆腐

原料：豆腐400克，海米50克，葱2克，姜2克，蒜2克，盐5克，味精1克，淀粉2克，花椒面5克，老抽3克，花生油10克，香油10克。

做法：①将豆腐切成丁，入开水中焯一下。葱、姜、蒜均切成末。海米放入碗中，加开水涨发，发软后用刀剁成碎末。②炒锅刷净上火，加入底油，放入葱、姜、蒜末略炒，加入豆腐翻炒几下，随即加入100克水和盐、花椒面、老抽、味精，转用小火烧5分钟左右，再转用中火，将海米末放入，再用水淀粉将汁收到略浓一些，出锅后淋少许香油。

豆芽炒干丝

原料：豆腐干200克，豆芽150克，盐4克，酱油5克，料酒1克，醋3克，葱2克，姜2克，花生油20克，味精3克。

做法：①将豆腐干切成与豆芽粗细相同的丝，放入开水中焯一下，去掉其本身的豆腥味。葱、姜切丝。豆芽择好洗净。②炒锅内放油，加入葱、姜丝略炒，放入豆腐干丝煸炒，加入盐、料酒、酱油、醋、味精，翻炒后将豆芽放入同炒，待豆芽炒熟且与豆腐干丝翻炒均匀后即可装盘。

辣 豆 腐

原料：豆腐250克，猪瘦肉100克，酱油4克，料酒2克，醋1克，味精1克，葱1克，姜1克，淀粉2克，豆瓣辣酱5克，花生油30克，辣椒油、香油各适量，汤15克，蒜1克。

做法：①将豆腐切成片。葱、姜、蒜均切成片。豆瓣辣酱剁碎。猪瘦肉切成片。②将葱、姜、蒜切末放入碗中，加酱油、料酒、醋、辣椒油、香油、味精、汤及淀粉调成汁。③炒锅内放油，将猪肉片炒熟。加入豆瓣辣酱，炒出香味后放入豆腐煸炒。煸炒时要不停地翻动，使豆腐均匀受热，变成淡黄色时，烹入汁，迅速翻炒，汁完全挂匀后即可装盘。

肉末烧豆腐

原料：豆腐300克，肉末100克，盐2克，味精2克，酱油10克，料酒2.5克，糖5克，葱、姜、八角、花椒、茴香、蒜各1克，水淀粉4克，花生油50克。

做法：①将豆腐切成方丁，放在开水中焯一下。将葱、姜、蒜切成末。②炒锅放在火上烧热，放入油，烧热后将肉末放入锅中。待肉煸熟后，放入葱、八角、花椒、茴香、姜和蒜，加料酒、盐、酱油略炒，加清水60克，放入糖和味精，开锅后放入豆腐丁，略烧1分钟左右，将水淀粉均匀加入锅中，不停地翻动，使汁均匀粘在豆腐上，即可装盘。

豆腐火锅

原料：肉汤1000克，豆腐250克，熟肉120克，白菜120克，粉丝50克，腐竹50克，虾仁25克。芝麻酱25克，韭菜花15克，辣椒油10克，腐乳10克，虾油5克，蟹油5克，葱8克，姜5克，料酒5克，精盐2克，味精1克。

做法：①豆腐切片，放入沸水锅内焯一下捞出；肉切薄片；白菜切长条；粉丝剪断浸泡；腐竹用水泡发后切段；葱、姜切末；辣椒油、腐乳、韭菜花、芝麻酱搅拌均匀，制成调味料。②将白菜码在火锅底部，白菜上放粉丝，粉丝上撒虾仁，然后码一层肉，肉上放一层腐竹，腐竹上放豆腐。③将炒锅放火上，放入肉汤烧沸，加入精盐、味精、虾油、蟹油、料酒搅匀，倒入火锅内，加入葱末、姜末。④将火锅加热，待白菜等熟后，蘸调味料食用即可。

水煮豆腐

原料：嫩豆腐300克，芹菜80克，莴笋尖100克，蒜苗80克，精盐4克，味精2克，料酒10克，姜米10克，豆豉5克，辣豆瓣30克，干辣椒15克，干花椒3克，醪糟汁15克，酱油10克，辣椒粉5克，水淀粉40克，鲜汤400克，花生油20克。

做法；①干辣椒去蒂、去籽，切成节。芹菜、蒜苗摘洗干净，拍破切成节。莴笋尖切成薄片。嫩豆腐切成片，放沸水锅中焯水，捞出放清水中漂起。②锅中放花生油20克，烧热，下干辣椒炸至呈浅棕红色，下花椒至棕红色，捞出剁细成糊辣末。③锅中放花生油60克，烧热，下辣豆瓣至油呈红色，放豆豉、姜米、蒜米炒出香味。下辣椒粉炒几下，掺鲜汤，下精盐、料酒、酱油、醪糟汁、白糖，烧沸，投入芹菜、蒜苗及青笋尖加热至断生，捞起放盘中垫底。豆腐放锅中，旺火加热至豆腐入味，下味精，用水淀粉勾芡，起锅舀入盘内菜上，糊辣末撒在豆腐上，浇上热油40克于糊辣末上即成。

酸菜烧豆腐

原料：嫩豆腐200克，酸菜60克，花生油500克（约耗30克），精盐3克，味精1克，酱油8克，胡椒粉1克，料酒10克，泡辣椒10克，姜片8克，葱段15克，水淀粉15克，蒜苗10克，鲜汤250克。

做法：①泡辣椒去蒂、去籽，切成段。酸菜洗净，切成豌豆大小的颗粒。嫩豆腐切成片。②锅中放花生油，加热，豆腐投入油锅中炸，成金黄色捞出。③锅中放花生油40克加热，下姜片、葱段煸炒使之呈金黄色，再下酸菜、泡辣椒炒香，放鲜汤、精盐、酱油、料酒、胡椒粉、蒜苗烧沸，下豆腐，用中火加热至豆腐入味，再加味精，用水淀粉勾芡，起锅装盘即可。

金汤煮干丝

原料：豆腐皮丝200克，虾油20克，虾仁50克，甜豆50克，枸杞子10克，蛋黄2个，蟹粉10克，蟹油10克，盐5克，鸡精5克，清汤300克。

做法：①将豆腐皮丝焯水，冲凉待用。②起油锅将虾仁、甜豆滑炒至熟。③锅中加入上汤，倒入豆皮丝、蛋黄、蟹粉、蟹油、虾仁、虾油、甜豆、枸杞子，入盐、鸡精调味，煮至豆腐皮丝软绵即可。